世界文化의 交流와 受容

Interchange & Acceptance for World Cultures

인문학연구총서 8

世界文化의 交流와 受容

초판 1쇄 발행일 2008년 6월 30일

발 행 _ 전북대학교 인문학연구소
펴낸이 _ 배정민
펴낸곳 _ 유로서적

편 집 _ 심재진
디자인 _ 천현주

등록 _ 2002년 8월 24일 제10-2439호
주소 _ 서울시 금천구 가산동 329-32 대륭테크노타운 12차 416호
Tel _ 02-2029-6661, Fax 02-2029-6663
E-mail _ bookeuro@bookeuro.com

ISBN 978-89-91324-36-7
ⓒ 유로서적

정가 28,000원

世界文化의 交流와 受容

전북대학교 인문학연구소 편

Interchange & Acceptance for World Cultures

유로 BOOKEURO PUBLISHING

　물질적 풍요가 우선시되는 시대와 사회에서 인문학은 상대적으로 소홀하게 여겨지기 쉽습니다. 하지만 인문학은 인위적으로 대접을 받아야 한다거나 쉽게 경시될 수 있는 대상이 아닙니다. 인문학은 물이나 공기와 다를 바 없습니다. 인문정신은 인류의 삶에 필수적인 역사적 자산이며, 인문학은 시대에 따라 추구되는 가치가 달라져도 영원히 변하지 않는 순수하게 인간적인 것에 대한 물음에서 출발하기 때문입니다. 이러한 궁극적인 물음이 없다면 인간은 사회적 현실의 꼭두각시에 불과할 것입니다. 따라서 인문학과 인문학적 가치가 왕성하게 논의되고 토론되는 사회에서 비로소 인간의 존엄성과 삶의 진정한 의미가 보장된다고 단언할 수 있습니다.

　대학에서의 인문학 연구는 인간에 대한 거대담론을 반성하고 비판하고 생산하는 데에 그 목표가 있을 것입니다. 인문학에서는 인간과 사회에 대한 독과점적 담론을 인정하지 않아야 합니다. 대학의 연구소가 국제학술대회를 개최하는 것은 세계적인 인문학 연구의 성과를 바탕으로 인문학적 담론의 다양성을 생산하는 데에 그 일차적 목표가 있습니다. 저희 전북대학교 인문학연구소에서도 근원적인 인문학적 문제를 화두삼아 거의 매년 국제학술대회를 개최하고 그 결과물을 인문학 총서로 발간하고 있습니다. 1995년에 『세계비교문학연구』가 출판된 이래 비교적 최근에는 『창조신화의 세계』(2002), 『동북아 인문학 담론』(2004), 『동북아 문화 담론』(2006) 등이 간행

된 바 있습니다. 여기에 선보이는 인문학 총서 제 8권 『세계문화의
교류와 수용』은 2007년 12월 전북대학교에서 개최된 국제학술대회
의 성과를 모은 것입니다.

지금까지 간행된 인문학 총서의 제목에서 볼 수 있듯이 저희 연
구소의 국제학술대회는 주로 중국과 일본의 학자들이 참여하여 동북
아의 문학, 문화, 예술, 역사, 철학을 연구하는 자리였습니다. 작년의
경우에는 지금까지 축적된 성과를 바탕으로 동북아 민족국가 간의
문화적 교류와 수용을 주제로 삼아 동북아 문화의 상호문화적 성격
을 규명하는 아주 뜻 깊은 자리였습니다. 요즘처럼 문화적 교류와
수용이 일상화된 다문화시대에서 상호문화성은 더 이상 낯선 개념이
아닙니다. 자국의 문화를 새롭게 이해하고 해석하는 데에 있어서는
타인의 시선이 필수적이기 때문에 상호문화성과 타자성은 더 이상
배타적 개념이 아니라 보완적 관계입니다. 앞으로 기회가 된다면 저
희 연구소에서는 동양과 서구의 상호문화성을 본격적으로 짚어보는
자리를 마련할 것입니다.

끝으로 국제학술대회의 준비부터 이 책이 나오기까지 물심양면으
로 도와주신 전북대학교 인문대학의 하우봉 학장님과 전임 인문학연
구소장 최남규 교수님께, 또한 중국 소관(韶關)대학교 과연처(科硏
處) 陳小康 처장님과 정열적으로 논문발표를 맡아주신 교수님들께
진심으로 감사드립니다. 인문학에 대한 남다른 애정에서 흔쾌히 이
책의 출판을 맡아주신 유로서적의 배정민 사장님께도 고마움을 전합
니다.

2008.6.

전북대학교 인문학연구소장 고 규 진

目次

| 1장 |

세계 문학의 교류와 수용

『人啊,人!』의 話行敍述과 人物描寫의 相關性

韓國語 飜譯本 「사람아 아, 사람아!」를 中心으로

柳濟浩 (全北大學校 프랑스語文學科)

I. 序論

　　다이 호우잉(載厚英)의 小說 『人啊,人!』은 11명의 知人들이 교대로 1-5회씩 등장하여 스스로 문화혁명 당시를 회고하는 총 27개의 절로 구성되어 있다. 따라서 등장인물들의 대화와 거기에 수반된 각종 화행을 서술하는 주체 또한 각 절의 제목으로 설정되어 있는 등장인물이다. 그런 가운데 작가 자신으로 추정되는 익명의 '소설가'가 1인칭 서술 주체로 등장하는 두 절이[1] 있는데, 바로 이 두 절이 본 논문의 주요 분석 대상이다. 한편 중국어 원본이 아니라 한국어 번역본 『사람아 아, 사람아!』를 실제 분석 대상으로 삼았는데, 이 점이 2개 언어를 포괄하는 효과와 더불어 이론 수준의 일반화 가능성을 더욱 높여 줄 것으로 기대된다.

　　『人啊,人!』에는 세부적인 인물 묘사가 비교적 적은 편이다. 그 대신에 교대로 등장하는 1인칭 서술자가 각기 자기자신를 포함한 등장인물들의 대화를 직접화법 위주로 전달하고 거기에 수반된 화행을 각양각색으로 서술함으로써, 그것을 통하여 등장인물들의 서로 다른 내면 세계를 엿볼 수 있게 해 준다. 나아가서 화행 서술의 양상과 분포가 등장인물 각각에 대한 작가 자신의 이데올로기적·정감적 선호도를 암시하고 있는 것으로 여겨지는데, 익명의 '소설가'가 1인칭 서술자로 등장하는 문제의 두 절에서 특히 그렇다.

　　위와 같은 기대와 기본 인식 아래 『人啊,人!』 제 15, 26절의 전달화법 대목들을 중심으로 화행 서술과 인물 묘사의 상관성을 구명

---

1) 그 중 첫 절(제 15절)은 작품 중간부에 해당하고, 둘째 절(제 26절)은 작품 말미에 해당한다.

하려는 것이 본 논문의 주된 목적이다. 그리고 이를 위한 접근 방법에 있어서는, 화행의 본질이 어휘로 명시할 수 없는 원초적인 복합성에 있다는 전제를 출발점으로 삼아 서구어 중심의 화행 일반론에 대한 비판적인 검토를 곁들이게 될 것이다. 나아가서, 『人啊,人!』에 나타나는 화행 서술의 양상 및 분포를 통하여 화행의 이같은 본질과 그에 입각한 접근 방법의 타당성을 입증하려는 것이 본 논문의 부수적인 목적이기도 하다.

II. 話行의 本質과 敍述 樣相,
그리고 傳達話法

1. 話行의 原初的 複合性

위에서 언급한 것처럼, 언어적 상호작용의 기본 단위로 간주되는 화행이 명시적으로 형언 불가능한 원초적 복합성을 내포한다는 전제가 본 논문의 출발점이다. 서구 화행론에서 중시하고 있는 현장 화행의 명시적인 수행 사례들(이른바 '수행동사들'의 1인칭-단수-현재 용법)은 지극히 예외적이거나 이례적이거나 심지어 작위적인 특수 사례들에 불과하다. 우선 언어적 상호작용의 대표성을 갖는 일상 회화에서는 그런 사례가 거의 나타나지 않는다. 나아가서 설령 특정 수행동사가 1인칭-단수-현재형으로 발화되는 사례가 있다고 할지라도, 이런 류의 언표 또한-수행동사와는 별개의-원초적이고 복합적인 또 다른 어떤 화행을 수반하기 마련이다.

화행의 원초적인 복합성은 일차적으로 화행에 대한 상대방의 주관적인 해석과 선택적인 반응을 유발할 뿐만 아니라, 그 연장선상에서 궁극적으로는 언어적 상호작용 전반에 걸치는 상호주체성과 직결된다. 각종 화행이 대화 당사자들—즉 화행 당사자들—간의 이심전심의 교감 양상 아래 수행되고 교환되며, 그런 가운데 화행을 기본 단위로 하는 자극—반응의 연쇄가 다방면에서 상호주체적인 양상으로 구조화되는 것이다. 요컨대, 현장 화행의 바로 이런 속성 때문에 전달화법을 통한 화행의 명시 또한 근사치적이고 축약적인 양상으로 이루어질 수밖에 없다. 화행의 본질을 이렇게 인식할 때 비로소 서술 일반론의 수준에서는 물론 전달화법과 관련하여서도 화행의 서술(및 전달) 양상에 대한 더욱 더 체계적인 접근이 가능해질 것으로 여겨진다.

2. 화행 서술 양상의 2중 대립구도: 술화 대 담화, 서사 대 묘사

잘 알려져 있는 것처럼 M.Bakhtine이 전달화법 중심의 서술 일반론의 선구자로 공인되고 있다. 그런 가운데 이 분야에서 R.Barthes, G.Genette, A.-J.Greimas, E.Benveniste, E.Coseriu, T.Todorov 등 프랑스 학자들이 매우 큰 영향력을 행사하고 있다. 그런데 이들의 이론은 '담화'(discours)에 비해 '술화'(récit)에 지나치게 치중하고,[2] 나아가서 '서사'(narration)에 너무 집착한 나머지 다기한 양상의 '묘

---

2) 그 가장 극단적인 예가 Greimas이다. 그런데 언어기호 중심의 서사 구조성에 그토록 극단적으로 집착하였던 그가 1987년에 이르러서는 『불완전성에 대하여』(De l'imperfection)라는 저서와 더불어 '미학적' 선회의 입장을 극명하게 드러낸다(특히 김성도, 2002: 402-417, 「제4장 그레마스 기호학의 미학적 전회」 참조).

사'(description)를 지나치게 배제하는3) 공통적인 취약점을 안고 있다. 특히 화행 개념의 확립과 더불어 화행을 서술의 주된 대상으로 인식하는 경우 그 취약점이 극명하게 나타난다.

이같은 취약점을 극복하기 위해 가장 시급한 것이 서술 관련 상·하위개념을 체계화하고 관련 용어법을 재정립하는 일이다.4) 이와 관련하여 본 논문은 '서술'을 상위개념으로 삼는 가운데 전반적인 서술 현상에 대해 다음과 같은 2중의 대립구도를 바탕에 깔고 있다. 즉, 모든 유형의 언어적 진술 양상을 '서술'로 규정할 때, 그것을 객관성(또는 객체성) 위주의 '술화' 부문과 주관성(또는 주체성) 위주의 '담화' 부문으로 구분할 수 있다.5) 그리고 모든 유형의 언어적

---

3) 그 가장 극단적인 예가 Genette로서 그는 다음과 같이 '묘사' 개념 자체의 '폐기'를 주장하였다. "문학적 재현 양식으로서의 묘사는 결말의 자율성이나 방법의 독창성에서 서사와 명확히 구별되지 않는다. 그래서 플라톤과 아리스토텔레스가 서사적·묘사적이라고 구분한 단위는 이제 폐기되어야 한다. 묘사가 서사의 한 영역을 표시한다면 그것은 내적 영역에 포함되어 있어서 분명한 형태를 가지지 않는다. 그러므로 모든 문학적 재현의 형식을 서사의 개념으로 포괄하고 묘사를 (단어의 특성을 내포하는) 양식mode로서가 아니라 조심스럽게 하나의 양상aspect, 즉 어떤 관점에서 사람의 시선을 끄는 것으로 본다면 문제가 해소된다."(재인용:한용환, 2002: 88).

4) 프랑스에는 'récit'와 'discours'를 포괄하는 상위개념어가 없고, 'narration'-'narratif'와 'description'-'descriptif'를 포괄하는 상위개념어도 없으며, 'récit'의 형용사형도 존재하지 않는다. 그런 가운데 맥락에 따라 아주 막연하게 'narration'이 상대적인 상위개념어로 인식되고 있다. 그리고 영어(권)의 경우 불어의 'récit'에 상응하는 적합한 용어 및 개념 정의가 제대로 확립되지 않은 채, 심지어 상위개념인 '서술'과 하위개념인 '서사'를 지칭하는 일환으로 대문자('Narration')·소문자('narration')의 구분에 의존하는 아주 궁색한 대안이 제시되고 있는 실정이다. 한편 독어(권)의 경우 'Narration'이나 'Gespräch'에 비해 오히려 'Deskription'이 상위개념어로 통용되는 전반적인 경향과 더불어, 용어법은 물론 상·하위 개념 설정에 있어서도 불어(권) 및 영어(권)과 적잖은 편차를 보이고 있는 것 같다.

5) 필자는 기존의 관련 저서들 이외에, 주로 세계기호학회, 세계전달화법학회, 스

전달 양상을 '서술'로 규정할 때, 그것을 줄거리를 구성하는 이야기
성격의 '서사' 부문과 여러 층위에서 다기한 형상화 기능을 하는
'묘사' 부문으로 구분할 수 있다.6) 단, 이같은 2중의 대립구도에 있
어 유형별 '혼합형'의 존재를 인정하고 대립항들 같의 '연속성'을 전
제하는 것이 본 논문의 입장이다.

3. 전달화법의 2중 대립구도: 직접 대 간접, 의존 대 자유

한편 소설 속 등장인물들의 대화에 중점을 두는 경우, 이와 관련
한 모든 서술이 어김 없이 전달화법의 양상을 띠게 된다. 전달화법
의 유형과 도입부 수식어구들의 성격에 따라 한편으로는 원담화 및
거기에 수반된 화행의 서술 양상이 다기하게 나타나게 되는 것이다.
이와 관련하여서도 "우리가 하는 말의 절반 이상이 남의 말"이라는
M.Bakhtine의 단언이 획기적인 인식 전환의 계기를 제공하였다.7)

리지-드-라-살 관련 학회, 프랑스국립과학원 프랑스어학회를 중심으로 관련 이
론들을 접하여 왔다. 그리고 이론에 못지않게 '한국어'의 어법(특히 구어)에
대한 세심한 관찰과 자료 수집을 병행하여 왔다. 그 과정에서 Umberto Eco,
Michel Arrivé, François Rastier Jacqueline Authier-Revuz를 비롯한 서구 학
자들에게, 공석 또는 사석에서, 여러 차례에 걸쳐 이 문제점을 지적하였는데,
그들도 '바로 그게 딜레마다'라는 식으로 필자의 문제제기에 대체로 수긍하는
편이었다.
6) 현 단계에서 보자면 적잖은 수정·보완이 필요한 것으로 드러나는데, 어쨌든
필자의 박사학위논문이 프랑스어를 대상으로 이와 유사한 분석을 시도하였다
(유제호, 1992). 한편 '서사' 대 '묘사'의 구분의 필요성에 대해 비교적 일찍
문제 의식을 갖고 새로운 각도에서 일정 방향성을 제시한 연구자들이 프랑스
에서는 P.Hamon(1981), 미국에서는 S.Chatman(1992), 그리고 국내에서는 한
용환(2002) 등인 것으로 여겨진다.
7) 나중에 거론할 이른바 '자유간접화법'을 비롯하여 담화 전달의 다기한 양상들
이 소설의 전유물이 아니라 일상 언어활동 전반에 걸쳐 나타나는 보편적인
현상이라는 인식과 더불어 넓은 의미에서의 '전달' 현상이 인문사회학 여러

그 연장선상에서 1980년대에는 간접화법이 원-담화 및 원-언술행위
에 충실한 재생이 아니라 표현 및 내용상의 '재구'라는 주장이[8] 대
두하기 시작하였고, 1990년대에는 서로 다른 형식의 전달화법들이
불연속성을 띠는 것이 아니라 연속선상에 놓여 있다는 주장이[9] 대
두하기도 하였다.

잘 알려져 있는 것처럼, 담화 전달 양식을 크게 '직접화법'과 '간
접화법'으로 구분하는 것이 전통적인 관점이다. 이 중에서 직접화법
은 원담화의 표현면에 충실하여 원담화를 생생하게 재연하는 양상을
띠는 반면에, 간접화법은 원담화의 내용면에 충실하여 원담화를 개
념상으로 재현하는 양상을 띤다. 그 결과 직접화법에서는 도입부와
원담화가 분리됨으로써 서술의 연쇄가 차단되는 반면에, 간접화법에
서는 서술의 연속성이 보장된다. 한편 더욱 더 최근에는 '자유간접
화법'이라는 새로운 담화 전달 양식에 대한 심도 있는 접근과 더불
어 '자유직접화법'이 거론되기도 하는데, 여기에서 '자유'는 담화 전
달이 적어도 표면상으로는 도입부에 의존하지 않는다는 것을 의미한
다. 따라서 '자유화법'은 원담화의 비교적 생생한 재연과 서술의 연
쇄를 동시에 보장한다는 이점을 지니게 된다.

그런데 프랑스어 중심으로 프랑스 학계가 주축을 형성하고 있는

분야의 접근 대상이 되었다. 예를 들어, 일상언어학파(또는 분석철학)의 대가
J.Searle(1985/1983)이 자신의 저서 『의향성』(Intentionality)을 담화 '전달'의
문제에 할애하였다. 그리고 미시사회학의 창시자로 공인받고 있는 E.Goffman
(1991/1978) 역시 다기한 대인성(對人性) 아래 이루어지는 일상적 상호작용과
관련하여 담화 '전달'의 양상을 주된 연구 대상으로 삼았다. 나아가서 담화
전달의 편재성에 대한 이같은 새로운 인식과 관심의 연장선상에서 1998년에
는 프랑스어(권) 중심으로 전 세계를 아우르는 '세계전달화법학회'가 설립되기
도 하였다.

8) 특히 Gaulmyn(1997) 참조
9) 특히 Rosier(1999), Maingueneau(1990a, b) 참조.

전달화법 관련 이론에도 적잖은 취약점이 있다.[10] 우선 '직접화법' 대 '간접화법'이라는 대립구도 자체가 소설텍스트 중심의 문학언어 또는 격식어 중심으로 학교문법의 수준에서 확립된 것이었다. 그 결과 직접화법이 일종의 '전형'으로 간주되는 반면에, 간접화법, 자유간접화법, 자유직접화법 등 또 다른 담화 전달 양상들은 일종의 '변이형'(또는 '파생형')으로 간주되는 기현상이 지속되고 있다.[11] 필자가 볼 때, 기존 전달화법 이론의 이같은 취약점을 보완할 수 있는 유일한 길이 바로 원담화의 표현면과 내용면은 물론 거기에 수반된 '화행' 역시 '전달'의 대상으로 고려하는 것이다. 이와 아울러 꼭 요청되는 것이, 위에서 거론한 서술 관련 2중 대립구도에서처럼, 전달화법 유형들 간의 '혼합형'을 인정하고 '연속성'을 전제하는 일이다.

---

10) 필자 나름으로 그 주된 이유를 들자면 다음 세 가지이다. 첫째, 위에서 언급한 대상 인식상의 획기적인 전환에도 불구하고 전통 문법 및 전통 수사학의 용어법과 개념 정의가 상당 부분 그대로 유지되고 있다. 둘째, 일상적인 담화 전달의 다기한 양상－심지어 경계획정이 불가능할 정도의 연속성－에도 불구하고 전달화법에 대한 이론적인 접근이 문체론(특히 소설 기법) 또는 서술 이론에 종속되는 양상으로 이루어져왔다. 프랑스 학계가 플로베르(특히 『마담 보바리』)나 카뮈(특히 『이방인』)의 작품을 대상으로 이른바 '자유간접화법'의 연구에 치중한 것도 바로 이 때문이었던 것으로 여겨진다.

11) 현행의 학교문법 교육에서 직접화법을 간접화법으로 '전환'하거나 간접화법을 직접화법으로 '환원'하는 훈련이 큰 비중을 차지하고 있는 것도 이와 관련하여 매우 시사적이다.

III. 『人啊,人!』에 있어 話行敍述의 樣相

1. 전달화법 유형과 화행서술의 상관성

서론에서 언급한 것처럼 『人啊,人!』의 전체 서술 중에서 익명의 '소설가'가 1인칭 서술자로 등장하는 제 15, 26절이 본 논문의 주요 분석 대상이다. 그 두 절의 공간적 배경이 모두 손 유에의 집이다. 그런 가운데 제 15절은 호 젠후, 손 유에, 슈 홍종, 우 치윤, 리 제, 스 슈젠, '소설가'가 모여 대화하는 장면이고12), 제 26절은 호 젠후, 손 유에, 슈 홍종, 리 이닝, 한한13), '소설가'가 모여 대화하는 장면이다. 그런데 제 15절의 서두에 당장 아래와 같이 전달화법 유형 및 화행서술 양상과 관련하여 매우 시사적인 대목이 나타난다. 비교적 짤막한 이 대목에 간접화법(2-3), 자유간접화법(4), 자유직접화법(5), 직접화법(6-10) 순으로 대표적인 전달화법 유형 4 가지가 한꺼번에 나타나 있는 것이다.14)

> (1) 손 유에의 방은 넓이 14.2평방미터. 작다고는 할 수 없다. (중략) 그러나 오늘은 다르다. (2) 누군가가 서랍장을 잠깐 밖으로 내보내서

---

12) 자오 젠호안이 막판에 합류한다.

13) 손 유에와 자오 젠호안이 이혼했는데, 한한은 그들의 딸로서 어머니 손 유에와 함께 살고 있다.

14) 서술 일반론과 관련하여 위 대목에서 또 하나 주목할 것은, 간접화법, 자유간접화법, 자유직접화법으로 이어진 (2)-(5)에서는 서술의 연쇄가 중단 없이 형성된 반면에, 직접화법으로 이루어진 (6)-(10)에서는 서술의 연속성이 부분적으로 그리고 순간적으로 차단된다는 점이다. 이같은 차단 현상이 문어상으로는 행 바뀜과 각종 구두점으로 나타나고, 구어상으로는 원담화의 육성을 재연하는 육성 연기와 상대적인 휴지(休止)로 나타난다고 볼 수 있다.

장소를 넓히자고 제안했으나 (3) 손 유에가 찬성하지 않았다. (4) 그
녀가 이 모임을 위해서 일부러 준비해 두었다는 것이다. (5) 서랍장
을 밖으로 내보내면 꽃은 어디에 두지? 꽃이 없으면 시적인 분위기가
없잖아.

(6) 그 말에 슈 홍종이 재빨리 찬성했다.

(7) "그래 꽃이 없어서는 안 되지. 오늘 같은 모임은 그리 쉽게 이루
어질 수 있는 것이 아니야. (중략) 앞으로 누군가가 영전하면 다시
그 사람의 응접실에서 보이면 어떨까."

(8) 슈 홍종의 말이 끝나자마자 스 슈젠이 의기양양해서 말했다.

(9) "원한다면 우리집에 와. 우리집 응접실은 그리 넓니는 않지만 모
두를 접대할 수 있을 정도는 되지. (중략) 언제 오겠어? 알려 주면
나하고 우리집 차이 서기가 같이 마중 나가지."

(10) (중략) 이 여사께서는 무슨 일에나 곧잘 허풍을 떤다. 일부러 그
녀의 집까지 갈 사람은 아무도 없다는 것을 알면서도 그야말로 초대
하고 싶다는 듯 생색을 낸다.15)

여기에서 특히 주목할 것은 이같은 담화전달 양상의 차이가 화행
서술 양상의 차이와 직결된다는 점이다. 우선 간접화법으로 구성된
(2)에서는 '제안했으나'라는 후도입부에 힘입어 원담화의 화행이 명
시적으로 서술되고 있다. 그리고 (3)에서는 '찬성하지 않음'이라는
비교적 명시도가 높은 화행이 서술되고 있으며16), (4), (5)는 도입부
없는 자유화법 양식 아래 '찬성하지 않음'이라는 화행을 수반한 손
유에의 원담화를 매우 독특한 양상으로 전달하고 있다. 그런데 여기
에서 유의할 것은, 이렇게 독특한 양상으로 주어진 손 유에의 원담

---

15) 한국어 번역본 『사람아 아, 사람아!』, 247쪽
16) 필자는 이 대목에서처럼 화행을 '반대' 또는 '거절'로 명시하지 않고 부정형
    ('찬성하지 않음')으로 서술하는 것 자체가 화행의 원초적 복합성과 무관하지
    않다고 본다.

화 자체가 '찬성하지 않음' 이외의 또 다른 미묘하고 복합적인 화행을 내포하고 있다는 점이다-물론 그 미묘하고 복합적인 또 다른 화행을 파악하는 일은 개별 독자의 몫이다.

한편 위 대목에서 (6)-(10)은 전형적인 직접화법 양식의 서술이다. 그런 가운데 슈 홍종의 원담화 (7)을 '재빨리 찬성했다'(6)라는 선도입부와 '말이 끝나자마자'(8)라는 후도입부가 에워싸고 있으며, 스 슈젠의 원담화(9) 역시 '의기양양해서 말했다'(8)라는 선도입부와 '곧잘 허풍을 떤다', '생색을 낸다'(10)라는 후도입부로 에워싸여 있다. 이렇게 '찬성'이라는 화행이 수식어('재빨리')를 동반한 채 비교적 높은 등급으로 명시화되어 있는 반면에, 그 이외의 미묘한 성격의 또 다른 화행들은 직접화법으로 제시된 원담화 및 각종 수식어를 동반한 선·후 도입부(또는 상당어구)에 원초적인 복합성 아래 내재되어 있을 뿐이다-따라서 이런 성격의 화행들을 포착하는 것도 개별 독자의 몫이다. 그리고 여기에서 주목할 것은 직접화법 위주의 서술 양식에 있어서는 간접화법에 비해 개별 독자의 이런 몫이 더욱더 커진다는 점이다.

2. 전달화법 도입부와 화행서술의 상관성

이렇게 독서행위 과정에서 화행서술과 관련한 독자의 몫이 크다는 사실은 한편으로는 현장 화행의 원초적인 복합성과 직결되고 다른 한편으로는 언어활동 전체에 걸치는 상호주체성과 직결된다. 일상 대화상의 현장 화행이 결코 명시적으로 수행되지 않고 상호주체적인 교감 양상 아래 교환되는 것처럼, 전달화법 또한 화행을 명시적으로 서술할 수 없는 채 당사자들 간의 상호주체적인 교감에 의존하게 되는 것이다.

위와 같은 인식과 전제 아래 이제 『人啊,人!』의 제 15, 26절에 나타나는 전달화법 도입부를 면밀하게 검토할 필요가 있다. 이를 위해 편의상 ①화행을 명시하는 도입사가 수식어구를 동반하는 경우, ②중성적 성격의 도입사가 수식어구를 동반하는 경우, ③소통동사 이외의 표현들이 도입부 기능을 하는 경우, 이렇게 세 유형으로 구분하여 살펴보고자 한다.

1) 화행을 명시하는 가운데 수식어를 동반하는 경우

비교적 드물기는 하지만, 등장인물들의 대화에 수반된 것으로 간주되는 화행이 개별 어휘로 명시되는 경우가 있다. 이와 관련한 어휘 목록을 제시하면 아래와 같다.

> 존중, 추천, 엄금, 제안, 찬성, 예찬, 폭로, 중재, 요구, 반박, 반론, 찬성, 비판, 간섭, 주문, 지시, 요구, 기도, 인사, 소개, 탄원, 위로, 위협, (응수), (대꾸), (대답), (질문), …

그런데 이 경우에도 대개는 화행을 명시하는 명사 또는 동사에 각종 수식어구가 뒤따른다. 예를 들어, '재빨리 찬성했다', '입을 모아 찬성했다', '극력 반대했다', '단도직입적으로 거절했다', '전적으로 동의했다' 등이 그렇다. 이런 수식어구의 사용 또한 현장 화행의 원초적인 복합성과 무관하지 않다고 볼 수 있다. 사실 위와 같은 도입부는 단순한 '찬성', '반대', '거절' 또는 '동의'가 아니라 그것을 넘어서는 어떤 행위성을 서술하고 있는 것으로 여겨진다. 요컨대, 모든 유형의 화행 명시는 원담화에 수반된 화행 그 자체에 비추어볼 때 축약성과 근사성을 띨 수밖에 없는 것이다.

2) 중성적 성격의 도입사가 수식어구를 동반하는 경우

전달화법 도입부에 화행 대동사(代動詞)로 간주될 수 있는 '했다' 또는 '말했다'가 빈번하게 쓰인다.17) 그리고 '말을 이었다', '소리를 냈다', '이야기를 늘어놓았다'와 같이 소통을 뜻하는 중성적 성격의 도입사도 더러 엿보인다. 나아가서, 소통동사로 분류 가능한 '물었다', '대답했다', '응수했다', '대꾸했다' 등도 특정 화행의 명시보다는 비교적 중성적인 성격의 도입사 기능을 하는 것으로 여겨진다.

단, 이같은 성격의 도입부들에도 거의 예외 없이 각종 수식어구가 뒤따르고, 바로 그 수식어구들이 원담화의 화행에 대한 일정 방향성을 제시한다. 이와 관련하여 『人啊,人!』의 제 15,26절에 나타나는 각종 수식어구를 ①어투 묘사, ②심리 묘사, ③표정 묘사, ④동작 묘사로 나누어 정리하면 아래와 같다.18)

2-1) 어투 묘사 위주의 수식어

부드럽게 물었다 ; 우물거리며 말했다 ; 만담 같은 어조로 말했다 ; 놀려 주듯이 말했다 ; 나지막이 말했다 ; 경멸적인 투로 말했다 ; 농담 반으로 물었다 ; 그야말로 솔직하게, 그리고 조용히 말했다 ; 빈정거리듯이 물었다 ; 그녀를 추켜세워 주려는 생각에서 이렇게 말을 이었다 ; 격렬한 말투로 입을 열었다 ; 약간 자제하는 어조로 대꾸했다 ; 표정과 말투를 부드럽게 해서 말했다 ; 손유에의 격한 목소

---

17) 예: "...연극 표를 좀 구해 달라고 했다"(255) ; "...만나러 가 보라고 말했다"(255) ; "...더는 견디지 못하고 소리를 냈다"(256) ; "...이야기를 이어받았다"(258) ; "...이야기를 본래 문제로 되돌렸다"(258).

18) 도입부의 수식어구가 동시에 여러 유형의 묘사를 하는 경우가 많다. 예를 들어, "당황해하며 손을 흔들고는 웃으며 말했다"(429)와 같은 수식어구에는 심리 묘사, 동작 묘사, 표정 묘사가 복합되어 있다.

리다 ; 겨루듯이 말했다

2-2) 심리 묘사 위주의 수식어

기분이 언짢아 이야기를 본래 문제로 되돌렸다 ; 설레는 마음으로 말했다 ; 지지 않겠다는 듯이 말했다 ; 화가 난 듯한 몸짓으로 말했다 ; 나도 모르게 감회를 말했다 ; 의기양양해서 말했다 ; 놀라움의 소리를 질렀다 ; 그녀는 빈정거리는 것인 줄 모르고 기쁜 듯이 말했다 ; 걱정스럽다는 듯이 물었다 ; 불만이라는 듯이 고개를 저으며 말했다 ; 분개하며 말했다 ; 불만을 느끼고 말했다

2-3) 표정 묘사 위주의 수식어

설마 하는 얼굴로 말했다 ; 미소지으며 말했다 ; 응시하면서 말했다 ; 경박하게 낄낄 웃으면서 말했다 ; 꿈꾸는 것처럼 말했다. 낮게 신음하듯이 ; 감격한 얼굴로 말을 이었다 ; 얼굴을 붉혔지만 곧 웃으면서 말을 이었다 ; 기뻐서 외쳤다 ; 얼마간 기력을 얻어서 하품을 하면서 말했다 ; 그 얼굴 표정은 말보다도 훨씬 더 과장되어 있었다 ; 하하 크게 웃고 나서 말했다

2-4) 동작 묘사 위주의 수식어

머리를 탁 때리고 말했다 ; 고개를 끄덕이며 말했다 ; 엄지손가락을 세우며 말했다 ; 젓가락을 놓고 말했다 ; 등을 밀며 말했다 ; 두 손을 가슴에 모아쥐고 말했다 ; 종이를 싹 나꿔채서 큰 소리로 말했다 ; 무릎을 꿇고, 웃으면서 손을 모으고는 말했다 ; 갑자기 생기를 띠면서 손바닥을 치며 말했다 ; 머리를 옆으로 흔들고 한숨을 쉬며 말했다 ; 손을 탁 치고 웃으며 말했다 ; 손을 치고는 진지하게 말했다

3) 소통동사 이외의 표현들이 도입부 기능을 하는 경우

아래와 같이 '소통동사'로 간주될 수 없는 일반적인 성격의 동사 (또는 상당어구)가 전달화법의 도입부 기능을 하는 경우도 매우 빈번하게 나타난다.

으쓱하고 근사하게 웃었다 ; 허풍을 떤다 ; 생색을 낸다 ; 웃으며 놀렸다 ; 한 마디 빈정거려 주었다 ; 아주 흥미롭다는 듯이 두 눈을 크게 떴다 ; 당황해하며 손을 흔들었다 ; 스 슈젠의 젓가락이 소생의 이마를 찔렀다 ; 서둘러 급히 끼어들었다 ; 불쑥 말참견을 했다 ; 강하게 고개를 흔들었다 ; 다시 캐물었다 ; 빈정거림이 입 언저리에서 눈썹으로 옮겨갔다 ; 다소 불만을 느끼고 가세했다 ; 웃으며 공격을 가했다 ; 슈 홍종에게 구원의 손길을 던졌다 ; 손 유에는 점점 격앙되었다 ; 양 눈썹을 곤추세우고 분노의 눈길을 슈 홍종에게로 향했다 ; 약간 짜증이 나서 그에게 대들었다 ; 그녀에게 싱긋 웃으면서 고개를 끄덕였다 ; 의외로 고개를 옆으로 흔들었다 ; 나는 다소 실망했다 ; 싱글벙글하면서 반찬을 한 젓가락 집어 주었다 ; 이도 저도 아닌 주장이다

사실 도입부와 표현면 중심의 원담화가 분리되는 직접화법의 경우 가능한 도입사의 범주가 거의 무한대로 열려 있다고 볼 수 있다. 그런 가운데 각양각색의 도입사가 한편으로는 원담화를 예고하고, 다른 한편으로는 거기에 수반된 화행에 대한 단서를 제공한다. 그리고 이 점은 자유직접화법과 자유간접화법에 있어서도 거의 마찬가지다.19)

---

19) 단, 간접화법에 있어서는 가능한 도입사의 범주가 훨씬 더 제한된다. 왜냐하

IV. 『人啊,人!』에 있어 話行敍述과 人物描寫의 相關性

1. 직접화법 위주의 화행서술: 묘사성과 담화성

소설 서술에 있어 간접화법은 원담화를 내용면 중심으로 개념화하여 전달하기 때문에 등장인물들과 관련한 형상화가 요구되지 않을 뿐만 아니라 그럴 만한 시간 여유도 주어지지 않는다. 시간선상에서 빠른 속도로 이어지는 서술의 흐름에 떼밀린 나머지, 독자가 사태 위주의 이야기성 요소들을 수용하는 데 만족하게 되기 때문이다. 그 반면에 직접화법은 등장인물들의 원담화를 표현면 중심으로 재연하는 속성을 지니고 있다. 그리고 바로 이 때문에 개별 독자가 등장인물들의 외모, 육성, 어투, 생각, 심경 등은 물론 원담화에 원초적인 복합성 아래 내포된 화행까지 – 각자 자기 나름의 방식으로 – 형상화하게 되고[20], 서술 연쇄가 순간적으로 차단되는 가운데 그럴 만한 시간 여유가 주어지기도 한다. 개별 독자의 독서행위와 서술 인지 양태를 중시하는 수용미학적 관점에서 볼 때 더욱 더 그렇다.

이렇게 상대직으로 볼 때 간접화법이 '시사' 친화적인 반면에 직접화법은 그 자체로서 '묘사' 친화성을 내포한다. 그런데 『人啊,人!』, 특히 제 15, 26절의 서술에 있어 전달화법 유형별로 직접화법

면 간접화법의 경우 도입부와 내용면 중심의 원담화와 결합된 채 하나의 복문을 형성하기 때문이다.

20) 일상회화에 있어서는 직접화법 유형의 전달 주체가 스스로 원담화의 재연을 위하여 어떤 양상으로든 육성, 표정, 몸짓 등의 연기를 하기 마련인데, 전달 주체의 이런 연기가 원담화에 원초적 복합성 아래 내포된 화행을 형상화하려는 의지와도 무관하지 않을 것이다.

이 압도적인 비중을 차지하고 있으며, 게다가 거의 모든 직접화법의 도입부가 각양각색의 수식어구들을 동반하고 있다. 그리고 등장인물들의 원담화 및 거기에 수반된 화행과 관련하여 그같은 양상의 전달화법 및 화행서술이 묘사성의 등급과 그 효과를 현저하게 높여주고 있는 것이다.

'술화 대 담화'의 대립구도에 있어서도 위와 유사한 점이 발견된다. 우선 간접화법이 '술화' 친화적인 반면에 직접화법은 그 자체로서 '담화' 친화성을 내포한다. 그런데 『人啊, 人!』의 경우 그 독특한 서술 양식(교대적 1인칭 서술) 덕분에 저변에 이미 '담화' 친화성이 깔려 있으며, 여기에 앞서 언급한 것처럼 역시 '담화' 친화적인 전달화법 및 화행서술 양상들이 가세하고 있다. 이렇게 '술화성'에 비해 현저히 더 높은 '담화성' 효과와 더불어, 등장인물들의 대화의 현장성은 물론 그들이 수행하는 화행의 사실성도 한층 더 높아진다. 요컨대, 이 소설의 소재가 문화혁명이라는 역사적 대사태임에도 불구하고, 그 똑같은 소재가 마치 우리 자신의 현재적 상황인 것처럼 다가오는 효과가 유발되고 있는 것이다.

2. 화행서술의 주관성: 정감적·이데올로기적 선호도

한편 위에서 지적한 사항들이 『人啊, 人!』의 서술 전반에 걸치는 주관성과 직결되기도 한다. 더군다나 『人啊, 人!』에는 2중, 3중으로 주관성이 중첩되어 있다고 볼 수 있다. 11명의 등장인물들이 교대로 수행하는 1인칭 서술 양식 그 자체가 1차적인 주관성을 밑바탕에 깔고 있는 가운데, 거기에 작가 자신으로 추정 가능한 익명의 '소설가'와 더불어 2차적인 주관성이 형성되고, 나아가서 "예술 창작에 있어서 작가의 주관"을 유난히 강조하는[21] 실제 작가의 주관성이 개입한다는 점에서 그렇다.

이같은 관점 아래 이제 익명의 '소설가'가 화자로 등장하는 『人啊,人!』의 제 15,26절을 중심으로 화행서술에 나타나는 주관성을 정감적·이데올로기적 선호도에 초점을 두어 간략하게 살펴보고자 한다. 우선 관련 대목의 화행서술에서 가장 눈에 띄는 것이 전달화법 도입부 또는 관련 수식어구로 나타나는 아래와 같은 유형의 부정적인 표현들이다.

> 의기양양해서 말했다 ; 허풍을 떤다 ; 생색을 낸다 ; 경박하게 낄낄 웃으면서 말했다 ; 이 얼마나 경솔하고 품위 없고 흥이 깨짖는 농담인가! ; 한 마디 빈정거려 주었다 ; 그녀는 빈정거리는 것인 줄 모르고 기쁜 듯이 말했다 ; 빈정거리듯이 물었다 ; 빈정거림이 입 언저리에서 눈썹으로 옮겨갔다 ; 그 얼굴 표정은 말보다도 훨씬 더 과장되어 있었다 ; 경멸적인 투로 말했다

이런 유형의 전달화법 도입부들은 1인칭 서술자 '소설가'가 관련 등장인물들의 원담화에 수반된 화행을 우회적으로 서술하는 한 양상이다. 그리고 여기에는 관련 등장인물들에 대한 '소설가'의 정감적·이데올로기적 선호도가 부정적으로 반영되어 있는 것으로 여겨진다. 그 대표적인 등장인물들이 슈 홍종과 스 슈젠이다. 그런가 하면 아래와 같이 긍정적인 성격의 도입부들도 자주 눈에 띈다.

> 리 이닝의 말은 성실했다 ; 감격한 얼굴로 말을 이었다 ; 의외로 고

---

21) 이와 관련하여 이 소설 '작가 후기'의 다음 대목이 특히 시사적이다. "나는 예술 창작에 있어서 작가의 주관이 중요한 의의를 갖는다는 점을 강조하고 모든 예술적 수단을 동원해서 작가의 주관적 세계를 표현하는 것이 중요하다는 점을 강조하고 싶은 것이다."(한국어 번역본 『사람아 아,사람아!』, 455쪽)

개를 옆으로 흔들었다 ; 손 유에의 격렬한 비판에 대해서 리 이닝은
항변하지 않았다 ; 꿈꾸는 것처럼 말했다. 낮게 신음하듯이 ; 손 유에
가 그것은 그렇지 않다고 말하기라도 하는 것처럼 슈 홍종을 보면 말
했다 ; 그야말로 솔직하게, 그리고 조용히 말했다 ; 유일하게 평정을
지키는 가운데 미소지으며 말했다

그리고 이런 유형의 도입부들은 정감적 수준에서는 물론 특히 이
데올로기적 수준에서 일부 등장인물들에 대한 '소설가' 자신의 선호
도를 반영하는 것으로 여겨진다. 그 대표적인 등장인물들이 손 유에,
호 젠후, 리 이닝이다.

V. 結論

載厚英의 小說 『人啊,人!』은 11명의 知人들이 교대로 1-5회씩
등장하여 스스로 문화혁명 당시를 회고하는 총 27개의 절로 구성되
어 있다. 이 중에 작가 자신으로 추정되는 익명의 '소설가'가 1인칭
서술 주체로 등장하는 두 절이 있는데, 이 두 절의 전달화법 대목들
을 중심으로 화행 서술과 인물 묘사의 상관성을 구명하려는 것이 본
논문의 주된 목적이었다. 그런데 본 논문의 분석 결과, 전지적 시점
위주의 전통적인 3인칭 소설에 비해서는 물론이고 1인칭 서술 양식
의 다기한 현대 소설과 비교하여 볼 때도, 『人啊,人!』의 경우 서술
전반에 걸쳐 '술화성'에 비해 '담화성'의 등급이 훨씬 더 높은 것으
로 드러났다. 그리고 화행서술에 있어서는 다기한 수식어(및 상당어

구)를 동반하는 도입부와 직접화법 위주의 담화전달 양상과 더불어, '서사성'에 비해 오히려 '묘사성'이 훨씬 더 두드러지는 것으로 드러났다.

『人啊, 人!』의 서술에서 이렇게 큰 비중을 차지하는 담화성 및 묘사성이 한편으로는 우회적인 인물묘사의 효과를 유발하고, 다른 한편으로는 소설 속 이야기의 현재성과 사실성을 높여주는 효과를 유발하는 것으로 보인다. 나아가서, 이같은 인물묘사가 궁극적으로는 작가 자신으로 추정되는 '소설가'의 정감적·이데올로기적 선호도를 반영하는 것으로 여겨지기도 한다. 물론 이같은 인물 묘사와 정감적·이데올로기적 선호도가 "예술 창작에 있어서 작가의 주관이 중요한 의의를 갖는다는 점을 강조하고 모든 예술적 수단을 동원해서 작가의 주관적 세계를 표현하는 것이 중요하다"('작가후기', 455쪽)고 강조하는 실제 작가의 문학적·예술적 신념과 무관하지 않을 것이다.

한편 『人啊, 人!』의 관련 대목들의 전달화법 및 화행서술 양상을 면밀하게 분석함으로써 언어적 상호작용의 기본 단위인 현장 화행의 원초적 복합성을 우회적으로 입증하려는 것이 본 논문의 부수적인 목적이었다. 그런데 관련 대목들에서 직접화법 위주의 전달화법이 주류를 이루는 가운데 각양각색의 수식어구들로 이루어지는 화행서술의 다기한 양상을 살펴보면, 그 자체가 현장 화행의 원초적 복합성과 직결되어 있다는 점이 드러난다. 요컨대, 현장 화행이 어휘적으로 명시화되지 않는 것처럼, 그것에 대한 서술 또한 어휘적으로 명시화될 수 없으며, 그 두 부문 모두에 있어 언어적 상호작용 당사자들 간의 이심전심의 교감(흔히 말하는 '상호주체성' 또는 '상호주관성')이 전제되는 것이다.

참고문헌

강등학 외(2000), 한국 구비문학의 이해, 월인.

고영근(1997), "텍스트이론과 문학작품의 분석", 텍스트언어학 4, 1-26,

김태곤 외(1995), 한국구비문학 개론, 민속원.

박용익(역)(2006/2004), 이야기 분석, 역락.

유제호(2007), "판소리 『춘향가』에 있어 전달화법 유형과 서술효과의 상관관계」, 텍스트언어학 22, 1-31.

이광숙(1993), "문학작품 분석에서 텍스트언어학적 접근가능성", 텍스트언어학 1, 113-126.

임명진(2002), "판소리의 서술상황과 현전성의 상관관계", 판소리 연구 13, 319-341.

한용환(2002), 서사 이론과 그 쟁점들, 문예출판사

황석자(1989), 소설의 다음성 현상: 함의와 해석, 한신문화사.

Authier-Revuz J.(1995), *Ces Mots Qui ne Vont pas de Soi*, Larousse.

Bres J.(1994), *La Narrativité*, Louvain-la-Neuve, Duculot.

Genette G.(1969), *Figures II*, Paris, Seuil.

(1972), *Figures III*, Paris, Seuil.

Gaulmyn M.M.(1997), "La Genèse des Marques Formelles du Discours Rapporté dans le texte écit", *Modèles Linguistiques* XVIII, fasc.1, p.53-73.

Gauvenet H.(1976) *Pédagogie du Discours Rapporté, Paris*, Crédif-Didier.

Hamon, P.(1981), Introduction à l'analyse du descriptif, Hachette.,

Maingueneau D.(1990) *Eléments de Linguistique pour le Texte Littéraire*, Bordas.

(1990) *Pragmatique pour le Ddiscours littéraire*, Bordas.

Rosier L.(1999), *Le Discours Rapporté: Histoire, Théories, Pratiques*, Duculot.

Rastier, F.(2004), "Formes sémantiques et textualité", *Poetique et Testualité*, Larousse-Armand Colin.

汉语动补结构折射出的民族文化特征

庄义友，伍春红(韶关学院文学院)

0. 引言

首先我们需要说明一下本文研究的对象——动补结构。先看看李讷和thompson合著的Mandarin Chinese(《汉语语法》)[1] 对汉语动补结构的定义：动补结构是由两个成分构成的复合性动词。所谓复合性质，主要是指两个成分代表一个单一的句法单位，不再允许其他成分隔开，而且他们拥有单纯动词的句法功能，比如他们可以像一个及物动词一样带上受事宾语。其次，动补结构的两个成分之间存在一种"动作"和"结果"的语义关系。但是，从语言事实的角度看，这样的定义也存在定性问题，把动补结构定义为复合动词容易造成人们的误解，因为这暗示它仅仅是一种词汇性的东西，而事实上它是一种能产的句法结构。

在英语里，也有类似汉语动补结构的现象，尽管两者句子的基本语序一样同为svo，但英语的"动+补"短语后却不能跟一个受事宾语，如果有受事名词的话则只能插在动词和补语之间。试比较：

(1) The dog barked the chickens awake.

(2) 媽媽叫醒了小明。

再者，英语的动补结构不是一个能产的句法格式，更不能看做复合动词，某个结果补语通常只能与某个特定的动词搭配：而现代汉语的动补结构是一个高度能产的句法格式，比如"伤"，可以分别和"打、

---

1) 石毓智 转引自 Li, Charles N.& SandraA. Thompson.1981. Mandarin Chinese(《汉语语法》) [M] 2003

撞、扭、灼、烫” 等构成一个个夏合词性质的语法单位，而不像英语那样是语义选择性极强的习惯表达。因此，为了避免双音结构存在是词还是短语的定性问题，也为了行文中汉英比较的方便，我们把研究对象定为 “动补结构”，并且把它当作一种句法格式来看待。

此外，还需要交代一下我们考察 “动补结构” 的目的。美国形式学派的一个很重要观点是：“句法(结构)是一个自足封闭系统”，而功能学派则认为这个理论不能成立，原因之一是一些社会文化因素也可以影响到句法。由此可见一种语言的句法结构是一个开放的系统。我们希望通过对动补结构的夏音形式及其语义搭配的分析，来窥探社会文化因素对语法的影响，看看动补结构能折射出什么样的民族文化特征。

1. 社会文化因素对动补结构产生的影响

语法现象的产生究其动因还是要在语言系统内部寻找，但是毋庸讳言，外部的社会文化因素对它也也有一定的影响和促进作用。现举一些例子，比如日语语法中的敬语标记，明显反映了日本社会普遍认可的尊卑关系；社会平均值的认可度也会影响到语法，现代汉语里 “有学问、有能力、有地位、有本事、有实力” 等一类 “有+名” 的组合里的 “有” 跟 “有电视” 里的 “有” 很不一样，并不是从零算起，而是以社会平均值的认可度为主要依据的一种模糊说法。这种组合的性质与普通的 “动宾短语” 格格不入，最明显的差别就是他们都能受程度副词的修饰，如可以说 “很有文化”，而 “很有礼物” 就说不通。

可见，不同的语言往往有不同的语法范畴，其中相当一部分可能与说该语言的人的社会文化环境密切相关。

1.1 对称和谐的审美意识促进汉语词汇发展的双音化倾向，双音化促使动补融合

刘勰云："造物赋形，支体必双，神理为用，十不孤立。"[2] 汉民族对客观世界的认识思维上善于 "近取诸身，远取诸物'，对于大自然普遍存在的平衡、对称的现实情形自然容易形成对称、和谐的意识。这种意识首先投射在大自然的两两相对上，"日月、山水、天地" 等，然后延至社会现象，如 "君臣、父子、夫妇" 等。名词在双音化趋势上走在前头，大量同义、反义、相类的单音词融合为一个夏合词，这也反映了汉民族 "合二为一" 的哲学思想。

当双音化趋势发展到一定程度时，词汇的基本语音表现形式就由原来的单音节变成双音节，即引起结构表达概念的变化。双音化由名词的融合(国家、兄弟、社会、道路)扩展到形容词(健康、平静、聪明、强大)，语法的强类推功能起作用，最后使得经常紧邻出现的两个本来独立的单音动词和单音形式的补语也融合成一个句法单位。而今普通话双音节词约占常用词的80％。对于汉语词双音化形成的原因，吕云生、杨琳先生持审美观念说。当然，双音化是一个渐进的过程，不肯能可能只是一方面的原因造成的，而是多方面因素的综合结果。我们也认为审美观念是外部原因，是社会文化因素起到了很大的促进和推动作用。也就是说，"吃饱、喝醉、学会、听懂、抓紧"等动补结构的产生有双音化的重要原因，也是汉民族崇双的审美要求，是汉民族追求韵律美、形式美、语义和谐完整的文化观念的具体体现。

---

2) 周振甫 ≪文心雕龙今译≫, [M] 中华书局, 1986.

1.2 避繁趋简、趋同统一的民族心理使动补融合合法化

"避繁趋简" 其实可算是汉语注重意合的民族心理机制之一。这个古代诗次寥寥数语就能勾勒出一派内涵丰富的景象,这种语言锤炼的高超艺术和神妙境界在此不作赘述。在现代汉语中,"避繁趋简" 的原则也是明显适用的,简化字、缩略语、紧缩句都是这种心理使然。要看这种心理机制如何影响到动补融合就有必要说说动补结构的历史来源。对此,石毓智博士运用历史语言学的研究方法加以考察,得出动补结构是由中古汉语的 "可分离式动补组合"3) 发展而来的结论。

"可分离式动补组合" 表达行为和结果的语义关系,该句法格式中的动词和结果成分代表的是两个独立的句法单位,而且其间还有一个句法位置 X,可以允许动词的受事、否定词和副词插入其间,例如 "唤江郎觉" "分肉食甚均" "便拦他不住" 等。这种 "V+X+R" 渐变为我们所讨论的 "V+R" 动补结构。其中 V 和 R 已经融合成一个单一的不可插入其他成分的句法单位,看作谓语整体,也就是说当 X 为宾语时,"S+V+R+X" 就相当于 SVO 的语序。一种语言组织信息的原则是和谐统一的,这是语言系统内部的要求。汉语从古到今都是 SVO 语言,我们认为V和R的融合除了是语法内部要求类型学上的统一性所使然之外,也是避繁趋简心理的驱使。S+V+O+R 与汉语 SVO 的基本语序是有差距的,人们在言语的时候就会不自觉地使用句子的形式归整到常用的格式中。由于动作和结果表示的是一个完整行为的两个阶段,要使 S+V+O+R 趋同 SVO 的有效方法就是让动词和与动词在认知和语义上最具整体性的结果成分结合成为一个韵律单位,这样在语法系统上也就趋于统一了。趋同之后,整个句

---

3) 石毓智 《现代汉语语法系统的建立— —动补结构的产生及其影响》 [M] 北京语言大学出版社 2003.

3장 _ 세계 문학의 교류와 수용 ■ 39

法格式也简单明了，且对言语交际的效益性也更为有利。比如，当动词的受事宾语是蕴涵在说话人和听话人的已知信息里时，受事宾语就可隐去，表达就显得清晰干脆，比如"吃饱没""睡醒了吗""听不懂(你的意思)"，如果动补没有发生融合，宾语显现在中间的位置，就可能是"吃饭饱了没""睡觉醒了吗""听你的意思不懂"的说法才合法，但这在今天是听来是别扭的，看来也是不合法的，因为它们不符合我们组织信息的 SVO 原则。所以说，结构松散的动补结构组合发展成为动补结构是得到避繁趋简、趋同统一的民族心理的支持的。

2. 动补结构语义搭配折射出的某些民族文化特征

语言是一种符号系统，其最大的特点是符号与符号的结合是任意的。但就连语言符号论者的祖师爷索绪尔也发现了语言中只有一部分符号组合是绝对任意的，而另一些符号组合则具有相对的可论证性。在现代汉语里双音节词占优势，就某些合成词而言，为什么这样搭配，不那样搭配，不是任意的而是可以论证和解释的(很多双音节合成词找不到对应的反义词就是最好的证明，如"好强、呈强、好胜"等)。词与词的搭配使用，要受到语法规则、词汇的语义特征和文化因素三个方面的制约，也就是说从词语的语义搭配我们能够看到一些社会文化现象和特征。

2.1 "吃" 后结果补语折射的生活状态

"民以食为天" 是我们国人总结的生活的头等大事, 我们调查了历史上和现代汉语中的大量语料, 跟动词 "吃" 搭配频率最高的是补语 "饱"; 然而英语中跟 eat 搭配最自然的结果补语是 sick。这可能与两个社会的物质文明程度或者饮食习惯有关。中国人长期以来一直为温饱问题而努力, 所以吃饭最关心的问题是 "饱", 这是人民所期望的结果。然而西方人多爱吃生冷食品, 所以吃饭最担心的问题是 "病", 是最需要避免的结果。我们再对比一下, 中国菜烹饪的方法多样, 我们所看到的语料中与烹调类动词搭配最多的结果补语是 "熟", 国人在 "吃" 东西之前最关心的问题是 "熟"。这种现象影响到两种语言 "吃" 后出现的结果, 也是中西饮食文化的折射点之一。

近些年来, 随着经济的发展和社会生活的改变, 汉语中跟 "吃" 搭配最多的补语也发生了变化, 越来越多的人使用 "吃好", 特别是经济较富裕的人群和社区中,。"吃饱" 的使用频率和范围也就相应的萎缩。我们能够从与动词 "吃" 搭配的结果成分的变化中看到社会生活水平的提高, 国人对 "吃" 的期待已经上升到要求愉悦的程度。

2.2 "喝" 后结果补语折射的精神状态

在汉语里 "喝" 与 "醉" 结合已经算作一个句法单位, 是常用词汇。"醉" 本义是饮酒适量, "醉" 中的"卒"是表示总结之意, 指喝到该结束之时。而今它的常用义项是饮酒过量, 引申为对某事物极端爱好。在英语里形容 "喝醉" 的状态, drink 后则是 stupid。原因是中国传统自酿的是白酒、黄酒, 都是酒精度很低的, 而且盛酒的杯子甚是别致, 所以能够 "千杯不醉"; 洋酒敢言喝千杯不醉的大概没几人, 不论盛酒的器皿还是醇度都是前者的好几倍甚至十倍以上, 喝到过量

就是有些 "愚蠢" 了, 容易闹出蠢事, "drink" 应该是适可而止的,
与古汉语是接近的, 古人以买 "醉" 为一种享受或解脱。 现代汉语
"醉" 已经演变成过量了, 也多少看到酒文化的一些变迁。

2.3 行为结果或程度补语折射的心理状态

上文我们举了动补结构之两例来看语言背后的民族文化, 仅根据两
个例子来下结论, 显然会使人觉得不可靠。中国语言学研究重视语言
事实的调查和描写, 常听到这样的议论 "例不十不成律", 这里所提
倡的实际上是一种"不完全归纳推理"。对于不完全归纳推理, 不论罗
列例子有多少, 结论都是或然的, 只有找到了现象跟规则之间的内在
逻辑联系时, 结论才可能是可靠的。为什么在汉英两种语言中, 有些
相同的行为, 两种民族会认为它们可能引发不同的结果呢? 这里的内
在逻辑联系可以映射出不同民族对事情发展的看法, 透视出世界的迥
异, 看到社会发展的程度的差别。

萧国政在 《文化对语法的影响》 一文中指出: "文化对语法的
影响主要是体现在两个方面:人类文化对其语言语法产生、发展和变
化的总体性影响;不同社团所使用语言语法差异反映出的人类文化
的异同所折射出的具体影响"。[4] 由于中国保持农业社会状态历时长
久, 对生活还是停留在较低层次的需求上, 所以对吃喝既敏感又容易
满足。而操英语的国家大多是工业发达、经济富裕的国度, 人们对生
活的态度已经早早脱离了在吃喝上的专注, 而是较多地思考人类的将
来, 报刊杂志、 学术研究上关于紧缺资源、 人口、 环境污染等的预
测数据多半是西方发达国家公布的, 他们担忧将来的生存状态, 而我
们则是最近才开始喊"节能减排"的口号。无疑西方是以悲观的方式宣

---

[4] 萧国政 《文化对语法的影响》 [J] 《黄冈师专学报》 1999 第2期.

昭天下的，但事实上他们是乐观主义者，他们摆出问题以求正面地积极地思考解决的方法，相比之下，我们就有点可悲，对结果我们容易抱着乐观的想法，预期的往往是好的，结果大相径庭，就悲天悯人。我们不是试图从 "吃" "喝" 的结果补语来说明西方多是悲观的乐观主义者，我们多是乐观的悲观主义者，而是从结果成分的不同搭配来思考其背后的社会文化因素对语义关系的制约作用。 如果说仅就 "吃" "喝" 两个动词所带的结果补语来说明民族心理状态对动补结构形成的影响还不够典型的话，那么，由 "动+副" 组成的动补结构就更具有汉语特色了。如 "气死"、"恨死"、"烦死"、"丑死" 等组合，其中的补语 "死" 实际上并非表示结果，而是表示程度的，而且这种程度几乎是到了极限，所以才会用 "死" 这个平时需要避讳的字眼来表示其程度之高，而一般情况下(可能某些方言例外)，表示好的事物的程度高是不会用 "死" 做补语的，如极少听到 "美死"、"好死"、"爱死"、"乐死" 的说法。这应该也是汉民族追求 "吉祥、吉利" 的心理状态折射在语言结构中的又一种表现吧。

【 摘要 】动补结构是由两个成分构成的复合性句法单位。汉语动补结构中蕴涵着丰富的社会文化因素：中华民族对称和谐的审美意识促进汉语词汇发展的双音化倾向，双音化促使动补融合；避繁趋简、趋同统一的民族心理又进一步促使动补融合合法化；"吃" 后结果补语折射的生活状态，"喝" 后结果补语折射的精神状态，以及行为之结果或程度补语折射的心理状态等，无不说明不同的民族文化对不同的语言结构具有潜在的影响，并对其发展变化产生一定的促进和推动作用。

【 关键词 】 动补结构 ； 民族文化 ； 特征

Chinese Moves Makes Up the Structure Reflect the
Characteristic of National Culture

Abstract : Moves makes up the structure, is the compound syntax unit which constitutes by two ingredients. Chinese moves makes up in the structure contain a rich society cultural elements: The Chinese nation's symmetrical and harmonious consciousness promote Chinese glossary trending in double sound. The double sound urges to blending moves makes up; Evading numerous and hastening abbreviated, hastening unified of national psychology further urge moves makes up to the fusion legalization; "After eats" the result complement to reflet life condition, after "drinks" the result complement to reflect state of mind, as well as results of behavior or the degree complements reflect psychological condition and so on, all above show all the different national culture has the latent influence on the different language structure, and has a certain promotion and the impetus function to its development change.

Key word : Moves makes up the structure; National culture; Characteristic

나쓰메 소세키(夏目漱石)와 모리타 소헤(森田草平)

柳 相 熙(全北大學校 日語日文學科)

Ⅰ. 들어가며

일본 근대문학사상 최고봉이라 일컬어지는 나쓰메 소세키(夏目漱石<1867-1916>; 이하 소세키)는 東京帝國大學에 在職하고 있을 때부터 자신의 집을 수시로 방문하는 門下生들을 위해 매주 木曜日을 지정하여 일시에 면담을 하였다. 그것이 이른바 '木曜會'라는 문학 사롱이다. 모리타 소혜(森田草平<1881-1949>; 이하 소혜)는 스즈키 미에키치(鈴木三重吉), 고미야 도요타카(小宮豊隆), 노가미 도요이치로(野上豊一郎) 등과 함께 초창기부터 이 사롱의 멤버로 참가하였다. '소세키山脈'이라고 일컬어지고 있는 많은 문하생 중에서 그리 뛰어난 재능을 가진 인물은 아니지만, 누구보다도 소세키에게 가장 많은 도움을 받았고, 한편으로는 스승 소세키에게 가장 많은 영향을 끼쳤다는 사실을 밝혀보고자 한다.

Ⅱ. 소세키(漱石)과 소혜(草平)의 만남

소혜는 東京帝國大學 英文科에 在學하면서 소세키의 弟子가 되었으나, 英文版 러시아 文學에 깊이 빠져있었기 때문에 소세키가 강의하는 셱스피어에는 별로 흥미를 느끼지 못하여 제대로 出席도 하지 않았다. 그러나 1905(明治38)년 가을 최종 學年에 進級하였을 무렵부터 『나는 고양이로소이다(吾輩は猫である)』의 作家 소세키에

게 주목하기 시작하였다. 그 해 소혜는 만 20세의 나이로「藝苑」
이라는 잡지에『와쿠라바(病葉)』라는 음침한 소설을 모리타 하쿠요
(森田白楊)라는 필명으로 게재한 바 있는데, 그것을 들고 12월 下旬
소세키의 집을 방문하였다. 그리고 12월 31일 소혜는 소세키에게서
편지를 받는다. 그것은 그 소설의 감상을 간절하게 적은 것이었다.

> 잘 되어 있습니다. 문장은 몹시 고생을 했을 테지요. 취향도 재미있어
> 요. 하지만 아름답고 유쾌한 느낌이 없다고 생각합니다. 혹시 자네는
> 이미 아내가 있는 사람이 아닌가요? 그렇지 않다면 요즘의 러시아 소
> 설을 마구 읽은 것이겠지요.[1]

그 편지를 받은 소혜는 소세키에게 자신의 속마음을 간파 당했다
고 생각함과 동시에 그 배려에 크게 감동하였다. 그것을 계기로 그
는 소세키에게 급속도로 접근하였으나 매사에 자신감이 결여되어 있
었다. 그런 그가 1906년 10월, 하룻밤 동안에는 도저히 쓸 수 없을
만한 長文의 편지를 소세키에게 보냈다. 그는 그 해 여름 帝國大學
을 卒業하고 前途가 정해지지 않은 채 기후(岐阜)에 귀향하여 소일
하고 있던 중, 9월에 발표된 소세키의 소설『풀베개(草枕)』을 읽고
감격하여 문예의 길을 걷겠다는 決意를 하고, 소세키의 門下에 들어
가기 위해 上京하였다.

편지를 보낸 지 10일쯤 지나 소세키에게서 온 答信에는 "나는
滿腔의 同情으로 그 편지를 읽고, 滿腹의 同情으로 찢어서 버렸네.
그 편지를 본 사람은 편지의 受取人으로 써 있는 夏目金之助뿐이
네."[2]라는 文句가 있었다. 당시 소혜는『와카라바(病葉)』에서 소세

---

1) 『漱石全集』第十四卷 p.348.
2) 『漱石全集』第十四卷, p.479.

키에게 간파 당한 것과 같이 이미 妻子가 있었다. 天性이 多情하여 겨우 14,5세 때 기후(岐阜)의 10세 以上이나 年上인 娼女와 친밀했던 적이 있었던 그는 사촌동생 少女와 사실상의 부부 관계를 맺어 1905년 말에 아들이 태어났던 것이다.[3]

또한 그 이전인 1903년(明治36) 겨울 소헤는 홍고다이(本鄕臺)에서 하숙을 하고 있었는데, 그 집 주인의 딸과 깊은 관계가 되었다. 그런데 1905년에는 妻가 上京하여 한동안 그 집에서 함께 살았다. 그러는 동안에 妻는 다시 姙娠하여 1906년에 女兒를 出産하는 등 복잡한 사생활로 고뇌에 빠져 있었다.

소헤는 자신에게 흐르는 放蕩의 피가 母親의 遺傳이라고 믿고 있었다. 그의 집은 원래 地主였으나 父親 死後 급속히 沒落하였다. 그것은 소헤의 敎育費 때문만이 아니라 母親이 情夫에게 집을 팔아 바쳤기 때문이다. 그는 또 自身은 父親의 자식이 아니라 母親과 다른 男子 사이에서 태어난 자식이 아닌가 하고 강하게 의심하였고, 父親은 당시 가장 두려워하던 한센병으로 사망한 듯하다. 소헤는 많은 苦悶과 秘密 중에 주로 母親과 그 淫蕩한 피, 그것이 가져온 自身의 性的 편력에 대하여 소세키에게 편지로 告白한 것이다.

漱石는 그 答信에 다음과 같이 적었다.

> 나는 자네가 이 사실을 나에게 털어놓은 것이 매우 기쁘네. 나를 이토록 중하게 보아준 자네의 진심을 기뻐하네. 同時에 이 일을 나에게 털어놓지 않으면 안 되는 자네의 마음을 괴롭힌 原因者 (만약 있다면)를 저주하네. 同時에 이 일을 나에게 부득이 털어놓아야 하는 자네의 神經이 衰弱해지는 것을 슬퍼하네. 사나이는 당당해야 하네. 그런 일로 어찌 자네가 風月 天地를 懊惱해야 하겠는가. 자네의 生涯는

---

3) 『漱石硏究』第十三号, p.75.

이제부터네. 功業은 百年 후에 價値가 정해지네.4)

소세키는 이런 소헤에게 어쩐지 마음이 끌렸다. 內向的인 데다가 매사에 分明하지 못한 그를 의연하고 순수하게 만들어 행복하게 해 주려고 정열을 불태웠다. 그것은 분명히 소세키 성격의 한 측면이기 도 하였다.

이와 같은 소헤의 告白癖은 소세키를 크게 刺戟하였다. 소세키는 1906년(明治39) 12월 21日字로 소헤에게 보낸 편지 끝 부근에 이 렇게 썼다. 그것은 평소의 소세키에게 어울리지 않는 告白으로 소헤 에 의해 촉발된 決意의 表明이었다.

> 나는 文章으로 百代 후에 전해지길 바라는 野心家라네.(중략) 단지 1 년 2년 또는 10년, 20년의 評判이나 狂名이나 惡評은 추호도 꺼리지 않는다네. 왜냐하면 나는 가장 光輝있는 未來를 想像하기 때문이네. (중략) 나는 가까운 곳의 稱讚을 구하지 않고, 天下의 信仰을 구하네. 아니 天下의 信仰을 구하지 않네. 後世의 崇拜를 기대하네. 이 希望이 있을 때 나는 비로소 나의 위대함을 느끼네.5)

소세키의 答信을 읽은 草平는 감격한 나머지 하숙방에 가만히 있을 수가 없어, 이튿날 급히 東京으로 돌아왔다. 한편 소세키로서 도 스스로 쓴 그 便紙가 매우 큰 의미를 가지게 된다. 소세키는 1900년(明治33)년 가을 영국으로 유학을 떠날 때까지도 자신의 일 에 대하여 또는 人生에 대하여 確固한 信念을 갖고 있지 못하였다. 2년간의 런던 생활 중에 소세키는 자신의 內部에서 새로운 衝動이 용솟음치는 것을 意識하였다. 그러나 그것은 강렬한 스트레스를 동

---

4) 『漱石全集』第十四卷, p.480.
5) 上同.

반하는 가혹한 外國體驗이기도 하여, 소세키는 同時에 自我의 崩壞
危機에 처했다.

　歸國 후에도 그런 精神的 危機는 지속되었고, 그 對症療法과 같
은 생각으로 큰 부담 없이 『나는 고양이로소이다』와 『도련님(坊っ
ちゃん)』을 執筆하였던 것이다. 그런데 그 療法은 큰 效力을 발하
여 주변의 賞讚을 얻게 됨으로써 마침내 자신이 가야할 길을 發見
할 수 있었던 것이다. 그리고 그 心情을 소헤라는 他者에게 傳達하
기에 이르러 마침내 決意로 昇華한 것이라고 볼 수 있다. 소세키의
專業作家 10년 생활은 이때 사실상 시작되었다.

Ⅲ. 煤煙事件과 小說 『煤煙』

　1907년(明治40) 봄부터 소헤는 東京의 天台宗中學校에 근무하였
다. 그리고 그 해 가을부터는 홍고(本鄕)의 京華中學校에도 출강하
여 合計 50엔의 月給을 받았다. 그러나 두 女性과 복잡하게 얽힌
관계는 여전히 淸算하지 않은 상태였다.

　그 1907년 소헤는 이쿠타 조코(生田長江)의 勸誘를 받아들여 敎
會 附屬 成美女學校 교실을 빌린 '閨秀大學講座'에서 週 1回 文
學 講義를 하였다. 이윽고 소헤는 그 受講者 중의 한 사람인 히라
쓰카 하루코(平塚明子<1886-1971>; 이하 하루코)라는 5살 年下의
女性에게 강하게 끌리게 되었다.

　明治 末期 舊道德은 소멸되어 가고 있는데, 새로운 規範은 아직

보이지 않는 過渡的인 時期에는 女性인 것 그 자체가 束縛이라고
강하게 느끼는 知識層 女性 중에는 肥大한 自我를 制御하지 못하
고 열렬히 行動을 하는 자가 있었다. 오차노미즈(お茶の水)高女에서
女子大學을 나온 21세의 하루코는 그 중에서도 가장 尖銳한 사람이
었다. 더구나 그녀에게는 남자를 지배해 보고 싶다는 강한 욕망이
있었고, 한편 소헤에게는 女子에게 지배당하고, 翻弄당하고 싶은 마
음이 있었다. 두 사람은 급속히 접근하여 1908년 3월 서로 約束하
고 家出하여 시오바라(塩原)溫泉으로 갔다. 情死行이었던 것이다.
그러나 그 企圖는 最後의 瞬間에 포기하고 만다. 훗날 '라이쵸(らい
てう)'라는 筆名으로 잡지 「세토(靑鞜)」라는 여권운동 잡지를 主宰
하게 되는 하루코가 戀愛感情의 高揚 끝이 아니라, 다눈치오와 입
센 소설의 깊은 영향을 받아 자신이 그들 小說의 主人公처럼 행동
하기 위해 죽음을 所望하는 것이라는 것을 소헤에게 간파 당했기
때문이었다. 그 경우 소헤는 하루코가 創作하는 小說의 副主人公,
또는 단순히 便宜的인 存在에 불과하였다. 소헤는 자신이 하루코의
文字로 쓰지 않은 小說에 이용당하고 있다고 생각하였다. 그렇기 때
문에 하루코가 자신에게 肉體를 허용하지 않는 것이라는 것을 간파
하고, 마침내 하루코가 所持하고 있던 短刀를 눈 덮인 계곡으로 던
져버린 것이다. 그들은 이튿날 아침 搜索隊에 발견되어 구조되었다.

이쿠타 조코(生田長江)와 시오바라에서부터 同行하여 東京로 돌
아온 소헤는 이미 하숙집에서도 나왔기 때문에 와세다(早稻田) 미나
미쵸(南町)의 소세키宅에 한 동안 隱身하였다. 소세키는 평소와 다
름없는 태도로 소헤를 맞이해 주었다.

그 후에도 하루코는 몰래 소헤에게 면회를 청하였다. 그녀는 아직
도 소헤를 지배하려고 하는 무의식적 욕망에서 자유롭지 않았다. 그
리고 그때마다 소헤는 동요하였고, 결국 그 사건을 小說로 써버리는

것 외에는 하루코의 죽음의 유혹에서 벗어날 길이 없다고 생각하게
되었다.

소세키는 사건 후 한참 지나서 소헤에게서 사건의 전말을 들었을
때 "두 사람이 한 짓은 도무지 연애가 아니다. 결국 놀이라고 밖에
생각되지 않는다."라고 말했다. 그리고 하루코의 인품과 행동을 '언
콘셔스 히포크리트(unconseious hipocrite)'라고 평하였다. 히포크리
트란 단순한 위선자가 아니고 자신도 모르게 다른 사람이 되어 버리
는 것이라고 소세키는 설명하였다. 소세키는 소헤에게 "어떤가? 자네
가 쓰지 않으면 내가 써 볼까?"라고 말했다고 한다.6) 소세키의 집필
의욕이 크게 달아올랐던 것이다. 소세키는 그해 가을부터 東京朝日
新聞에 연재한 소설『산시로(三四郞)』의 히로인 미네코(美禰子)에
하루코의 이미지를 깃들게 하여 '언콘셔스 히포크리트'를 조형하였다.

소세키는 또 소헤를 자신의 助手로 삼아 東京朝日新聞 '文藝欄'
편집을 맡기고 60엔의 月給을 받게 하였다. 그뿐만 아니라 소헤가
쓰고 있던 小說이 1909년(明治42) 5월부터 朝日新聞에 연재되도록
힘써주었다. 그것은 실적이 없는 젊은 작가로서는 실로 파격적인 대
우였다. 소헤가 쓴 것은 시오바라 情死未遂事件을 중심으로 한『바
이엔(煤煙)』이라는 소설이었다. 소세키는 처음에는 소헤의 作品에
好意的이었으나 이윽고 不滿을 흘리게 된다.

소헤와 하루코가 이쿠타 조코(生田長江)를 우쿠보(大久保)로 방
문할 생각으로 고부센(甲武線)을 탔으나 暗默의 合意로 그것을 그
만 두고 東京 郊外를 헤매 다닌 후에 구단(九段)까지 돌아와 양식
집에 들어간다. 거기서 소헤는 위스키를, 하루코는 큐라소를 마신다.
이윽고 종업원이 물러간 후 두 사람은 긴 키스를 한다고 하는 신이

---

6) 森田草平『夏目漱石』(三) p.173.

소설 속에 드러난 것은 1909년 3월이 되고나서였는데, 소세키는 3
월 6일 日記에 이렇게 썼다.

> 煤煙은 극렬하다. 하지만 지당하게 생각되는 곳이 없다. (중략) 그들
> 이 부질없는 정열을 불태우고 본격적으로 미친 듯한 연극을 하고 있
> 는 것을 인타깝게 생각한다. 行雲流水, 自然本能의 발동은 이런 것이
> 아니다.[7]

소혜의 『煤煙』은 독자들에게 일단 好評이었다. 近代人의 意外의
衝動과 行動이 거기에 있다고 받아들여졌던 것이다. 그러나 漱石는
찬성할 수 없었다. 『煤煙』은 유럽문학의 생생한 영향 하에 있는 自
己劇化의 딱하고도 우스꽝스러운 기록에 지나지 않는다고 생각한
것이었다.

4. 끝맺으며

결국 소혜는 그 후 별다른 활약을 하지 못하고, 고작 『煤煙』의
주인공에다 소세키의 門下生의 한 사람으로서 기억되는데 그치고
만다. 그러나 그는 性的인 放縱과 솔직하면서도 內省的인 性格, 그
리고 强烈한 告白 衝動에 의해서 소세키를 크게 자극하였던 것이다.
소세키에게 專業 作家의 決意를 굳히게 하고, 또 明治時代의 知識

---

7) 『漱石全集』 第十三卷, p.207.

靑年들의 行動과 困惑을 紙上에 定着시킨 이야기『三四郎』를 세상에 나오게 한 것은 비록 本人이 그 일에 無意識的이었다 할지라도 실로 소혜 바로 그 사람의 功이었다고 할 수 있을 것이다.

참고문헌

『漱石全集』岩波書店, 1976.

三好雄行『夏目漱石事典』(別冊國文學) 學燈社, 1990.

小森陽一, 石原千秋 編,『漱石硏究』第十三号, 翰林書房, 2000.

森田草平『夏目漱石』講談社學術文庫, 1980.

佐々木英昭『新しい女の到來』名古屋大學出版會, 1994.

柳相熙『나쓰메 소세키 연구』보고사, 2001.

张九龄研究中若干重要问题考辨

兼答顾建国先生

熊 飞(韶关学院文系, 广东韶关)

數年前, 我与顧先生有過一次書信來往。 当拙著 ≪張九齡年譜新
編≫(以下簡称 ≪熊編≫)出版之后, 我便寄了本給顧先生, 沒有想
到, 顧先生的回信竟是他的大作 ≪張九齡年譜≫(以下簡称 ≪顧譜
≫)。 几乎同時, 拙著 ≪熊編≫与 ≪顧譜≫一南一北分別出版, 這
是張九齡研究近十年不斷深入的標志。 收到 ≪顧譜≫后, 我便將自
己對譜中一些重要問題的看法告訴了顧先生。 爲了向學界朋友介紹
張九齡近年的研究情況, 我曾与广西師大張明非先生聯系在 ≪唐代
文學研究年鑒≫發文事宜, 但年鑒沒來得及采用。 這就是顧先生所看
到的刊登在 ≪咸宁學院學報≫ 2006年 第二期上的 ≪近十年張九
齡研究的新進展≫一文。 不久前, 在 ≪淮陰師范學院學報≫ 2007
年第二期上, 看到了顧先生的大作 ≪張九齡研究中的若干問題商兑
—兼答熊飛先生≫(以下簡称 ≪商兑≫); 昨日, 又接到顧先生惠贈
的新著 ≪張九齡研究≫(以下簡称 ≪研究≫)。 但我感到奇怪的是,
在其新著 ≪研究≫中, 不管是正文還是參考文獻, 拙著及几篇重要
論文均沒有出現, 如果說其他刊物發表者難已看到, 但 ≪學術研究
≫(广東)、 ≪唐代文學研究≫(中國唐代文學研究會編)等刊物, 一个
博士, 不能說沒有見到吧? 如果說論文沒有見到還情有可原, 顧先生
該不會說 ≪熊編≫也沒有見到吧? 我原以爲, 兩本年譜擺在那里,
是非明眼人一看自知, 旣然張先生不愿意將拙著与其大作放在一起,
讓世人 "共賞", 那我也沒有辦法。 所以只好仿顧先生的樣子, 一則
說說我對一些重要問題的看法, 二則也算是給顧先生的大作一个答夏
吧!

扉、关于张九龄籍贯

顾建国先生在 ≪商兑≫文中说："对九龄籍贯问题的争沦由来已久，熊飞先生说拙作 '误赞 ≪始兴张氏族谱≫(手抄本)九龄祖上是由曲江迁始兴之说(实则是由始兴迁曲江)'。对此，先需辨明，拙作从未说 '九龄祖上是由曲江迁始兴' 的，按 ≪始兴张氏族谱≫ 的记载。拙谱在第7页明明是说："由是知九龄曾祖、祖父均居曲江，盖其父宏愈始迁到始兴。" 在其 ≪研究≫中，亦重申 "至九龄时，张氏家族在曲江、始兴两县显然均有第宅，曲江是九龄祖居之所在地，始兴则是九龄故居之所在地。" [1][P27]本来，张九龄籍贯问题我在 ≪从文化角度看张九龄籍贯≫(≪学术研究≫，2004.9) 及 ≪张九龄籍贯之争的文化学阐释≫(≪新文学≫第四辑，大象出版社，2005.6) 两篇文章中已经彻底解决，拙著 ≪熊编≫ 也将二文观点作了转述，不管顾先生愿不愿意提及，我还是得说说清楚。

顾先生也自称他的说法 "对历史上的 '曲江'、'始兴' 有一个说得通的解释。" 果真如此吗？其说法至少有以下几点说不通。

首先，说 "曲江是九龄祖居之所在地，始兴则是九龄故居之所在地。" 第一个无法解决的问题就是萧昕所撰 ≪殿中监张公(九皋)神道碑≫(以下简称 ≪张九皋碑≫)："公讳九皋，其先范阳人也……晋末以永嘉南渡，迁于江表。" [2][P4731]如果张九龄祖上南迁是迁于曲江县，则曲江县与 "江表" 有什么关系？我说九龄祖籍始兴县，始兴与 "江表" 就有关系，我从古代政区变化中找到了依据。≪三国志·魏书≫：魏文帝黄初三年 "五月，以荆、扬、江表八郡为荆州，孙权领牧故也。荆州江北诸郡为郢州。" [3][P80]这里提到了 "江表八郡"，

且是与 "江北诸郡" 比并而出, 显指江东及长江以南各郡。其地大约为今江、浙和江西、安徽、两湖长江以南地。也就是三国时东吴孙权所占有的广大地区("孙权领牧故也")。而张氏祖上南迁之地, 实为南康郡。据 ≪晋书·地理志≫, 南康为古扬州之地, 它原是从汉淮南郡分出豫章郡, 又从豫章郡分出庐陵郡, 从庐陵郡分出庐陵南部, 再由庐陵南部改名南康郡的。而始兴县就是从南康郡分出的, ≪旧唐书·地理志四≫说: "始兴, 汉南野县地, 属豫章郡。孙皓分南康郡之南乡, 始兴置县, 县界东峤。" [4][P 1714]所以, 张氏祖上南迁之地为南康郡, 始兴县从南康郡分出, 南康郡属 "江表", 始兴也就可以说是 "江表" 了。

其次, 张九龄三次封爵, 两封始兴, 一封曲江, 从文化角度看, 这是光宗耀祖, 荣归故里。但其兄弟张九皋却两封南康, 死赠扬州广陵郡大都督府长史, 据 ≪张九皋碑≫, 这也是 "首丘归本"。也就是说, "南康"、"扬州" 也与其 "本" 之所在地有关。这是张九龄祖先南迁之地为南康之证明, 也是始兴为其祖籍的证据, 因为始兴是由南康郡分出。

其三, 如果像 ≪始兴张氏族谱≫和顾先生所说, 张九龄 "曾祖、祖父均居曲江, 至其父宏愈始迁到始兴。" 那么, 也很难解释他们家的墓葬。现存张九龄及其父母兄弟等共有七个坟墓均在今韶关市市区(原曲江县地), 却未见其祖父以上亲人墓葬。合理的解释应是, 其祖父以上因搬迁来曲江未久, 应葬在始兴祖墓; 若其四代祖以上均居曲江, 而其父已经迁回始兴, 则应相反, 其祖父以下应葬曲江, 而张九龄父母兄弟应死葬始兴才是[5]。

其四, 徐浩撰 ≪张九龄碑≫言九龄 "曾祖讳君政, 皇朝韶州别驾, 终于官舍, 因为土著姓。" 徐安贞撰 ≪张九龄玄堂志≫亦言 "四代祖因官居此地。" 都指居于韶州曲江县。≪旧传≫: "曾祖君政, 韶州别驾, 因家于始兴。今为曲江人。"《新传》:"张九龄, 字子寿, 韶州曲江人。"除张九龄自己的著述外, 这四个材料应是最过硬的, 都一致称其为"曲江人"。这个"曲江", 是指张九龄的"占籍", 而非"传统的祖籍"。

正因为依《始兴张氏族谱》有以上四点说不通, 其为后人伪造显而易见。顾先生为了圆其说法, 结果也似乎有些自相矛盾。在《顾谱》和《研究》中都说"但以传统的祖籍论定, 张九龄之占籍自然应是曲江人……如果从现代占籍意义上来看, 张九龄又应为始兴人了。"张九龄究竟是"曲江人"还是"始兴人"在顾先生那里, 我真有些糊涂。也不知顾先生所谓"古代占籍"与"现代占籍"区别在哪里? 标准是什么?

二、关于张九龄生平

1、"弱冠乡试进士"与"考功郎沈佺期尤所激扬, 一举高第"

顾先生在文中说"熊飞先生提出拙谱将谱主'乡贡进士'与'进士及第'混为一谈了。检拙谱'长安元年'谱文明确写的是:'秋间, 九龄自韶州赴广州应乡试。乡试中举后, 旋被选贡入京应户部试(集阅贡士)。'(24页)长安二年春, 在京应吏部试进士及第。这个过程是清楚的。"不错, 顾先生本来是将"乡试进士"与"进士及第"分开了的, 但在论述过程中, 一是忽视了"弱冠"的界定, 将时间混而为一。张九龄经过"本县考试, 州长重夏。取其合格"取得"乡试进士"资格不是在长安元年(701), 而是在二十岁的神功元年(697)；二是具体论述过程中, 将二事混而为一。如 ≪顾谱≫在长安二年【注释】[1]中说 "愚以为 '弱冠乡试进士, 考功郎沈佺期尤激扬, 一举高第', 这是指张九龄于长安二年经过县州两级进士科考试合格后, 第一次作为 '乡贡' 被送到京都应尚书省试时, 受到了主持考试的吏部考功员外郎沈 "缙诘纳褆" 而进士及第的。" 后面还说, "若依 ≪李谱≫所云(指将两试分开), 那就意味着沈佺期这次知贡举, 并对张九龄等人的赏识和擢拔是在岭南广州, 而不是在京都了。 这显然是讲不通的。"[6][P28]

2、关于 "重试"。

顾建国先生在文中说："熊飞先生认为神龙二年九龄参加 "重试" 没有他证, 应是再举制科。这实际上是对唐人徐浩所撰 ≪唐故金紫光禄大夫中书令集贤院学士知院事修国史尚书右丞相荆州大都督府长史赠大都督上柱国始兴开国伯文献张公碑铭≫(下简称 ≪徐碑≫)中 "诏令重试, 再拔其萃" 这句话如何理解的问题。何谓 "重试"？我的理解还是再次在京应进士试, 而不是再举制科。……为使人避免 "误觉", 拙谱对张九龄神龙二年 "重试" 及(进士)第后, 神龙三年就应吏部制科试 "再拔其萃"(中材堪经邦科)的问题, 在拙谱第39页有过分析, 认为这是个比较特殊的例子。" 按：除 ≪徐碑≫言 "重试" 外, 确实还没有见到与九龄直接相关的 "他证", 这是事实。≪顾谱≫ 在神龙二年(706)[行状]："秋, 九龄赴西京应吏部重试及第。" [6][P37]也没有列任何证据。为了给 ≪徐碑≫ "重试" 相合, 顾先生不惜将 ≪登科记考≫ 所记 "神龙元年"(705)改作二年(706), 但怎么也改不了的事实是, 九龄授官是 "中材·堪经邦科, 授秘书省校书郎。"

如说前中进士第是因主考"受赇"作废，若"重试进士"及第仍不授官，恐怕就有些说不通了。所以，对《徐碑》"重试"问题，最好别强加附会，存疑可也。

3、关于景龙间"为使"。

此说不始于《顾谱》。言张九龄官秘书省校书郎期间曾因不得志南归者首为何格恩。他在《张曲江诗文事迹编年考》唐中宗景龙二年戊申(西元七0八)《南还湘水言怀》诗下考云："诗云：'拙宦今何有，劳歌念不成。十年乖夙志，一别海前行。归去田园老，倘来轩冕轻。……时哉苟不达，取乐遂吾情。'细味诗意，疑为登第后不得志南归途中作，时间约在秋初也。"[7][P450]其后，刘斯翰校注《曲江集》后附《张九龄年谱简编》："中宗景龙二年戊辛(申)(公元七0八)：三十一岁。夏，奉使岭南，就便归省。明年秋还京。有《使还湘水》至《南阳道中作》等七首诗。"[8][P666])后来，刘先生又撰《张九龄未见载的第一次南归考》一文，于1989年三月在韶关召开的张九龄诞辰1310周年纪念大会暨学术研讨会上宣读并编入论文集发表。在这篇文章中，刘先生似乎没有再提供什么有力的新证据，只是比《校注》说得更加肯定，再将自己对几篇诗文作品的理解进一步细化而已。[9](P243-246)《顾谱》对此次为使依次记为：景龙二年(708)[行状]"秋后，南归省亲。"[注释]明言不合常例，却要另寻原因。景龙三年(709)[行状]"秋间，夏辞家北上。"景龙四年、景云元年(710)[行状]"六月前，干谒李让侍御史。一者求其提拂；再者欲随其赴岭南理铨选事，乘便归宁。不料被拒，遂上《与李让侍御书》。"[6][P45]

按：张九龄任秘书省校书郎期间南归或为使事，正于刘斯翰先生所言，"两唐书与杂记均无可征"，都是何、刘二氏从诗文中味来，很难据信。对此，我曾在《张九龄生平若干若干问题考辨》(《唐代文学研究》第十一辑，299-307)一文中作过专题考辨，这里不想重夏。只就顾先生文中提出的 "如何理解九龄的《与李侍御书》(《曲江集》卷十六)一文的问题作答如下：《与李让侍御书》中明言："昔遇光华启旦，朝制旁求，误登射策之科，忝职藏书之阁。又属朝廷尚义，端士相趋，夏以无依见容，不得弃置；所以迟回城阙，感激身名。……遂乃甘心附丽，乘便归宁，不然则命非饮冰，幸安中士，又安能崎岖执事之末，还无一级，去且二年?"[8][P593]张九龄这段话首叙制科及第，授官秘省校书("误登射策之科，忝职藏书之阁")；次言玄宗尚义，再次登科，授官拾遗("又属朝廷尚义，端士相趋，夏以无依见容，不得弃置")；下言 "迟回城阙，感激身名" 数年；然后再说 "遂乃甘心附丽，乘便归宁，" 而且还说到 "崎岖执事之末，还无一级，去且二年，" 在李侍御手下奔走将近两年。因此，此书应写于开元四年(716)弃官南还在家最少一年后，也就是开元五年前后。说写于景龙间，显误。顾先生在文中还说《与李让侍御书》的 "要旨明明是 '求为从者'、'乘便归宁'。直到书信的末尾九龄还表达了 '转当侧听妙选，用息鄙心' 的希冀之心，正是基于书信的逻辑联系，《杨谱》和罗韬先生的《张九龄诗文选》等撰著，才都认为此封书信是写于九龄在朝供职期间的(详下)。对此，熊飞先生又该如何解释呢?" 如果如顾先生所言，此信的 "要旨明明是 '求为从者'、'乘便归宁'。" 那顾先生就应把它置于景龙二年(708)秋前，怎么置于景云元年(710)回京后? 岂不自相矛盾? 再说，九龄在书中明言 "遂乃甘心附丽，乘便归宁……崎岖执事之末，还无一级，去且二年。" 即在李侍御手下干了将近两年。所以，我说顾先生等人是 "曲解" 了《与李让侍御书》的原文，并非妄言。[10]

4、开元七年 "奉使广州祭南海" 与十四年奉使祭南岳及南海。

本来，张九龄一生中奉使祭南岳及南海只有开元十四年(726)一次，《顾谱》硬要说开元七年(719)也曾 "奉使广州祭南海"。我说此事没有根据，顾先生好象感觉有些抱屈。实际上，《顾谱》 在开元七年[行状] "是年六月，或曾奉使广州祭南海，途中有 《奉使自蓝田玉山南行》、《使还湘水》 等诗。" [注释][2]中自己就已承认："是年六月，九龄是否奉使广州祭南海，史无确载。" [6][P91]既然如此，那顾先生为何硬要生此一事呢？ 其所依据的唯一理由就是 "开元十四年九龄奉祭南海、南岳一事确无疑义，然 《奉使自蓝田玉山南行》等诗确又难于系入此事下。因开元十四年玄宗君臣等皆在东都洛阳。" 与 "蓝田玉山一线皆无关联。" 遂断 "何、杨、刘三先生盖皆忽略了九龄开元十四年人在洛阳的这个基点，以至误系了诗篇。"[6][P93]

张九龄开元十四年六月丁未奉祭南岳及南海前究竟身在哪里，顾先生依据玄宗时在洛阳，遂谓九龄也在洛阳。他说 "何、杨、刘三先生盖皆忽略了九龄开元十四年人在洛阳的这个基点，以至误系了诗篇。" 实际上，是他自己忽略了一个最基本的事实，这就是开元十四年五月十四日，玄宗已经任命张九龄为 "冀州刺史"(集附制、碑与传)，从本年五月十四至六月丁未，张九龄是不可以到洛阳上班的。如果说要上班的话，他就应该身在冀州，而非洛阳。 再说，此间他已 "以庭闱在远，表请罢官"(《张九龄碑》)，抗命不去冀州上任。所以，张九龄此时恰应身在长安而非洛阳。后玄宗收回成命，张九龄才能复以原职 "太常少卿" 奉使。

再说，《奉使自蓝田玉山南行》 等诗果真如顾先生所言，"难于系入" 开元十四年奉使祭南岳及南海事下吗？非也。对这个问题，我在谱中已经说得很清楚："五月， 出为冀州刺史；未之任， 即以旧职奉

诏祭南岳及南海……六月初从京城出发。九龄奉诏祭南岳及南海，事
在开元十四年，《册府元龟》卷一四四则记曰：'十四年六月丁未，
以久旱分命六卿祭山川……太常少卿张九龄祭南岳及南海……壬戌，
以旱及风灾，命百官及州县长官上封事指言时政得失，无有所隐。'
同上卷二六：'开元十四年六月丁未，以久旱分命公卿祭山川。己卯，
河北道及太原、泽、潞等州皆雨，祭北岳使李昌上言。'同上卷一百
二：开元'十四年六月，以旱及风灾，命百官及州县长官上封事极言
时政得失，无有所隐。'两唐书虽不及十四年大旱及祭岳事，然《旧
纪》将玄宗令百官上封事诏亦置于十四年六月戊午，都记为十四年
六月。《唐大诏令集》卷七四条《令卢从愿等祭岳渎敕》：'敕：
……太常少卿张九龄祭南岳及南海。'敕文末原有注：'开元十四年正
月。''正'应为'五'之误。制为五月中下，九龄从西京出发在夏至
前后，'六月丁未(一日)'似是出发之日，而非下制之日。《奉使自蓝
田玉关南行》：'是节署云炽'。是节，指夏至。《何谱》、《杨谱》
从《大诏令》作正月，未深考也。"[11][P82-83]无论是出使的时
间，还是出使的路线，诗与史均极为吻合。

三、关于张九龄交游

1、九龄诗《故刑部李尚书挽歌词三首》中之"李尚书"是谁，
顾先生言："向有'李日知'和'李乂'二说……《熊编》又举出九
龄曾有《和姚令公哭李尚书乂》一一诗作证云：'故二诗之"故刑

部李尚书"为李乂无疑'。事实上, 疑问有的是。" 下面就对顾先生的
"疑问" 作答如下：

其一, 顾先生言 "挽歌词开篇即云：'仙宗出赵北, 相业起山东。'
据 ≪新唐书≫卷七二(上) ≪宰相世系表≫, 赵郡李氏为相者共17人。
而自神龙三年(707)九龄入仕至开元朝终, 细检此十七人中, 曾任刑
部尚书者, 唯有李日知一人, 是知所挽者为李日知。≪何考≫(何格
恩 ≪张曲江诗文事迹编年考≫, 简称 ≪何考≫)'、≪杨谱≫ 均以
此诗所挽者为李乂, 误。李 卒官于刑尚, 一生从未登过相位, 故绝
无 '相业' 可言。" 顾先生恐怕是连诗本身都没有读懂, 这里明言是
"仙宗" 们的 "相业" 而不是 "李尚书" 的 "相业", 若此 "李尚书"
曾 "为相", 九龄此处就不应该称之为 "李尚书", 而应称之为 "李
相"。就如张九龄虽不以宰相终, 但徐浩所撰碑文仍称其为故 "中书
令"、"尚书右丞相" 一样, 这是一个最起码的文化常识。至于顾先生
下面还说："诗题既称 "故刑部李尚书", 就更不应指称卒官于刑部尚
书任上……的李乂(九龄的 ≪和姚令公哭李尚书乂≫的称谓就是明
证), 而只能称从刑部尚书任上退引后而逝的李尚书。" 这样的说法是
很幼稚的。

其二, 张九龄与李日知没有所属关系, 而与李乂却原有上下级关系。
对这一点, 我在谱中说："李日知生前所任诸职, 与九龄无直属关系,
李乂开元初姚崇为紫薇令, 荐李乂为紫薇侍郎, 二人均为任左补阙
(按, "补阙" 应为 "拾遗" 之误, 本人原失检, 特蒙顾先生教正)的九
龄的直接上司。九龄与姚崇不协, 李乂亦受姚崇排挤为刑尚。李乂死,
九龄无依, 年中便挂冠南归。故二诗之 '故刑部李尚书' 为李乂无
疑。" [11][P37]张九龄在挽词中说 "同盟会五月", 很明显, 他与这位
李尚书为 "同盟", 即曾在一起共事, 这说明所挽非李日知。

其三, 张九龄与李乂, 似乎还有师生之谊。在 ≪和姚令公哭李尚

书义》 中，张九龄说："忽叹登龙者，翻将吊鹤同。" 在挽词中也说："龙门不可望，感激涕沾衣。" 明显可以看出，张九龄的 "登龙"，与这位所挽之 "故刑部李尚书" 有关。《旧唐书·李义传》："景云元年，迁吏部侍郎，与宋璟、卢从愿同时典选，铨叙平允，甚为当时所称。" 关于李义主持 "典选" 之事，徐松 《登科记考》 不象，但李氏在景云间曾参与过朝廷典选，恐不用怀疑。而张九龄同李日知，就没有这层关系了。

其四，顾先生说，据 《旧唐书》 卷一一八 《李日知传》 云："先天元年，转刑部尚书，罢知政事。频乞骨，请致仕，许之……及归田园，不事产业，但茸构池亭，多引后进，与之谈宴，开元三年卒。" 《新唐书》 本传略同。《通鉴》 卷二一O对李日知的致仕时间明确载为"先天元年十二月"。所以他据二人卒时一为在任一为致仕，故断此 "故刑部李尚书" 应为李日知而非李义。我们知道，张九龄授左拾遗约在先天元年的八、九月间，李日知这年十二月即已经 "致仕"，也许张九龄还没来得及认识李日知，李日知就致仕了。

2、顾先生在文中说："九龄 《同綦母学士月夜闻雁》(四库本 《曲江集》卷五)、《在洪州答綦母学士》(四库本 《曲江集》卷二)二首诗中 '綦母学士' 为谁的问题，木人赞同近人何格恩、今人陈铁民和葛晓音等先生认为是綦母潜的观点(唐《集贤院记》："开元故事，校书官许称学士")，而熊先生提出此綦母学士应为綦母毋煛，确为新见。只是这个綦母毋煛仅见 《太平御览》(作 '綦母景') 和清人陆廷灿的 《续茶经》(作 '綦母煛') 所引，其他史料中皆作毋煛。特别是这则资料的出处 《大唐新语》 一书中，亦作'毋煛'，如1984年6月中华书局版、许德南、李鼎霞的点校本 《大唐新语》 中仍作'毋煛'(第166页)。"

按：首先，从版本学角度看，《太平御览》编于宋初，其所使用的材料为宋初五代前所见者，当然十分珍贵可信。今人整理本《大唐新语》"綦毋熲"仍作"毋熲"，一则说明"綦毋"可简作"毋"，二也可以说《新语》整理者没有对此问题作深入考校，连《御览》这么重要的引文都没有校过，不知是何原因。不管如何，它也不能作为否定《御览》的证据。

其次，顾先生还说"熊飞先生《开元'綦毋学士'为准》一文中又提出'书綦毋为"毋"由来已久'。但从其列举的材料来看，就未见綦毋潜或其他姓'綦毋'者，将'綦毋'简称为'毋'的。"这一点我在《开元'綦毋学士'为准》一文中所论甚详，在此也用不着多费口舌。因为据王湾《哭补阙亡友綦毋学士》诗(唐殷璠《河岳英灵集》卷下)和张九龄《同綦毋学士月夜闻雁》及《在洪州答綦毋学士》三诗，当年被张说收揽在集贤的"十八学士"中，应该有一位姓"綦毋"的学士，这人在唐史中均被记为"毋熲"，甚至他自己所撰之《庞夷远妻李氏志》，也题为"丽正殿修书学士右拾遗毋熲撰"(《千唐》)。所以我说将"綦毋"简作"毋""由来已久"。[12]

3、《和崔黄门寓直夜听蝉之作》(《曲江集》卷二)，顾先生在《张九龄诗歌系年续考》一文及《顾谱》开元元年中，均曾认同何格恩的说法，认为是"崔日用"；后又以二崔现存诗作中毕竟未见"听蝉"诗，所以在开元四年下[备考]言"尚难确考"。这个问题，我在拙谱中言之甚详："按：何、刘均以崔黄门为崔日用，但日用为黄门侍郎在景云元年七月，且前后只有半月。再则，九龄时为小小校书郎，也不可能与参知机务的黄门侍郎在一起寓直或唱和。崔黄门，当非景云间黄门侍郎崔日用。苏颋《唐紫微侍郎赠黄门监李乂神道碑》记李乂'开元丙辰岁仲春癸酉，薨于京师宣阳里第……其夏丙申，卜葬长安细柳原……散骑常侍扶风马怀素、黄门侍郎清河崔泰之、洎紫微侍郎苏颋，祖于延年门外'(≪英华≫卷八九三)。 '开元丙辰岁'为开元四年，其时崔泰之在黄门侍郎任。而九龄时官左拾遗，其官本属门下省，是侍中与黄门侍郎的属官，其与黄门侍郎崔泰之在一起寓直唱和，理所当然。≪旧纪≫记李乂死于四年春正月。九龄四年秋间即已离京南还，则其与黄门侍郎崔泰之唱和当在四年秋前。从'思深秋欲近'句看，当作于夏六月末。姑系四年。九龄与崔泰之唱和，除此诗外，送张说赴朔方军巡边，也同有唱和作品传世，时为开元十年。 也就是说，开元十年前，九龄都有可能与崔泰之唱和。"[11][P38] 这里还要补一句，张九龄与崔泰之唱和，还有政治上的原因。崔泰之与李乂亲近而与姚崇疏远，这跟张九龄的政治态度是很接近的，"同气相求"，大约如此。

4、诗人钱起有 ≪奉和张荆州<巡农望晚>≫ 诗，≪顾谱≫ 与其 ≪研究≫ 均从傅璇琮先生之说，以为这位 "张荆州" 即开元二十五年贬荆州长史之张九龄。这肯定是站不住脚的。对此，我在参加中国唐代文学学会第十三届年会暨唐代文学国际学术研讨会时，专门写了篇 ≪钱起生年与张姓人物的交游考辨≫ 的文章 (≪人民政协报≫2006年8月28日 "学术家园" 大会专版记及此文)，我在文章中说："从傅先生的考证看，首先，傅先生在 ≪钱起考≫ 和 ≪唐才子传校笺·钱起传≫ 笺证中，就给我们提到了很多疑点。"

其一，"孟浩然也一度曾在张九龄的荆州幕府，有好几首诗与张九龄相唱和。但我们还没有发现孟浩然与钱起有酬答之作。" 既然作为诗人的孟浩然都"不会把钱起放在眼里。" 曾经当过宰相的张九龄难道会放下架子与钱起唱和吗?

其二，"≪新唐书≫ 卷一〇三 ≪文艺下·卢纶传≫ 把卢纶与吉中孚、韩翃、钱起、司空曙、苗发、崔峒、耿湋、夏侯审、李端列在一起，称为 '大历十才子'。 实际上，钱起生活的时代要比其他九人早得多。"按常理，既然钱起在时人眼中是 "大历十才子"，应该年岁与其他九才子相当才是。但若开元末他已经有二十几岁，他的生年就要 "比其他九人早得多。" 如果他的年龄比杜甫还大两岁(傅先生定钱起生于公元710年)，难道还可以称之为 "大历十才子" 吗?

其三， 傅先生说："钱起自开元二十六、 二十七年荆州之游以后，大约有十余年的时间，他的行迹不可考见。" 钱起这十余年的行踪为什么 "不可考见" 呢? 难道不让人怀疑这十余年根本就不存在?

如果进一步考察，还有其它一些可疑之处。比如，张九龄 ≪曲江集≫ 中，没有与钱起唱和的记录，连与钱姓人唱和者都没有。

我又对 ≪钱考功集≫ 中钱起与张姓人物的交游进行了考辨，也不见钱起与张九龄唱和的蛛丝马迹。 又通过对此诗文本内容的考证，以为 ≪奉和张荆州<巡农望晚>≫ 一诗中没有一句言及张九龄的 "相业"，反而说他 "郡中忽无事，方外还独往。日暮驻归轩，湖山有佳赏。宣城传逸韵，千载此嗣响(后三字王注本作 "谁此响"，无校)。""方外还独往" 与九龄行事也很不符。我又据 "宣城传逸韵" 句，认为这位 "张荆州" 当曾作过宣城太守。据此，我便将此诗之 "张荆州" 锁定为 "天宝间作过 '侍御'、上元间作荆州刺史的张惟一。"

四、关于张九龄诗文作品考辨及系年

1、《百煞经》等论断及歌诀十八篇

《顾谱》 开元十四年丙寅 (公元726年) [行状]云："九龄在太常少卿任，对命相学颇有研究，是年前后，作有 《百煞经》 等论断及歌诀十八篇。" [6][P133]接着又在[注释]中下按语说："九龄是年既在太常少卿任职，后又奉撰 《六典》，对命相学的了解、熟悉和阐释亦为情理中事。" [6][P141]虽然顾先生在来信及 《商兑》 文中均说到 "我还是倾向于您所说的 '当是四库馆臣误抄入 《曲江集》 者'。" 但致误原因顾先生未及，故在此略作说明。

按：四库本 《曲江集》 卷十在 《敕北庭都护盖嘉运书》 "两军作号，首尾邀击，立可诛剪，何为当军自守，信贼公行！来 "与 "有伤损，去无关键"中间窜入《飞廉煞》至《百煞经》等十八篇作品，显非张九龄作品，理由如下：

其一，从版本学角度看，这十八篇作品，在现存的近二十个 《曲江集》 善本中，仅见文渊阁四库本 《曲江集》，其它捐款本均未见，且如顾先生所言，"《温谱》、《何考》、《杨谱》、'刘著' 等亦未涉及。" 故其可信度首先值得怀疑。

其二，从 "书" 的角度看，这十八篇作品是从 《敕北庭都护盖嘉运书》一文中间插入，将 "来有伤损" 一句破开；而其最后一篇 《百煞经》 也是一篇没抄完的作品，抄者只抄至 "月上带煞，必损父兄；日上" 即止，"日上" 后还有 "带煞，夫妻必丧"等33行共六百余字未抄。[二][P]且 《曲江集》的书迹与这十八篇作品的书迹也有差别，即使是一人所抄，也应抄于不同时间。显然这十八篇作品是书者

或是装订者窜入《曲江集》的衍文。

其三，从张九龄这个特殊个体角度看，也非如顾先生所言："既在太常少卿任职，后又奉撰《六典》，对命相学的了解、熟悉和阐释亦为情理中事。"张九龄现存诗文没有"命相学"方面的任何论述，对神秘力量的理解虽然不甚科学，但也跟这十八篇作品有极大差异。

其四，从文献学角度看，这十八篇作品仅见于四库本《曲江集》，此前各种唐代诗文选本、唐以后笔记杂纂均未见记为张九龄所撰。此十八篇作品，全见明万民英《星学大成》卷三(四库本)，秩序全同。因此我认为，《飞廉煞》至《百煞经》等十八篇作品，当是四库馆臣误抄入《曲江集》者。

近二十年来，顾建国先生发表了一系列研究张九龄及其作品的考辨文章，但与《顾谱》及其后出的《张九龄研究》一样，在张九龄籍贯、生平、交游及作品考辨等方面造成了很多严重失误，其作品系年存在的问题就更为严重了，因限于篇幅，在此就不一一论列。

以上所论当否，恳请方家及顾建国先生本人指正。

【 摘要 】近十年，随着张九龄研究的不断深入，人们对其籍贯、生平、交游和作品系年等问题有了更深的了解，也引发了更多层面的思考。当然，也造成了不少新的错误，本文将对其中若干问题进行考辨。

【 关键词 】张九龄；籍贯；生平；诗文；考辨

To Examine and Distinguishe Certain Important Questions of Jiuling zhang's Research

Abstract: During last 10 years, along with going deep into zhangjiuling research, people knew his origin, life story, experience, writing and so on more thoroughly. It also initiated the thought of more layer surface. Certainly, it also caused a lot of new mistakes. This paper will examine and distinguish some important problems.

Key word: Jiuling Zhang; Origin; Life story; Poetry and writing Examination is discriminated

---

參考文獻

[1] 顾建国. 张九龄研究[M]. 北京：中华书局, 2007.

[2] 宋李P等. 文苑英华[M]. 北京：中华书局, 1966.

[3] 北京：中华书局. 1975.

[4] 北京：中华书局. 1975.

[5] 熊飞. 从文化角度看张九龄籍贯[J]. 广州：学术研究. 2004(9)；张九龄籍贯之争的文化学阐释[J]. 新文学[M]第四辑. 郑州：大象出版社, 2005.

[6] 顾建国. 张九龄年谱[M]. 北京：中国社会科学出版社, 2005.

[7] 何格恩. 张曲江诗文事迹编年考[J]. 广东文物, 1940(11).

[8] 刘斯翰校注. 曲江集[M]. 广州：广东人民出版社, 1986.

[9] 王镝非主编. 张九龄研究论文选集[M]. 广东高等教育出版社, 1990.

[10] 熊飞. 张九龄生平若干问题考辨[J]. 唐代文学研究[M]第十一辑, 桂林：广西师大出版社, 2006.

[11] 熊飞. 张九龄年谱新编[M]. 香港：香港教育出版社. 2005.

[12] 熊飞. 开元"綦毌学士"为谁[J]. 中国典籍与文化. 2006(3).

中国高职高专教育英语课程教学内容体系改革建设的研究与实践

安晓灿(广东韶关学院教授)

　"高职高专教育英语课程教学内容体系改革建设的研究与实践" 是2000年教育部批准的新世纪高等教育教学改革工程项目之一(项目编号为III26-1), 是1998年我国高等职业教育、高等专科教育和成人高等教育三教统筹后, 针对如何培养数以千计的高职高专学生的英语综合应用能力, 使其提高就业竞争力和国际人才竞争力这一重大的、迫切需要解决的难题, 于1999年启动的国家级科研课题。本项目研究肩负教育部委托的重任, 目标是构建具有我国高职高专教育特色的、切实可行的英语课程教学体系。 5年来本项研究依据国内外先进的外语教学理论, 从 ≪教学要求≫ 开始, 对教学内容、教学模式、教学手段与方法、测试等逐项进行系统研究并取得显著成果, 形成以 ≪基本要求≫ 为依据, 以 ≪实用英语≫ 系列化教材为内容框架, 以立体化教材作为教学手段, 以 "高等学校英语应用能力考试" 为检测标准的英语课程内容体系, 在教学改革方面取得重大突破和显著成果。2004年5月通过以我国著名的英语语言学家北京大学博士生导师胡壮麟教授为组长的教育部专家验收组的鉴定, 一致认为："该课题初步建立起了比较完善的、 以国内先进的教学理论为支撑、 并具有我国高职高专教育特色、 切实可行的英语课程教学体系。" "在制定英语课程教学基本要求、 编写出版立体化系列教材、 创建科学合理的检测手段和试题库等方面取得独创、 新颖、 实用的成果。" "在英语课程教学改革方面迈出重大步伐, 取得了重大人才培养效益, 具有国内领先水平。"

一、研究思路

本课题研究是在教育部高教司的领导下，在高职高专处的直接指导下，以"实用为主、以应用为目的"为教改方向，以培养学生在其职业范畴内实际运用英语语言的能力为目标，边研究、边宣传、边革、边实践、边总结、边建设，对高职高专英语课程教学体系，包括基本要求、教学内容和教材、教学理论与方法、教学手段和环境、教学过程和质量检测等进行系统的研究。

二、主要内容

1. 2000年协助高教司制定 ≪高职高专教育英语课程教学基本要求≫；

2. 2000年~2003年根据 ≪基本要求≫ 修订"九五"国家规划教材 ≪实用英语≫ 系列立体化教材，出版普通高等教育"十五"国家级规划教材 ≪新编实用英语≫ 立体化系列教材；

3. 研究制定 "高等学校英语应用能力考试(笔试)" 大纲和样题，协助高教司实施 "高等学校英语应用能力考试"；

4. 研制 "高等学校英语应用能力考试(口语)" 的考试系统；

5. 根据 ≪基本要求≫，完成对 "高等学校英语应用能力考试" 试题库的升级工作；

6. 开展教育部高等教育司批准的本课题72项子课题的研究工作, 对高职高专教育英语课程教学理论、教学模式、教学方法、教学手段、社会需求、课程评估与教学管理等展开全方位的研究。

最终目标：构建以《基本要求》为依据, 以《实用英语》系列化教材为内容框架, 以立体化教材作为教学手段, 以"高等学校英语应用能力考试"为检测标准的高职高专英语课程教学体系。

三、项目主要成果简介

构建的高职高专英语课程教学体系示意图

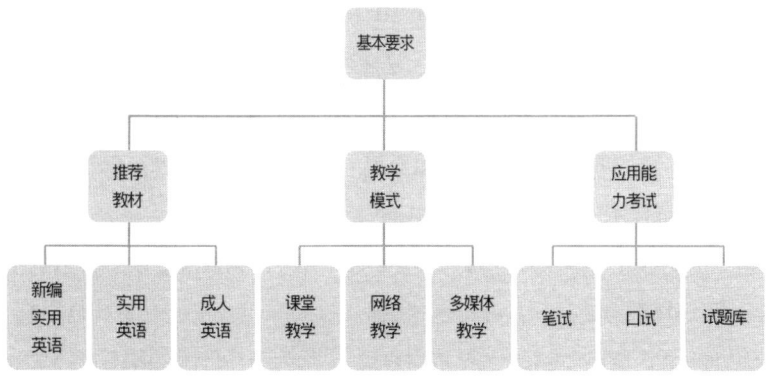

1. ≪高职高专教育英语课程教学基本要求≫

≪高职高专教育英语课程教学基本要求≫作为教育部第一部高职高专教育英语课程教学指导性文件, 于2000年10在全国颁布实施。≪基本要求≫ 对我国高职高专教育的重要贡献是, 于2000年就明确提出了 "以实用为主, 以应用为目的" 的教学思想, 英语课程的教学目标是培养学生的语言应用能力。这一具有高职高专教育特色并充分体现了大学外语改革方向的崭新的教学理念, 得到教育部有关领导、 各省市教育主管部门和广大高职师生的充分肯定。

这一创新性成果解决了 98年我国高等职业教育、 高等专科教育和成人高等教育三教统筹后, 教育部如何对英语教学宏观管理与指导这一重大难题, 为全国高职高专院校制定英语课程教学大纲、编写教材、设计教学、设计考试提供了理论依据。

≪基本要求≫主要特色是：

1) 对 "三教" 从总体上规定统一要求, 明确提出高职高专教育英语课程的教学目的是 "使学生掌握一定的英语基础知识和技能, 具有一定的听、 说、 读、 写、 译的能力,从而能借助词典阅读和翻译有关英语业务资料, 在涉外交际的日常活动和业务活动中进行简单的口头和书面交流, 并为今后进一步提高英语的交际能力打下基础"。

2) 实行分级指导,提出A、B级要求：A级作为标准要求, B级作为过渡要求。

3) 适当降低英语阅读能力的要求, 加强听说能力的培养, 降低 "学术阅读", 加强 "实用阅读", 即加强对实
用应用文献的阅读与模拟套写, 使 "学" 与 "用" 更紧密结

　　合，从而具体体现 "培养实际应用英语的能力" 的教学方向与目标。

4) 增设涉外 "交际范围表" : 由 "听说"、"读译"、"写" 三大技能模块, 分A、B两级具体描述涉外交际
的范围与任务。其意义在于使教学更具有针对性和实用性, 便于制定教学大纲、编写教材、设计教学、设计考试。

5) 明确质量检测的手段, 把 "高等学校英语应用能力考试" 作为验收高职高专英语课程教学质量的标准。

　　≪基本要求≫的颁布与实施对转变教学观念, 推动英语课程教学基本建设和改革起到了决定性的作用。自颁布之日起, 在全国广大高职高专院校英语教师中产生了强烈的反响, 近年来, 他们努力贯彻≪基本要求≫, 转变教学观念, 从本科压缩型英语教学的束缚中摆脱出来, 开展教学内容、教学方法和教学模式的研究与改革, 在薄弱的高职高专英语教学领域形成了全国范围的教学研究和教学改革的朝气蓬勃的局面。 本科研立项有70余所高职院校完成了它们申报承担的子课题就是最有力的佐证。几年来参加全国和地区性 ≪基本要求≫ 宣讲培训的教改骨干教师达万人以上。

　　2. ≪实用英语≫ 系列立体化教材

　　根据 ≪基本要求≫, 修订、 编写出版了不同系列的全国推荐教材 : ≪实用英语≫、≪高职高专英语≫、≪成人英语≫、≪新编实用英语≫ 等立体化教材。≪实用英语≫ 修订版获2002年全国优秀教材一等奖 ; 4年来系列教材发行量已达400多万套。

　　其中, ≪新编实用英语≫ 系列立体化教材是2002年最新编写的、

由高等教育出版社出版的, 普通高等教育 "十五" 国家级规划教材。该教材自发行以来, 在引导高职高专英语教学内容与模式改革方面收到显著成效。 从在沈阳电力高等专科、 重庆石油高等专科等学校试用到全面推广使用, 受到师生的一致好评, 成为引导教学内容改革的创新教材。 目前该教材发行量已达50万套。 中国大学教学2003年12期刊登了介绍该教材的学术论文 "新编实用英语的结构与创新(安晓灿)"。

≪新编实用英语≫主要特点

1) 体现 ≪高职高专教育英语课程教学基本要求的≫ 的精神, 保持和突出 ≪实用英语≫ 系列教材的特色, 进一步更新观念、更新内容、更新体系、更新要求;

2) 把 ≪基本要求≫ 中的 ≪交际范围表≫ 所规定的交际主题作为选材的依据和出发点, 听、说、读、写、译技能的培养与训练都围绕同一交际话题展开;

3) 加大听说技能, 特别是实用交际能力的训练, 把培养一定的实用口头交际能力作为本教程的重要任务;

4) 打破传统的先基础后运用的教学体系, 把语言基本功的训练与实用的日常和业务交际的训练有机地结合起来, 做到由浅入深, 循序渐进, 使二者构成一个和谐的教学体系;

5) 教学法采用兼容并蓄的方针, 根据不同情况和不同目的, 把传统的翻译法和结构法与交际法结合起来, 谨慎处理教学中的各种关系。

6) 提出了 "学一点、 会一点、 用一点" 的高职高专实用英语教学理念, 并创立了以交际话题为主线的高职高专英语教材内容体系。

3. "高等学校英语应用能力考试" 试题库

课题组2000年研制出版"九五"国家重点科技攻关项目之一"高等学校英语应用能力考试"国家级试题库(第一版)。该题库自2000年出版以来，被全国近400所高职高专院校广泛采用，2002年获全国优秀教材一等奖。

2000年第一版于1996年开始立项，列为"九五"国家重点科技攻关项目(计算机辅助教学软件研制与开发)。该题库由4个子题库组成，每个子题库可用于检测一个学期的教学内容。题库的总量为9000题，每个子题库2000题，第四子题库为3000题。题库制成光盘，向各校发行，供学校每学期考试使用，从而把平时的教学和考试与最终的能力检测结合起来，保证教学目标的实施，避免应试教育。为了保证题库的质量，在吉林、黑龙江、江苏、四川、重庆等20个省、市的大力支持和积极参与下，连续4年对"高等学校英语应用能力考试"进行了试测。另外，检测组还不断地继续滚动开发，为各省教育厅进行全省教学质量检测提供各个符合"试题库"标准的检测试题。试题库的研制完全是按照科学建库的原则进行的。每一道题都进行过检验，选定的题目均有相关的数据作支撑，以保证试题的信度和效度。经过4年的试测和完善，逐渐被许多省、市教学主管部门所接受，受到学校和社会的好评。

该项成果的意义在于，建立了我国具有专科教育特色的质量检验标准和手段，为设计并实施"高等学校英语应用能力考试(笔试)"奠定了基础，对推进"实用英语"教学起到积极的导向作用。

2004年升级版

随着高职高专教学改革的不断深入，为使试题库更好地为教学服务, 2004年课题组在第一版的基础上对试题库进行升级工作。 试题量从9000题增加到10000题。其特点是题型和试卷的设计与目前教育部实施的 "高等学校英语应用能力考试" 保持一致, 有利于使校内的学业考试与课程结束后的教学---水平测试相结合,

升级版的主要特点:

1) 内容完全遵照 《高职高专英语课程教学基本要求》 的范围确定, 有利于将测试与教学密切结合, 避免了应试教学的倾向。

2) 子题库的划分与 《基本要求》 的规定完全一致, 即将 4个子题库按A、B级划分, 第一、二子题库对应于B级, 第三子题库对应于A级, 从而能完全体现 "统一要求, 分级指导" 的精神, 可供高职高专各层次使用, 适应性强。

3) 试题全部由从事过 "高等学校英语应用能力考试" 命题的教师按细致的试题库命题方案制定, 并且由经验丰富的资深教授两次审定和修改, 保证了试题的高质量和测试的公平性、针对性和保密性。

4) 70%左右的试题都是重新制定的, 保留的试题也经过修改和重新审定, 因此修订后的试题库实际上是一个全新版。

5) 试题题型和试卷的设计与现已推行的 "高等学校英语应用考试"保持一致, 有利于使校内的学业考试与课程结束后的教学-水平检测结合, 更好地体现了教学与测试的相互关联, 避免了教考脱节的矛盾。

6) 所有的试题均独立编号, 可以随机搭配和抽取, 因此既具有很大的随机性, 又能派生出大量的试卷, 更适用于英语能力多层次、水平差距较大的高职高专等院校。

7) 题量大, 共10000道题。 第一子题库共2000道题, 第二子题库共3000道题, 第三子题库共2000道题, 第四子题库共3000道题。 升级版的 "高等学校英语应用能力考试国家级试题库" 既保留了原试题库的优点, 增大了题库的容量, 质量又有显著提高, 对促进 "基本要求" 的进一步贯彻和使高职高专英语课程教学再上一个台阶起到十分积极的作用。

4. "高等学校英语应用能力考试(笔试)"

2000年受教育部高教司委托, 在试题库的基础上设计并实施 "高等学校英语应用能力考试", 完成 "高等学校英语应用能力考试" 大纲和样题的制定。 实施英语应用能力考试在我国大规模考试中实属首创, 填补了我国高职高专教育英语教学检测方面的空白, 是国内唯一以科学检测学生英语实用能力为目的的考试。 其大部分内容以实用性语言材料为主, 题型也具有独创性, 实用交际性试题占60%以上。考试的组织实施也颇具特色, 是经高教司批准, 教育部高等学校英语应用能力考委会设计并命题, 由各省市自治区教育主管部门组织实施的考试。 自2000年开始实施, 发展迅速, 到2004年每年2次参加考试的学生数达200万以上, 4年累计约400万。

这项研究成果的意义是: 不仅对教学改革起到很好的导向和反馈作用, 为教育部、各省、市教学主管部门提供了一个科学的检测高职高专教育英语课程教学质量的统一尺度和规范, 使我国的高职高专英语测试从盲目地追随本科中的二、三级考试转到检测学生语言应用能力的正确轨道上来。同时也为用人单位提供了比较客观的测量学生语言运用能力的尺度。 这项考试根据参加考试的人数、社会反馈, 尤其是目前教

育部关于大学外语改革的精神都说明，其方向是正确的，符合新世纪
我国社会主义市场经济对应用型人才 外语水平的要求。

5. "高等学校英语应用能力考试(口语)" 设计

2004年完成 "高等学校英语应用能力考试(口语)" 的设计、初试、
深化设计和预测研究，获得学校教学主管部门和教师的广泛好评。该
项考试的大纲与样题已正式出版发行，试测取得圆满成功，04年底开
始在全国推开，用于检测学生的实用英语口语能力。这对推进高职高
专听说教学具有重大的现实意义。

考试内容框架

第一部分是朗读短文(Loud Reading)，共1题，短文长度在120词
左右。 主要测试考生的语音、 语调、 断句等朗读技巧和流利程度。
第二部分是提问一回答(Questions & Answers)。主要测试考生就交
际话题提出问题或给予回应的能力。 第三部分是汉译英(Chinese-
English interpretation)，共5题。 主要测试考生在日常涉外活动和涉
外业务中的口头翻译能力。 第四部分是看图讲话(Presentation)，共1
题。主要测试考生用英语进行连贯的口头表达能力。

考试的语言交际范围

口试要求考生能在不同场景下参与不同形式的口头交际。 考生
的语言能力将根据他们在考试中的表现进行测定。 考生需要掌握
的语言交际能力，以 ≪高职高专教育英语课程教学基本要求≫ 交际
范围表为依据，包括：

日常交际：

A. 交际功能：介绍、问候、感谢、致歉、道别、指点、接受、拒绝、问讯等。

B. 交际主题：天气、学习、爱好、饮食、健康、问路等。

业务交际：

A. 日常涉外活动：迎送，安排日程与活动，安排住宿，宴请与迎送会，陪同外宾购物、游览等。

B. 一般涉外业务：介绍公司/工厂：历史、现状；介绍产品：类型、性能、规格、市场等；业务洽谈：
合作意向、投资意向、签订合同、人员培训、专家待遇、议价、订购、付款、交货、保险等；参加业务交流。

考试形式

考试采用计算机辅助形式在多媒体教室进行。 根据多媒体教室的大小，每场考试可以有数十名考生同时参加。考试不设主考，只设监考，试题(包括其指示说明)全部集成在本口语考试专用的软件系统中。考生根据软件系统屏幕和语音提示和问题直接以口头方式回答，并通过麦克风实时录制到系统中。

6. 本课题的72项子课题研究取得实用的成果

为促进全国高职高专教育英语课程教学改革的不断深入和教学质量的大面积提高，推广本课题完成的部分研究成果，2002年经教育部高等教育司批准，开展本课题72项子课题的研究工作。这些课题对高职高专教育英语课程教学理论、教学模式、教学方法、教学手段、社会需求、课程评估与教学管理等展开全方位的研究，取得预期成果。2004年2月在桂林召开子课题研究成果交流会，与会代表一致认为这次会议是高职高专教育英语课程教学研究最高水平的学术会议。子课题已结题，并通过专家组鉴定评审，评出特等奖2项，一等奖6项，二等奖10项，三等奖15项。

四、结束语

以上成果反映和代表着我国高职高专教育英语课程教学改革的最新研究成果，形成以《基本要求》为核心，以《实用英语》立体化系列教材为主要内容框架、以现代多媒体网络技术为支撑的教学模式、以"高等学校英语应用能力考试"和试题库为检测手段的高职高专教育英语课程教学内容体系，符合当前教育部提倡的大学英语教学改革的大方向。

On Teaching Reform of English Education

for Professional Colleges in China
Shaoguan University
An Xiaocan

Abstract

Over the years since China's adoption of reform and opening policy, there has been an increase in English-speaking professionals who work in various fields and serve as a bridge between China and the outside world, introducing modern science and technology to their fields, or communicate and cooperate with foreign experts both at home and abroad, to facilitate very fast economic expansion and social development. However, English education for professional colleges in China, for a long time, has been facing some knotty problems either in theoretical perspectives and in operations, resulting in "the situation of high investments with low production" longer time involved in learning and less people proficient in English, esp., in listening and speaking. Most of the college graduates are 'deaf mute'when facing foreigners and handicapped in their work. The main causes for the failures are pedagogical approach of grammar-translation, teacher-centered classroom teaching, more attention paid to English knowledge than communication skills, impractical English teaching materials, lack of qualified teachers and poor conditions of teaching, etc.. All these produced an unsatisfactory picture of the poor quality in English education for professional colleges.

In 1990, the Chinese Ministry of Education started a profound teaching reform to improve English education for professional colleges so as to meet the needs of qualified English-speaking professionals by the society, which is the purpose of professional college education in China. In the past seventeen years, esp., in the past seven years, great achievements have been made in the teaching reform.

The author represents the essential elements in the success of the reform: the basic teaching requirements, teaching materials, evaluation, faculty development programs, etc..

1. Background

English education for professional colleges in China, for a long time, has been facing some knotty problems that exist either in theoretical perspectives and in operations, resulting in "the situation of high investment with low production; longer time involved in learning and less people proficient in English"(Wang Chu-ming et al, p.207, Vol.32.3). Most of the college graduates are "deaf mute" when facing foreigners and handicapped in their work"(Zou Y, 1998). The main causes for the failures are as follows:

- Influence of the highly structured form of Chinese language education on both learners and teachers (Jianxiu, 1999, Wang, 1999, Campbell & Yong, 1993);
- The pedagogical approach of grammar-translation;
- Teacher-centered classroom teaching;
- More attention paid to English knowledge than communication skills;
- Impractical English teaching materials;
- Lack of qualified teachers;

● Poor conditions of teaching.

All these produced an unsatisfactory picture of the poor quality in English education for professional colleges in China.

II. The reform initiated by the Chinese Ministry of Education

1. Working out BASIC REQUIREMENTS

In 1990, the Chinese Education Ministry started reform to improve English education so

as to meet the needs of qualified English-speaking professionals by the society, which is the purpose of Chinese college education. As a Chinese idiom says, "it is only by taking hold of the key link that everything else will fall into its proper place." The first step the ministry took to start the reform was to work out BASIC REQUIREMENTS, which was to function as a guide for English Education for Colleges. I was one of those who were appointed by the ministry to do the research job.

The final version of the BASIC REQUIREMENTS was completed on the basis of the new development of Applied Linguistics and approved by the ministry, and published by the Higher Education press in 1993. It had been functioning as guiding document for English education in professional colleges till 2000, and was also used as the basis for the new BASIC REQUIREMENTS published in 2000.

2. Principles of working out the new *BASIC REQUIREMENTS*

The first problem we had to solve in working out the new BASIC REQUIREMENTS was the recognition of the nature of English education for professional colleges. Proceeding from what professionals need in their work, this kind of English education should be pragmatic. Through careful studies and some investigation, the working group of the new BASIC REQUIREMENTS, which was appointed by the Chinese Education Ministry, agreed on the principles as follows:

- English education in colleges should serve thegeneral goal for college education, that is, cultivating English-speaking professionals with a kind of specialty;
- Teaching materials should be practical and professional, with the language common core in view, emphasis should be laid on the register of English that students are most likely to encounter in their future working environments;
- Classroom teaching should be switched over from full teacher-centered to more student-centered;
- Grammar-translation approach should be switched over to communicative approach;
- Ultimate goal of English education for professional colleges is to develop communicative competence in the students.

3. The new *BASIC REQUIREMENTS* and its features

The new BASIC REQUIREMENTS consists of two parts: the descriptions of the general aim, Objectives, specific requirements and testing; five appendixes presenting the vocabulary and grammar to be studied, and skills of reading, translation, listening, speaking and writing to be practiced and mastered. Classroom hours of 180-220 is divided into two stages. The first stage deals with the basic knowledge and skills, and the second one with practical professional English. The prominent features of the BASIC REQUIREMENTS is introducing a new teaching principle "taking practical professional English as the dominant factor and taking communicative competence as the purpose" and laying emphasis on skills of communication. Proper relationships between language usage and language use, between accuracy and fluency are specified because "the ability to use the target language as a means of communication does not follow as a necessary consequence of learning the language as a formal system and has to be developed in some way"(H.G. Widdoson, 1978).

Since it was approved by Chinese Education Ministry in 2000, it has been working as the guide for the teaching reform of English education for professional colleges throughout the country.

4. PRACTICAL ENGLISH and NEW PRACTICAL ENGLISH

Lack of practical materials was another big problem to further the reform. So in 1993, the Higher Education Press set out to compile a set of textbooks entitled PRACTICAL ENGLISH, as the main source of teaching materials, to implement the teaching principle. This set of books have been popular with college students and English teachers since they first appeared in the year of 1995. The circulation has now reached more than 400million. What the students like most about the books is the pragmatics and the task-based methodology that builds on the problem-solving activities characteristic of practical English language and skills of listening, speaking and writing, reading and translating. All this has distinguished the set of books in practicability.

The second edition of this set of books won first prize of 2002 National Excellent Teaching Materials for Higher Education.

In 2002, in order to meet the needs of the rapid development of China's society, on the basis of PRACTICAL ENGLISH, the Higher Education Press published another set of books *NEW PRACTICAL ENGLISH.* **It has combined ordinary English with practical English from the very beginning of the book, which is a big progress compared with former.**

With this set of books as the core, the Higher Education Press has now published about twenty sets of textbooks for the professional education for colleges such as *Computer English, Management English, Secretary English, English for Civil Engineering, etc..*

5. PRACTICAL ENGLISH TEST FOR COLLEGES

As is known, testing plays an important part in teaching. To further the reform, in 1995, a group of English professors and experienced teachers were appointed by the Chinese Education Ministry to design a national test so as to set a standard for evaluating the quality of English education for professional colleges. It was named PRACTICAL ENGLISH TEST FOR COLLEGES. As the name implies, the test is to examine students' practical English knowledge and skills. The test consists of five parts, listening, vocabulary and structure, reading, translation and writing. It differs from other national tests in that subjective items account for 60%, and items of the usage and use of practical professional English account for 50%.

PRACTICAL ENGLISH TEST FOR COLLEGES that started in 2000, with 40 hundred thousand students taking it, has now developed into a largescale national test. Each year about two million college students take the test.

The last 17 years, esp. the last seven years, have seen the great achievements made in the reform. We have set up a new English teaching system: "taking practical professional English as the dominant factor and taking communicative competence as the purpose". In 2005, the reform program was rewarded a second prize of Excellent Teaching by the Educational Committee of P.R. China.

Reasons for the successful reform are as I mentioned above, to which I am going to add a decisive factor: faculty development programs.

III. Faculty development programs

Teachers are the decisive factor in teaching reform. Efforts have been made in faculty development programs by the ministry since the beginning of the reform.

1. Participators and trainees

In working out the BASIC REQUIREMENTS, compiling PRACTICAL ENGLISH and designing PRACTICAL ENGLISH TEST FOR COLLEGES, over a hundred experienced teachers were invited to participate in the researches, and meanwhile they received training in both theory and practice. Some of them have now been promoted to professors and become great assets to the English education for professional colleges in the new century. Professors and experts invited from key universities by the ministry are a great help in both training and research jobs, like Prof. Kong Qingyan, Director of SCEEC (All China Supervisory Committee of English Education for Colleges)and Prof. Liu Hongzhang(Adviser of SCEEC), who were also among excellent trainer faculty for Changchun Joint Faculty Development Project. Prof. Margie Berns and Jennie Dautermann got to know them during the Project .

2. Annual conference

Another efficient effort is the annual conference held by SCEEC for the purpose of exchanging and introducing pedagogical approaches and the achievements of the reform, and providing some lectures on the new development of language teaching both in the country and abroad. Prof. Margie Berns was invited to the 1998's Conference and gave a lecture on Communicative Approach: the past and the present; and Prof. Mao Luming to the 2002's Conference and gave a lecture on Applied Linguistics.

3. Research programs

In 2001, the Bureau of Higher Education of the Chinese Education Ministry approved 72 teaching research programs so as to further the reform. The program teachers worked hard to improve their teaching approach, teaching environments, teaching model, and teaching materials; and the achievements they made in their research work contributed a lot to the English teaching reform for professional colleges.

4. The Joint Faculty Development Project

In August of 1997, as the vice director of SCEEC, I was sent to Purdue University as a visiting scholar by SCEEC and the ministry, doing research mainly in teaching materials and syllabus design. Right after my returning to ChinaI sent a proposal to SCEEC, suggesting that a joint faculty development project be initiated by SCEEC with Purdue University. The proposal got approved by SCEEC and the ministry very soon.

In the Autumn of 1998, I was appointed director of the project office by SCEEC and the

ministry to start the joint project with Margie Berns, representative from Purdue University. It was the first in-service training program by the ministry for professional college English teachers with the USA. Changchun Institute of Technology was approved by the ministry as the training base for the project. In the winter of 1998, I set out to prepare for everything concerning the project. Mr. Wang Wei, an officer from the ministry, was representative from the ministry.

4.1 The enrollments

The enrollments of 1999 and 2000 were started in March and finished in the end of May. We did successfully with Mr. Wang's help, who drafted a special notice of the project, listing the colleges that were expected to send one teacher to study in the first class of the project and sent it to the colleges concerned.

The 1999 class (the first class) consisted of 41 English teachers, who came from the north of China and aged from 24 to 45; the 2000 class was composed of 40, who mainly came from the southwest of China, who were younger, with the average age of about 30; the 2002 class of 40 teachers. Most of the 121 teachers graduated from normal universities, some of whom had twenty years teaching experience and the others two or three, but had never received in-service training before.

4.2 The goal and objectives

Just as I've discussed above, the failure of English education for colleges is mainly due to the traditional approach of grammar-translation, teacher-centered classroom teaching and lack of practical and professional English knowledge and skills, so the goal of the project was to improve the trainees' ability to do teaching reform and research; and the objectives of the project are set out as follows:

- To introduce the theories of applied linguistics and the new development of pedagogical approaches abroad, esp., the communicative approach;
- To introduce business writing abroad so as to help them to transfer from "general" English (see Ewer, J.R., 1983) to practical and professional English and deepen their sense of this kind of teaching system as well;
- To introduce the theory and practice of language testing.
- To learn discussion class from experience by attending the courses of the project so as to help them to transfer from the teacher-centered teaching to the student-centered.

4.3 The timetable, course and teaching materials

The training time was 50 days with 4-hour classes in the morning and 2-hour self-reading in the afternoon. And there was a test for each of the following course at the end of study.

To achieve the goal and the objectives, five courses are arranged:

- Business Writing;
- Sociolinguistics;
- Curriculum design;
- Applied Linguistics and Methodology;

● Testing.

Each course was taught 10 days, including one-day examination CAI added for the second class in 2000 to improve trainees' teaching ability with modern technology and to meet the requirement of studying the course of business writing on the computer as well. Most of the trainees had never be exposed to computers before they came to the course.

Five books are used by professors as materials:

● The Portable Business Writer, William Murdick, 1999, Houghton Mifflin Company;
● Sociolinguistics, Bernard Spolsky, 1998, Oxford University Press;
● Course Design, Fraida Dubin and Elite Olshtain, 1986, Cambridge University Press;
● The Practice of English Language Teaching; Jeremy Harmer, 19 83, Longman Handbooks for Language Teachers, Longman;
● Testing for Language teachers, Arthur Hughes, 1989, Cambridge University Press.

4.4 The teachers

Recruiting qualified teachers was the most important job for the joint project. Being representative of Purdue University, Prof. Margie Berns was responsible for recruiting professors from America, while I am responsible for the job in China. The teaching group consists of three American professors and two Chinese professors. American professors, Margie Berns, Jennie Dautermann from Miami University and Peter Lowenberg from San Jose State University engage in sociolinguistics, course design and business writing, and Chinese professors, Kong Qingyan from Dalian University of science and

Technology (Director of SCEEC) and Liu Hongzhang from Shanghai
Jiaotong University (Adviser of SCEEC), in methodology and language
testing.

4.5 The evaluations

Following each examination, a questionnaire for the course is taken
to get comments by the students on the necessity, the methods, the
teacher and the overall value of the course and suggestions from the
students. The students took it seriously and said highly of the courses
and the professors. The following is abstracted from the students'
responses to the four courses of 1999 class.

● Evaluation for Sociolinguistics and Curriculum Design, Chang-
  chun, July 1999
  Question 1: What were the strengths of this course?
  Responses: — This course is full of discussions. That helps us to
                express our ideas freely. (It) can stimulate our
                interests and hard work;
             — This course fully uses the way of discussion. It
                makes students quite active in the class;
             — We have an overall understanding of sociolin
                guistics, and the course design;
             — This course provides us with a lot of information
                about communicative language teaching. It is
                helpful for us to teach English in the future.
             — It is closely related to our job. It increases our
                level of teaching for it offers theoretical guide
                to our teaching practice…

  Question 2: What were the strengths of this teacher?

Responses: — The teaching method is very good for language teaching. I enjoyed very much and I learned a lot.

— Her knowledge of language teaching together with her vigorous performance in class and serious teaching attitude;

— She can organize the class in a comfortable environment as she is teaching. This is important for the learners to study more in such a situation. She really has a good performance in her teaching …

- Evaluation for Business Writing Course, Changchun July, 1999

Question 3: What activities in this course did you find most helpful to your own learning?

Responses: — Pair work.;

— Group discussion;

— Discussion between the teacher and the students;

— The group discussion and the role play;

— any practical assignments;

— Summary of "CMR" and graphics method are very helpful…

Question 4: What things you learned in this course do you expect to use in the future?

Responses: — Business writing techniques;

— The method "CMR" I expect to use in the future;

— The format and style of business writing;

— The way how to teach in the computer classroom;

- Teaching methods, including multimedia-aided teaching, business weiting skills and communi cation with students…

● Questions for evaluating the course of methodology

Question 2: How do you like the teacher's lectures?

Responses: — I like very much. It can benefits us a lot;

- Professor Kong can use easy words to express the difficult theory. I think, as a teacher, this is very important;
- He is a native-like teacher;
- Prof. Kong's lecture is so attractive and knowle- dge able. It brings us a lot of new concepts and new notions both in English learning and teaching…

Question 3: Do you find the handout and the reference books are useful to you?

Responses: — Yes. Quite useful;

- Yes, the handout helps us know the outline of the course and the reference books can help us study the details;
- Yes. The handout provides us with the main points and the reference books make us understand the handout better…

● QUESTIONAIRE FOR THE COURSE OF LANGUAGE TESTING

Question 1: How useful is this course to your career? Do you think a language teacher needs to know the theories and principles of language testing?

Responses: — I think it is very important for a language teacher to know the theories and principles of language testing. I feel I learnt a lot from the course and will apply these theories and methods to my later teaching to evaluate my teaching and students' ability & performance.

— I have got the general idea about language test, and I think it is quite useful for my testing and also teaching the students in the future;

— I think it is very useful. If you want to teach well, then you must know how to test and what to test because it may let the teachers know what they should spend more time teaching···

4.6 Conclusion

The students' responses clearly indicate the implications of the joint faculty development project:

- The in-service course is necessary for improving EFL teachers' theories and practices;
- The joint project is a good example for EFL teacher training in practice in China.

5. The summer teachers' training program

In addition to the above special teachers' training programs, we held a summer teachers' training program each summer since 2002. The objectives of the program are set out as follows:

- To introduce the theories of applied linguistics;

- the new development of pedagogical approaches abroad, esp., the communicative approach;
- To introduce the theory and practice of language testing; and
- To introduce classroom teaching model with the focus on the student-centered teaching;
- To exchange experience in teaching and research.

In the past fours years, over ten thousand teachers who came from different professional colleges attended the summer courses. They said highly of the training programs. The end-results have shown that it's necessary to do more efforts to train teachers so as to help them to strengthen their theories of language teaching, to improve their teaching skills as well as to reach new horizons of research.

IV. References

1. Wang Chuming et al. (2000). (A) "Improving English Through Writing". Foreign Language Teaching and Research, Vol.32, No.3: 207-212.
2. Campbell, K.P., and Yong, Z. (1993). The dilemma of English language instruction in the People's Republic of China. TESOL Journal, 4-6.
3. Wang, Y. (1999) College English in China: an account of the teaching of EFL to university non-English majors in the 1990's. English Today, 15(1),45-51.

4. Widdowson, H.G. (1978), Teaching Language as Communication. Oxford: Oxford University Press.

5. The Chinese Education Ministry. (1993), BASIC REQUIRE MENTS OF ENGLISH EDUCATION FOR COLLEGES. Higher Education Press.

6. An Xiaocan. (1997), Reform of English education for colleges and the BASIC REQUIREMENTS. FOREIGN LANGUAGE WORLD, 4.

7. Kong Qingyan. (1997), The design of PRACTICAL PROFESSIONAL ENGLISH. FOREIGN LANGUAGE WORLD, 4.

8. Zou Y.(1998). English training for professionals in China: introducing a successful EFL training. System, 26,235-248

9. Ewer, J.R. (1983), Teacher Training for ESP: Problems and Methods. The ESP Journal, Vol. 2: 9-31.

10. An Xiaocan. (1994), Social Survey of College Graduates' English Communicative Ability. Jilin Education Science.

11. Margie Berns. (1999), Evaluation for Sociolinguistics and Curriculum Design during Changchun Joint Faculty Development Project.

12. Jennie Dautermann. (1999), Evaluation for Business Writing Course during Changchun Joint Faculty Development Project.

13. Kong Qingyan. (1999), Questions for evaluating the course of methodology during Changchun Joint Faculty Development Project.

14. Liu Hongzhang. (1999), QUESTIONAIRE FOR THE COURSE OF LANGUAGE TESTING. During Changchun Joint Faculty Development Project.

The author: An Xiaocan, female, born on Dec. 17, 1953.

She graduated from Jilin University in 1975. She has been an EFL teacher for thirty years. In 1997 she was promoted to English Professor, and then went to Purdue University to do research in EFL teaching materials. She worked there as a visiting Scholar for a year. Now she works as dean of English Teaching Department of Shaoguan University. Since 1990's, she has participated in several programs of the teaching reform of English Education for Professional Colleges in China. She works as director of CSTVE and the vice director of National Supervisory Committee of English Education for Professional Colleges. She is one of the writers of Practical English and New Practical English published by Higher Education Press. And She is the first among the five winners of the second prize of Excellent Teaching awarded by the National Educational Committee of China.

明清文人与男旦交往述论

程宇昂(韶關學院文學院)

一. 明淸男旦隊伍發展槪況

汉之"紫坛伪设女乐", 魏之"辽东妖妇", 北齐之"踏谣娘", 唐之"弄假妇人", 宋之"装旦孙子贵", 一系列的文献记载说明：宋以前不乏以男装女的现象。元代的典籍中看不到男装女的情形。

明代宣德年间, 都御史顾佐禁绝官妓, 始于唐代的中国官妓制度首度遭受重创。 受禁妓牵连, 女性演员减少, 男性装旦现象重新出现。明代男旦较早出现在英宗时候：

> 吴优有为南戏于京师者, 门达锦衣奏其以男装女, 惑乱风俗。英宗亲逮问之, 优具陈劝化风俗状。上命解缚, 面令演之。一优前云："国正天心顺, 官清民自安"云云。上大悦曰："此格言也, 奈何罪之?" 遂籍群优于教坊。群优耻之。驾崩, 遁归于吴。[1]

英宗正统(1436-1449)、天顺(1457-1464)两度在位, 从优语"国正天心顺, 官清民自安" 可知, 这件事应该发生在英宗天顺年间。"国正天心顺, 官清民自安"本是戏曲舞台上的套语, 此时出于优伶之口体现了吴人的灵慧。"天心顺"暗合天顺年号, 所以使英宗龙颜大悦。

门达锦衣耳目众多, 看到吴优以男装女, 认为这是惑乱风俗的事, 特地奏明朝廷, 这表明英宗时男性装旦至少在京师尚非常罕见。

经过成化、弘治、正德、嘉靖、隆庆一百多年的孕育, 男旦队伍逐渐扩大。至万历、崇祯朝, 职业戏班中女性演员已经很少了, 男性装旦渐成主流。陆文衡 ≪啬庵随笔≫ 可以作证：

---

1) 都穆 ≪都公谭纂≫ 卷下。明抄本。

> 万历年间，优人演出一出，止一两零八分，渐加至三四两、五六两。今选
> 上班，价至十二两。若插入女优几人，则有缠头之费供给必罗水陆。[2]

　　万历年间，戏班演出时，如果有女伶参与其中，可在正常报酬之外，
获得缠头之费，并有上好伙食招待，可见一般戏班很少用女演员了。
那么，万历时，男性装旦已成风气。

　　文化前行总是带着强大的惯性，常常并不因为朝代更迭而立即大
弧度改变其演进轨迹。清顺治、康熙两朝，男旦演员就按照这种惯性
扩大队伍，其前提是女伶/女旦群体的进一步萎缩。自明至清，下决
心禁绝官妓和女乐，将女性从娱乐圈中解放出来的帝王很多。明代，
太祖、成祖、宣帝均做过很大努力，但后续帝王耽于享乐、不思进
取，在很大程度上冲消了其先人的成果。清初，顺治帝先后两次禁女
乐，"(顺治)十六年夏改用太监，遂为定制"。[3] 与此同时，禁止官员
宿娼。顺治五年制定并颁行的《大清律集解附例》之《官吏宿倡
》条说："凡(文武)官吏宿倡者杖六十。 (挟妓饮酒亦坐此律)媒合人
减一等。若官员子孙(文承荫武应袭)宿倡者罪亦如之。(此慎官方而
戒淫佚也。凡官吏皆有治人之职，而奸宿倡妇，则荡闲越矩，有玷官
方，故杖六十。)"[4] 康熙帝也颁布过类似律条。这一时期，在男旦演
员中诞生了两位光芒四射的明星——王紫稼、徐紫云，他们走红的程
度可能一点也不逊色于后来的梅兰芳等人。男旦演员在当时的统治
地位由此可知。不过，此时仍有女伶登台演出。再经过雍正帝、乾
隆帝的令行禁止，乾隆以下，城市剧场几乎见不到一个女伶/女旦，戏

---

2) 转引孙崇涛、徐宏图著《戏曲优伶史》。文化艺术出版社，1995年5月第1版，
　　页175。
3) 官修《清文献通考》卷一百七十四《乐考》二十《俗部乐》。清文渊阁四
　　库全书本。
4) 朱轼《大清律集解附例》卷二十五《刑律》。清雍正内府刻本。

曲舞台成了男人/男旦的天下。 女伶/女旦再次小心翼翼现身于剧场,已经是清末的事。

二. 明清文人与男旦交往概况

妓女, 本是中国古代社会文人生态中非常重要的一环。 读书人科考、游幕、为宦时远离家乡, 色艺双美的妓女可以为他们消解些许寂寞 ; 文人一旦蹭蹬科场, 抑或失意仕途, 同是天涯沦落人的妓女可以为他们构筑心灵的驿站 ; 若是进士及第, 或者宦者衣锦还乡, 醇酒酿情, 香茗怡神, 清歌悦耳, 可人赏心, 又是很多读书人梦寐求之的生活境界了。 唐、宋、元皆有发达的官妓制度。 明代, 习惯于娱乐陶情的士人, 发现这些多才多艺而生动有致的女人们在他们身边渐渐枯萎。 更重要的是, 朝廷一旦取缔官妓, 即使士人身边不乏妓女, 狎妓不可避免地变得不光彩起来, 狎妓行为成了一件冒险的事。 士人所需要的是不太损失人格尊严的消遣。 他们无法承受眼前的事实, 一方面抱怨起这种 "太平缺陷" ; 另一方面, 他们在寻找新的风景。 随着男旦演员的增多, 这种风景隐约在目。

在缺页的史册中, 笔者所能看到的士人与男旦演员的亲密交往出现在孝宗弘治(1488-1505)年间 :

时(笔者注 : 指弘治时)朝政宽大, 廷臣多事游宴。 京师富家揽头诸色之人亦伺节令, 习仪于朝天宫、隆福寺诸处, 辄设盛馔, 托一二知己转邀, 席

间出教坊子弟歌唱, 内不检者, 私以比顽童为乐。富家因以内交。予官刑
曹, 与同年陈文鸣凤梧辄不欲往, 诸同寅皆笑为迂, 亦不相约。既而果有
郎中黄暐等事发, 盖黄与同寅顾谧等俱在西角头张通家饮酒, 与顽童相
狎, 被缉事衙门访出拿问, 而西曹为之一砧! 然若此类, 幸而不发者亦多
矣。[5]

文字的作者陈洪谟(1474-1555), 字宗禹, 号高吾子, 明武陵人。
弘治丙辰(1496)进士, 官至兵部左侍郎。作者回忆了自己亲历的一件
事：弘治年间, 廷臣多事游宴, 黄暐与同僚顾谧因游宴时狎比顽童,
被缉事衙门拘捕治罪。

同样记录这件事的还有余继登的《典故纪闻》：

祖宗时法度甚严。如弘治时, 郎中顾谧在校余张通家饮酒, 令优人女妆为
乐。事发, 即令冠带闲住。[6]

余继登(1544-1600), 字世用, 号云衢, 交河(今属河北)人。万历五
年(1577)进士, 官至礼部侍郎摄部事。黄暐与顾谧事当在1500年左
右, 余继登无缘亲历, 但毕竟相隔时间不算太长, 他还有从长辈那里
耳食逸闻的机会。更重要的是, 他曾与修《明会典》, 充任过正史
副总裁, 因而熟悉历朝实录, 尤其是明史。这样, 他对这件事情的记
载很有参考价值。

将陈洪谟、余继登两人提供的信息放在一起, 我们可以对这件
"西曹为之一砧"的事看得更清楚：弘治、正德时期是明代历史的蜕
变期, 朝纲开始松动, 文人与男旦的交往正在这历史的大背景中悄然

---

5) 陈洪谟《治世余闻录》下篇卷三。明万历刻纪录汇编本。
6) 余继登《典故纪闻》卷十六。明万历王象干刻本。

展开。 黄暐与顾谧让男旦演员着女装侑酒于席间，与之亵闹。 当时，这样的事不在少数，由 "不发者亦多矣" 句可知。 席间侑觞之事，本是妓家份内事，现在，男旦演员开始承接这份差事。

文人与男旦交往之初，不仅文人多少有些偷偷摸摸的感觉，男旦演员也较为谨慎。 嘉靖、隆庆间， 吴江人王叔成有 ≪跋倪歌儿歌≫，记录了与男旦倪歌儿交往的一段趣事：

> 吴兴倪歌儿者，一登优场，诸凡妇女情状，种种得之，种种佳也。 歌儿进酒， 乞予一诗，偶忆李良雨以男化女，便有 "笑遣东风吹变汝" 之句。 倪有难色。 予谓世间高官巨履、须髯而妇女其人者多矣，岂待东风吹变耶？ 乃有称女中丈夫者，则男女别自有在，独不闻优孟、优旃、雷海青辈以汝曹显名耶？ 倪乃嫣然一笑。[7]

王叔成， 生卒年不详。 曾客大学士李春芳所， 后与王锡爵以布衣交， 诗为王世贞兄弟所称赏。 王氏嗜酒，喜纵情山水，留连歌场。 引文是他赠诗于同乡歌者倪歌儿的跋文。 倪歌儿于席间侑酒，将妇人的种种情状表演得惟妙惟肖。 倪歌儿是一个聪明人，从观众反应中觉察出王叔成对自己演出的好感，于是乘进酒之机，乞诗于同乡。 王叔成有感于倪歌儿的表演技艺，有 "笑遣东风吹变汝" 之句。 本意是赞美倪歌儿表演之真实，没料人家不领情。 只得破费口舌，终于博得倪歌儿释怀一笑。 从倪歌儿得诗之后的反应看，他对别人把自己看成女性颇不自在。

万历、崇祯时，文人与男旦的交往告别了青涩期，双方之间的往来非常自然。 从汪效倚辑注的 ≪潘之恒曲话≫ 中，就可看出徽州文人潘之恒曾与多位男旦演员相识，并有品题之作，如：吴越石家班之

---

7) 董斯张辑 ≪吴兴艺文补≫卷三十八。崇祯六年刻本。

江孺, 邹迪光家班之潘蓥然, 江湖戏班中的郝可成、张三等, 不一而足。此时, 文人眼中的男旦, 已经是类似于妓女的特殊的审美与怡情对象。徐熥(1561-1599) ≪幔亭诗集≫ 中的 ≪赠歌者≫ 记录了他与顾大典家优男旦演员陈情交往的情况:

> 习家池上春昼长, 主人爱客飞羽觞。 梨园子弟纷成行, 少年白'称陈郎。
> 何晏之粉荀令香, 技掩秦青音绕梁。 翩翩广袖能回翔, 修眉高髻内家妆。
> 月中一曲舞霓裳, 轻敲檀板按宫商。 顿令四座生辉光, 苏州刺史空断肠。
> 奈何与子非一乡, 安得相从乐未央。人生及时须徜徉, 莫令两鬓生秋霜。8)

这是对陈郎色艺的陶醉与欣赏, 是闹中煽情。另一首 ≪歌者陈郎戏作姬妆即席调赠≫ 诗云:

> 梨园推丽质, 结束作妖姬。妙舞风前合, 清歌云外迟。彩衣裁袖窄, 翠钿压眉低。何必悲黄鹄, 愁多貌不移。9)

诗歌描写陈郎彩衣窄袖, 头饰翠钿, 作妖冶女子状, 轻歌曼舞。徐熥凝望陈郎的表演, 暗里打趣:任你作女儿愁态, 我也知道你是男身。此为静中觅趣。

≪幔亭诗集≫中共有四首诗提及陈郎。两首 ≪重集谐赏园忆歌者陈情≫诗曰:

> 龙阳窈窕胜蛾眉, 埋玉空山是几时。重到园中听歌舞, 不成骊乐却成悲。
> 陈郎丰度似何郎, 长袖翩跹韵绕梁。此日重来君不见, 舞裙歌扇总凄凉。10)

---

8) 徐熥 ≪幔亭诗集≫卷三。清文渊阁四库全书本。
9) 徐熥 ≪幔亭诗集≫ 卷五。清文渊阁四库全书本。
10) 徐熥 ≪幔亭诗集≫卷十三。清文渊阁四库全书本。

诗题交待了徐熥常见到陈情的地方：顾大典家谐赏园。 谐赏园中，歌舞依旧， 可是， 让作者久久萦怀、 "窈窕胜蛾眉" 的陈郎已经魂归荒山。徐熥迢遥跋涉， 只为一见陈郎；孰料陈郎埋玉空山， 徐氏惟有在凄凉的歌扇舞裙中隐约寻觅他的笑语颦眉了。人生匆忙谁能料，几年之后， 徐熥惟有与陈郎冥界相会了。他仅活到三十九岁。

万历至清初， 文人与色艺双美的男旦交往已然成为士林风气， 甚至不少人藉此播撒风流。清初著名诗人龚鼎孳、 钱谦益、 吴伟业均与名旦王紫稼相厚， 赠诗甚多。清词三大家之一的陈维崧， 更是作诗数十首， 乞得冒襄家优徐紫云为贴身书童。陈氏让名家陈鹄绘成 ≪紫云出浴图≫(笔者注：今存旅顺博物馆)， 并携云郎走南闯北， 请数十名流在图卷上留下品题诗词。云郎陪读陪眠， 如友如妻。乾隆时， 庄培因、 毕沅等更是以状元身份与名旦交往， 其交游的方俊官、 李桂官等人因之被称为 "状元 夫人"。周广业 ≪过夏续泉≫描述乾隆时结拜兄弟之风盛行时说：

> 假兄弟曰换帖， 曰拜把子， 此风最盛。 不问气类， 为势利是骛。 甚至有以朝列下比优伶者。伶人最重旦色， 但邀一顾盼， 虽缠头百万不惜矣。情契既笃， 结为哥弟， 公然行之书柬、 扇面， 称人曰第几行兄， 自称曰愚弟。炫耀稠人， 恬不知耻。[11]

有些朝官将男旦演员列为拜假兄弟的对象， 书柬往还中称兄道弟。甚至， 结交到名旦， 还可成为同仁之间炫耀的资本。

乾隆以下， 文人与男旦的交往进入全新时期。这一时期， 男旦演员有特定的称谓——相公， 他们的住处称堂子， 笔者因而称这一时期为相公堂子时代。堂子乃伶人栖身之所， 是培养演员的地方， 也是文人

---

11) 周广业 ≪过夏续泉≫。清种松书塾抄本。

与男旦交往的重要场所之一。相公堂子时代，是文人与男旦交往的成熟期，主要表现为交往的近似合法化、规范化和商业化。

经过乾隆时期的激荡与沉淀，自嘉庆朝始，文人与男旦的交往呈现近似合法化的状态。所谓近似合法，指明清两朝，官员亲近妓女，为法律所不容，为舆论所不屑；官员亲近男旦，法律无明文裁定，舆论亦可包容。简言之，法律、道德对文人与男旦交游缺乏明确约束，这种现象一直于意识形态的模糊地带逍遥自在。正如清末何刚德(1855-1936)《春明梦录》所说："京官挟优挟妓，例所不许，然挟优尚可通融，而挟妓则人不齿之。"12)

文人与男旦交往的规范化，从堂子的经营状况可知一二。堂子地处小巷深处，有统一的外观：门外挂小牌，牌子上用金字写上堂名，大门上悬一灯笼。堂子服务的程序也形成了既定的模式，《侧帽余谭》对"打茶围"的全过程作了细致的描述：

> 觅醉花间，主人招邀胜侣五六人造之。仆辈入报，嘤然一声笑颜迎，侧足侍者不知几辈。寒暄数语，主人索纸笔。侍者磨墨隆隆然，坐者挥毫索索然，盖飞笺招各友所欢也。授急足去讫，须臾还报曰："条子就来，请主人更室坐。"团圞位置，排比已齐。山肴海物，纷纷罗列。方就坐，则搴帘一笑，似曾相识来也。由是或行令，或猜拳，或挥麈清谈，或竹肉并奏，一视其主人之所好。所识中有膺重名者，酒数巡，登车径去。余稍留片刻亦去。伶既去，酒亦阑矣。呼双弓米啜少许，而席撤。主人出，赏京蚨十千以授。若辈转递仆辈，内传呼曰："某老爷赏钱若干。"随有仆出磕头谢。於厮时也，主人微疲，客颜亦酡。一声呼灯，则已排班鹄立，各持其一以出。一席之费，除赏资外，计需京蚨三十千，旧例也。无名氏有句云："得意一声拿纸片，伤心三字点灯笼。"颇雄劲。后有人更其意曰：

---

12) 何刚德《春明梦录》。《话梦集》、《春明梦录》、《东华琐录》集成本，北京古籍出版社，1995年5月第1版，页139-140。

"英雄末路拿稀饭，混沌初开灌米汤"，更觉声情激越。谚以若辈媚人赚取缠头为灌米汤。而于少年褵襹，初入京华者尤甚。[13]

迎宾有讲究：打茶围时，总会有人作东。东家带着三五好友飘然而至，迎宾侍者笑语相迎，其他侍者彬彬有礼立于两旁，听候吩咐。请相公有套路：东家索笔，侍者磨墨；东家将客人喜欢的相公的名字写在不同的红纸条上，仆人热情地迅速分头寻找；菜上得差不多了，相公们春风满面地如约而至，一场热腾腾的宴席开始了。宴席有明确的程序：行令，猜拳，清谈，客人们皆畅其意；或丝竹，或肉声，相公们各逞所能。夜阑酒残，兴尽席撤。位尊者先离去，相公继之。送客有条不紊：众宾客在仆人高唱"某老爷赏钱若干"声中，各人从彬彬有礼的侍者手中接过一盏灯笼，心满意得而去。

相公堂子时代，文人与男旦交往时，商业气息渐浓。最突出的表现是，交往能否顺畅进行以金钱为维系。道光时伶人周小凤，字竹香，"以色艳动一时……初善越中□孝廉，赠之至万金。久而竹香颇疏之，孝廉父至都下，或乃以此诈竹香，索其数百缗而去。"[14] 周小凤与某孝廉疏远的原因，很明显是孝廉囊中已尽。陈森的小说《品花宝鉴》对这种情形也有所描绘：当士子田春航衣服将要当完时，相公们也"渐渐的与他疏远"。[15]

与商业性相联系，文人与男旦交往过程中的理性较以前有所加强，才士美人相映生辉的审美意义有所削弱。理性化指的是，在文人与男旦交往的过程中，交往双方多采取务实的交往方式，相公中像王紫稼

---

13) 艺兰生 《侧帽余谭》。张次溪 《清代燕都梨园史料》本，中国戏剧出版社，1988年12月第1版，页604。

14) 华胥大夫 《金台残泪记》。张次溪 《清代燕都梨园史料》本，中国戏剧出版社，1988年12月第1版，页231。

15) 陈森 《品花宝鉴》。中华书局，2004年7月第1版，页121。

那样恃宠自骄者寡，文人中像陈维崧、毕沅那样夸赏风流者较为少见。比较而言，士人的变化更加显著。同光间浙江绍兴人李慈铭，曾在户部为官，时人称之为 "理学名儒"。这位理学名儒受当时风气影响，时常观剧，与相公交往。《越缦堂菊话》是其日记的摘抄，其中有关于观剧及与伶人交往的摘录。光绪三年四月初七日，李慈铭参加了一个宾主共十四人的宴集。各人招有相公，他招的是早与之有所交往的钱秋菱、朱霞芬。当日日记记道：

> 酒边小史，小寄闲情。老辈风流，贤者不免。今者衣冠扫地，争事冶游。……其相爱者，夏劝泯其事迹……若夫同集之友，所眷各殊，或隐讳于家庭，或嫌疑于风影，其下伎之名字，亦羞污于简编。故一概略之，非每集所招止此二人焉。16)

这一段话乃有感而作。李慈铭的同人中，很多人与相公有所交往，但因为不想让家中人知道，也不想招致官场中人的诟病，所以不透露实情。他的朋友们也劝他不要声张事迹。

堂子约始于乾隆、嘉庆之交，于嘉庆中后期成形，在道光年间走向兴盛。道光以下，受到战事等因素的冲击，营业会受到一些影响，但总体上相当红火。这种情形几乎一直延续到清王朝结束。堂子的存在虽然满足了一些人的消费需求，但不可抹煞其违背人性的一面。随着清王朝的老朽，堂子业的烈焰也渐燃渐熄。民国元年四月二十日，北京外城巡警总厅刊出严禁私开堂寓的告示，堂子退出历史舞台。

随着京师相公堂子的衰落，文人与男旦的亲密交往渐渐画上句号，一般的交往也会变得谨慎和尴尬。齐如山在回忆与梅兰芳曲折而漫

---

16) 李慈铭 《越缦堂菊话》。张次溪 《清代燕都梨园史料》 本，中国戏剧出版社，1988年12月第1版，页706。

长的交往经历时写的一段话，能够让我们有深切体会："我给他写了两年多的信，我还没跟他长谈过，只有时在戏馆子中碰见说几句话，绝对没有上他家去过一趟。这也又有原因：一因自己本就有旧的观念，不大愿意与旦脚来往，二则也怕物议。自民国元年前后，我与戏界人来往渐多，但多是老脚，而亲戚朋友本家等等所有熟人都不以为然，有交情者常来相劝，且都不是恶意，若再与这样漂亮的旦脚来往，则被朋友不齿，乃是必然的事情，所以未敢前往。"17)

　　明清两朝，文人与男旦深切交往四百余年。民国之后，此类交游虽藕断丝连，但已噤若寒蝉了。

三. 文人与男旦交往简论

　　从上述文人与男旦交往的历程可知：自明至清，文人与男旦演员交往，与文士之间的雅集不同，亦区别于文人同一般男性艺人的接近。二者本是同性交往，却实践着异性交往的模式。男旦演员替代女伎，不仅承继女伎以艺娱人的职能，同时实践着女伎以色示人(示人以色相)与以色事人(授人以肉体)的功能。以下从培养男旦演员的色艺要求、文人与男旦交往的内容两个方面作简要论述。

　　家乐主人或戏班掌班选择演员、培养演员都是按照美女的标准进行的。著名的旦脚多是美男子，女性化的美少男。皮肤白皙细腻是最基本的要求，兼之身如杨柳，面若芙蓉，声似雏莺。此外，或眉弯环

---

17) 齐如山《齐如山回忆录》。辽宁教育出版社，2005年10月第1版，页141。

月，或眸贮春水，或玉手纤纤，或齿白唇红，各尽婉姿。

> 斛肩扬袖，浅颦低笑，省识芙蓉如面。[18]
> 红儿雪面小蛮身，水剪双眸女弚柱春。愁煞香消酒冷后，摘花应唤玉为人。[19]
> ——康熙间男旦演员邢郎

> 庆瑞　姓刘，字朗玉……幼以小曲著名，娇姿贵彩，明艳无双，态度安详，歌音清美，每于淡处生妍，静中流媚。不惯踏硚而腰支约素；不矜饰首而饕髻如仙。[20]　——嘉庆间男旦演员刘朗玉

> 宝玉，姑苏人，原名宝琴。柔情艳骨，潇洒风流，喜作时世妆。眉月弯环，鬟云雾舞，见之者疑为落水仙姝，凌波微步。[21]
> ——光绪间男旦演员吴宝玉

男旦演员的美貌是父母所赐，也是后天精心呵护的结果。艺兰生《侧帽余谭》记录同、光间梨园状况：

> 相　君之面，虽不能尽似六郎，然白皙翩翩，鲜见黝黑。孟如秋言："凡新进一伶，静闭密室，令恒饥，旋以粗粝和草头相饷，不设油盐，格难下咽。如是半月，黝黑渐退，转而黄，旋用鹅油香腴勤加洗擦。又如是月余，面首转白，且加润焉"。此法梨园弟子都以之。余笑曰："卿之得有今日，亦正洗伐功深耳。"[22]

---

18) 聂先《百名家词抄》之梁清标《棠村词》之《柳腰轻·观邢郎演剧》。康熙绿荫堂刻本。

19) 宗元鼎《南州草堂集》卷七《诗稿》。清康熙三十四年刻本。

20) 小铁笛道人《日下看花记》。张次溪《清代燕都梨园史料》本，中国戏剧出版社，1988年12月第1版，页57。

21) 黄协埙《粉墨丛谈》。《海上墨林》、《广方言馆全案》、《粉墨丛谈》集成本，上海古籍出版社，1989年5月第1版，页188。

引文中的孟如秋, 原名孟金喜, 字如秋, 同治十三年甲戌花榜榜眼。[23)]
与艺兰生交情甚厚, 此前, 曾被艺兰生定为花魁。[24)]

就艺而言, 名旦多如名妓, 诗、书、琴、棋、画, 各显其能。乾隆
间彭万官工琴, 李桂官善琵琶。秦腔旦脚名伶王湘云为墨兰妙手。吴
长元 ≪燕兰小谱≫ 卷一共彔 ≪画兰诗≫ 五十四首, 词三首, 几乎
都是对王湘云所写墨兰的题咏。 嘉庆间京师名旦王翠林 "跌扑便捷,
工小调, 能吴语"。[25)] 同、光间沪上名旦周凤林善诗, 精音律, 又是
弈棋高手。

值得注意的是, 男旦究竟为男身, 这决定了男旦演员在技艺方面有
自己的优长。豪饮、能辩的伶人广受欢迎。乾隆间花部旦脚王庆官,
同、光间麟春堂主人、昆旦诸桂枝(字秋芬)即在其列:

> 王庆官, 集庆部字荐庭, 直隶天津人, 杨四苗之徒也。年始成童, 眉目轩
> 爽, 尝使陪饮, 拇战豪呼, 风生四座。似憨而黠, 含媚于标, 宜乎抹粉登
> 场, 浪荡妖淫, 有不待揣摹而合拍者。嗟乎! 童子何知, 世风不古, 若王
> 联官之忸怩腼觍, 我见生怜, 不可同日语矣。悲夫![26)]
> 秋芬磊落自喜, 善饮, 能手谈, 拇战尤豪。然爽迈之中, 仍不失绳墨尺寸。
> 豪而不纵, 质而不俚, 众香国中别调也。[27)]

22) 艺兰生 ≪侧帽余谭≫。张次溪 ≪清代燕都梨园史料≫ 本, 中国戏剧出版社,
1988年12月第1版, 页624。

23) 蜀西樵也 ≪燕台花事彔≫、艺兰生 ≪侧帽余谭≫。罗瘿庵 ≪菊部丛谭≫ 记
为探花。张次溪 ≪清代燕都梨园史料≫ 本, 中国戏剧出版社, 1988年12月第
1版, 页546、605、795。

24) 香溪渔隐 ≪凤城品花记≫。张次溪 ≪清代燕都梨园史料≫ 本, 中国戏剧出版
社, 1988年12月第1版, 页573。

25) 小铁笛道人 ≪日下看花记≫。张次溪 ≪清代燕都梨园史料≫ 本, 中国戏剧出
版社, 1988年12月第1版, 页64。

26) 安乐山樵 ≪燕兰小谱≫。张次溪 ≪清代燕都梨园史料≫ 本, 中国戏剧出版
社, 1988年12月第1版, 页30-31。

好的相公侑酒时，全场的气氛被调动起来，皆大欢喜。文人呼妓女侑觞，寻的是素瓷静递的幽趣；与男伶同饮，求的是酣畅淋漓的痛快。

从交往的内容看，文人与男旦演员的交往类似于文人与妓女的交往。文人亲昵男旦，主要为征色、赏艺。

先说赏艺。艺兰生《侧帽余谭》言："赋艳词人于风清月白之宵，偕胜友访艳仙于梧桐庭院……词人自拍昆曲，艳仙按笛和之。于时璧月璧人，争相辉映。庭中木樨，拂拂吐香气，与雅韵相间发。似此清游，窃谓如水如龙。碌碌长安市上者，皆念不及此。"[28] 清风，明月，良宵，静庭。名士佳人，竹肉并发，曲亨人雅。元人《青楼集》所载名妓，驼背、麻脸、眇目者为数不少，一时名公如蝇附膻，显然醉翁之意在艺不在色。赋艳词人对相公的情感有类于此。

再说征色。文人把亲近男旦当成亲近女伎。征色的情况较为复杂，大致可分三种：逢场作戏，意淫，同性恋。

明清两朝，官妓、女乐渐革，狎妓沦为非法，文人与妓女共栖的人文生态遭到破坏。人们寻找新的娱乐方式时，很快找到可以取而代之的对象——优童，尤其是扮演女性的男旦。文人与之游处，是一种权宜之计，在闲暇征歌、文宴雅集时进行逢场作戏的心灵游戏。吴稼遘《玄盖副草》卷十八《王季中席上呈诸君》诗云：

> 东游拟卧赤城天，留滞无端胜事偏。树底落花春末扫，林端明月夜初悬。醉来舞荐容敲枕，歌罢优童为拍肩。不是寻常疏礼法，客狂聊见主人贤。[29]

---

27) 沅浦痴渔《撷华小录》。张次溪《清代燕都梨园史料》本，中国戏剧出版社，1988年12月第1版，页461。

28) 艺兰生《侧帽余谭》。张次溪《清代燕都梨园史料》本，中国戏剧出版社，1988年12月第1版，页608。

29) 吴稼遘《玄盖副草》卷十八。明万历家刻本。

作者在友人的宴席上听优童唱曲， 并让优童为自己拍肩按摩。 他
之所以这样狂放不羁， 是要以此凸显主人的好客。对于没有男风之好
的人来说， 可能确实"与其恋一竹筒， 何如恋一女色"。[30] 但为交游起
见、 为消遣起见而作狭斜游， 多数士人 "及时行乐， 本无成见"。[31]
多数文人伴小旦，属于这一情况， 消闲、 亵闹而已。

第二种情况是：与男旦亲密交往， 把男旦当成同性恋的对象。 明
人潘之恒说， 旦脚演员、 名妓徐翽之父 "当夕之价， 倍于姬姜"。[32]
姬姜为明嘉靖、 隆庆间著名歌姬。 让男旦侍寝， 代价比请名妓还高。
随着男旦队伍的扩大， 明清同性相恋竟成风习， 尤其是万历以下。 萝
摩庵老人 《怀芳记》 言：

> 夏天喜, 字秋芙……苏长公谓食河豚值得一死。 余谓秋芙倘是女子， 为我
> 作妾， 亦值得一死也……
> 沈芷秋……有吴舍人悦之， 欲购为侍史， 力不能致， 竟吞生鸦片以死……
> 任小凤者， 色艺可望前人。潘侍郎与水芷绝后， 乃赏之， 不使见客……[33]

夏天喜， 字秋芙， 道光间春台班旦脚；丽华堂主人沈芷秋， 唱昆
旦；桐华堂主人任小凤， 旦脚。 潘侍郎金屋藏娇， 专宠美人， 与今之
包养情人类似。 萝摩庵老人说为夏秋芙值得一死。 吴舍人欲购置沈
芷秋， 可惜力不能及， 竟然一死了之。 上述士人有着较为强烈的同性
恋倾向， 他们与男旦演员亲密接触， 乃出于本能。 著名文人张凤翼、

30) 易顺鼎 《哭庵赏菊诗》。 张次溪 《清代燕都梨园史料》 本, 中国戏剧出版
社, 1988年12月第1版, 页773。

31) 艺兰生 《侧帽余谭》。 张次溪 《清代燕都梨园史料》 本, 中国戏剧出版社,
1988年12月第1版, 页613。

32) 汪效倚辑注 《潘之恒曲话》。 中国戏剧出版社, 1988年8月第1版, 页51。

33) 萝摩庵老人 《怀芳记》。 张次溪 《清代燕都梨园史料》 本, 中国戏剧出版
社, 1988年12月第1版, 页583、 590、 594。

陈维崧、毕沅、袁枚、郑板桥、林嗣环等亦属于此类情形。不管他们的性取向与我们大多数人的性取向如何不同，其同性至情实际上可歌可泣。清之相公堂子时期，堂子实际上兼有妓院的功能。只不过，一般的妓院经营女色，而堂子在出售男色而已。

同性恋乃人类一种正常的性需求。中国古代，男风早已有之，汉代多位帝王有断袖之癖。明以前，能享受同性恋的人，多是帝王、重臣。明清两朝，同性恋的权利下移，不仅明英宗、武宗沉湎于斯，一般文人甚或平民百姓都可以舒展自己不同寻常的性爱冲动。可以说，明清中国社会，是男性同性恋者的天堂，对社会中上层尤其如此。男旦群体的涌现，为此提供了极大便利。

第三种情况，文人把与男旦交往看成是一种全新的美的享受，他们对狎旦者和不自重的旦脚颇有微词："其为贤士大夫所亲近者，必皆能自爱好，不作谄容，不出亵语，其令人服媚，殆无形迹之可指。爱身如玉，又如白鹤朱霞，不可即也。别有一派，但以容貌为工。谑浪亵渎，无所不至，且如柳种章台，任人攀折。此则我辈所恶，而流俗所深喜者。"[34]　看来，这种境界唯有知度有节的贤士大夫才配拥有。有人以诗的形式泄漏了心灵的消息："歌衫舞扇最翩翩，花月春江正少年。问字偶来花下立，片时侥幸倚香肩。"[35]　这是庐山旧隐赠给沪上名旦周凤林的诗，诗人老实交待借教人以字的机会轻触香肩的美妙感觉。有人在花谱小传中记录了这微妙的时刻："(想九霄)每一发声，脆如炙雨莺簧，一清俗耳，当于柳阴深处，携双柑斗酒，危坐听之。貌清妍，无俗韵，纤腰一搦，婀娜可怜，杨柳岸十七八女郎，当亦无此柔

34) 萝摩庵老人《怀芳记》。张次溪《清代燕都梨园史料》本，中国戏剧出版社，1988年12月第1版，页595。
35) 黄协埙《粉墨丛谈》。《海上墨林》、《广方言馆全案》、《粉墨丛谈》集成本，上海古籍出版社，1989年5月第1版，页190。

媚。予最爱其演《红鸾喜》一折，朱颜粉颈，婉丽无双。而一种低徊羞涩之情，时向眉稍微露，娟娟此彳，诚可儿也。及其衣轻绡、握团扇，月明林下，珊珊其来，则又如玉树一株，摇曳于瑶台仙阙。"36) 想九霄为沪上名旦。读这一段文字，我们能感受到美如何在距离之间汩汩流淌。

对男旦的意淫实际上是明清之际文人审美的新发现。 人间美好的事物很多，每一种至美都可能动人心弦。女有媸妍，男有丑俊。美女赏心悦目，美男也有理由成为一道风景。明清时，美女风景暗淡成背景，在其映衬下，文人眼前由俊男组成的风景逐渐清晰、亮丽。另一方面，男女之美类各有别。明清士人所欣赏的男旦外形之美，是男人女性化的美丽。这种美既不同于阴柔的女性之美，也不同于阳刚的男性之美。它是一种杂交美，一种全新的有活力的美。文人，尤其是具有艺术气质的文人，赏异好奇的禀赋使他们很难摆脱接触另类之美的诱惑，即便他不是一个具有同性性倾向的男人。对人生极致体验的追求，恰是很多文人的共同心理。有人憋不住了，借小说探讨这种别致之美的理论深度：

> 草木向阳者华茂，背阴者衰落。梅花南枝先，北枝后。还有凤凰、孔雀、野雉、家鸡，有文彩的禽鸟都是雄的，可见造化之气，先钟于男，而后钟于女。那女子固美，究不免些扮脂涂泽，岂及男子之不御铅华，自然光彩……
>
> 这一片钟情爱色之心，却与别人不同，视这些好相公与那奇珍异宝、好鸟名花一样，只有爱惜之心，却无褒狎之念……
>
> 这些相公的好处，好在面有女容，身无女体，可以娱目，又可以制心，使人有欢乐而无欲念……37)

---

36) 黄协埙《粉墨丛谈》。《海上墨林》、《广方言馆全案》、《粉墨丛谈》集成本，上海古籍出版社，1989年5月第1版，页173-174。

逢场作戏主要为了娱乐，同性相恋出于生理与心理需求，意淫者则登堂入室进入审美境界。一般娱乐者要求小旦陪游陪玩，侑酒于席间。同性恋者将钟情的小旦视为心仪的性伙伴，"醒教歌舞醉教眠"。[38] 意淫者与小旦若即若离，在剧场、堂子、酒席间凝望或轻拥小旦，陶醉于虚拟美人的一颦一矉。

总之，女伎让位于男旦演员，服务者性别发生了变化，却没有从根本上改变中国古代社会乐伎娼优合一的格局。 男旦演员最大地隐去自己原有的性别角色，以女性的身份出现在舞台和生活中：唱曲演剧，郊游游戏，侑酒侍寝，优而娼。男旦演员完全不以色事人，纯粹以舞台演员的身份出现，在史料中很难见到，在实际生活中可能也很难做到。不仅男旦演员，不少靓丽的小生也亦娼亦优。文人与男旦交往，实际上是传统的诗、曲、酒相激相励模式的延续。

文人这种新的人文生态的出现， 必定对中国文化产生深刻影响。对文人与男旦交往情形深入研究时起，瞭望中国古代文化的一扇轩窗业已敞开。

【 摘要 】从明代中期到清末，文人与男旦演员的交往日益增多。文人与男旦交往， 实际上类似于传统的文人与妓女的交往，是诗、 曲、酒相激相励模式的延续。

【 关键词 】明清　文人　男旦　妓女　交往

---

37) 陈森 《品花宝鉴》。中华书局, 2004年7月第1版, 页9、47、109。

38) 宋懋澄 《九龠集》 前集 《诗》 卷七。万历刻本。

On the Interaction between Literati and Female Impersonators in the Ming and Qing Dynasties

CHENG Yu-ang

(Department of Chinese, Shaoguan College, China)

Abstract: From the middle period of the Ming dynasty to the end of the Qing dynasty, the interactions between literati and female impersonators were getting more and more. Basically, the mode was just as the interaction between literati and prostitutes. It was a change of traditional pattern of poetry, singing and alcohol.

Key words: the Ming and Qing dynasties; literati; female impersonator; prostitute; interaction

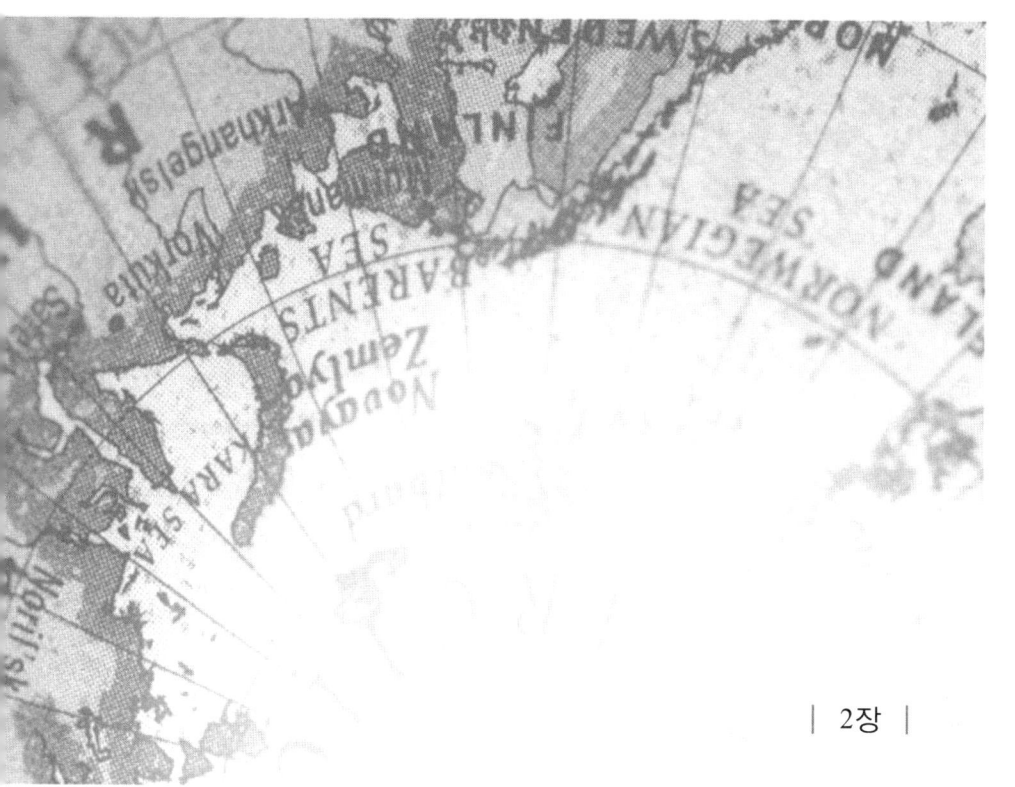

세계 예술·문화의 교류와 수용

韶乐源流及其对朝鲜半岛雅乐的影响

宋 會 群 (韶關學院旅游系)

一、韶樂在先秦的名称概念

韶乐是跨越中国原始社会末期、奴隶社会、封建社会直至清末的祭祀天地四望之神的 "大乐"，其对中国礼乐制度的形成、人与 "天地同和" 的基本理念、以民本主义为基础的 "文治" 思想的形成都有深刻的影响。同时，韶乐作为封建社会宫廷音乐、礼乐的主体，也曾走出国门，在唐宋以后，对朝鲜半岛的宫廷音乐产生重大影响。

韶乐广泛地记载于先秦可靠的历史文献中，其历史存在不容置疑。但不同的古籍对其名称有不同的记载。据我们的研究，至少有 ≪韶≫、≪萧韶≫、≪韶箾≫、≪招箾≫、≪韶乐≫、≪招乐≫、≪九(磬下召)≫、≪大(磬下召)≫、≪九韶≫、≪大韶≫、≪九招≫、≪大招≫等十几种名称：

1. ≪韶≫、≪萧韶≫

对韶乐的最早记载是 ≪书·益稷≫：

"箾韶九成。凤皇来仪。" 孔传曰："韶，舜乐名。言箾，见细器之备。雄曰凤，雌曰凰，灵鸟也。仪，有容仪。备乐九奏，而致凤凰，则余鸟兽不待九而率舞。"

据孔安国传，≪韶≫ 为舜之乐名，箾，只是奏 ≪韶≫ 乐所需之器。孔子就称韶乐为 ≪韶≫ (详下)。以后萧韶连称，也为乐名。如 ≪楚辞·九叹·忧苦≫："恶虞氏之 ≪箾韶≫ 兮，好遗风之 ≪激楚≫。" 因此，自 ≪益稷≫ 始，韶乐就有 ≪韶≫、≪萧韶≫ 两个名称。

2. ≪韶箾≫、≪招箾≫

较晚一点的记载见于 ≪左传·襄公二十九年≫:

"(吴公子札)见舞韶箾者。曰。德至矣哉。大矣。如天之无不帱也。如地之无不载也。虽甚盛德。其蔑以加於此矣。观止矣。若有他乐。吾不敢请已。"

"见舞韶箾者",≪史记·吴太伯世家≫ 作 "见舞 ≪招箾≫。" 服虔注曰:"有虞氏之乐 ≪大韶≫ 也。" 索隐云:"'韶' '萧' 二字体变耳。" ≪说文·箾≫ 也说:"虞舜乐曰箾韶。" 由此可见,≪韶箾≫、≪招箾≫ 都是韶乐。

再晚一点是孔子的 ≪论语·八佾≫:"子谓韶,'尽美矣, 又尽善也。'" ≪论语·述而≫;"子在齐闻韶, 三月不知肉味。曰:'不图为乐之至於斯也!'"

孔子对韶乐的推崇更在吴公子札之上, 竟在听了韶乐后痴迷沉醉, 乃至三个月内失去了味觉, 虽然夸张, 但沉醉于尽善尽美的韶乐之中忘乎外界事物也可能是有的。 这种极力的推崇对以后的礼乐制度影响极大,"叙 ≪书≫ 则断 ≪尧典≫, 称 ≪乐≫ 则法 ≪韶舞≫" (≪汉书·卷八八·儒林≫)成了以后叙礼作乐的根本依据。上三种文献都是先秦的可靠文献, 且吴季札亲眼 "观" 到, 孔夫子亲耳听到, 说明直至先秦时期, 我国确有一种可耳闻目睹的韶舞或韶乐。

3. ≪招乐≫

是韶乐的又一异称, 见于 ≪汉书·礼乐志≫:

"夫乐本情性, 浃肌肤而臧骨髓, 虽经乎千载, 其遗风余烈尚犹不绝。至春秋时, 陈公子完奔齐。陈, 舜之后, ≪招乐≫ 存焉。"

≪汉志≫ 此处是在解释春秋齐国为什么有 ≪韶乐≫, 它认为, 陈公子是舜的后代，流亡到齐国后就把舜的韶乐带到了齐国。因此此处的 "招乐" 即 "韶乐"。

4. ≪九(磬下召)≫、≪大(磬下召)≫

≪周礼·春官·大司乐≫："九德之歌，≪九(磬下召)≫ 之舞。"孙诒让正义："(磬下召)、韶古今字，经例作'(磬下召)'，注例用今字作'韶'。

≪周礼·春官·大司乐≫："以乐舞教国子，舞 ≪云门≫、≪大卷≫、≪大咸≫、≪大(磬下召)≫、≪大夏≫、≪大濩≫、≪大武≫。"郑玄注："≪大(磬下召)≫，舜乐也。"

显然，舜之韶乐又称为 ≪九(磬下召)≫、≪大(磬下召)≫

5. ≪九韶≫、≪大韶≫：

≪庄子·至乐≫："奏 ≪九韶≫ 以为乐，具太牢以为膳。" 唐成玄英疏："≪九韶≫，舜乐名也。"

≪潜夫论笺校正≫ 卷八："世号有虞，作乐九韶'，

≪今本竹书纪年≫："元年己未，帝即位，居冀。作大韶之乐。" 王国维疏证：≪书·益稷≫："箫韶九成。" ≪类聚≫ 十一、≪御览≫ 八十引 ≪帝王世纪≫："(舜)乃作大韶之乐。"

6. ≪九招≫、≪大招≫

≪风俗通义·声音≫："故黄帝作咸池……舜作韶。" 注云："'韶'，汉志作 '招'，下同。乐记：'韶，继也。' 注：'舜乐名也。韶之言绍也，言舜能绍尧之德。周礼曰'大招。'"

《史记·五帝本纪》："四海之内，咸戴帝舜之功。于是禹乃兴《九招》之乐，致异物，凤皇来翔。天下明德皆自虞帝始。"索隐曰："招，音韶，即舜乐《箫韶》。九成，故曰《九招》。"

把《韶》乐称为"招"、"(磬下召)"，是因为韶、招、(磬下召)三字音同相假互用，韶、(磬下召)又为古今字。把《韶》称作《九韶》、《九招》、《九(磬下召)》，则因为"萧韶九成"，成，即终，九终即所谓"备乐九奏"，把《韶》乐奏了九遍而终，故曰《九韶》、《九招》、《九(磬下召)》。正如汉王逸注《楚辞·远游·离骚》"二女御《九韶》歌"时所云："《韶》，舜乐名也。九成，九奏也……(舜)於是遂禅以位，升为天子。乃作《韶》乐，钟鼓铿锵，九奏乃成。"

在《韶》前加一"大"字，成《大韶》、《大招》、《大(磬下召)》，古籍无解。我们认为这是以《韶》为"大乐"的缘故。《史记·乐书》云："大乐必易，大礼必简。乐至则无怨，礼至则不争。大乐与天地同和，大礼与天地同节。"《韶》正是这样的大乐，前引《左传·襄公二十九年》言吴公子札使鲁，遍观了周南召南、邶、鄘、卫、齐、豳、秦、魏、唐、陈、小雅、大雅、颂、象箾南籥、韶濩、大夏等十余种乐舞，但都有美中不足之处，最后舞韶舞时则说："德至矣哉。大矣。如天之无不帱也。如地之无不载也。虽甚盛德。其蔑以加於此矣。观止矣。"所谓大乐，象天无不包容，象地无不载育，能够"顺阴阳律吕生养万物，是大乐与天地同和也"(《史记·乐书》正义)。再加上孔夫子谓韶，"尽美矣，又尽善也。"使《韶》乐具有了无比崇高的地位，故称为《大韶》。

二、韶乐的发明者和创制的时代

关于韶乐的发明者及其创制时代，史籍中有四种说法，如下：

1. 帝喾时的咸墨作 ≪九招≫：

≪吕氏春秋•古乐≫："帝喾命咸墨作为声歌：九招、六列、六英。"

南朝梁刘勰 ≪文心雕龙•颂赞≫："昔帝喾之世，咸墨为颂，以歌 ≪九韶≫。"

此处九招、九韶据上所证，都为 ≪韶乐≫ 之别名，但却把所作 之人归为帝喾时的咸墨，而咸墨似乎不是作乐、作舞之人，而是作歌 词、颂辞之人。此说以 ≪韶乐≫ 有颂辞为特征，与先秦古籍一般 看法不同。

2. 大舜时代的夔作 ≪韶≫(或 ≪萧韶≫)：

≪书•益稷≫："夔曰。戛击鸣球。搏拊琴瑟以咏。祖考来格。虞 宾在位。群后德让。下管鞀鼓。合止柷敔。笙镛以间。鸟兽跄跄。萧 韶九成。凤皇来仪。夔曰。於予击石拊石。百兽率舞。庶尹允谐。" 孔传曰："韶，舜乐名。言萧，见细器之备。雄曰凤，雌曰凰，灵鸟也。 仪，有容仪。备乐九奏，而致凤凰，则余鸟兽不待九而率舞。"

≪书•益稷≫ 认为韶乐是五帝舜时代的产物，或名 ≪韶≫，或名 ≪萧韶≫，发明者是典乐官夔。

3. 大禹作 ≪九招≫:

≪史记·五帝本纪≫:"四海之内，咸戴帝舜之功。于是禹乃兴≪九招≫之乐，致异物，凤皇来翔。" 据史载，帝舜把帝位禅让于大禹，大禹率众臣 "咸戴帝舜之功"，才兴作了 ≪九招≫ 之乐。在 ≪史记≫ 中，禹是韶乐的又一发明者。

4. 夏启作 ≪九招≫:

≪山海经·海经·大荒西经≫:"西南海之外，赤水之南，流沙之西，有人珥两青蛇，乘两龙，名曰夏后开。开上三嫔于天，得九辩与九歌以下。此天穆之野，高二千仞，开焉得始歌 ≪九招≫。" 郝懿行注云:"盖谓启三度宾于天帝，而得九奏之乐也。故归藏郑母经云:'夏后启筮，御飞龙登于天，吉。'正谓此事。周书王子晋篇云:'吾後三年，上宾于帝所。'亦其证也。

夏后开即夏启，为避景帝刘启之讳，改启为开。此说其乘龙三次上天，在高两千仞的天穆之野，窃得九辩与九歌。"开焉得始歌 ≪九招≫"之"焉"，为虚词，但不表示疑问，故此处是说夏启开始舞 ≪九招≫。古人也是这样认识的，如 ≪列子集释·周穆王≫:"奏承云、六莹、九韶、晨露以乐之。补注:"山海经，夏后开始歌九招。" 既然是"始歌"，≪九招≫ 自当为夏启始作。

问题是，启上天所得的是"九辩与九歌"，他不舞所得，而舞 ≪九招≫，令人费解。郝注以"九辩、九歌、九招"都为九奏之乐，即萧韶九成，来解释此疑。王国维先生对此则有精辟的看法:

≪古本竹书纪年·夏纪≫:"≪竹书≫ 曰:夏后开舞九招也。" 王国维案:"夏后开"即夏后启，汉景帝名启，避"启"字讳，汉人因改"启"为"开"。吴大澂 ≪韶字说≫ 云:"古文召、绍、韶、招、昭为一字。"(≪字说≫, 据 ≪说文解字诂林≫ 补遗卷三上)是 "九招"
即 "九韶"。 ≪帝王世纪≫: "启升后十年, 舞九韶。"(≪太平御览≫
卷八二引) ≪山海经・大荒西经≫: "开上三嫔于天, 得九辩与九歌
以下。" 又 ≪海外西经≫: "夏后启于此舞九代。" ≪楚辞・离骚
≫: "启九辩与九歌兮, (夏)康娱以自纵。" 又 ≪天问≫: "启棘宾商,
九辩九歌。" "九招"、"九韶"、"九歌"、"九辩", 当为一事。

据此考证, "九招"、"九韶"、"九歌"、"九辩"、"九代", 实指一事,
前面费解之事自然冰释。 要之, 为什么 ≪韶乐≫ 之作有虞舜、夏
启(或夏禹)两个时代四个人呢? 愚认为, ≪韶乐≫ 原是我国古代文
明初期的一种民间祀神祭天的乐舞, 虞夏时把它作为宫廷所用的祭祀
乐舞, 反复奏舞九遍, 以示对天地祖先的敬意。 形成了以 "九奏"、
"九成" 的礼乐制度。 由于最早称作 "萧韶九成", 所以 ≪九韶≫ 当
是其主要名称, 随着时代的发展, 其 "九成" 的制度形式保留, 但内
容屡变, 于是就有诸 "九" 之乐舞。 换句话说, ≪韶乐≫ 并非虞舜
一人发明, 也并非虞舜一代之舞, 而是自我国文明初期就开始发明,
在虞夏商周四代都用并逐渐增益的宫廷乐舞, "九成" 是礼乐制度的
最早体现, 必奏九遍, 方合礼制。 故极力鼓吹大舜、周公礼乐制度的
孔子对其特别推崇, 称其为 "尽善"、"尽美"。

≪吕氏春秋・古乐≫ 为此观点提供了一些证据:

"帝喾命咸墨作为声歌: 九招、六列、六英。"

"帝舜乃令质修九招、六列、六英, 以明帝德。"

"禹立……, 於是命皋陶作为夏龠九成, 以昭其功。"

"殷汤即位, 夏为无道, 暴虐万民, 侵削诸侯, 不用轨度, 天下患之。
汤於是率六州以讨桀罪, 功名大成, 黔首安宁。汤乃命伊尹作为大护,
歌晨露, 修九招、六列, 以见其善。"

"修九招" 即对 ≪韶乐≫ 的継承和修改。継承者, 九成之制也;

修改者,《九辩》、《九歌》、《九代》也。"修九招" 成了舜、禹、汤、伊尹等政治家们的大事,它意味着以 "文" 治国,以 "善" 感民,这在以武力取得政权之后,显然是必需采用的治国方略,孔子的 "尽善尽美" 其真正含义也正在于此。所谓 《韶乐》,其实是三代时一种代表当时礼乐制度的乐舞而已,它的起源时代可追溯至我国文明起源的初期,因此,《韶乐》 之作有五帝、夏两个时代的帝喾、帝舜、夏禹、夏启等四个人是不足为奇的。

三、韶乐在三代的继承和修改

韶乐被发明以后,逐渐成为夏、商、周三代乐制的最重要的内容。各代都继承其乐舞并有所修改。正如 《乐府诗集·卷第五十二·雅舞》 所说:

"周存六代之乐,至秦唯余 《韶》 《武》。汉魏已後,咸有改革。然其所用,文武二舞而已,名虽不同,不变其舞。故 《古今乐泉》曰:"自周以来,唯改其辞,示不相袭,未有变其舞者也。"

首先是商代的继承和修改,前举 《吕氏春秋·古乐》 "汤乃命伊尹作为大护,歌晨露,修九招、六列,以见其善。" 既是证明。

据 "周存六代之乐" 看,西周宫廷当有韶乐。但遍检古籍,仅有周穆王时一条记录:

《列子集释·周穆王》:"奏承云、六莹、九韶、晨露以乐之。" 是否汉人追记,已不可考。

2장 _ 세계 예술•문화의 교류와 수용 ■ 143
至春秋时代，可信的古籍多次记载了鲁国、齐国有《韶乐》

至春秋时代，可信的古籍多次记载了鲁国、齐国有《韶乐》

《左传·襄公二十九年》："(吴公子札)见舞韶箾者。曰。德至矣哉! 大矣! 如天之无不帱也，如地之无不载也。虽甚盛德。其蔑以加于此矣。观止矣。若有他乐。吾不敢请已。"

"见舞韶箾者"，《史记·吴太伯世家》作"见舞《招箾》。"服虔注曰："有虞氏之乐《大韶》也。"索隐云："'韶''萧'二字体变耳。"《说文·箾》也说："虞舜乐曰箾韶。" 由此可见，《韶箾》、《招箾》都是韶乐。

除吴公子札在鲁见《韶乐》外，晚一点的孔子在齐也有"闻韶"记录：

《论语·述而》；"子在齐闻韶，三月不知肉味。曰：'不图为乐之至於斯也!'"《论语·八佾》："子谓韶，'尽美矣，又尽善也。'"此即当今学界讨论较多的"齐韶乐"。

吴季札亲眼"观"到，孔夫子亲耳听到，说明直至先秦时期，我国确有一种可耳闻目睹的韶舞或韶乐。这种韶舞、韶乐经秦之火，至汉代时并未消失。

四、汉至隋——韶乐的直接传承结束

入汉代，宫廷乐制开始规范化和正规化。其基本原则是在継承先秦六乐内容的基础上，把名称改变，同时自创了新乐，以显示改朝换代后与前代乐制"不相袭也"。

《汉书·礼乐志》："夫乐本情性，浃肌肤而臧骨髓，虽经乎千载，其遗风余烈尚犹不绝。至春秋时，陈公子完奔齐。陈，舜之后，《招乐》存焉……《文始舞》者，曰本舜《招舞》也，高祖六年更名曰《文始》，以示不相袭也。高祖六年又作《昭容乐》、《礼容乐》。《昭容》者，犹古之《昭夏》也，主出《武德舞》(高祖创)。《礼容》者，主出《文始》、《五行舞》。"

在"不相袭也"的思想指导下，汉初把《韶舞》改名为《文始舞》，并根据韶乐创作了《礼容乐》，同时，又创作了《武德舞》等。自《韶乐》改名为《文始》以后，两汉俱用之。

曹魏时期是又一改朝换代，为显示自己有乐舞，就把汉的《文始舞》改曰《大韶舞》。

《宋书》卷一九《乐志一》："文帝黄初二年，改汉《巴渝舞》曰《昭武舞》……《文始舞》曰《大韶舞》，《五行舞》曰《大武舞》。其众哥诗，多即前代之旧。"

"哥诗"即歌词，"多即前代之旧"，说明《大韶舞》在内容上与汉代没有多大差异。

晋代乐制进一步规范化，礼祀郊庙的音乐和舞蹈分为文舞、武舞。文舞为前舞，武舞为后舞。

《宋书》卷一九《乐志一》："晋氏之乐，《正德》、《大豫》。"又引何承天《三代乐序》云：'晋《正德》《大豫舞》，盖出於汉《昭容》《礼容乐》，然则其声节有古之遗音焉。'

《正德》为文舞、前舞，《大豫舞》为武舞、后舞；自此以后，各代宫廷大乐都以文舞、武舞统领概括，故舜之《韶乐》和周武王的《大武》，也成了后世文舞、武舞的代称。晋文舞《正德》出于汉《礼容乐》，《礼容乐》又出于《韶乐》，故曰："其声节有古之遗音焉"。

至南北朝, 处于分裂局面, 汉以来的宫廷正统歌舞主要被南朝継承。

南朝宋初期沿用晋制, 以 《正德》 为前舞文舞, 以 《大豫》 为后舞武舞。至宋孝武帝时, 改 《前舞》 为 《凯容》 之舞,《後舞》 为 《宣烈》 之舞。《凯容》 継承 《韶》 乐为文舞。其证如下:

《宋书》 卷一九 《乐志一》:"及宋不更名, 直为 《前》、《后》 二舞, 依据昔代, 义舛事乖。今宜厘改权称, 以 《凯容》 为 《韶舞》,《宣烈》 为 《武舞》。" 乐府诗集卷第五十二引 《宋书・乐志》 曰 "武帝永初元年, 改晋 《正德舞》 曰 《前舞》,《大豫舞》 曰 《後舞》, 并蕤宾厢作。孝武孝建二年九月, 建平王宏议, 以为舞不更名, 直为前後二舞。依据昔代, 义舛事乖, 宜厘改权称, 以 '凯容' 为 《韶舞》, '宣烈' 为 《武舞》。只是文、武舞的冠服用了曹魏的冠服(详下)。

南朝齐承宋乐制,《南齐书・乐志》 曰:"宋前後舞歌二章, 齐微改革, 多仍旧辞。《宣烈舞》 执干戚, 用魏武始舞冠服,《凯容舞》 执羽龠, 用魏 《咸熙舞》 冠服。宋以 《凯容》 継 《韶》 为文舞, 据 《韶》 为言。《宣烈》 即是古之 《大武》, 今世谚呼为武王伐纣。齐初仍旧, 不改宋舞名。其舞人冠服, 亦相承用之。"

南朝齐的文、 武舞都沿宋之旧名为 《凯容舞》、 《宣烈舞》, "舞人冠服, 亦相承用之。" 只是舞歌词微改。"多仍旧辞"。

南朝梁的文舞为 《大观》, 武舞为 《大壮》, 皆系改前代文、武舞的名称而来:

《乐府诗集》 卷第五十二引 《古今乐泉》 曰:"梁改 《宣烈》 为 《大壮》, 即周 《武舞》 也。改 《凯容》 为 《大观》, 即舜 《韶舞》 也。"

梁之 《大观》 源于宋齐之 《凯容》,《凯容》 継承晋代的 《

前舞≫, 即 ≪正德舞≫, 而晋的文舞 ≪正德≫ 又出于汉 ≪礼容乐
≫, ≪礼容乐≫ 又出于 ≪韶乐≫, 故曰 "改 ≪凯容≫ 为 ≪大观
≫, 即舜 ≪韶舞≫ 也"。由此看来, 梁之 ≪大观≫ 也是韶乐的直
接传承者。

至南朝陈, 仍沿用前代乐制, 没有更名, 但在用乐的场合上略有改
变：

≪乐府诗集≫ 卷第五十二引 ≪古今乐录≫ 曰："陈以 ≪凯容≫
乐舞用之郊庙, 而 ≪大壮≫ ≪大观≫ 犹同梁舞, 所谓祠用宋曲,
宴准梁乐, 盖取人神不杂也。"

换句话说, 南朝陈的文舞有二, 一是把宋的文舞 ≪凯容≫ 用之郊
庙, 梁的武舞 ≪大壮≫、文舞 ≪大观≫ 用于宴飨。

当时的北朝与南朝为敌, 北周以前, 其宫廷礼乐都沿袭北魏。北周
恭帝元年平荆州后, 获得南朝梁的礼乐, 始用传统的先秦乐舞：

≪隋书≫ 卷一四 ≪音乐中≫：周太祖迎魏武入关, 乐声皆阙。恭
帝元年, 平荆州, 大获梁氏乐器, 以属有司, 及建六官, 乃诏曰："六
乐尚矣, 其声歌之节, 舞蹈之容, 寂寥已绝, 不可得而详也。但方行古
人之事, 可不本于兹乎? 自宜依准, 制其歌舞, 祀五帝日月星辰。" 于
是有司详定：郊庙祀五帝日月星辰, 用黄帝乐, 歌大吕, 舞 ≪云门
≫。祭九州、社稷、水旱雩禜, 用唐尧乐, 歌应钟, 舞 ≪大咸≫。
祀四望, 飨诸侯, 用虞舜乐, 歌南吕, 舞 ≪大韶≫。祀四类, 幸辟雍,
用夏禹乐, 歌函钟, 舞 ≪大夏≫。祭山川, 用殷汤乐, 歌小吕, 舞
≪大护≫。享宗庙, 用周武王乐, 歌夹钟, 舞 ≪大武≫。"

其中的 "祀四望, 飨诸侯, 用虞舜乐, 歌南吕, 舞 ≪大韶≫", 即
是用的 ≪韶乐≫ 歌舞。

五、隋的改制及至清的文、舞乐的嬗变

——文武二舞历代相沿，盖袭韶箾(箾)、大武之旧

至隋主要以北朝齐乐而改庙舞乐制，"自造郊歌" "不备宫悬，不遍舞六代"，"倡优獶杂，咸来萃止。其哀管新声，淫弦巧奏，皆出邺城之下，高齐之旧曲云"。郊庙宴飨之乐虽有文舞、武舞之设，但尊齐制 "舞不立号"，≪大观≫ 舞虽记于 ≪隋书·乐志≫，但 "悉罢不用"。故韶乐直系传承至 ≪大观≫，唐以后，韶乐的遗韵和形式，只在历代宫廷雅乐中的祭祀乐舞——文舞中有所反映。

≪乐府诗集·卷第五十二·雅舞≫："周存六代之乐，至秦唯余 ≪韶≫ ≪武≫。汉魏已後，咸有改革。然其所用，文武二舞而已，名虽不同，不变其舞。故 ≪古今乐录≫ 曰："自周以来，唯改其辞，示不相袭，未有变其舞者也。"

≪乐府诗集≫ 认为，汉魏以后唯用文武二舞，而先秦六乐的名称均不用而改用其它名称，并据各代不同的政治需要改了歌词，但舞的内容未变。这种看法基本上符合实际。据前考，汉以后的文舞，主要继承韶乐韶舞而改变名称而已，从 ≪韶乐≫ 到汉的 ≪礼容≫、梁陈的 ≪凯容≫，其传承线索清晰，源泉有自，我们认为是南朝在舞蹈方面的直接承袭。至于北朝"永嘉之寇，尽沦胡、羯。于是乐人南奔，穆皇罗钟磬，苻坚北败，孝武获登歌。晋氏不纲，魏图将霸，道武克中山，太武平统万，或得其宫悬，或收其古乐，于时经营是迫，雅器斯寝。孝文颇为诗歌，以劝在位，谣俗流传，布诸音律。大臣驰骋汉、魏，旁罗宋、齐，功成奋豫，代有制作。莫不各扬庙舞，自造郊歌，宣畅功德，辉光当世，而移风易俗，浸以陵夷"(≪隋书≫ 卷一

三 《乐志·音乐上》)。这种"乐人南奔""雅器斯寝""莫不各扬庙舞，自造郊歌"的状况，使得传统乐制在北朝崩溃，只有移风易俗，浸以陵夷。至于隋代，有下列记录：

《隋书》卷一三《乐志·音乐上》："御史大夫裴蕴，揣知帝情，奏括周、齐、梁、陈乐工子弟，及人间善声调者，凡三百余人，并付太乐。倡优獶杂，咸来萃止。其哀管新声，淫弦巧奏，皆出邺城之下，高齐之旧曲云。""不备宫悬，不遍舞六代，逐所应须。"

《隋书·乐志·音乐中》："(齐)珽因采魏安丰王延明及信都芳等所著《乐说》，而定正声。始具宫悬之器，仍杂西凉之曲，乐名《广成》，而舞不立号，所谓'洛阳旧乐'者也。"

《隋书·乐志·音乐下》："隋去六代之乐，又无四望、先妣之祭，今既与古祭法有别，乃以神祇位次分乐配焉。"

《隋书·乐志·音乐下》："今据《尚书》直云干羽，《礼》文称羽籥干戚。今文舞执羽籥，武舞执干戚，其《矛俞》、《弩俞》等，盖汉高祖自汉中归，巴、俞之兵，执仗而舞也。既非正典，悉罢不用。""更详故实，创制雅乐歌辞。"

由上所引可以看出，隋代对传统乐制进行了大改革，一是"去六代之乐"；二是"舞不立号"；三是祭祀宴飨乐制统称雅乐，"更详故实，创制雅乐歌辞"。在这种情况下，韶乐未被启用，传承结束。但其雅乐中"文舞执羽籥，武舞执干戚"还是多多少少保留了一些韶乐的因素。

以后的唐、宋、元、明、清，都把祭祀宴飨乐制统称雅乐，雅乐中的文舞，都多少保留了一些韶乐因素。

唐贞观中，祖孝孙改隋文舞为《治康之舞》、武舞为《凯安之舞》。又有武舞《秦王破阵乐》、文舞《功成庆善乐》二舞。是舞有四焉。

五代后晋文舞为《昭德》之舞，武舞为《成功》之舞。

《五代史·乐志》曰："文舞六十四人，左手执籥，右手执翟。

五代后汉改唐文舞《治康之舞》为《治安之舞》，武舞《凯安之舞》改为《振德之舞》，用于郊庙；文舞《功成庆善乐》改为《观象之舞》，《秦王破阵乐》改为《讲功之舞》，用于宴飨。

《旧五代史》卷一四四《乐志上》：贞观中二舞名，文舞《功成庆善乐》，前朝名《九功舞》，请改为《观象之舞》；《秦王破阵乐》，前朝名为《七德舞》，请改为《讲功之舞》。其《治安》、《振德》二舞请依旧郊庙行用，以文舞降神，武舞送神。其《观象》、《讲功》二舞，请依旧宴会行用。

后周文舞曰"政和"，武舞曰"善胜"。

宋代雅乐总名《大晟》，

《宋史》卷一二九《乐志四》："崇宁四年七月，铸帝鼐、八鼎成。八月，大司乐刘昺言：昔尧有《大章》，舜有《大韶》。三代之王亦各异名。今追千载而成一代之制，宜赐新乐之名曰《大晟》，朕将荐郊庙、享鬼神和万邦。与天下共之。其旧乐勿用。"

文武舞名称各朝不一，太祖建隆元年文舞曰《文德》，武舞曰《威功》，旋改文舞曰《升闻》，武舞曰《天下大定》；太宗太平兴国中改文舞曰《化成天下》，武舞曰《威加海内》；真宗时"别号"文舞曰《发祥流庆》，武舞曰《降真观德》；仁宗时文舞曰《右文化俗》，武舞曰《威功睿德》，以祀上帝诸神；神宗元丰间又有文舞曰《孝熙昭德》，武舞曰《礼治储祥》，以献太庙；徽宗宣和时又有文舞曰《广生储佑》，武舞曰《厚德凝福》，以祀方泽；高宗绍兴间又有文舞曰《储灵锡庆》，武舞曰《严恭将事》，以祀皇地祇。"盖乐曲乐舞，繁简类从。十二安而外，不一其曲。故文武二舞，外亦不一，其舞其势然也”。(≪钦定续通志≫ 卷一百二十九)但 ≪宋史≫ 卷一二七 ≪乐志二≫：“文舞曰 ≪右文化俗≫，武舞曰 ≪威功睿德≫”，显然承认仁宗时的文武二舞。

元代雅乐总名 ≪大成≫，文舞曰 ≪武定文绥之舞≫，武舞曰 ≪内平外成之舞≫。大德九年，又制郊庙文舞曰 ≪崇德之舞≫，武舞曰 ≪定功之舞≫。

≪元史≫ 卷六八 ≪礼乐志二≫：“宋总名曰 ≪大晟≫，金总名曰 ≪大和≫。今采舆议，权以数名，伏乞详定。曰 ≪大成≫，文舞曰 ≪武定文绥之舞≫，武舞曰 ≪内平外成之舞≫。第一成象灭王罕，二成破西夏，三成克金，四成收西域、定河南，五成取西蜀、平南诏，六成臣高丽、服交趾。”

≪新元史≫ 卷九一 ≪乐志一≫：“文舞曰 ≪崇德之舞≫，武舞曰 ≪定功之舞≫。”

明代，雅乐以 “和” 为名，教坊司设总乐 ≪中和韶乐≫，用于郊庙、宴飨、朝会等。文武二舞初从宋太祖，曰 ≪文德≫，曰 ≪武功≫，后改文舞曰 ≪车书会同之舞≫，武舞曰 ≪平定天下之舞≫，又设四夷舞曰 ≪抚安四夷之舞≫，用于宴飨、朝会等。

≪明史≫ 卷六一 ≪乐志一≫：“武舞曰 ≪平定天下之舞≫，象以武功定祸乱也；文舞曰 ≪车书会同之舞≫，象以文德致太平也；四夷舞曰 ≪抚安四夷之舞≫，象以威德服远人也。” 对此，≪钦定续通志≫ 卷一百二十九评论说；“永乐时又有表正万邦之舞、天命有德之舞。凡宴飨，诸舞间进。夸大备焉！殊不知文武二舞历代相沿，盖袭韶箾(箭)、大武之旧，不容有增益以乱其列，各庙异舞及随事异舞，其失不过繁文。若立新舞，以参二舞，其流至于失序，此去质崇文之弊也。”

清代 “修明之旧，有 ≪中和韶乐≫，郊庙朝会用之”。其舞有 ≪

队舞》 和 《佾舞》,各有文舞、武舞。《佾舞》 用于祀神,文舞曰 《文德之舞》,武舞曰 《武功之舞》。《队舞》 用于宴飨,文舞曰 《喜起舞》,武舞曰 《庆隆舞》。

总之,先秦 《韶乐》、《韶舞》 至汉高祖六年,《韶乐》 被改名为 《文始》,名异实同。汉代人自创的 《昭容》、《礼容》 也吸收了 《韶乐》 的一些因素。以后,历代都有 《韶》《武》,并加了不同的歌词,但其舞乐变化不大,正如 《乐府诗集·卷第五十二·雅舞》 所说:

"周存六代之乐,至秦唯余 《韶》 《武》。汉魏已後,咸有改革。然其所用,文武二舞而已,名虽不同,不变其舞。故 《古今乐录》曰:"自周以来,唯改其辞,示不相袭,未有变其舞者也。"

汉初改 《韶乐》 为 《文始》 以后,两汉俱用之,曹魏初改为《大韶舞》,明帝时又以 《凯容舞》 之名替之,至南朝梁犹用 《凯容》,后改为 《大壮》,至此,韶乐的直系传承结束。以后,隋之《昭夏》、唐之 《云韶》、宋元之 《大晟登歌之乐》,明、清之《中和韶乐》 都先后继承了前代乐舞之风,多多少少含有 《韶乐》的余韵。因此,无论是从文献角度还是从流传角度讲,《韶乐》 是自古流传下来,并对中国礼乐制度和文化产生重大影响的一种乐舞。

六、韶乐的特征

韶乐从中国原始社会末期发明起直到明清中和韶乐,几近5千年,其内涵和外延都有许多变化。它的发展和嬗变至少可分为四个大阶段：即舜韶乐阶段；齐韶乐阶段；汉一魏晋韶乐阶段、隋唐一清阶段。各阶段韶乐的内容、形式、结构、乐器、音律都有变化。

1. 舜韶乐的主要特征

(1)乐器特征研究；

据 ≪尚书·益稷≫：“夔曰。戛击鸣球。搏拊琴瑟以咏。祖考来格。虞宾在位。群后德让。下管鼗鼓。合止柷敔。笙镛以间。鸟兽跄跄。箫韶九成。凤皇来仪。夔曰。於予击石拊石。百兽率舞。庶尹允谐。”可知韶乐的乐器有三组14种，其中击乐器有：戛 (即瑻)、柷、鸣球(玉磬)、石磬、拊拊、鼗(鼗鼓)、鼓、敔、镛等9种。弹弦乐器有：琴、瑟等2种，吹奏乐器有：萧、管、笙等三种。

第一组：打击乐器：

戛击鸣球：

≪后汉书·马融传≫：“故戛击鸣球，载干 ≪虞谟≫；吉日车攻，序于 ≪周诗≫。”注云：“戛，瑻也，音古八反。形如伏兽，背上有二十七刻，以木长尺栎之，所以止乐。击，柷也，象桶，中有椎柄，连底摇之，所以作乐。见 ≪三礼图≫。球，玉磬也。”由此可知：

1) 戛，即瑻，是一种玉作的伏兽。背上有纹饰，装有一尺长的木把，敲击后用来停止音乐。

2) 柷，是一种木制乐器。≪尔雅·释乐≫：“所以鼓柷谓之止。”郭璞注：“柷如漆桶，方二尺四寸，中有椎柄，连底摇之，令左右击。止者，其椎名。”其作用和用法是：“乐作，先击柷。以木为之，如方壶，画山水之状，每奏乐击之，内外共九下。”(宋孟元老 ≪东京梦华桑·驾言旨郊坛行礼≫) 有图。

3) 鸣球：≪尚书·益稷≫："戛击鸣球。" 孔传："球, 玉磬" 孔颖达疏曰："≪释器≫ 云：'球, 玉也, 鸣球谓击球使鸣。 乐器惟磬用玉, 故球为玉磬'。"

≪汉书·扬雄传下≫："枯隔鸣球, 掉八列之舞"; 师古曰："枯隔, 击考也。 鸣球, 玉磬也。 掉, 摇也, 摇身而舞也。 一曰。 枯隔, 弹鼓也。 鸣球, 以玉饰琴瑟也。"

据上可知, 一般认为鸣球是玉磬, 也有的认为是玉饰的琴瑟。

4) 抟拊, 乐器名。 "抟拊琴瑟以咏", 孔传曰："抟拊以韦为之, 实之以糠, 击之以节乐。" ≪释名·释乐器≫："抟拊, 以韦盛糠, 形如皷 (鼓), 以手抟拍之也。" 明代 ≪殿中韶乐≫ 有抟拊二, 有图。

5) 鞀, 又名鼗鼓 有柄的小鼓。 ≪周礼·小师≫ 注："鼗如鼓而小, 持其柄摇之, 旁耳还自击。" ≪宋书·乐志一≫："小鼓有柄曰鞀, 大鞀谓之鞞。"

6) 鼓, ≪周礼≫有六鼓, 分八面´ 四面´ 二面˚

7) 敔, 音乐开始时击祝, 终止时敲敔。 一说二者同用于和乐, 不分终始。 敔, 宋孟元老 ≪东京梦华桑·驾言旨郊坛行礼≫："乐止则击敔, 如伏虎, 脊上有锯齿, 一曲终, 以破竹刮之。" 有图。

8) 鎌, 大锤, 镰锤。

9) 石磬, "击石拊石", 孔传。 "'石, 磬也。" 考古上新石器时代末期和二里头文化均出有石磬, 可参考。

第二组：弹弦乐器组

10) 琴, ≪史记≫："昔者舜作五弦之琴, 以歌 ≪南风≫。" 正义：≪世本≫ "神农作琴", 今云舜作者, 非谓舜造也, 改用五弦琴, 特歌 ≪南风≫ 诗, 始自舜也。 五弦者, 无文武二弦, 唯宫商角徵羽之五弦也。"

以后的琴加文武二弦，为七弦琴。《风俗通义》："今琴长四尺五寸，法四时五行也：七弦者，法七星也。"马王堆3号汉墓出土有七弦琴实物。有图和研究资料。据《西京杂记》秦代有十三弦琴。

11）瑟，《吕氏春秋古乐篇》："帝尧立，乃命质为乐，质乃效山林溪谷之音以歌，乃以麋鹿置钗而鼓之，乃拊石击石，以象上帝玉磬之音，以致舞百兽；瞽叟乃拌五弦之瑟，作以为十五弦之瑟，命之曰大章，以祭上帝。"

《风俗通义·声音》："瑟，谨按：《世本》：'宓羲作瑟，长八尺一寸，四十五弦。'《黄帝书》：'泰帝使素女鼓瑟而悲，帝禁不止，故破其瑟为二十五弦。'"注：尔雅释乐疏、广韵七栉、书钞一O九、通志乐略、路史後纪十二注、古今事物考五引世本并云：'宓羲氏作瑟五十弦，黄帝使素女鼓之，哀不自胜，乃破为二十五弦，具二均声。"与此异。史记封禅书："太帝使素女鼓五十弦瑟，悲，帝禁不上，故破其瑟为二十五弦。"(补武纪及汉书郊祀志同)书钞一O九引帝王世纪："黄帝损宓羲之瑟为二十五弦，长七尺二寸。王嘉拾遗记："黄帝使素女鼓宓羲氏之瑟，满席悲不能已，後破为七尺二寸，二十五弦。"御览五七六引三礼图："雅瑟长八尺一寸，广二尺八寸，二十三弦，其常用者十九弦，其余四弦，谓之蕃嬴也。颂瑟七尺二寸，广尺八寸，二十五弦尽用也。"

《宋书·乐志一》：《尔雅》云："瑟二十七弦者曰洒。"今无其器。

古瑟至南朝宋已亡。故详列文献。有十五弦、二十三弦、二十五弦、五十弦各种说法。马王堆I号墓出土了二十五弦的瑟，另在它处出土有二十四弦的。有图和研究资料，可参考。

吹奏乐器组：

12) 下管：孔颖达疏："经言下管，知是堂下乐也。" ≪周礼•春官•大师≫："下管，播乐器"。唐贾公彦疏："凡乐，歌者在上，瓠竹在下，故云下管播乐器，下管即笙、箫及管皆是。" 由此可知，吹奏的管乐器因其在堂下奏，统称为下管。种类有箫、管、笙等。

13) 箫：≪风俗通义•声音≫："箫。谨按：尚书："舜作，箫韶九成，凤皇来仪。其形参差，像凤之翼，十管，长一尺。

≪宋书•乐志一≫：箫。≪世本≫ 云："舜所造。" ≪尔雅≫云："编二十三管，尺四寸者曰言；十六管，长尺二寸者篓笈。" 笈音爻。凡箫一名籁。前世有洞箫，其器今亡。蔡邕曰："箫，编竹有底。" 然则邕时无洞箫矣。

汉代以前的箫有两种，一是排箫，较早，由许多竹管编成，有底。二是洞箫，较晚，一根竹管做成，不封底，直吹。已在四川宜宾发现有汉代吹洞箫俑。

14) 管：≪汉书•律历上≫："竹曰管。" 孟康曰："≪礼乐器记≫：管，漆竹，长一尺，六孔。≪尚书大传≫：西王母来献白玉琯。汉章帝时，零陵文学奚景于冷道舜祠下得白玉琯。古以玉作，不但竹也。"

≪宋书•乐志一≫：管，≪尔雅≫ 曰："长尺，围寸，并漆之，有底。" ≪月令≫："均琴、瑟、管、箫。" 蔡邕章句曰："管者，形长尺，围寸，有孔无底。" 其器今亡。

≪风俗通义•声音≫：管。谨按；诗云："嘒嘒管声"、"箫管备举"。礼乐记："管，漆竹长一尺，六孔，十二月之音也。象物贯地而牙，故谓之管。" 看来，管是一种古乐器，长一尺，直径一寸，有六孔，有无底、有底两种。

15) 笙：≪风俗通义•声音≫："笙。谨按：世本：'随作笙'。长四寸，十二簧，像凤之身，正月之音也，物生故谓之笙。诗云：'我有嘉宾，鼓瑟吹笙'。大笙谓之簧，小者谓之和。"

《隋书·乐志一》: "音乐, 下笙列管十九, 于瓠内施簧而吹之。竽大, 三十六管。"

《宋书·乐志一》: "笙, 随所造, 不知何代人。列管瓠内, 施簧管端。宫管在中央, 三十六簧曰竽; 宫管在左傍, 十九簧至十三簧曰笙。其它皆相似也。竽今亡。大笙谓之簧, 小者谓之和。其笙中之簧, 女娲所造也。《诗》传云: "吹笙则簧鼓矣。" 盖笙中之簧也。《尔雅》曰: "笙十九簧者曰巢。"

16) 笙, 吹奏乐器。由簧片、笙管、斗子组成。簧片上古时用竹片制, 后改为响铜。笙管为长短不一的竹管, 于近上端处开音窗, 近下端处开按孔, 下端处接木质"笙角"以装簧片, 并插入斗子内。斗子用瓠(或木、铜)制成, 可圆可方, 簧管自十三至十九根不等。随县战国曾侯乙墓出有实物, 用瓠作斗, 可参考。

以上韶乐所用乐器, 都根据《尚书·益稷》所载, 若考其它相关文献和考古资料, 舜帝韶乐可能有的乐器还有:

据《尚书·舜典》: "八音克谐", 可知, 当时可能已有 "八音"。据李纯一《先秦音乐史》所考, 上古至夏代考古所见的乐器仅有: 土鼓(陶鼓)、磬、摇响器、庸、角、哨、笛、埙。本人所见的还有铃、陶建鼓、玉璧(鸣球)等。至春秋战国以后, 上述八音乐器才大致被证实。

(2) 舜韶乐舞蹈特征

1) 服饰: 舜所处的时代是原始社会末期, 当时已有麻布, 据史载还有丝织品(传说螺祖作蚕)。故服饰原料以行、麻、丝为宜。

2) 扮相: 据百兽率舞和凤凰来仪, 可知表演者的扮相以鸟兽为主, 这些鸟兽的原义当是各个氏族部落的图腾, 他们围绕着凤凰起舞, 表现了被征服者或者说各氏族对舜王庭的服从和崇敬。故鸟兽扮演者的服饰当反映当时百导、苗蛮、东夷及华夏各部族的特点，每种鸟兽服饰当各具特色。其服饰、扮相可参考下列资料：

① 韶关前石峡文化乐舞陶片所示的服饰、舞姿和场面。

② 山东章丘郎山 1号战国墓大型乐舞涌组合。其有人物26个，歌唱俑1，长袖舞俑2，表演俑8个，观赏俑1个，演奏俑5个，在抚琴、敲锺、击磬、打鼓，另有8只祥鸟收翅驻听。象整个一场韶舞表演。

③ 山东长岛三沟2号战国墓铜鉴的乐舞刻纹，场面颇大，也可参考。

3) 道具特征：主要是羽龠

≪史记·孝文帝本纪≫："孝文章景皇帝元年十月，奏 ≪武德≫、≪文始≫。≪五行≫ 之舞。" 孟康曰："≪文始≫，舜舞也。≪文始≫舞执羽龠。" 索隐曰："应劭云："≪礼乐志·文始舞≫ 本舜 ≪韶舞≫。高祖更名 ≪文始≫，示不相袭。既示不相袭，其作乐之始，先奏 ≪文始≫，以羽、龠、衣文绣居先；次即奏 ≪五行≫，五行即 ≪武舞≫，执干、戚而衣有五行之色也。"

羽，又作翟，指雉羽。≪左传·文公五年≫："初献六羽。" 杨伯峻注："舞时。文舞执翟，≪诗·邶风·简兮≫ '右手秉翟'是也。翟是雉羽，树之以杆，执之而舞，故亦称为羽。"

龠，是一种编组多管乐器，同时也是韶舞中与羽配合使用的道具，所谓 "左手执龠，右手执翟"，"韶舞所持者也"。

≪汉书·司马相如传≫："盖象金石之声，管龠之音。" 师古曰："管长一尺，围一寸、六孔无底，龠三孔，并以竹为之。"

≪后汉书·文苑下≫ 卷八 下："清龠发征，≪激楚≫ 扬风。" 注云："龠如笛；六孔。"

≪旧五代史·乐志上≫ : "文舞郎六十四人,分为八佾,每佾八人。左于执龠。≪尔雅≫ 曰 : '龠如笛,三孔而短,大者七孔,谓之篴'。历代已来,文舞所用,凡用龠六十有四。右手执翟。≪周礼≫ 所谓羽舞也。≪书≫ 云 : '舞干羽于两阶。' 翟,山雉也。以雉羽分析连攒而为之,二人执悬前引,数于舞人之外。"

由此可知, 龠用竹管作成,短于笛,一般为三孔,或六孔,大者七孔,谓之篴。把乐器作为所有舞者所执道具,显然是边舞边随着舞步节拍而奏。

羽(翟)、龠是韶乐不可或缺的道具,自汉初継承 ≪韶舞≫ 的 ≪文始≫ 开始"舞执羽龠",历代的宫廷雅乐中祭祀山川四望的文舞都秉承这一特征。虽然在服饰、乐器、曲调等方面都与早期的韶乐不同,但 "左执龠、右执羽"的道具风格和乐器风格却保存了数千年。

七、以韶乐为主体的中国宫廷祭祀乐 舞对朝鲜半岛雅乐的影响

朝鲜半岛的古代音乐有两部分组成: 一是原生乐舞, 高丽时代称 "俗乐" 二是外来乐舞,以中国的礼仪乐舞为主体,高丽时代称 "雅乐"和"唐乐"。

1. "箕子入朝" 和华夏礼乐的流传

从现有资料看，外来乐舞可能还更早一些。朝鲜文献传说殷商末年，箕子受封至古朝鲜，有"殷之诗书礼乐医巫卜筮百工技艺者流五千从焉"，《古史记》曰："乐成，王亲制乐章凡十五"等事。若此，则朝鲜古雅乐当起自前1000年的西周初期。但现在不少学者认为此时仅是传说，未有有力的中国文献和其他证明。我们认为，箕子入朝鲜之事当为史实。证据是：

《朝鲜史略》卷一(提要：等谨案：朝鲜史略十二卷，一名《東國史略》，不著撰人名氏，乃明时朝鲜人所纪其国治乱兴废之事。始於檀君，终於高丽恭让王。)："周武王克商，箕子率中国人五千入朝鲜，武王因封之。都平壤，是为後朝鲜(前朝鲜指檀君朝鲜)。教民礼义，田蚕，织作，设八条之教。"

胡渭撰《洪范正论》卷一："惟十有三祀，王访于箕子"。孔疏：《書傳》云："武王释箕子之囚，箕子不忍周之释，走之朝鲜。武王闻之。因以朝鲜封之。箕子既受周之封，不得无臣礼。故於十三祀来朝武王，因其朝而问洪范。"

《史记·宋世家》卷三十八；"武王既克殷，访问箕子……於是武王乃封箕子於朝鲜，而不臣也。"

《書傳》和《史记》都是西汉前期著作，可信度很高，《古史记》和《朝鲜史略》都是朝鲜史家的重要著作，可见朝鲜古史学者对此事也是公认。若从朝鲜考古学文化证据来看，此事似更确凿。朝鲜的新石器时代文化早期的是栉文土器文化，晚期的是无文土器文化，韩国学者金贞培《韩国民族的文化和起源》一书 (上海文艺出版社1993年版176-177页)说："无文土器、巨石文化和青铜器时代在时间上相当于上古史上箕子朝鲜所占的一千余年时期"，无文土器文化中有中国东部沿海文化的众多因素，且其明显区别于早期的栉文土器文化，又和箕子如朝时间相当，因此他应是箕子如朝后在朝鲜半岛形成的一种融合了当地文化的一种外来中国文化，是箕子如朝事件的考古学佐证。

准此，中国宫廷乐舞可能早在公元前1000年时就已传入朝鲜半岛。

2. 朝鲜半岛的本土乐舞 "乡乐" 的起源与发展

朝鲜半岛的本土乐舞 "乡乐" 起源也很早，至少从公元前一世纪的三国时代就已有相关记录，公元24年，儒理王即位即位，开始吸收民间歌舞而制作宫廷仪式乐，儒理王(24-56在位) 时制有 《会苏曲》、《辛热乐》、《兜率歌》 等。如 《会苏曲》，《朝鲜史略》卷一曰："汉建武四年，新罗分六部为二，仍赐姓李、崔、孙、郑、裴、薛。二部有会苏曲。王女每年自七月既望率部内女子会六部厅绩麻，夜分罢。至八月十五日校功，负者置酒，谓之嘉俳，作会苏曲歌之。" 显然是从乡乐中反映织绩劳动场面的歌舞中通过加工而成的宫廷歌舞。

此后这种宫廷仪式乐舞代有出现，根据王小盾先生的研究统计，"脱解王(57-79在位) 时制有 《突阿乐》，婆娑王(80-III在位) 时制有 《枝儿乐》，奈解王(196-229在位) 时制有 《思内乐》(一作 《诗恼乐》)，奈勿王(356- 401在位)时制有 《茄舞》，呐抵王(417-457在位)时制有 《陇息乐》，慈悲王(458-478在位) 时制有 《碓乐》，智证王(500 -513在位) 时制有 《竿引》，法兴王(514-539在位) 时制有 《美知乐》，真兴王(540-575在位) 时制有 《徒领歌》，真平王(579-631在位) 时制有 《捺弦引》。政明王九年(689) 设醴作乐，演出 《茄舞》、《下辛热舞》、《思内舞》、《韩岐舞》、《上辛热舞≫、≪小京舞≫、≪美知舞≫，各舞表演者均由监、琴尺、舞尺、歌尺组成，每舞六至九人"1）如其中慈悲王时的 ≪碓乐≫，≪朝鲜史略≫ 卷一是这样说的："(宋升明三年) 新罗有百结先生者，家极贫，衣百结，时人因号之。慕荣启期之为人，常以琴自随，凡喜怒悲欢、不平之事必於琴宣之。岁将暮，邻里春粟，其妻闻杵声曰：人皆有粟可春，我独无，何以卒岁。先生仰天叹曰：死生有命，富贵在天。其来也不可拒，其徃也不可追。汝何伤乎。乃鼓琴作杵声以慰之。世传为碓乐。"

三国时代对朝鲜歌舞、乐器贡献最大者数宰相王山岳。≪朝鲜史略≫ 卷一："晋人以七弦琴送高句丽，丽人不知鼓之之法。国相王山岳颇改其制，以奏，有玄鹤来舞，遂称玄鹤琴。"≪三国史记≫ 卷二三 ≪乐志≫ 记此事更祥："≪新罗古记≫ 云:初晋人以七弦琴送高句丽，丽人虽知其为乐器，而不知其声音及鼓之之法，购国人能识其音而鼓之者厚赏。时第二相王山岳，存其本样，颇改易其法，制而造之，兼制一百余曲以奏之。于是玄鹤来舞，遂名 '玄鹤琴'，后但云 '玄琴'。"此事发生在552年左右。王山岳因此被尊为朝鲜第一乐圣。

与此几乎同时(550年左右)，伽倻乐师于勒也根据中国传入的二十五弦琴经过改造成为十二弦琴，名曰伽倻 (王小盾 ≪朝鲜半岛的古代音乐和音乐文献≫ ≪黄锺≫2005.2)。但 ≪朝鲜史略≫ 卷二却另有一说："(系在陈永定三年条) 伽倻乐师于勒，知国将乱，携乐器入新罗。王命法知阶、古万德等学乐。伽倻王嘉悉制十二弦琴，命于勒造曲奏之。名曰伽倻。"首先于勒作 "于勤"，又说伽倻琴乃喜欢音乐的伽倻王嘉悉所制，于勒只是"造曲奏之"，未知孰对。

---

1) 王小盾 ≪朝鲜半岛的古代音乐和音乐文献≫ ≪黄锺≫ 2005年2期。

3. 韶乐——文舞对朝鲜的雅乐的影响

公元918年，王建在朝鲜半岛建立起新的统一王朝，成为高丽太祖。太祖自命为高句丽的継承人，实行怀柔政策，因袭和逐步融合了下国文化。从此中国的雅乐才真正地在半岛发展起来，而其中的韶乐——文舞也被朝鲜接受，并产生了重要影响。

高丽太祖王建(公元918-943年)时，"立国经始，规模宏远。然因草创，未遑礼仪。"(郑麟趾等 ≪高丽史≫ 卷五九)至成宗时，已深受中国儒学濡染的高丽统治阶级确知礼乐之重要，且在认识方面已上升到理性高度，如 "夫人函天地阴阳之气，有喜怒哀乐之情，于是圣人制礼以立人纪，节其骄淫防其暴乱，所以使民迁善远罪而成美俗也。(郑麟趾等 ≪高丽史≫ 卷五九)"、"夫乐者所以树风化象功德者也。(郑麟趾等 ≪高丽史≫ 卷七十)" 在这样的背景下，"成宗恢弘先业祀圆丘、耕籍田、建宗庙、立社稷。睿宗始立礼仪"(卷70)。因此，具有教化功能的雅乐由宋朝传入高丽，睿宗九年(1114)六月，宋徽宗赐新乐。"又赐大晟乐"(郑麟趾等 ≪高丽史≫ 卷七十)。据史料记载.'睿宗十一年六月庚寅王御会庆殿，召宰枢侍臣观大晟新乐。"(郑麟趾等 ≪高丽史≫ 卷七十)仁宗十一年(1134) 正月祭籍田，明宗十八年(1188) 三月夏禘，亦用大晟乐4/4/。因此，中国雅乐在睿宗时已传入朝鲜半岛。

大晟乐乃宋代宫廷雅乐的总称，包括了祭祀宗庙、天地、四望、朝会、宴飨等各种音乐歌舞，宋徽宗所赐新乐是那种呢。郑麟趾 ≪高丽史≫ 卷七十是这样说的："文武之道，不可偏废。近来蕃贼渐炽，谋臣武将皆以缮甲练卒为急。昔者帝舜诞敷文德，舞干羽于两阶，七旬有苗格，联甚慕焉。况今大宋皇帝特赐大晟乐文武舞，宜先荐宗庙以及宴享。" 又曰： "本朝儒臣狂瞀擅改，而进退其次序，错乱其上下, 干戚龠翟, 致有盈缩不等之差." 由此可知, 宋徽宗所赐新乐当是宋徽宗时的文舞 ≪广生储佑≫ 和武舞 ≪厚德凝福≫, 其基本特征是文舞 ≪广生储佑≫ 舞龠翟, 武舞 ≪厚德凝福≫ 舞干戚. 故有 "帝舜诞敷文德, 舞干羽于两阶, 七旬有苗格, 联甚慕焉" "干戚龠翟, 致有盈缩不等之差" 等语, 显然, 宋徽宗所赐 "大晟" 新乐的文舞, 是继承舜帝的 ≪韶乐≫ 而来.

到了明宗时(公元1171-1197年), 乐工流失. "明宗十八年二月壬申, 制乐工逃所隶, 冒居他肆者令还本业." 同时, 太常 "以谓是乐, 宋朝以新乐赐睿宗庙者也, 本非宋太祖所制之乐(文舞曰 ≪文德≫, 武舞曰 ≪威功≫)" 因此建议对原有雅乐进行修改. 于明宗十八年 "三月乙酉遣平章事崔世辅.摄事行夏禘用大晟乐, 酌献以龠翟, 亚、终献并用干戚之舞, 加以乡音乡舞". 至此, 中国雅乐融入了朝鲜民族的乐舞文化因素, 其中的 ≪韶乐≫ "左执龠, 右执翟" 的文舞对朝鲜半岛雅乐的形成与发展产生了很大的影响.

公元1351年, 恭愍王继位. 力图使外来的文武舞雅乐融入本土乡乐. 八年(1369)六月, 令有司新制乐器；十一年(1379)五月, 还安九室神主于太庙, 新撰乐章；十四年(1381)十月, 祭正陵, 奏乐；十五年(1382)十二月享河南王使, 奏乡唐乐；十六年(1367)正月幸徽懿公主魂殿, 设大享, 教坊奏 ≪太平年≫、≪水龙吟≫、≪忆吹箫≫ 等曲. 恭愍王十九年(1370)五月, 明太祖赐乐器. 七月, 恭愍王遣姜师赞往中国习乐. 二十一年(1372)三月, 遣使赴中国收买乐器, 用于社稷耕籍文庙；九月、十月, 习太庙乐于球庭. 这样, 以雅乐为基础融合了乡乐、唐乐, 使宫廷音乐更加丰富而适应朝鲜的实际.

如果对比一下舜帝 ≪韶乐≫、宋、明文舞和朝鲜雅乐所用乐器, 也可清楚的看出这种继承性和影响：

舜帝 ≪韶乐≫ 的乐器, 据 ≪尚书·益稷≫、≪尧典≫ 等可靠

文献有十六种：有：戛(即琄)、柷、鸣球 (玉磬)、石磬、拊拊、鞉
(鼗鼓0、鼓、敔、鏄等9种。弹弦乐器有：琴、瑟等2种，吹奏乐器
有：萧、管、笙等3种，手持龠、翟2种。另可能有土鼓 (陶鼓)、
摇响器、庸、角、哨、笛、埙、铃、陶建鼓、玉璧 (鸣球) 等20余
种。

　　《宋史》卷一百三十："按大礼用乐凡三十有四色，歌色一，篴
色二，埙色三，箎色四，笙色五，萧色六。编钟七，编磬八，鏄钟
九，特磬十。琴十一，瑟十二。柷敔十三，搏拊十四。晋鼓十五，
建鼓十六，鞞应鼓十七，雷鼓十八，雷鼗鼓一十九，灵鼓二十，灵
鼗鼓二十一，路鼓二十二，路鼗鼓二十三，雅鼓二十四，相鼓二十
五，单鼗鼓二十六，旌纛二十七，金钲二十八，金錞二十九，单铎
三十，双铎三十一，铙铎三十二，奏坐三十三，麾幡三十四。此国
乐之用尤大者，故具载於篇。祀天神用同上，祭地祇用同上，飨宗
庙用同上。"

　　宋代的文武二舞用乐大致不出上述范围。《御制律吕正义後编》
卷八十七 《乐制考十·宋五》又记载了当时文武二舞的具体用人
用乐器情景：

　　"(議禮局)又上親祀二舞之制(大朝會同)：文舞六十四人，執籥翟。
武舞六十四人，執干戚。俱爲八佾。文武分列於表之左右，各四佾。
引文舞二人執纛在前，東西相向。舞色二人在執纛之前(分東西，若
武舞則在執旌之前)。引武舞執旌二人、鼗二人、雙鐸二人、單鐸二
人、鐃二人、持金錞四人、奏金錞二人、鉦二人、相二人、雅二人
各立於宮架之東，西北向北上，武舞在其後。舞色長幞頭，抹額，紫
繡袍。引二舞頭及二舞郎並紫平冕，皁繡鸞衫，金銅革帶，烏皮履。
引武舞人武弁，緋繡鸞衫，抹額，紅錦臂鞲，白絹袴，金銅革帶，烏
皮履。"

"文舞六十四人，执龠翟。 武舞六十四人，执干戚。 俱为八佾"，说明此为皇帝专用的八佾舞，除了舞人所执的龠、翟、干、戚舞具外，文舞又执纛，武舞又执旌；同时武舞又执錞、双铎、单铎、铙、金镯、钲、相、雅等乐器。其它的乐器都在"宫悬（宫架）"之内，以各种编钟、编磬、悬鼓为主，配以篪、埙、箎、笙、箫、琴、瑟、柷、敔、搏拊、钲、镯、铎等。可以看出，除各种编钟、编磬等悬乐器外，与《韶乐》所用舞具、乐器有明显的一脉相乘痕迹。各种编钟、编磬、悬鼓等也应是由先秦早期的镈、玉磬、石磬、鼗、鼖鼓、鼓等增益、发展、变化而来。至于《韶乐》所用的龠、翟、夏、柷、敔、磬、拊拊、鼖鼓、鼓、琴、瑟、萧、管、笙等数千年来连名称也未变，被继承下来，成为中国宫廷雅乐的主要组成部分。

因此，宋代的宫廷雅乐当是继承前代特别是汉以来的文舞、 武舞而来，而汉代的文舞《文始舞》，本身就是 "本舜《招舞》也"，所以，宋代二舞具有《韶乐》的主体因素是不足为奇的，而睿宗九年"宋徽宗赐新乐""又赐大晟乐"中的文舞武舞具有《韶乐》的主体因素也是必然的。

明代宫廷雅乐在洪武元年也传入朝鲜，其基本内涵与宋代二舞也相差无几。据《御制律吕正义後编》卷九十二《乐制考十五·明》说："其乐器之制，郊丘庙社。洪武元年，定乐丁六十二人，编钟编磬各十六，琴六，瑟四，搏拊四，柷敔各一，埙四，箎四，箫八，笙八，笛四，应鼓一，歌工十二。 协律郎一人执麾以引之。 七年复增龠四，凤笙四，埙用六，搏拊用二，共七十二人舞。 则武舞生六十二人，引舞二人各执干戚，文舞生六十二人，引舞二人各执羽龠，舞师二人执节以引之。 共一百三十人。 惟文庙乐生六十人，编钟、编磬各十，一琴，十瑟，四搏拊，四柷敔，各一埙，四箎，四箫，八笙，八笛，四大鼓，一歌工。"

再看朝鲜雅乐所具有的乐器，据《乐学轨范》关于雅部、唐部、乡部乐器的分类，其中雅部的乐器为：

特钟，特磬，编钟、编磬、建鼓、朔鼓、应鼓、雷鼓、灵鼓、路鼓、雷鼗、灵鼗、路鼗、鼗、节鼓、晋鼓、柷、敔、籈、管、龠、笙、竽、箫、篪、缶、埙、麾、琴、瑟、纛、籈、麾、照烛、铎、錞、镯、铙、应、雅、相、牍、翟、干、戚等46种。[2]

通过比对可看出，朝鲜雅乐所用乐器与宋代、明代文舞、武舞几乎一样，它们共同祖述于先秦六乐，特别是祖述于《韶乐》和《大武》。正如明朱载堉《乐律全书》卷十九《舞名》引郑樵《通志》所说："古有六舞，後世所用者《韶》、《武》二舞而已。後世之舞亦随代皆有制作，每室各有形容。然究其所常用及其制作之宜，不离是《文》、《武》二舞也。尝疑三代之前，虽有六舞之名，往往其所用者亦无非《文》、《武》二舞。故孔子谓：'韶，尽美，又尽善。武，尽美，未尽善'。不及其他。诚以舞者声音之形容也。形容之所感发，惟二端而已。自古致治不同，而治具亦不离文武二事也。"

朱载堉对上文加有按语，把自《韶乐》开始的中国宫廷雅乐文舞、武舞的流变展示的更为清楚，他说："《周礼大司乐》存六代之乐，而《明堂位》言鲁用四代之乐。四代者，虞夏商周也。其乐则《韶》、《夏》、《濩》、《武》是也。孔子鲁人，盖尝备见之矣。然《论语》独称《韶》、《武》，不及其馀，何也？意者夏其《韶》之类，《濩》其武之类歟。大要不过文武二舞而已。近代所传文武二舞，是其遗法也。《武舞》亦名《干舞》，《文舞》亦名《羽舞》。《周礼》六舞有《干舞》及《羽舞》，

---

2) 王耀華《世界民族音樂概論》第88頁，上海音樂出版社，1998年 2月版。

《虞书》：'舞干、 羽于两阶'，其来滋矣。 《文舞》又名《龠舞》，
《诗》云：'《龠舞》 笙鼓是也'。秦始皇改周 《大武》 名曰 《五
行之舞》，汉高祖改舜 《大韶》 名曰 《文始之舞》；魏文帝复其
旧名，《文始》 仍曰 《大韶》，《五行》 仍曰 《大武》。晋改
文舞曰 《正德》，武舞曰 《大豫》；宋改文舞曰 《前舞》，武舞
曰 《後舞》。梁改文舞曰 《大观》，武舞曰 《大壮》。隋只曰
《文舞》、《武舞》。唐文舞曰 《治康》，武舞曰 《凯安》，又
有 《七德》、《九功》、《上元》 三大舞。五代晋因唐 《九功舞》
改曰 《观象》，因唐 《七德舞》 改曰 《讲功》。周改 《观象舞》
曰 《崇德》，《讲功舞》 曰 《象成》。宋太祖建隆元年二月，兼
太常寺窦俨上言：请改周 《崇德舞》 曰 《文德之舞》，《象成舞》
曰 《武功之舞》。元改文舞曰 《崇德之舞》，武舞曰 《定功之舞》。
国朝用宋窦俨所拟舞名，武曰 《武功之舞》，文曰 《文德之舞》。
歴代二舞之名大略如此。"

以上郑樵、朱载堉的看法是中肯的，也是事实。本文所考，更为
有力有理地证实了上述两位古史大家的卓见。无论从 《韶乐》 流
传的角度、《韶乐》 本身内涵的角度还是 《韶乐》 所用乐器的角
度来看，《韶乐》 都是汉以后文舞的祖型。而汉以后文舞是在継承、
发展 《韶乐》 主体因素的基础上，通过各代增益、完善而形成的
历代宫廷雅乐。宋明两代的宫廷雅乐 《大晟乐》 和 《中和韶乐》
都多次传入朝鲜半岛，其形象、内涵及所用乐器，都与中原无异，一
度成为半岛音乐的主流，对半岛的雅乐、 唐乐、 乡乐三大乐格局的
形成产生了重大的影响，也为两地的音乐文化交流、 融合作出了突
出的贡献。

【 摘要 】本文对韶乐的起源和在历代的流变及其主要特征进行了系统的研究, 提出了韶乐发明于原始社会末期, 直接传承至隋代以前结束, 隋代以后宫廷的文舞还保留着韶乐主要因素的观点。同时, 探讨了韶乐与朝鲜半岛宫廷雅乐的关系, 指出后者所用乐器、道具、乐舞风格等都受到了韶乐的重大影响。

【 关键词 】韶乐 文舞 朝鲜乡乐 朝鲜雅乐

Shao Sate Music Source and Course and Influence of North Korean Court Music

Abstract: This paper researched Shao music the origin of the rheological in history and the main characteristics. This paper brought forward the invention of the Shao music in the later period of the primitive system, and directed the inheritance to Sui Dynasty before finished, it also made the major factors of Shao music also retained in education-dance of Sui Dynasty .At the same time, this paper explored the relationship between the Shao music and Korean gagaku, and pointed out Shao music significant impact on musical instruments, props, music and dance styles for Korean gagaku.

Key words: Shao music, Education-dance, Korean Rural music, Korean gagaku

东亚绘画艺术的源流与内涵特色

关山雪(广東 韶關學院 美術系)

　　"东亚" 指的是亚洲的东部，所谓 "东亚绘画艺术"，也就是指包括中国、韩国、朝鲜、日本和蒙古等国家的一种区域文化现象。东亚绘画艺术不仅仅是地理上的区分，而同时也是一种文化上的存在，它作为文化观照的一个整体对象进入人们的视野，具有自身特定的文化内涵与文化传统。本文打算从追溯东亚绘画艺术的源流并辨析其内涵入手，从不同的层面上，展开对东亚绘画艺术的研究。

一、东亚绘画艺术的源流

　　东亚是人类文明发展的摇篮之一，东亚文化是人类思想的瑰宝，在远古时期，以中、日、韩三国为代表的东亚美术都有自己的源头。虽然在各国文化传统中，早期的差别并不十分明显。如线纹、绳纹、动物饰纹，在东亚石器时代不少地区的陶器上都能发现。但这不是由于文化交流所致，而是在人类幼稚时期，各民族的生产方式对自然环境依赖性较大，故有不少相似之处。德国哲学家卡尔·雅斯贝斯的 "轴心期" 观点认为：在公元前800至公元前200年左右，埃及、两河流域、西方(希腊、罗马)、印度和中国独立地各自达到精神上的第一次飞跃。中国文明历史悠久，其灿烂文化不仅普照中国本土，而且光耀四邻。按照法国著名汉学家汪德迈的说法："从人类学上讲，这一地区的人民同属蒙古人种，文化上也曾经先后次第地趋于同一。所谓 '同文同种' 的话曾广为流传。迄至中西文化撞击的近代，这一文化区域所表现出的内聚力一直十分强大，并有其鲜明的特点"。所以，东亚文化也可以说是以博大精深、蕴涵极为丰富的汉文化为交流基础的区域文化。它最本质的特征就是 ≪易传≫ 上说的："天行健，君子以自强不息"；"地势坤，君子以厚德载物"。前者是奋斗精神，生生不息，开拓进取、坚韧不拔；后者是兼容精神，包容万物，兼容并蓄，协和万邦，追求和谐。这些特点对于东亚绘画艺术的形成有深远的意义。美国人类学家斯图尔德最先提出了文化生态学的概念，认为在文化和环境交互作用中，为适应不同的生态环境，文化也将显现出不同的生态现象，从而形成不同的文化群落。随着生产技术的改进，精神追求有所不同，产生出种种观念，成为各具特色的文化传统，各民族的文化差异便拉开了距离。

尽管如此，东亚各国处于同一地域，文化传播与交流是经常发生的事。在绘画领域中，我们可以借助考古发现找到东亚各国相互影响的例证。朝鲜平壤附近五世纪高句丽墓葬石室壁画上有青龙、白虎、朱雀、玄武四神图象。这种文化意味显然是来自中国的四神形象，在五百济的忠清南道公州宋公里墓群的墓壁上也能找到。建于五至六世纪的日本竹原古坟的前厅甬道，右边是一大鸟，左边是一大龟。日本学者秋山光和认为，这使人想起古代中国的神鸟 "朱雀" 与神龟 "玄武"。它们分别守卫与标志南方与北方。他说："很明显，是受到来自朝鲜及大陆上的影响"。从中国大陆经朝鲜半岛的北国高句丽、南国百济，到日本北部九州。朱雀、玄武等四神的先后出现可以连成一条传播的路线。从一个侧面反映了东亚绘画具有趋同的一面，并具有相近的文化品格。

中、韩、日文化交流在佛教完成中国化并传入日本时，出现了一个高潮。公元552年(或538年)，百济的圣明王将一座佛像与一些经典赠献给日本钦明天皇。这是佛教开始传入日本的标志。以后，中日开始了直接的海上交往，克服了绕道朝鲜进行交流的不足。八世纪一幅藏于日本药师寺的吉祥天女神图，全画以墨线为主要构形手段，特别是头发，以极细的黑线勾描，这与中国唐代人物画如出一辙，吉祥天女丰满美丽，其面貌造型与中国唐代仕女十分接近。

九至十三世纪，中国绘画沿着佛教这个途径不断进入日本。但日本文化具有相当强的同化能力，中国画所注重的山岳峦峰被日本画家改造成樱花、紫红叶子点缀的小山，中国绘画中常常出现的崇高雄伟的气势也转换成平和亲切的情调。中国传统故事中的人物也被日本贵族与平民所取代。这些均可在11世纪凤凰堂内的绘画中见出。又如，京都的东寺中收藏的"山水屏风"中一位据传是"白居易"的诗人形象，几个世纪以来一直被日本画家所临摹，形象也逐渐在临摹中变得具有日本趣味了，背景中不仅有了紫藤，而且出现了樱花盛开的群山。

十七至十九世纪，日本浮世绘(风俗画)具有很高的艺术成就。它在原来属于插图的木刻画脱离了文字而成为独立的艺术形式。菱川师宣是十七世纪浮世绘的代表。他一改过去画家耻于在插图上落款的旧习，在作品上自豪地署上自己的名字。在描绘花街柳巷中的爱情场面时，他着重表现日本人民的生活及精神实质。这种具有日本当时社会氛围的作品与中国传统的木刻画拉开了距离。在以后，日本画家用多种色彩来加强艳丽的视觉效果。在十八世纪，他们学到了中国民间木刻年画中的套色印刷方法，在黑白版上增加了丰富的色彩，从而创造出相当完美多彩的印刷画。它们被称为"锦绘"。

近代文化交流远非古代可以想象。十八世纪开始，日本绘画接受了来自两个方面的影响。一是从中国传入的文人画，尤其是中国绘画样本《芥子园画传》的传入，在日本引起了一股"南画"风。然而，日本画家再次把南画日本化。中国文人画中常见的劲健枯涩的线条被自由放任的柔顺线条所取代，加上色彩缤纷，随之产生了富丽优美的抒情风味。二是来自西方绘画的影响。1868年，日本实行明治维新，开始了门户开放，西画技法大量传入日本，于是产生了具有写实风格的日本西画。上述的外来影响与本土化的过程，形成了日本画坛上传统绘画和西洋绘画两大阵营。

二、东亚绘画艺术的气韵意境

　　东亚各国绘画在很长一个时期中，保持了一种风格比较接近的局面。文化交流与相互影响是不言而喻的。画面上相近，必然还有更为深刻的原因，这就是有着相近的艺术观。中国传统绘画的第一要义是气韵生动。它兴起于魏晋南北朝。南齐谢赫提出了绘画的"六法"。在《古画品录》中他这样说："六法者何？一、气韵生动是也。"五代的荆浩在《笔法记》中对气韵作过解释。他说："气者，心随笔运，取象不惑；韵者，隐迹立形，备遗不俗。"气韵说要求绘画作品突破有限的形象去表现宇宙、生命的深刻含义与活泼生动。以后中国的画论，不论提出多少评判标准，也不管作多少发挥，气韵生动作为绘画美学的第一要则始终没能动摇过。这种在画面之外表现生命的灵动活力与更深的"道"与"神"的境界，直接引发了"意境"这个审美范畴。唐代王昌龄首先提出了"意境"概念："诗有三境：一曰物境，二曰情境，三曰意境"（《诗格》）。其实，"境"原是佛学用语，意指玄秘空幻之地，禅宗中便有禅境之说。《成唯释论》中说："觉通如来，尽佛境界"。王昌龄是从佛学的"境界"中借用了

"境", 将它与 "意" 合为一体, 来解释情与境、物与我浑然一体。来自印度的佛教在与中国文化同化的过程中产生的主要成果是禅宗。魏晋南北朝时期所提出的绘画美学理想——"意", 信奉禅宗的唐宋文人融合禅境的参悟, 而成为意境说。"书画以韵为主"(黄庭坚), 什么是"韵"? "有余意之谓韵"(范温)。很明显, 这种以"余意"来解释"韵"的思路来自禅宗所说的"余意"。禅宗认为"大凡举论宗乘, 须一句中具三玄, 一玄中具三要"。换言之, 艺术表达须突破形象本身而具有更深远的意蕴, 绘画应该有象外之旨, 境出象外。意是什么? 简言之, 画不以形似对象为目的, 而在于能让人感悟到寓于画中的大化生机与天地之大美。这与在禅境中的沉思与参悟十分接近。在禅宗的影响下, 意又与境交融结合。"意境"是中国艺术审美特征的高度概括, 一经提出便被后人沿用与发挥, 成了中国乃至东亚绘画美学最重要的概念之一。用气韵生动来作为绘画作品的创作原则与评判标准, 并不限于中国。在朝鲜、日本的一些艺术理论著作中亦有反映。例如, 日本艺术理论中有一个影响很大的概念"玉干", 它被用来"描述那些深不见底、遥不可及、神秘莫测、难以捕捉或言喻的东西。"日本美学家M·上田对日本作家世阿弥所说的"玉干"作过深入的分析: 它是 "通过艺术手段向外表现出来的某个对象的内在美……存在于诸事物中被神秘的深层中'主要内涵'的显现……艺术家心灵捕捉住的真理。"上田认为, 世阿弥的"玉干"概念, 是让艺术超越诸感官, 照亮人的心灵深处。是综合了神道、儒学、佛教、中日艺术而得出的。与中国绘画中'气韵生动'的理想颇有些共同之处。"

三、东亚绘画艺术的写意精神

古代东亚文化圈是以中国的历代王朝为中心的。 中国王朝与周边邻国的关系的构建，除了个别朝代或某一个时期外，总体上彼此之间是睦邻的。 中国对邻国主要是通过文化进行交流的。 在彼此的交流过程中，形成了区域文化圈。文化圈内各国，除了自己固有的传统文化之外，还存在受到中国先进封建文化影响的共有的文化要素。

中国传统绘画的形成，源远流长，尤其是山水画的发展，更是蔚为大观。自晋肇始，隋唐之后，名家迭出，流派纷呈，观念和手法的变化层出不穷：既有注重客观自然的描绘，也有强调主观感情的抒发；既有在自然物象精微细致方面着力，也有侧重于大自然磅礴宏伟气势之表现。 其间，有南派北派之分，也有写真、写意之别。 但总的来说，不管中国画以何种风格、何种形式出现，其审美观念和美学趣味在漫长岁月的渐变中，一直注重情与理的交融和主客观的统一和谐，自始至终贯穿着一种洋溢着画家主观情感表现的写意精神。 每一个民族的艺术，展现的是他们整个民族的文化追求。在中国传统文化的各种层面上，到处都闪现着激发中国画写意精神的智慧灵光。≪周易·系辞上≫ "圣人立象以尽意。" ≪庄子·外物≫ "言者所以在意，得意而忘言。" ≪庄子·天道≫ "书不过语，语有贵也；语之所贵者意也。 意有所随，意之所随者，不可以言传也。" 这些上古哲人对言与意、意与象关系的论述，奠定了中国画写意精神的思想基石。

画家王微提出了 "以一管之笔，拟太虚之体"(≪叙画≫)。 同样要求在绘画艺术表现中，要映含宇宙本体生生不息的 "道" 的运行。 故而中国绘画从一开始就不是写实性的艺术，它兼具着探求自然精神内涵的使命。王微还主张画家面对自然时，要将自己的感情移入审美的对象。"望秋云，神飞扬，临春风，思浩荡"。正是这种飞扬浩荡的神思，为中国画的写意精神添上了浓重的感情色彩。≪文心雕龙 神思≫中所谓 "登山则情满于山，观海则意溢于海" 也成为王微这一艺术主张的绝妙注脚。

唐代画圣吴道子以他的艺术实践，给中国绘画写意精神作出了鲜活的演绎。张彦远在 ≪历代名画记≫ 中说："吴道玄(子)者，天付劲毫，…… 往往于佛寺画壁，纵以怪石崩滩，若可扪酌。""观吴道玄(子)之迹，可谓六法具全，…… 笔迹磊落，遂恣意于墙壁。""立笔挥扫，势若风旋"(≪唐朝名画记≫)。 看到了吴道子画作的苏东坡也说 "道子实雄放，浩如海波翻，当其下手风雨快，笔所未到气已吞。"由此可见，吴道子的画风是豪放洒脱、气势磅礴的；用笔是随意自然、变化多端的。 正如张彦远所记 "不滞于手，不凝于心，不知然而然……离、披、点、画，时见缺落。" 绘画是精神产物，技巧是传达精神的手段，吴道子以豪气写画，"意气而成"。他以豪纵磊落、气势磅礴的画风，将中国绘画的写意精神演绎得淋漓尽致。

吴道子之后，有王洽 "风颠酒狂，画松石山水。" 更有张璪作画之前 "箕坐鼓气，神机始发，" 作画之时 "其骇人也，若流电激空，惊飙戾天，摧挫斡掣，撝霍瞥列，毫飞墨喷，捽掌如裂。" 作画之后 "投笔而起，为之四顾"(≪唐文粹≫卷九十七) 张璪作画的过程，正是将其对客观对象的审美感受物化为绘画艺术的生动过程。 唐人符载的≪观张员外画松石序≫ 说张璪的创作乃是 "物在灵府，不在耳目，故得于心，应于手。孤姿绝状，触毫而出，气交冲漠，与神为徒。" 所谓 "在灵府" 之 "物"，"得于心" 之 "物"，虽源于客观，从自然中来， 但又不是对客观物象的简单模拟， 张璪触毫而出的是他 "望秋云"、"临春风"、"登山观海" 后的心中丘壑，胸中意象。它既保持着与客观自然物象的联系，又是高于自然的形象创造，饱含着画家主观感情的写意精神。唐代张璪还自撰 ≪绘境≫ 一篇，"外师造化，中得心源" 便是其中不朽之名句。张璪的创作实践及其理论，对中国画的发展有很大的影响。

高扬写意精神的中国画艺术， 将审美精神的表现放在首要位置的最高审美追求，摆脱了对客观对象摹拟的桎梏，创造出源于自然又区别于自然的全新审美形象，具有自然本身不能替代的艺术魅力。这种绘画艺术的观念，通过佛教对艺术的渗透，因禅宗东渡，而为东亚画家们吸收。乔治·先森在 ≪日本文化简史≫ 中说："禅宗对日本的影响极为微妙而广泛，所以它成为日本文化精髓的极致。它如此深入于日本人的思想、 情操、 美术、 文学和习惯之中， 以至于使许多人为了写日本精神史上这一最难而又最有魅力的一章而不辞辛劳。"十五世纪曾到中国游学的雪舟等扬便是禅宗的信奉者，并且终身保持着法名，穿着袈裟。他在中国从明代画师李在学画，很有造诣。据说，雪舟曾在明朝礼部的墙壁上画过明太祖的御容画像。 他在76岁高龄时所作的一幅 "写意体的风景画" 中，寥寥数笔淡墨，加上几道浓黑的线条便描绘出一幅风景，既不失稳重凝炼，又极为崇高壮丽，颇具中国艺术的意境。

在禅宗传入日本之前，中日美术就有不少来往，在艺术观上已表现出不少相似性。 这种相似性因中日文化不断接触而沿续到近代。 明朝时，日本绘画作品传到了中国，被奉献到朱元璋面前。朱元璋的评语是："此画很像李思训的画。" 日本绘画作品能与唐代山水画大师相提并论，表明日本画家的水平相当高，同时也说明东亚绘画艺术的审美追求颇为接近。

四. 东亚绘画艺术的构图法式

变幻迷离、折射着东方文化精神的中国画构图法式。是中国传统绘画艺术中的一颗光彩夺目、魅力永驻的明珠。，是我们研究东亚绘画艺术的一个重要课题。

在近代理论研究中，人们常常把"构图"简单地解析为单纯的形式"结构"。据国外某些资料看来，"构图"总是孤立地偏于一种为形式而形式——摈弃一切含义的构成。然而，中国画构图美学有它的独特性，它受中国传统文化的影响，其审美内涵是深邃而睿智的，在审美取向上与西方绘画大相径庭。

"透视"是西方的概念，是西方画家取景构图的常用法式。在研究西方画家的构图法式时，"透视"是人们绕不过的课题，人们普通认为，透视是画学的视科学。不少研究中国画的人，由于长期受西方空间概念、透视画法的影响，也热衷于在中国画中找出透视来。为了与西画"焦点透视"相提并论，还将中国画取景构图的法式名之为"散点透视"、"模糊透视"或"心眼透视"。殊不知，透视学毕竟只是一种自然科学知识范畴的东西，它和绘画之间的某些纠葛，绝不是一种必然的历史宿命，充其量只是人们观察客观事物的一种"看法"。"看法"对于绘画来说固然是很重要的，但是不同的民族、不同的宗教、不同的文化背景的人，他们的"看法"也是不尽相同的。中国北宋山水画家郭熙的"看法"就很能说明问题，他在《林泉高致》中说："山有三远。自山下而仰其巅，谓之高远；自前山而窥山后，谓之深远；自近山而望远山，谓之平远。"郭熙的"三远法"是中国山水画发展到一定程度后对绘画空间探索的一次总结，也标志着中国山水画艺

术特有的空间美感的成熟。 这种完全是为了绘画创作而独立形成的
一种 "看法", 在中国山水画中通称为 "三远法", 它给画家以很大的
自由, 画家可以在画幅上综合交错地运用三远法经营位置。 特别是长
卷, 更能使景物有起有伏、 有隐有显、 有开有合。 如宋代张择端的
《清明上河图》, 在一幅长卷上描绘了多个视觉中心, 场景宏伟壮观,
体现了中国山水画构图的精妙。 正如宗白华 先生所概括: "从世外
鸟瞰的立场观照全整的律动的大自然, 他的空间立场是在时间中徘徊
移动, 游目周览, 集合数层与多方的视点谱成一幅超象虚灵的诗情画
境"。(《美学散步》 111页)。同时, 郭熙还提出 "山形步步移"、"山
形面面看", 山水画家面对客观自然时, 在不断移动观察点的过程中,
还要强调主观感情的移入, 注意情与理的交融和主客观的统一和谐。
它所表现的空间并不斤斤计较客观物象视觉的对错, 而是一种随意自
由的、带有画家主观感情色彩移入的空间表现。

唐代张彦远在 《历代名画记》 中说: "魏晋以降, 名迹在人间者,
皆见之矣……或水不容泛, 或人大于山。" 对于这段话的传统理解,
是以山水画的不成熟来看待的, 一般认为是中国画不懂透视所致。 其
实, 张彦远接着又说: "详古人之意, 专在显其所长, 而不守俗变也。"
也就是说, 之所以存在水不容泛, 人大于山的情况, 只是古人为了
"显其所长, 而不守俗变" 的原故, 也就是说, 为了更好地表达画家的
创作意图, 画家可以不受成见的约束,而依据主观的审美感受对客观
物象在一定范围内进行调节夸张。

"一叶障目, 不见泰山"。这是中国古代的一句成语, 很形象地说明
了中国人是不肖以这种机械的方法去观察事物的。 中国文化的审美
定势决定了中国绘画是一种心灵的审美而体现的天籁之音。 画家与
自然 "物我合一", 将自己化入宇宙万物之中, 去体味包含着 "真、
善、 美" 的 "道" 的浑涵汪茫、 悠悠无限, 以涤荡自我的胸怀, 心灵

的澡雪与美的观照是同步的。 在这里, 庄子："天地与我共生, 万物与我为一" 的天人合一思想抹杀了主客体的对峙, 在它们之间架起了一道精神的桥梁。 所以画家们不能仅以肉眼去观察世界, 而应以 "心眼" 去感悟世界。 有句俗话说得好 "天高不为高, 心高才是高", 有了 "心眼" 我们的视觉就能达到天上、 人间、 心内、 身外无所不观, 无所不在的境地。 这种境地决定了中国画家不是直接向大自然和客观世界攫取创作的母题, 而是置身于客观自然之中虚静养气, 以诱发创作的天机。 面对这种特殊的绘画要求, 如果我们仍机械地沿用 "透视法" 去处理画面的话, 就会无所适从。 反之, 中国绘画灵活的构图法式, 恰恰能满足我们心灵观照的诉求, 很好地完成这种特殊的历史使命。

画家不仅要用目看, 还要以心观, "以心目而成之"。 晋唐人把这种观照事物的方法传递下来, 当画家与天地自然 "悟对" 的过程中, 发自宇宙深处的大美便得到了观照, 画家的创作灵感便被激活起来, 画家以心接物, 借物写心, 于是乎 "气者心随笔运, 取象不惑"(荆浩≪笔法记≫)。

在十五世纪, 朝鲜李朝时期的绘画山水、 人物、 花卉、 草虫、 翎毛和中国画家常画的四君子(梅、 兰、 菊、 竹)等, 其手法有重彩、 淡彩、 水墨等, 构图法式大多受中国绘画影响。 十六至十七世纪, 日本画坛的优秀代表长谷川等伯, 因多变的构图所具有的诗人情感而大受欢迎。 1720年, 曾经有些附有版画插图的荷兰科学书籍通过长崎进入日本。 它们为日本画坛带来了西画技法。 日本画家把透视法用于漆绘与风景画。 那些具有简单透视效果的风景画被称为 "浮绘"(有深度的绘画)。 在向西画学习的过程中, 十八世纪涌现了葛饰北斋这样一位大师。 虽然他用远近透视法创作了带有西方绘画形式的风景画, 但仍然具有浓重的日本绘画风貌。 半个世纪后, 他的作品为巴黎美术家所发现，并引起了很大的兴趣。可以说，巴黎艺术大师们感兴趣的不是北斋参用的西画技法，而是北斋画中仍然保留的东亚绘画艺术的风韵。

五. 东亚绘画艺术的色彩美学

王国维在《人间词话》中说："以我观物，故物皆著我之色彩。"这是一句诗论。然而，将此论权且作为画论，于探研东亚绘画艺术色彩美学问题，当不无启迪。

《世说新语·言语》描述东晋大画家顾恺之游历山水归来"人问山川之美，顾云：千岩竞秀，万壑争流。"仅此八个字，便将山川点化，使其有了生命，有了思想，有了行动，能"竞"善"争"。这当然是"以我观物"在起作用。这个故事从侧面反映了中国画家在对自然物象的审美过程，不是以静止的、孤立的、表面的眼光看世界，不仅仅将视觉停留在物象的可感表层上，而是以心灵的观照与自然物象共建一个"物我合一"的精神世界。所谓"登山则情满于山，观海则意溢于海"，用今天的话说，就是把自己的感情移入审美的对象。

"画缋之事，杂五色：东方谓之青，南方谓之赤，西方谓之白，北方谓之玄，地谓之黄"。这是《周礼·考工记》中关于画衣绣裳的记载，但由此也可窥见，远在春秋时期，善于"以我观物"的中国古代先民们，竟然将色彩化入了天地、四方，化入了广袤的宇宙。可以说，中国画的色彩观，从其雏形阶段就带有强烈的主观感情移入，中华民族对色彩世界的理解，从一开始就不是停留在视觉表象上，其思维方式早就由对微观世界的认识，上升到无限主观想象的宏观世界之中了。

中华民族这种对世界的认知方式仿佛是与生俱来的。老庄几经参悟，终又光大发扬。老子大声疾呼"五色令人目盲"，"意在五色，则物象乖矣"，主张"知其白，守其黑，为天下式"。庄子也说"五色乱目"，"朴素而天下莫能与之争美"。这两位智者，危言耸听地说了这许多，其良心用苦恐怕是担心后来者误入歧途，被自然界五光十色的可感表象所迷惑，启导人们对物象中蕴含的大美内质给予关注。他们认为发自宇宙深处的大美大气，混混沌沌地永恒存在于天地间的一切物象之中"杲乎如登于天，杳乎如入于渊，淖乎如在于海，卒乎如在于屺"(《管子·内业》)。这种大美之气与人的精神存在着无限沟通的可能，人们只有在与之"悟对"的过程中，通过"迁想妙得"，"妙对神通"，然后进入"物我合一"的境界。曾几何时，先哲们对世界的认知方式，却被魏晋以降崇尚玄学的文人士大夫画家奉为绘画色彩美学的经典，他们提倡绘事以清淡为宗，反对五颜六色的绚烂之美，更以墨代五色，所谓"运墨而五色具"，"墨色如兼五彩"。"水墨为上"也随之成为色彩美学的一道独特风景。"墨兼五色"并非是画家们一厢情愿的臆想，观画者也自觉地根据自身的视觉经验，对画面进行着积极的、有创造性的色彩感情移入。

葆有中国气质的水墨画，是体悟不可言传的"道"的一种方式。中国水墨画家认为，色彩过度会眩目乱神，有碍绘画的意境。这种色彩美学观点对朝鲜与日本都产生了影响。当水墨画随禅宗在十二世纪传入日本时，水墨画也为信仰禅宗的人们所喜爱，不少日本诗画僧开始了水墨画的创作。如可翁在他的水墨画上钤上自己的图章。在十五世纪，画僧天章周文成为水墨画大师。他的画作中不仅有中国水墨画的影响，而且还具有朝鲜风格水墨画的痕迹。他没到过中国，只到过朝鲜。在他那美妙的墨线在水墨淡彩的衬托下，更有一种高雅大气的风格。他的水墨画实际上是日、韩、中三国文化融合的产物。同样在十五世纪，朝鲜李朝时期的绘画，初期以绢本重彩居多，到中后期，则以纸本淡彩或水墨为主。水墨画在日本经过三百多年的流传和同化，生发出日本自己的文化品格。长谷川等伯的作品除了继续保持一种深远的精神力量而受到上层社会的崇敬，赢得了更多的观众。另一位代表人物海北友松对中国减笔画家梁楷情有独钟。山水、人物、云龙、花木、飞鸟全以中国的墨线与不同的笔触烘染的浓淡来处理，线条极为简炼与修长，具有动感。有一种装饰性效果和一种宁静与优美的气息。

对于中国画家来说，依照具体可视的色彩表象来再现，对人的意识和思维无疑是一种桎梏。他们不满足于对自然的零散、个别细部之感受，强调"饱游沃看，历历罗列胸中"，"搜尽奇峰打草稿"。将不同时间、空间，不同视域范围内的景物加以选择、提炼、重组，塑造出融入画家主体精神之自然的艺术形象。这种独特的构图方式，也决定了中国画的设色是不可能囿于某时、某地的色彩表象的。画家通过对客观物象的感悟、透析、归纳、概括而得出物象的色彩常态，在设色上拥有更大的自由和选择。他们实际上要表达的是物象与画家本体"物我合一"之后得到的非客观真实性色象。

与之大相径庭的是：由于西方科学技术的发达，透视学、光学、色彩学等科学技术原理普遍渗入绘画领域。西方画家认识世界的方式也趋向冷静、理智。甚至在一片树叶的表面色彩上，他们也努力试图找出个冷暖色相来。这种用科学分析的方法，得出的物象外在客观色彩，与中国画家感情移入的非客观真实内质色象，在认识的深浅及艺术的表现上均有天壤之别。印象派的领袖人物马奈，经常出入巴黎一家"中国之窗"的商店，对主客体统一和谐的东方艺术风格大为赞赏。他的作品开始出现了浓重对比的色块，甚至采用了虚实相生的东方造型因素。高庚是后印象派的三杰之一。他说："你考察一下日本人的套色版画! 他们活用许多色只作为"和谐"的各种结合。所以我也想从一切产生幻象作用的画法尽力避开"。他已认识到东方艺术中主客观之间的和谐与色彩之间的和谐远远超出西方艺术过去热衷逼真物象的"幻象"。

其实中国绘画在浮世绘传入法国之前已经进入欧洲。法国著名画家华托常以浅色表现景色，黯淡的流云和纯朴的山景构成了画面中烟雾迷蒙的韵致，他的作品很具中国绘画特色，被评论称为深得中国六法。在英国，柯仁与他的学生多人也学中国的设色山水，以毛刷蘸墨和色，以墨线画草图，与中国水墨淡彩山水画很接近。但是，欧洲画家对水墨淡彩的兴趣没能形成规模。相比较，他们对浮世绘中单线勾勒加以平涂的丰富色彩的日本画风更感兴趣，

东亚绘画色彩美学体现了博大精深的东方民族审美习惯，在几千年东亚民族文化的历史演变中，它给予画家进行艺术创造的极大自由。我们完全有理由相信：随着时间的推移，东亚绘画色彩的美学观，会越来越显出其永恒和魅力!

六、从东西方美术交流看东亚绘画

十九世纪以来，东西文化开始了大交流。日本在1868年开始了长达半个世纪的明治时代。明治维新使日本向世界敞开了大门。西洋

美术大举进入日本。 日本画家吸收西洋画的透视、 造型、 色彩, 创造出了与传统绘画全然不同的新型现代绘画。

引起欧美画坛注意的中日绘画同属东亚绘画体系。 曾担任大英博物馆东方绘画馆馆长的 L·比尼恩(Laurence Bi-nyon, 1869~1943)经过研究, 他认为 "中国艺术的辉煌样板也保存在日本。收藏家开始转向中国。中国绘画开始进入欧洲和美国。" 也就是说, 日本浮世绘是首先向西方打开的一扇窗, 然而东亚绘画的大门则在中国, 欧美是通过接触中国绘画后才认识东亚绘画的全貌的。

东亚绘画的气韵特性也不是一成不变的。 西画东渐, 在韩、 日、中的画坛中都引起了很大的波澜。 例如, 中、 日、 韩都产生了西洋画派, 从而出现了传统画与西洋画两大阵营。 这两大阵营中, 传统画派从西画中汲取营养, 使传统绘画有所创新, 具有时代性, 而西洋画派则对传统绘画有所借鉴, 从而形成了强烈的民族性。日本学者秋山光和指出:日本的所谓 "西派洋" 画家们, 虽然采用最先进的国际型式, 但他们仍然浸沉于本国悠久的艺术传统(甚至年轻一代的抽象画家也如此), 而那些 "日本派" 画家们, 通过学习西洋美术, 成功地丰富了原有的艺术方法, "尽管传统的习惯对这两个画派有此二种称呼, 但他们之间唯一实质上的不同仅只是技巧方面的, 或更可说是在所用的材料方面的。" 这当然不是说两者之间可以混为一谈了, 而是指不论用传统画法还是西洋画法, 日本画家都在其中表现出一种东亚绘画的气韵特色。

在中国画坛同样形成传统绘画与西洋绘画两大阵营的对垒。 这两大阵营之间的差别比世界上东西绘画之间的差别要小, 但相互之间的联系却比世界上东西绘画之间的联系要多。 因为西洋绘画作为中国画坛的一大形式, 从产生之日起就在探索民族化的道路, 从传统绘画的造型手段、 表现方式、 审美特征中吸取了不少营养。 不仅如此,传统绘画的现代化与西洋绘画的民族化这种艺术探索是由既擅长西画又精通传统绘画的两栖画家领头进行的。徐悲鸿、林风眠、刘海粟这些大师如果舍去他们在传统绘画中的成就或抹去其西画中浓厚的东方风韵，那么中国现代绘画史便会大失光彩。

东亚绘画的艺术，是东亚人的性格、文化、视觉方式的表达。即使站到了二十一世纪现代化的前沿，东亚绘画仍然不会混同于西方绘画，因为灌注其间的仍然是生动的东方精神。同时，世界文明也是多元的，正是因为民族、文化的多元性，我们的世界才显得多姿多彩。

【 摘要 】东亚绘画艺术它作为文化观照的一个整体对象进入人们的视野，具有自身特定的文化内涵与文化传统。是东亚人的性格、文化、视觉方式的表达。是世界绘画艺术的瑰宝

【 关键词 】东亚　绘画艺术　源流　内涵　交流

East Asian Drawing Art Source and Course and Connotation Characteristic

Abstract: The art of East Asian paintings, as a complete reflection of its culture, attracts the attention of the people in the world .It possesses its unique cultural meanings and cutural tradition. The East

Asian characters, cultures and typical angles of viewing the world are fully expressed in them. The art of East Asian paintings is the treasure of the painting art all over the world.

Key Words: East Asia   the Art of Painting   Sourse   Typical Meanings   the Exchange of Views

---

參考文獻

1. 王世德。美學辭典   北京：知識出版社, 1986。
2. 張治安。得意忘象   广州：岭南畫學叢書, 1995。
3. 陳傳席。中國山水畫史   南京：江蘇美術出版社。1988。
4. 陳傳席。畫山水序点校注譯   北京：人民美術出版社。1985。
5. 沙少河, 徐子宏。老子全譯   貴州：貴州人民出版社。1989。
6. 楊大年。中國歷代畫論采英   鄭州：河南人民出版社。1984。
7. 周振甫。文心雕龍選譯   北京：中華書局。1980
8. 陳綏祥。國畫講義   南宁：广西美術出版社   2004。
9. 夏旦大學韓國研究中心編   韓國研究論叢 中國社會科學出版社 2006

雅俗共赏：
新时期中国艺术歌曲创作主潮一瞥

王大燕

一. 緒論 : 本文若干理論前提

　　传统意义上的艺术歌曲，在众多的歌曲体裁中，是格调最为雅致、意趣最为深邃的一种，往往活跃于音乐会和某些沙龙性的音乐场合，而难于在广大民众中流传，历来被列入严肃音乐、高雅艺术的范畴之中。

　　我国艺术歌曲创作从20年代至今，经历了曲折的探索和实践之路，在不同时期得到不同程度的发展。进入新时期以来，我国艺术歌曲也随之得到空前的繁荣。特别是1987年《音乐创作》举行的艺术歌曲独唱作品的征稿评奖，1999年文化部主办第一台"中外艺术歌曲音乐会"，推出27首经典曲目，同年7月，文化部、中国音协邀集音乐界专家对推广艺术歌曲工作进行座谈，2000年连续推出全国哈尔滨之夏艺术歌曲比赛评奖、全国艺术院校艺术歌曲创作比赛评奖及专家论坛等，均有力地推动了艺术歌曲的创作与演唱。

　　新的创作与演唱实践同时也提出了许多新的问题，特别是在第25届哈夏音乐会全国艺术歌曲比赛期间，一些专家在艺术歌曲的界定问题上引发了争议，从而把与艺术歌曲有关的一系列理论与实践命题摆放在我们面前。

　　本文拟从"雅俗共赏型艺术歌曲"这一特定的体裁类型入手，对与之相关的若干问题提出一孔之见；为达此目的，谨对本文的若干理论前提作如下界说——

　　在艺术歌曲界定问题上，本文根据艺术发展的辩证逻辑，反对固守传统定义、把艺术歌曲体裁视为一成不变的凝固物，而持"有恒有变"的立场。

基于这一立场，本文在充分尊重艺术歌曲的传统理解和艺术规范的基础上，按照时代发展的要求和我国歌曲审美实践的具体情况，对其内涵和外延作了适当拓展，将那些词曲具有较高艺术格调和专业作曲水准的歌曲作品也纳入到这一体裁类别中来。

基于同样的立场，本文坚持认为，艺术歌曲自有其质的规定性和基本的艺术规范，反对一些时论将艺术歌曲无限制泛化的做法；因为，若把在群众中广泛流传的某些质量上乘但并不具备艺术歌曲基本规范的群众歌曲、流行歌曲、歌剧唱段、影视插曲、抒情歌曲也纳入艺术歌曲范畴的话，实际上模糊乃至取消了它们与艺术歌曲之间本就存在的边界，也就无异于取消了艺术歌曲。

而本文所论之艺术歌曲中的"雅俗共赏"类型，与其他一些歌曲作品在审美实践中可能达到的"雅俗共赏"境界，既有一定联系，也有重大区别。雅俗共赏型艺术歌曲，是在保持本有的雅致格调和深邃意趣的前提下，在其艺术构造中又出现了某些易解性和可听性因素，使之能够为一般听众所接受、所喜爱，因而是一种"由雅通俗"——在这里，"雅"是体裁分类，"俗"指一般听众，"通"为"通达""沟通"之意，其基本立足点是"雅"。

在其他一些歌曲体裁(例如群众歌曲、流行歌曲)的优秀作品中，有时也可能出现雅俗共赏的情形，但这是在保持其通俗体裁基本品格的基础上，在其词曲结构中表现出较高的艺术价值和专业技巧、也能受到一部分高文化人群的赞赏和喜爱，因而是一种"由俗达雅"——在这里，"俗"也是体裁分类，"雅"指高文化人群，"达"即"通达""达到"之意，其基本立足点是"俗"。

当然，由于雅俗共赏型艺术歌曲与某些抒情性独唱歌曲在追求歌词的抒情意味和文学性、旋律的优美如歌而个性鲜明、词曲结合的自然熨帖等方面目标一致并具有较高的艺术造诣，于是它们之间的边界便发生某种重合现象，其审美取向在"雅俗共赏"这一点上趋同，从而出现"非驴非马""亦驴亦马"的中间品种或"模糊地带"。当前音乐界关于艺术歌曲界定的主要分歧，多是因此而起。本文的态度是，只要它们确实具有较高的思想性、艺术性和抒情性，达到高雅性与可听性有机结合境界，便尽可能纳入我们的视野；至于因此而可能引发的新一轮争论，则留待今后的理论探讨和创作实践来逐步解决。

所谓"主潮"，是以雅俗共赏型艺术歌曲的作品数量及其在一般听众中的流传广度作为衡量依据，与另外两种艺术歌曲类型相比较而作出的判断；其间不存在通常理解中的"主"与"副"或"主"与"次"的含义。

二. 从观念、风格和语言看

新时期艺术歌p14几种类型

自改革开放以来，新时期的艺术歌曲创作出现了前所未有的繁荣，举凡在这一时期的中国乐坛上活跃过的形形色色的艺术观念和作曲技法，都在艺术歌曲创作中留下了它们的足迹，从而初步形成了多元化观念及多样化风格、多样化语言和技法并存互补的格局。

为此，本文将这一阶段艺术歌曲创作大体分为以下三种类型：

第一类是观念激进、技法前卫的先锋型。这是以罗忠熔为代表的一些作曲家，借鉴欧美现代作曲技法，结合中国传统文化进行了大胆实践的结果。其代表作品有：罗忠熔的《涉江采芙蓉》(1979年作)、

≪嫦娥≫(1987年作), 属于独唱与钢琴的室内作品。 两首作品都是为中国古诗词而作, 都是采用调性与无调性相结合的节奏序列技法, 在音高组织上根据 "十二音调性" 的概念构成, 在序列结构中隐含着我国五声的旋律。 作曲家在论及自己的 ≪涉江采芙蓉≫ 时说:"这是按十二音的一些规则写的, 不是硬套。 这里面还杂有兴德米特的东西, 兴德米特写旋律有他的一套理论, 特别是 '二部写作法' 里有许多关于旋律处理的精辟见解和有效方法。 我在设计 '序列' 的时候, 好些是根据兴德米特的理论来处理其中的一些音程, 所以听起来很顺。 另外一点比较好的就是注意了(音乐)和语言的关系。 在这个作品中, 再就是不轻易出现五声音阶中没有的音程, 所以听起来就很象中国的东西了。"1) 罗忠熔的这些具有民族音乐元素、 又具有现代意识的探索性作品, 曾得到一些理论家的好评, 认为他成功的创造了 "诗" 中所要求的意境, 开拓了 "乐" 的时代新领域, 在艺术歌曲创作上具有突破性的意义。

第二类是语言新颖、基本守调的现代型。 这是以罗忠熔、 王西麟为代表的一些作曲家综合了调性音乐与非调性音乐的表现形式和手段而创作的一些作品。 其代表作品有:罗忠熔1988年作 ≪旅次朔方≫、1981年作 ≪往事二、三≫;苏夏的 ≪题西山红叶≫;刘锡津的 ≪天娥之歌≫;金湘的 ≪子夜四时歌≫;王西麟1981年创作的 ≪思君曲≫、 1986年为女高音和交响乐队而作——读屈原 ≪招魂≫、≪天问≫ 有感等。 王安国 教授曾在1992年 ≪中国音乐年鉴≫ 中撰文 ≪王西麟、马建平交响作品音乐会≫, 对王西麟 ≪招魂≫、≪天问≫ 作过如下评价:"这实际是一部声乐协奏曲, 凄楚、 悲凉、 哀怨、 激愤的情绪十分鲜明。 从音乐风格和写作技巧来说, 综合了调性

---

1) 李诗原: ≪人物专访≫,≪中国音乐年鉴≫ 1995卷。

音乐和非调性音乐的技法，泛调性的音乐语言与十二音材料自然揉和……意念的表达和结构的逻辑是创作的基准，强烈的音响和炽烈的情感鲜明的显现出王西麟的创作个性。"2) 《旅次朔方》在1986年11月29日 的罗忠熔歌曲与室内乐作品音乐会上由男高音歌唱家田玉斌演唱后，其诗化的中国意韵、新颖的音乐语言也受到音乐界的普遍好评。王西麟声乐与乐队的出色表现，都说明了我国音乐家无论在探索艺术歌曲的表现形式上、音乐语言上、体裁风格上都作了大胆的创新与改革，其作品显现出的个性化特征足以说明我国新时期的艺术歌曲已呈多元化发展的大好局势。

第三类是风格稳健、严守调性的雅俗共赏型。由于这些歌曲的创作动机不以技法探索为目的，严守调性思维，音乐语言比较传统，风格稳健，旋律写作注意歌唱性，将民族风格与时代气息有机结合起来，既有较高的艺术造诣，又有很强的可听性和可唱性，因此不但获得专家们的热情肯定，也很受一般听众的普遍喜爱，从而在当代艺术歌曲中形成一个独立的 "雅俗共赏" 类型。这一时期在群众中广泛流传的主要作品有：施光南作曲的 《总理，你在哪里》，施万春作曲的 《送上我心头的思念》，尚德义作曲的 《科学的春天来到了》，朱践耳作曲的 《清晰的记忆》，瞿希贤作曲的 《乌柏树下的怀念》，郑秋枫作曲的 《我爱你，中国》，陆在易作曲的 《祖国，慈祥的母亲》，谷建芬作曲的 《那就是我》，秦咏诚作曲的 《我和我的祖国》，王世光作曲的 《长江之歌》，刘锡津作曲的 《我爱你，塞北的雪》，陈述刘作曲的 《这就是我的祖国》，陶思耀作曲的 《啊，中国的土地》，印青作曲的 《西部放歌》，黄准作曲的 《一支难忘的歌》，陆在易作曲的 《多情的土地》、《彩云与鲜花》，郑秋枫作曲的

---

2) 王安国： 《创作及有关评论》，《中国音乐年鉴》1992卷。

≪帕米尔, 我的家乡多么美≫, 瞿希贤作曲的 ≪把我的奶名儿叫≫, 徐景新作曲的 ≪春江花月夜≫, 尚德义作曲的 ≪祖国永在我心中≫, 三宝作曲的 ≪你是这样的人≫ 等。

在以上三种类型中, 纯粹以审美难度而论, 先锋型艺术歌曲最为艰深, 现代型艺术歌曲则次之, 雅俗共赏型艺术歌曲则又次之。前两种艺术歌曲, 艺术质量高但数量较少, 而且基本上只在某些严肃音乐会和高雅音乐沙龙中演唱, 其知音仅限于高文化人群, 一般听众知之极少, 甚至一无所知; "雅俗共赏型" 艺术歌曲则因其较好地达到了高格调与可听性的统一, 演唱和传播的手段多, 在高文化人群及一般听众中都有较广泛的流传, 其社会影响也大, 因此, 它之成为新时期我国艺术歌曲创作的主潮, 确是一种必然。

三. 从代表性作品看新时期艺术歌曲的雅俗共赏

雅俗共赏型艺术歌曲为什么能够达到雅俗共赏境界? 艺术上有何特色, 其中有什么可资总结的经验, 创作手法有何规律可循? 本文拟通过一些代表性作品的具体分析, 希冀能够从中提炼出若干规律性的认识, 获取一些有益的经验。

1. 诗意与乐情的完美结合

新时期, 人们经过欢庆胜利的喜悦后, 一股怀念和歌颂老一辈革命家的热潮彪然而起。向来长于抒情的诗歌, 在这一热潮中涌现产大批作品，其中以歌颂、怀念周总理的诗歌最为真挚、动情。这些作品也深深地感动着作曲家并将它们谱写成歌曲，一经演唱便迅速流传。这批作品中以《周总理，你在哪里》(柯岩诗，施光南曲)、《送上我心头的思念》(柯岩诗，施万春曲) 两首歌曲为代表。

《送上我心头的思念》是诗歌与音乐结合的理想范例，"假如我是一只鸿雁，我将展翅飞上九天，去看望我们敬爱的周总理，为我们可又把白发增添……" 施万春紧紧扣住诗中极其动人的情感基调，采用我国民族降E雅乐羽调式音阶谱写旋律主题，凝结着哀婉、悲怆之情。如泣如诉的旋律，着意刻画了一个可亲可敬的领袖形象，并把歌曲推向一个非常动人的艺术境界。

在作品中表现人的主题，讴歌人的尊严和人的解放，揭示人性和人情之美等内容，是新时期艺术歌曲创作的一大特色。《我爱你，中国》(瞿棕词，郑秋枫曲)、《把我的奶名儿叫》(黄宗英诗，瞿希贤曲)、《那就是我》(晓光词，谷建芬曲)、《我爱你、塞北的雪》(王德词，刘锡津曲)自问世以来，经常在音乐会上出现，反响热烈。这些歌曲的歌词本身就是诗，或具有诗的含蓄、诗的意境、诗的品格。

《我爱你，中国》、《把我的奶名儿叫》、《那就是我》这三首歌曲从不同角度描写了海外游子对祖国的思念之情，歌词和音乐都有着令人回味的意蕴和振动心弦的情思。《那就是我》通过描绘故乡的小河、水磨、炊烟、牛车、沙滩、海螺等古朴印象，不难使人联想其言外之旨，具有诗歌的含蓄美。《把我的奶名儿叫》却千声呼唤、万种柔情，"大海啊大海，我有万种柔情，你知道，金色的城池，银色的港湾，我走过了多多少少。故乡啊故乡，我没能把你忘掉。母亲啊，母亲，天涯海角我听得见，你把我的奶名儿叫。" 据说黄宗英在接待归国华侨、外籍华裔学者的欢迎会上曾多次朗诵过这首诗，朗诵后，举座无声，热泪盈眶，然后才爆发出热烈的掌声，而她自己也产

198 ■ 世界文化의 交流와 受容

生了要反夏吟唱这些诗句的冲动。 作曲家瞿希贤准确地把握了诗歌
深邃的意境, 细腻的感情, 用含蓄的、清新独特的音乐语言描绘出大
海波浪起伏和人物心潮起伏相互吻合的音乐形象, 旋律色彩带有深深
的思念之情。这首歌后被作曲家改编成合唱曲, 曲中浑厚的和声及对
位式的相互呼应等多种艺术表现手法, 进一步挖掘了诗歌的内涵与意
境, 丰富了歌曲的形象, 达到了动人心弦的艺术效果。

≪我爱你, 中国≫ 是国内许多音乐会上经常演出的曲目, 也是声
乐比赛的必唱曲目之一; 在海外, 凡有华人集会或举办音乐会, 总也
少不了这首歌曲, 因为它唱出了海外侨胞的心底之声。整首乐曲所表
现出的那种宽广、 激越、 内在、 深切的感情, 不仅仅是词曲作者所
独有, 而是演唱者与欣赏者所共有。这种共同的创作激情, 这种共同
的创作心态, 使得歌曲的生命之树常青。

≪我爱你, 塞北的雪≫ 则是一首抒发个人情怀的作品, 歌词具有
诗的气质。在拟人化的词句中蕴含着哲理, 形象化的比喻, 又浸透着
中华民族的精神气质; 婉转、 俏丽、 轻灵、 细腻的旋法表现出热爱
生活的美好心情, 给人以生命之力的强烈感受。

以上几首歌曲, 所选歌词(诗歌)都具有高度的文学性与音乐性, 其
表现为 : 诚挚的深情、 生动的比兴、 优美的韵律。 其音乐风格极具
作曲家的创作个性, 无论是外景的描绘还是内心的刻画, 都着重追求
和深化歌词的意蕴和潜在的内心感受, 歌中表现出的诗化美充分满足
人们的抒情与心灵袒露的需要, 也顺应了大众的审美心理, 所以能够
雅俗共赏。

2. 曲式与和声的特点

在我国艺术歌曲近百年的创作历史中, 对于曲式的运用一直都处

在中外曲式结合和交融的过程中，曲式结构也在不断的演变与发展。新时期，艺术歌曲创作的繁荣局面大大扩展了作曲家的曲式思维空间，体现了一种大胆突破和深入挖掘的创造精神："大胆突破是指对欧美传统曲式规范而言。很少有人再对西方传统曲式顶礼膜拜。大家采用了拿来为我所用的随心所欲的方式：打碎，糅合，再创造!……深入挖掘是指对我国民族传统曲式规律的再学习、再认识。"3)纵观新时期艺术歌曲的创作，作曲家把欧洲古典主义和浪漫主义时期许多具有典型特征的曲式结构与中国曲式深入交融并对其中某些曲式作了相应发展。

最突出的一点表现在运用器乐曲的结构形式创造新的边缘曲式上。典型例子是施光南的《周总理，你在哪里》。这是一首较大型的三部结构的歌曲，呈示部安排了两个主题，宛如歌曲的主部、副部。主部、副部有不同的调性对比；中部是一个戏剧性很强的展开部；再现部是呈示部的减缩再现。从总体来看，全曲似三部曲式结构，但仔细分析，歌曲主部与副部之间的调性对比已具有奏鸣曲式的结构特点，中部情感的细腻描写与抒发已具有很强的戏剧性效果，从结构原则上来看可算作介乎于三部曲式与奏鸣曲式之间。对此，作者有过自述："我常找一些适宜谱曲的诗来进行创作。由于诗人创作时没有分节歌等常见的歌词结构框框，在形式上往往给曲作者留有余地，需要自己去寻找最好的表现形式。"4)这说明施光南在歌曲的整体构思上是依据内容的需要来确定的，一切都是为了内容表现的需要，从而能够很深刻地表现作品。

这种创作观念也ᄒ透到了许多作曲家的作品中。尚德义的《科学

---

3) 杜晓十：《对我国音乐创作中和声民族风格发展的历史回顾》1990《北京师范学院学报》。

4) 施光南：《感情、形象与旋律》，《音乐天地》1986年6期。

的春天来到了≫、瞿希贤的 ≪走向绿洲≫、施光南的 ≪祝酒歌≫
这三首作品，是较大型结构的多段体、夏二部曲式结构，其间融入了
西洋回旋曲式的结构原则，它们与我国传统多段体思维原则相结合，
谱写成了形式各异的结构不同的多段体歌曲。由此可见，作曲家们在
借鉴外来曲式和学习民间音乐结构方面所下的深厚功夫，使得这些歌
曲的结构形式更加自由、洒脱。

当然，大量雅俗共赏的优秀作品的曲式结构还是建立在中西交融的
单二部、单三部曲式的基础之上，代表作品有：≪祖国，慈祥的母
亲≫、≪清晰的记忆≫、≪我爱你，塞北的雪≫，它们分别属于 (A
B) 结构的再现二部曲式或并列二部曲式；再现三部曲式 (ABA)、并
列三部曲式(ABC)、单主题三部曲式(AA1A2)的代表作有 ≪送上我
心头的思念≫、≪我爱你，中国≫、≪多情的土地≫、≪长江之歌≫、
≪祖国永在我心里≫、≪那就是我≫ 等。这是我国民间二段体、三
段体曲式和西洋二部曲式、三部曲式相交融的产物。在这些作品中
既体现了民间音乐中 "起、承、转、合" 规律，又包容了西洋曲式中
对比、再现的结构原则，其间所注重的鲜明对比，与反映群众现实生
活状态、真情实感密切相关。只要我们仔细分析这些作品，就不难看
出贯彻在歌曲结构中的两个基本美学原则："一要注意群众感受的规
律，二要注意乐曲内容的表达。"5) 感受的规律对了，歌曲的内容深刻
了，就容易被广大群众所接受。

在和声语言与和声技法方面，如何使和声这一外来形式在艺术歌
曲的创作中发挥表情作用，体现和符合中国人民的表达方式和欣赏习
惯，是所有作曲家的共同目标。为此，新时期作曲家在拥有前人积累
的丰富经验的基础上，无论在和声语言、手法还是风格框架上都在不

---

5) 梁茂春： ≪中国传统音调在音乐创作中的运用≫，≪中央音乐学院学报≫ 1980
年第1期。

断的拓宽自己的领域。从整体看，所有成功作品大致有以下特点：首先，仍然継承传统。在调式框架体系下进行创作，(包括西洋大、小调式，以五声为基础的民族调式等)。在和声布局上，以功能和声为基础进行变化和发展，使其逻辑清晰，色彩鲜明，音乐流动舒展。其二，在欧洲浪漫派和印象派音乐的和声基础上加以创新，并与中国风格的旋律相结合，加强色彩、表达情感。如 ≪送上我心头的思念≫ 中引子材料的运用：

例 1

引子开头，运用了连续的减小七和弦，材料取自歌曲结尾部分的宣叙调音调；然后是建立在五声音级上的属九和弦的连续下行级进，材料取自第一段音乐的结尾部分。既贯穿了歌曲的主题音调预示了歌曲情感，又用充满悲怆情感的和声音响表达了歌曲的眷念之情。

其三，在欧洲自然调式思维(转调、离调)及和声对位化处理中，加入非功能的色彩性音响处理，制造某种氛围或模仿某种音响，使其描写达到刻画外部环境，吻合音乐气质的作用。如瞿希贤的 ≪走向绿洲≫、施光南的 ≪祝酒歌≫、践耳的 ≪清晰的记忆≫ 等作品中都很好的运用了这一手法。

例 2 《清晰的记忆》中第一段结尾句：

曲中"泪花呀泪花呀，点点、滴滴"处的离调处理，泪珠潸然滴落的描绘性音响，都恰到好处地表现了歌曲内容。

另外，还有一批以罗忠熔为代表的作曲家，在采用现代派和声技法的同时，仍把五声性十二音序列、五声纵合性和声结构的运用融汇于和声处理之中。这虽然不在本文的视野之中，但笔者认为，这些新技法经过作曲家的再创造后，只要它具有思想性、艺术性，又能体现时代气息与民族精神，就可以继续探索、创新、推介。

3. 器乐部分的表情功能

从目前艺术歌曲的演唱与传播途径来看，艺术歌曲的伴奏形式有两种：一是乐队伴奏，二是钢琴伴奏。无论采用哪一种，伴奏写作需要有丰富的想象和精湛的专业技巧，都是一种创造。通观雅俗共赏型艺术歌曲的伴奏写作，主要具备了以下表情功能：

A、创造意境、描绘环境。如郑秋枫的 ≪我爱你, 中国≫, 伴奏中流动的分解和弦音型表现出内心的思如波涌、激动难平, 这一音型贯穿在整首歌曲的伴奏中, 成为描绘意境和衬托歌曲的固定音型。引子中低声部的长音衬底, 感情深沉；高、 中声部的分解和弦清丽婉转, 好似百灵歌唱；特别是中、高音区的震音织体, 具有清澈、柔和的效果, 通过微妙的力度变化, 描绘了海外游子特处的生活环境与深深的思乡情结。再如 ≪我爱你, 塞北的雪≫ 前奏、间奏、尾奏及A段音乐都采用了密集音型的平行八度织体加以贯穿发展, 音响效果晶莹透亮, 富于民族色彩, 淋漓尽致的勾画出雪花轻扬、飘舞的美丽图景。B段音乐, 则是密集型的和弦节奏, 左手、右手节奏错开, 织体富于动感、轻松活泼, 再辅以高声部的夏调性旋律音型, 构成了歌曲多层次的相互衬托。这类伴奏, 不仅在歌词与音乐之间起到了描绘外境的作用, 而且从音乐气氛上创造了超越诗词的力量, 提升了歌曲的艺术境界。

B、刻画心理、揭示情感

运用钢琴伴奏来揭示诗词中的各种情绪和情感, 如：喜悦、悲哀、活泼、惆怅、兴奋、激动等, 补充诗词中那些只能让人感受到却没法道出的语言, 是伴奏写作的又一功能。如歌曲 ≪送上我心头的思念> 中B段的伴奏处理：

例 3

表现骚动不安的震音织体音型, 配上情绪激动的宣叙调旋律, 再加上摇曳摆荡的八六拍子与二连音相结合的节奏律动, 微妙微肖地刻画了人物悲伤、感怀的复杂心理。紧接着的歌曲间奏, 运用节奏相同的和弦式伴奏织体引入连续的单音八度下行, 似空谷回音、 似余音缭绕, 既富于造型又深含人物内心情感的发掘与补充。

当然, 钢琴伴奏和声与织体的写作技法非常丰富多彩, 除上述提及的主要功能之外, 实际上许多作曲家在歌曲伴奏的创作中, 已显现出个性化的技法和个性化的语言特征。 歌曲伴奏已不再是以前歌曲中那种简单的即兴写法, 而是一种适应于音乐作品整体结构和内容的需要, 表现音乐形象、挖掘歌词内涵的重要手段。

4. 旋律特征

旋律的的个性化创新, 是艺术歌曲创作永远的第一母题, 中外古今, 概莫能外。到了新时期之后, 一种坚持情感自然流露而又贴近群众审美趣味的美学主张成为一些作曲家的自觉追求, 使得这一时期的旋律写作在保持个性化和专业化水准、讲究旋律线条抒情状物的准确生动传神的同时, 也把易于唤起一般听众的情感共鸣并在他们中间广泛流传作为创作的出发点之一, 因而在他们笔下流淌出许多既有鲜明个性、又具美丽动人的如歌曲线、令人过耳难忘的旋律倾诉，其巨大美感让雅俗两方面的听众都能从中捕捉到各自感兴趣的审美信息并得到充分愉悦。重要的是，这种美感不仅来自显露于旋律外部的形态特征，而且也来自旋律内部所隐含的深层民族文化意蕴，较好地体现了雅俗共赏型艺术歌曲旋律创作的内在品质与风格。主要表现为：

A、色彩迷离的诗境美

这类旋律中洋溢着创造性想象，节奏在有序中变化，并在变化中统一，在丰富的和声色彩衬托下，调式变化音级在旋律中的不时闪现造就了迷人的音响。如 ≪春，祖国的春天≫ (瞿琮词、郑秋枫曲)，这首歌曲在旋律中运用了以声摹声、动态比拟的手法描绘出诗的意境。旋律节奏变幻丰富，灵活的三连音音型跳跃奔腾在旋律与织体中，深情欢愉的音调似布谷鸟的歌声在天空回旋、在大地荡漾；中段明亮婉转的歌声中不时闪现着的调式变化音级，犹似五颜六色的花朵在阳光照射下熠熠闪光，三连音、五连音、七连音以及三十二分音符时而在高音区漂浮、时而在低音区回响，把布谷鸟鸣唱、欢跃表现得淋漓尽致；曲终钢琴部分左手三连音的连续下行，右手清脆亮丽的和弦琶音处理，增强了空间的移动感，形成了歌曲旋律独特的诗境美。

象这样的以声写景、纵横交织的旋律手法，在新时期此类题材的作品中较为常见。如 ≪科学的春天来到了≫、≪走向绿洲≫、≪大海一样的深情≫、≪帕米尔，我的家乡多么美≫ 等作品，或用音色、音区、和声的变化来比拟事物的色彩，或用旋律线条的曲折来比拟事物的动态，或用和声、音区、力度、织体的造型来比拟事物的空间层次，或用主题贯穿的手法使旋律在各个声部变化、发展，等等。这些都大大反映出作曲家在旋律创作中纵横交织的多声思维方式，使得艺术歌曲的旋律创作具有很高的专业水准，并引导听众进入更大范围的时空去进行审美体验，令他们感受到一种新奇、新颖之美。

B、气质独特的入俗美

旋律的入俗美主要是指，透过旋律外部的运动形态，体现隐含在旋律内部的深层民族文化内容。它包含着歌曲所描叙的民族风情、民俗生活与旋律易于为群众所接受等方面的内容。运用民族调式与音调进行创作，使旋律具有浓郁的民族风格与色彩，在作品中反映民族的生活、情感、以及使作品具有深刻的哲理性，是体现旋律入俗美的重要基础。这种入俗不是一味地以强调旋律的通俗来降低艺术歌曲旋律的标准，而是指旋律在自然、流畅的基础上所体现出的民族神韵。其基本特征是返朴归真、平易近人。在当代平民化意识普遍觉醒的审美风尚下，以浓郁的乡音、乡情沁入人们的心田。

我们听刘锡津的 ≪我爱你，塞北的雪≫，可以明显的呼吸到我国北方冬天的生活气息，感受到我国历代文人墨客对雪的赞美，并赋予它冰清玉洁的高贵品质；从内容上来说，它反映了本民族"咏物言志"的生活特点，反映了民族的思想、民族的心态；从旋律形态来说，主要运用了民族调式与民族音调进行创作，颇具民族气质；从乐句连接中采用的时而分裂(有顿逗、气息短、情绪活跃)，时而连贯(内容环环紧扣、一气呵成、不能细分)的结构形式来看，似咏者的一吟三叹，又似歌者的回肠婉转；从美感角度来看，咏雪、咏梅、咏松，符合本民族的审美习惯，很好地展示了歌曲入俗之美所产生的美感效应。

我们听谷建芬的 ≪那就是我≫，可以清晰的感觉到离乡多年的异乡游子时刻萦绕于心的儿时印象，还有那未泯的童心。这种特定的乡情，它会使本乡本土的人闻之见之起异常亲切之感；从风俗上来说，它反映了本民族强烈的落叶归根的生活观念与民族情结；从音乐气质上来说，曲中深邃、绵长的情思，是以群众易于感受、易于产生共鸣的音乐语言和艺术手法传达出来的；清晰的结构、变换自由的节拍、西南羽调式的民歌音调、二度音程环绕式的宣叙性旋律，八度大跳的音程运动，都恰到好处地推进了情感的变化。由于写得真诚、写得朴实，使听众易受感染，无论是听还是唱都很容易掌握，因此，让我们充分地感受到了生活的入俗之美。

C、挥洒自如的动态美

这类旋律主要是通过声音动态与人类语言音调的亲缘关系来比拟人类内心的情感活动与其它心理动态，用旋律(语言)的表情功能来刻画人物的情感与心理活动，是新时期旋律创作的又一显著特征。创作这一类旋律时作曲家运用了多种发展手法，如：重复、模进、音程大跳、小跳、主题与节奏贯穿、对比、变化等，用以描写各种较为复杂的情感生活，打破旋律的方整性、收拢性局面，以求得最好的表达效果。这些手法，在歌曲《周总理，你在哪里》、《送上我心头的思念》、《那就是我》、《多情的土地》中，都有出色的表现。

例4：《送上我心头的思念》片断

旋律采用非方整型的自由乐句式写法，连续的下行模进与重复，增强了旋律的紧张度；平直的口语化宣叙调与汉语言表情音调达到完

美的和谐与统一, 刻画了人民缅怀总理时悲痛、热爱、敬仰等复杂的思想活动。紧接其后的间奏旋律是跨越五个八度的单音八度下行, 空旷的声音动态拉开了时空的距离, 细腻地描绘出人们追思总理的心路历程。

例 5: ≪多情的土地≫ 片断

我 怎能离开 这河汉 山脊,这河汉 山 脊. 啊

旋律中三连音在强拍上的连续模进运动, 密集节奏的重复使用, 增强了动势, 变得激动不安。紧接着的五度大跳旋法, 使旋律具有咏叹性和华彩性。正如作曲家撰文 ≪感情、形象与旋律≫ 中所说: "我用了一个伴奏音型作背景⋯⋯这是沉重的步伐, 再加上歌声中那三连音和三连音附点音符混合而成的带有一些动荡感的乐句, 也就可以推测出歌曲描写的对象那种不愿离去的心情。所以, 这里把脚步声运用到音乐中, 配合了人物的心境。" 我们也可以从中领悟作曲家在旋律中所体现的心理折射: 一种对于生活的充分体验后而发自内心的甜蜜感受与赞美。 由于这类旋律与人的生存活动存在着诸多的相同规律, 在细腻准确地反映出人的生命体验之后, 形成了旋律发展中的动态美。

通过对上述旋律的分析, 我们不难看出, 新时期以来的艺术歌曲是以其优秀的旋律作为最突出的特征而得以广泛流传的, 这既展示出中国传统文化的精神特征和审美习惯, 也反映了我国各族人民特别重视旋律的审美传统。它不仅昭示着我们不要背弃传统, 也为我国艺术歌曲旋律的发展与创新提供了宝贵的经验。

四. 从代表性作曲家看新时期艺术歌曲的雅俗共赏

　　新时期雅俗共赏型艺术歌曲创作的繁荣，主要以一个优秀的作曲家群体及其创作的一批优秀作品为标志。这一时期最具代表性的作曲家有：施光南、郑秋枫、施万春、尚德义、陆在易、践耳、秦咏诚、刘文金、刘锡津、谷建芬等。这些作曲家具有扎实的艺术功底，受过严格的专业训练，生活阅历丰富，又有个人独特的创作个性与艺术追求，他们的作品以其独自的艺术魅力，在全国产生了很大的影响。

　　施光南是这一作曲家群体中杰出的代表，其创作的重要成就，就体现在这一时期的艺术歌曲与其它声乐体裁的作品中。"施光南深刻领会了人们审美心理的变化，将谱写雅俗共赏的艺术歌曲作为自己努力奋斗的目标。…… 艺术歌曲的通俗化，成为他这一时期的创作追求。他实现了他的极其困难的目标——他的歌曲真正成为雅俗共赏的作品。"[6] 《祝酒歌》、《周总理，你在哪里》、《多情的土地》、《春天与秋天》、《吐鲁番的葡萄熟了》 等脍炙人口的歌曲，折射出施光南音乐创作的美学思想。 这些思想主要体现在：与人民群众息息相通的真情美；为人民群众所乐意接受的音乐形象美；民族音乐语言思维与现代意识相结合的旋律美；追求音乐语言抒情化的个性美这样几个方面。

　　施光南认为："当你有了和大多数人共同的感情体验，你在努力之后写的作品才能唤起大多数人的感情共鸣。"[7] 因此，施光南始终把表现人的真情实感与其它艺术创作手段相结合，使之创作出来的歌曲

---

6) 梁茂春： 《论施光南的历史贡献》，《人民音乐》 1991年第11期
7) 施光南： 《感情、形象与旋律》，《音樂天地》 1986年6期。

不仅意境深远、旋律优美、形象鲜明、时代感强，而且易于被大多数群众所接受、所欣赏。

另外，在施光南艺术歌曲的题材中，还体现了其深刻的思想性与哲理性。他往往把人们关注的社会焦点问题，当作抒情歌曲的主题来写。如 ≪祝酒歌≫、≪周总理，你在哪里≫、这些具有现实意义的作品，体现了作者深沉的历史感与使命感。 他是一位具有深刻思想的作曲家，又是一位才华横溢的作曲家，他的作品中所体现出的美好善良的民族性格，坚毅顽强的民族精神是他的音乐之魂。

郑秋枫在经过他 "文革" 时期的歌曲创作高峰期后，在新时期又迎来了第二个创作春天，佳作叠出。体现其创作水准的主要作品有：为影片 ≪海外赤子≫ 写的几首插曲—— ≪我爱你，中国≫，≪春天来了≫，≪生活是这样美好≫，≪思乡曲≫；声乐组曲 ≪祖国四季≫ 中 ≪春——祖国的春天≫，≪秋，帕米尔我的家乡多么美≫等。其风格简洁朴实、大度气派、激越厚重，旋律色彩明亮，音域宽广，线条流畅。因此他的许多作品受到美声歌手的青睐，并成为美声歌手参赛的必唱曲目。另外，他在开拓艺术歌曲的另一种形式 "花腔歌曲" 旋律的领域中，作了成功的尝试。花腔歌曲旋律形态上除了具有美声唱法的一般特点外，还应具有展示花腔歌手高超演唱技巧的华彩性片段。如各种形态的音阶式密集音型的上、下行级进，直上直下的顿跳音程，表现华彩的技巧等，这些，在他的歌曲旋律中都有上乘的表现。可以说郑秋枫是在借鉴欧洲花腔音乐的创作手法，结合我国民族声乐演唱特点在艺术歌曲领域中进行实验的先行者，其探索意义在于使我国艺术歌曲更具民族色彩和神韵。

这一时期另一位有影响的作曲家是施万春。 主要流传的作品有≪送上我心头的思念≫、≪梅岭三章≫ (陈毅诗)等。施万春具有雄厚的专业作曲功底。他的音乐结构严谨洗练，语言集中凝练，作品以

深刻、 热情著称。 其音乐语言创新成果主要表现在：把西方宣叙调
手法与歌唱性旋律相结合，利用宣叙调这种更接近生活语言的音乐手
法，直接地作为表现感情的有力手段，从而形成独特的旋律风格。其
和声想象的丰富性在于：在西方浪漫派、 印象派和声的基础上加以
创新，使之与中国风格的旋律、调式相结合，充分发挥和声的表情功
能，以形成诗歌与旋律都无法企及的多层次的感情深度。另外，他对
歌词选择、 音乐结构布局、 调式调性的合理运用等环节都十分重视，
从不轻易放过一个细节，力求形式的完美。可以这样说，施万春在艺
术歌曲创作的技术方面已达到了娴熟自如的程度，从而使他的艺术歌
曲具有很高的艺术水准。

此外，秦咏诚清新的旋律、 朴实的音调、 简练的节奏、 高扬的激
情，尚德义浓郁的民族风格、深刻的思想内涵、丰富的钢琴织体，陆
在易自由舒展的咏叹风格、 灵活多变的节奏型态、 深刻细致的形象
描写、 细腻多情的诗人气质， 践耳音调的流畅起伏、 结构的清晰简
洁，谷建芬的委婉柔情、以及一气呵成的发展手法，等等，像灿烂百
花一样开遍我国当代艺术歌曲园地，生动地表现出，这一时期雅俗共
赏型艺术歌曲，在创作题材的思想主题、音乐结构的求新求变、音乐
技法的融合创新诸方面， 都较过去有明显的不同——不但更集中地体
现了艺术歌曲的固有特点和美学品格，而且注意作品能让一般听众所
接受，使艺术歌曲走出沙龙，走出象牙之塔，真正达到雅俗共赏境界。

五. 从传播与接受的角度

看雅俗共赏之成为新时期艺术歌曲创作主潮

雅俗共赏型艺术歌曲之所以能够成为新时期艺术歌曲创作的主潮，除了艺术创作上的诸多因素之外，多种媒介与渠道的广泛传播、使之接通与大众联系的渠道也是一个重要原因。 在科学技术高度发展的现代社会里，传统的广播业、唱片业、影视业以及新兴的电信网络等视听媒介，成为传递音乐信息的最佳载体，使各种体裁的音乐作品以最快捷最经济的方式得到传播，其覆盖面之大，是古老的音乐会、音乐沙龙形式望尘莫及；而且随着电声技术日新月异的发展，音响趋于逼真，听赏效果更为真实可感。

这些使雅俗共赏型艺术歌曲如虎添翼的传播媒介，大致有以下几种——

一是广播、电视所起的媒介作用。 包括中央各大广播电台和电视台，各省市自治区的广播电台和电视台，以及全国地县级的电台电视台，每天必播的音乐节目、影视插曲中的艺术歌曲，成为大众获取视听信息的主要来源；同时，借助这些媒体举办各级各类艺术歌曲创作、演唱比赛和包含艺术歌曲在内的各种文艺演出，如音乐会的现场直播与录播、MTV的电视晚会、音乐电视声乐大奖赛、心连心艺术团的演出，以及1999年4月文化部与中央电视台联合主办 "中外艺术歌曲音乐会" 等，成为宣传普及艺术歌曲的主要渠道。

二是借助影视剧的媒介作用。 事实证明， 在新时期雅俗共赏型艺术歌曲中，有相当一部分是电影、电视剧中的插曲或片头、片尾曲。由于影视剧自身的巨大魅力及其能够反复放映的特点，使得影视剧中的插曲获得了无比广阔的覆盖面。正因为如此，许多作曲家也十分重视影视剧插曲的创作与锤炼，其中的一些艺术歌曲也就成了雅俗共赏的精品。

三是得益于出版社、音乐报刊、唱片厂、音像公司的传播，使有关艺术歌曲的普及读本、歌集、最新乐谱、盒带、唱片、激光碟片、音像带等等，将雅俗共赏型艺术歌曲传遍四面八方，成为听众了解、欣赏、学唱艺术歌曲的主要途径。

四是由于音乐院校、高师音乐教育的蓬勃发展，培养和造就了大批有较高专业修养和技能的作曲家、歌唱家、专业歌手和音乐教师，使之成为创作、演唱、传播、教学、普及艺术歌曲的生力军。

五是社会音乐生活的发展与进步。如高雅音乐走入校园，诗歌朗诵、演讲比赛在社会活动中的盛行，钢琴与其它诸种乐器在中国家庭中的普及等，都不同程度地提高了国民整体的艺术素质，为艺术歌曲的普及创造了良好的内、外部条件。

由于上述这些媒介与渠道的综合作用，在全社会产生了巨大影响，使得我国民众的欣赏水平得以日益提高，审美情趣有了极大改变，他们在享受其它音乐体裁作品的同时，也对雅俗共赏型艺术歌曲产生了浓厚的兴趣。分析上述雅俗共赏型艺术歌曲之所以成为主潮的成因，不难看出，人们乐于接受那种歌词意境深远、旋律富于歌唱性而又极具个性的作品，哪怕歌曲中只有一个乐句有魅力，也会引人入胜；人们既喜欢用钢琴伴奏刻画细致感情的艺术歌曲，也喜欢用大型交响乐队烘托情绪、描绘环境的作品，即使听不出声部的层次，却也能感到多声思维的立体音响所带来的音乐意境与绚丽色彩。

正是由于雅俗共赏型艺术歌曲自身的特色和魅力，再加上各种现代传播媒介的推波助澜，才使得艺术歌曲在当代音乐生活中占有光荣的地位；而雅俗共赏型艺术歌曲之成为当代艺术歌曲创作的主潮，也已是毋庸置疑的事实。

214 ■ 世界文化의 交流와 受容

六. 结语：让雅俗共赏的主潮浩浩荡荡

改革开放的大好形势，使我国艺术歌曲呈多元化的格局发展，这期间出现的各种不同类型、不同风格的艺术歌曲，是作曲家们从借鉴、模仿到融汇贯通，从探索、总结到实验创新的结果。无论是运用泛调性、多调性、无调性或十二音序列技术，还是立足于功能体系、调式体系的传统技法，或是以调性与非调性相结合的原则从事创作，作曲家们锐意创新，大胆突破，从不同侧面展示了当代艺术歌曲的风采。虽然有些技法前卫、语言艰深的艺术歌曲在流传程度上还不够广泛，大众群体接受它还存在着一定技术上的困难，但这些"阳春白雪"，不但是专业人士的需要，而且也是为满足高文化人群审美需求所必不可少的。

作为主流的雅俗共赏型艺术歌曲，则是以施光南、郑秋枫、施万春、尚德义、陆在易、践耳、秦咏诚、谷建芬等为代表的作曲家，在艺术观念、创作方法上寻觅到了或正在努力寻求一条中西音乐融合的通道，寻觅到了一种与我国歌坛雅俗共赏传统相结合的创作方法。

然而也要看到，在当代艺术歌曲创作中，能够达到雅俗共赏境界、令高文化人群和一般听众都喜闻乐见的新作，数量并不多，其影响也有渐趋弱化之势。一个典型例证是，近年来的一些获奖艺术歌曲，由于缺少鲜明的个性与感人的艺术魅力而仅仅停留在谱面上，却在当代音乐生活中了无声响。究其原因，大致有以下几点：

在商品经济大潮冲击下，一部分词曲作家创作心态浮躁，责任心、使命感淡化、脱离生活、闭门造车的倾向严重，作品虽在形式上花样翻新、别出心裁，却没有真情实感，作品流于夸饰、矫情，通篇空洞无物。

在雅俗关系的处理上往往偏于一隅，分寸把握失度——雅则奇崛怪诞、生硬拗口，不登大雅之堂；俗则粗鄙简陋、近乎媚俗，未入真俗之门。一些作品，把艺术歌曲当作一般歌曲写，不讲诗化意境，不讲民族韵味，不讲艺术格调，不讲专业技法，徒有艺术歌曲虚名，却无艺术歌曲品位，致使艺术歌曲只有歌曲，没有艺术。若长此以往，前途堪忧。

在旋律写作上，风格陈旧，语言老化，音调苍白，旋律一色的大路货，无个性、无特色、无韵味，流畅而不动听，通顺而不感人。这就表明，一些作曲家如果不在旋律写作与创新方面狠下苦功，认真充电，想要写出雅俗共赏的艺术歌曲，绝无可能。

一切有志于当代艺术歌曲繁荣发展的词作家、作曲家，应当发扬我国艺术歌曲创作的优秀传统，借鉴前人和外国人的有益经验，努力克服创作中种种消极现象，拥抱生活，拥抱时代，坚持民族风格，在尊重艺术歌曲形式规律的前提下创新求变，写出更多更好更动人的作品；惟其如此，才能让雅俗共赏的主潮浩浩荡荡地奔腾在当代音乐创作和音乐生活的洪流中。

【 论文提要 】本文选取新时期艺术歌曲创作中雅俗共赏这一类型作为研究对象，从代表性作品、代表性作曲家等视角阐述和分析了这一类型何以达到雅俗共赏境界及何以成为艺术歌曲创作主潮的若干特点；并从传播与接受、创作主流群体与大众审美需求相适应的角度，阐释了这一类型主潮地位的确立，得益于时代的需要。

【关键词】艺术歌曲 雅俗共赏 融合创新 创作主潮

Suiting both Refined and Popular Tastes:
The Creative Mainstream of Chinese Art Songs
in the New Period

Abstracts: This essay study of the art songs suiting both refined and popular tastes in the new period. It expounds and analyzes how this type of art songs suit both refined and popular tastes and how to become the mainstream of creating art songs from two perspectives: the representative works and composers. From the angle of broadcasting and recipient, the creating mainstream and democratic aesthetic need, this article illustrates the establishment of this mainstream due to the need of the time.

Key Words: art songs suiting both refined and popular tastes; innovated fusion; creating mainstream

中韩共同文化背景下经贸合作的路径研究

楊樹臣(韶關學院經濟管理學院 广東韶關)

中韩两国一衣带水、 共享中华文明的璀璨、 友好交流源远流长。在共同的文化背景下, 两国间长期以来共通共融, 凝结了深厚的传统友谊, 特别是两国建交后, 双方交往日渐频繁, 经贸往来更取得长足发展。 15年来双边贸易平均年增长为26%, 至2006年双边贸易额达到1343亿美元, 是建交当年的26倍多。 两国间形成了良性互补关系, 相互成为重要的贸易伙伴国, 实现着中韩两国的互利和共赢。

一、 共同文化背景下的中韩两国交流

中韩两国地缘相近, 文化一脉相承, 交流的历史可以追溯到中国的隋、 唐之前, 从古至今, 两国民众有着天然的亲近感, 容易互相理解和沟通, 互相学习, 彼此借鉴, 共同创造出了灿烂的东方文化。

煌煌五千年的中华文明, 以睿智、 宏厚、 古朴、 大成为根基, 集人类优秀思想、 艺术、 宗教、 历史之积淀, 而成为世界四大文明的仅存硕果。 因兼容并蓄而博大精深, 因推陈出新而活力彰显, 因气象万千而远播寰宇。 中国传统的神学宗教、 文学艺术、 医术养生、 棋艺茶道, 无不展现民族群体的亲合依存, 无不迸射深邃睿智的文明光华, 无不浸润天地人文的和谐神韵。韩国、 日本、 越南、 新加坡等国家深受中华文明影响, 特别是韩国在对中华文化持久、 广泛的汇聚、 融合过程中, 以其亘古悠远、 内涵丰蕴、 创新发展而独具民族特色。 中韩两国在文化体系上, 转生融合, 传承创新、 相互影响、 互惠共赢。

(一) 中华文明中韩共享

中国文化以儒释道为基础，称誉东亚文化圈。中国儒学发展经历先秦原生儒学、汉唐经学、宋明理学等阶段，在韩国先后发生，李朝大儒李滉丰富朱子学说，对儒家心性论学说做出重要贡献，与明朝陆王心学比肩。韩国国旗取源《易经》的太极阴阳八卦图，象征宇宙永恒运动、阴阳协调均衡，寓意东方思想，暗示神秘哲理，表达出了中国老子的辨证思想。今天中国流失的古代典章制度、祭孔释奠仪礼、佛教修行传统、年号用语等在韩国却得到了发扬光大。

当然，不同的人群在大致相同的文化背景下会有具体的差异。在同样的儒家文化里，中国人民因为君子敦厚之风的要求，以及沉默的文明气质，使中国人的性格偏重于含蓄与克制，温良恭俭让。而韩国人民则刚烈鲜明地表达自己的情绪，内蕴朴素之美。特别是儒家文化在促进韩国现代经济的飞速发展方面起到了至关重要的作用，儒家的"好学爱智"的重视学术科技的教育思想，孔子"先之，劳之，无倦"思想，使所有的企业家和工人认识到只有劳动才能促使国家经济发展，使国家和人民走向富裕之路，这种劳动精神在韩国经济发展中起了很大作用。

(二) 汉字中韩共通共融

中国是汉字的发明之地、使用之地，韩国是汉字的接收之地、活用之地。早在东汉时期，韩国就开始将汉字作为书写工具，及至李朝时代(约500年以前)，韩国才出现拼音式的谚文。在其后的数百年间，汉字并没有因为谚文的出现而在韩国消失，而是韩汉文并记，互为补充。汉字为韩国所长期借用，但随着历史进程的演变，汉字在韩国的命运有所不同，汉字先是备受推崇，之后又被弃而不用，二战以后，韩国宣布废止汉字。 20世纪80年代初韩国又出现汉字回归热潮，韩国开始对自己的文字政策进行反思，汉字问题再度受到瞩目。韩国政府基于地缘关系、历史因素及对现实发展的考虑，于2000年下半年宣布恢复汉字教育。推出了在公务文件、交通标志等领域，恢复使用汉字和汉字标志，以及在中小学推行 "1800个常用汉字必修教育"、开设全国性的"汉字检定能力考试"等措施。走在韩国的大街小巷，汉字随处可见，地铁站的名字、书名、名片、广告牌、商标…… 用汉字写出的名字似乎增加了几分学识和典雅。 汉字又在韩国的经济、文化、生活中焕发出独有的作用，并为汉字热注入了新的活力。

(三) 中医韩医一脉相承

早在1000多年前的魏晋南北朝时期，中医药传入朝鲜半岛。 到了唐代，中医药最著名的经典 ≪黄帝内经·素问≫、≪伤寒论≫ 等就成为朝鲜医学生的教材，他们效仿唐朝的政府管理制度，设立了医学学科。北宋时期，高丽国又刊印了 ≪伤寒论≫、≪肘后方≫ 等一大批中医药著作，使中医药学在该国得到广泛传播。"大韩韩 医师协会" 这样的正式机构描述的韩医史是：高句丽平原王三年(陈文帝天嘉二年，公元561年)，吴国的知聪带了包括 ≪内外典≫、≪药书≫ 等中国古籍图书赴日，途经高句丽而传授汉医。其后韩医在药材及处方上达成相当成果，但是一直没有发展出自己的理论体系。 一直到 ≪乡药集成方≫ 与 ≪东医宝鉴≫ 写就之后，韩国的医学才有了自己的医学理论。而到了1900年完成的 ≪东医寿世保元≫，则又更进一步确立了韩国医学的自主性。因为过去是从中国传来的医学，而称之为 '汉医学'。直到1986年4月，韩国国会通过了 ≪医疗改正案≫，其中明确原来的 "中医学"，改为现在的 "韩医学"，"韩医" 才横空出世。当然，中医传入韩国后，也融入不少韩医元素，韩医地位在逐年提高。韩 医师近20年来日渐走俏。韩国《职业杂志》日前发表的《2010年最有前景的10种职业》调查称，"韩医"为最有前景的职业和韩国人最希望从事的职业。 韩医在保健方面的作用被广泛认同， 特别是随着人口老龄化和慢性疾病的增加， 韩国人更重视 "韩医" 功效。

(四) 饮食、服装文化等同宗同源

韩国推崇中国饮食文化、 传统中医文化，宫廷膳食、 针灸石贬、临床方剂、 药物进补无不蕴含中国文化的传承。 据考证烧烤最早是中国甘肃的武威， 凉州一带的羌族人发明的，这跟当地的气候，文化有关。烧烤传入韩国后，成为韩国人最为喜欢的重要饮食方式。历史考证，韩式服饰深得中国传统精髓，特别是源自唐衣的韩服短上衣配阔长裤(裙)，镶龙绣凤，五色衣袖化阴阳五行之妙。中韩两国的茶文化交流历史同样久远，最早可追溯到唐代，韩国高丽时代的茶文化借鉴和吸收了中国唐代和宋代时期的很多茶文化元素。其中，五行品禅茶就是中国的五行观念在茶文化中的体现。端午节源于中国楚地，在韩国形成江陵端午祭。

(五) 友谊历史源远流长

韩中两国一衣带水、比邻而居，历来保持着友好关系。 不仅在文化上一脉相承， 而且共同为自由并肩战斗过。 1592年日本丰臣秀吉妄图以武力征服朝鲜和中国， 他率领20多万大军进犯朝鲜并攻陷首尔，占领了大半个朝鲜半岛，韩国称这一段历史为 "壬辰倭乱"。应朝鲜王朝之请， 明朝派兵出援， 从此开始了长达7年的中朝两国军民

共同抗击日寇的战争，史称 "壬辰卫国战争"。尤其在上个世纪，东北亚深受帝国主义迫害时期，大韩民国临时政府成立于上海，为了反抗帝国主义侵略与掠夺，两国共同奋战过。由于夏杂多变的国际局势，两国关系曾面临过短暂的停滞，但从1992年建交至今，双方关系得到了前所未有的飞速发展。

(六) 现代中韩文化互促互进

韩国文化以中华文明为衣钵，在传统中衍进，在变异中革新，不断赋予异质文化新气象，熔铸异质文化新内涵，成就中韩文化双向交流新典范。韩国人加工制作 《三国志》、《传奇》 等电脑游戏，取材于中国 《三国演义》、《水浒传》 等古典名著；韩国导演林权泽运用现代手段重新编排的古典歌剧 《春香传》，以韩版 《红楼梦》蜚声世界电影圈；影像大师金基德的镜头语言擅长表现中国水墨画的氤氲留白，生死轮回的佛理禅机，给人以唯美观感、悟道灵犀。以韩国电视剧、歌曲、流行音乐、游戏、服饰为代表的"韩流"深受中国人喜爱；在韩国同样刮起的 "汉风" 热潮，目前韩国每天新出版10多本关于中国的书籍，韩国120个大学都有中文系，每年的中文系毕业生约有3000多人。在世界各地参加汉语水平考试的11万人中，7万名考生是韩国人，韩国人学习汉语的热情可见一斑。现代中韩文化在两国人民群众中的影响很大，已成为一股潮流，并且这种文化的交流正在从大众的层面向更深的经贸合作层次发展。

纵观中韩文化交流史，华夏文明一脉相承，儒家思想继往开来，区域文化交织交融。随着经济全球化、特别是东北亚区域市场发展步伐的加快，提升中华文化认同感，是为了开创中韩双向合作的新局面，互补互惠，共荣共赢。

二、中韩经贸合作的前景分析

中韩1992年8月24日 建交后，两国政治、经济、文化等各领域关系发展迅速。1994年11月，李鹏总理访问韩国，提出了发展中韩经贸合作的四项原则： 一是和平共处，长期友好；二是平等互利，优势互补；三是加强磋商，真诚合作；四是抓住机遇，共同发展，为中韩交流提供了基础和保证。 中共十六大提出 "与邻为善、 以邻为伴"的周边外交方针，进一步促进了中韩之间的文化与经济交流。经过15年的和平共处、共荣共赢，中国已连续多年成为韩国最大的贸易伙伴和第一大海外投资对象国， 韩国也已成为中国第三大贸易伙伴。 可见，未来的中韩经贸发展具有更为广阔的前景。

(一) 中韩双方历代友好，合作基础夯实

韩国与中国的外交关系良好， 没有历史遗留问题， 在朝核问题上观点一致，加强经济合作是双方政府共同的愿望。双方已经在直接投资、经贸往来、通信信息、金融、产业技术、汽车制造等领域都有了广泛的合作。 在吸引中国就业人口方面， 目前韩资企业居外资企业之首。对中国来说， 3万余家韩国企业在中国创造了200多万个就业机会， 为缓解中国的就业压力做出了贡献。 因此双方有必要创造条件， 在更广阔的范围进行更深入的合作，中韩经贸关系与合作发展前景十分看好。

(二) 中韩双方经贸存在良好的互补性

入世后的中国已经进入了以重化工业为主体， 以技术密集与劳动

密集型产业为两翼的工业化后期时代。需要完成石化、机械、电子等产业部门由进口替代到出口导向转变,使之成为主导产业,同时大力发展轻纺、缝纫和服装等劳动密集型产业,扩大其产品出口,为发展知识和技术密集型产业提供外汇保障。因此,目前就中国而论,应该集中力量开发或引进高新技术,使某些零部件或加工阶段达到世界先进水平,打入东北亚区域市场,成为全球产业体系的一部分,以求跟踪世界先进产业技术和产品的发展趋势。

相对韩国而言,中国对推动韩国经济发展所发挥的作用是有目共睹的。特别是1997年金融危机以后,韩国经济萧条,很多韩国企业来到中国寻找生存的机会。中国庞大的市场为韩国经济发展带来巨大的机会和空间,中国为推动韩国经济发展提供了最重要的成长动力。韩国《朝鲜日报》评论文章说,韩中建交15年来,双边贸易额增长迅速,人员往来日益密切。在过去15年里,中国对于韩国来说是一大"机遇",庞大的中国市场成为韩国经济的新出路。据韩国三星经济研究所分析,韩国国内生产总值的增长部分有8.7%得益于中国。

中韩同为亚洲重要的经济体,两国经济合作的互补性明显超过竞争性,两国的经济合作给双方都带来了巨大的经济利益。在经济全球化的大潮中,中韩两国加强经济合作的必要性日益显现,只要中韩在经济上互为依托,取长补短,互利互惠,共谋发展,两国经贸合作就一定能达到"双赢"的目标。

(三) 中韩双方经贸合作有长远规划

中韩两国领导人在发展中韩经贸关系方面已经达成的共识,并且在两国合作上做出了长远的规划。中韩两国政府共同制定了《中韩经贸合作中长期发展规划》,提出了5项投资和贸易便利化措施、12

个重点合作领域。 确定了到2012年双边贸易额争取达到2000亿美元的目标。我们相信, 未来中韩经贸合作会走向一个快速良性的发展态势。

(四) 韩国在华投资不断增加

随着中韩双边贸易额不断扩大, 韩国对华投资也不断增加。 目前, 在中国投资的韩国企业超过3万家, 投资金额累计超过350亿美元。中国已成为韩国企业对外投资的首选地。近年来, 韩国对华投资的领域已经从初期的制造业扩大到金融、 餐饮、 物流、 通信等服务业领域, 投资区域也从中国沿海地区向内地延伸。与此同时, 中国对韩投资也开始起步。 上汽集团2004年并购韩国双龙汽车公司, 开了中国汽车企业海外并购的先河。 截至2006年底, 中国对韩投资金额累计达到8.9亿美元。在中韩建交15周年和 "中韩交流年" 之际, 今年中韩两国将在经贸领域举行包括中韩经贸联委会、 中韩投资合作委员会、 韩国采购团赴华采购洽谈、 第五届中韩技术展等在内的一系列活动, 以进一步深化双边经贸合作。

(五) 两国高层互访不断, 中韩已经形成 "全面合作伙伴关系"

建交以来, 两国高层领导互访不断, 两国政治关系进展顺利。1998年金大中总统访华, 双方宣布建立面向21世纪的中韩合作伙伴关系, 签署了 《中韩刑事司法协助条约》、 《中韩关于简化签证手续和颁发多次签证的协定》、 《中韩两国政府青年交流谅解备忘录》 和《中国铁道部和韩国建设交通部铁路交流与合作协定》。

2000年朱熔基总理访韩, 两国签署了 《中华人民共和国和大韩民国引渡条约》。同年, 双方签署了 《中华人民共和国政府和大韩民国政府渔业协定≫。 2001年5月全国人大常委会委员长李鹏对韩国进行正式访问, 双方一致同意将共同推动两国面向21世纪的全面合作伙伴关系的进一步发展。 2003年7月, 韩国总统卢武铉访问中国, 双方宣布建立中韩全面合作伙伴关系, 确定双边贸易额五年内达到1000亿美元的目标和一些新的合作领域。 两国还签署了 ≪中韩民事和商事司法协助条约≫、≪中韩关于标准化和合格评定的合作安排≫ 和 ≪中韩两国工程院工程科技合作谅解备忘录≫。 2005年11月胡锦涛主席访问韩国, 胡主席就深化双方各领域合作提出了四点建议: 一是在政治上增进互信; 二是在经济上扩大合作; 三是在人文上相互借鉴; 四是在国际事务上加强沟通。 韩方表示坚定奉行一个中国原则, 承认中国的完全市场经济地位, 希望韩中双方继续在地区和国际事务中保持密切协调与合作。 双方还发表了 ≪联合公报≫, 进一步深化和扩大了两国关系的发展。 2007年4月温家宝总理访问韩国, 进一步促进了双方的全面合作伙伴关系。 高层领导的互访为推动韩中关系发展创造了一个又一个重要契机, 两国在经贸领域的合作也日益紧密。

(六) 中韩两国经贸合作发展迅速, 合作领域广阔

中国与韩国建交后两国政府陆续签订了贸易协定和投资保护协定以及关于成立经济贸易和技术合作联委会的协定、 海运协定、 避免双重征税和防止偷漏税协定、 和平利用核能协定、 渔业协定等一系列政府间协定, 双边经贸合作稳步、健康、快速发展。

两国建交初期, 韩国主要向中国出口轻纺产品和日用必需品, 中国则主要向韩国出口农副产品和初级产品。然而, 目前中韩贸易的质量已大大提高。据统计, 韩国对中国出口主要集中在技术密集型和资金

密集型工业制成品领域， 如化工产品、 电子通讯设备、 机电产品、
钢铁和纤维类等, 而韩国从中国进口的产品则主要以初级产品或低技
术含量、 低附加值的劳动密集型工业制成品, 如原材料、 农矿产品、
纺织服装、 皮革、 电子零配件等。 随着近几年的发展, 韩国向中国
出口产品的科技含量越来越高, 中方向韩方出口已转向电子、 石化、
钢铁、 机械、 家电等附加值高的产品。 随着中国经济实力的增强,
中韩投资合作中, 韩国对华投资一边倒的局面正有所改变, 开始出现
逆向投资的现象。目前, 两国之间的合作领域正由以制造业为中心的
合作逐渐扩大和发展到能源、 信息产业和文化产业等各个行业。

当然中韩两国在经济合作中也面临着一些问题。 今年1月至5月,
中国对韩贸易逆差已达83亿美元, 比去年同期增加86.2%。韩国产品
在中国受到反倾销调查的事例呈增加趋势。 韩国企业对华投资面临
着转让技术和进一步提高投资档次的问题。 中国的企业环境也发生
了很大的变化, 税收更加规范, 取消了对外国企业的优惠, 提高了劳
动工人的保障条件、 增加了环保限制以及外汇限制作等, 无疑增加了
外资企业成本, 对韩国企业的投资也造成了一定程度的影响。

三、中韩经贸合作路径的选择

中韩两国虽然在经贸方面还存在一些问题, 但总的趋势是两国之
间的合作领域已经超越了贸易和投资范围, 因此, 寻找更为有效经贸
合作路径, 有利于加快中韩之间的经贸合作。

(一) 扩大经贸规模, 优化经贸结构

中韩双方要积极落实两国签署双方经贸合作中长期合作报告, 进一步完善经贸合作与对话机制, 创造更加高效的经贸环境, 优化经贸结构。逐渐形成能源、信息产业、机电、高新技术、服务贸易和文化产业等方面的合作, 促进中韩两国朝着全方位、综合性的经贸合作的方向发展。

(二) 促进相互投资, 推动投资转型升级

中韩两国要共同努力, 加快投资便利化进程, 消除各种投资障碍, 鼓励和支持有实力有信誉的企业到韩国投资兴业。 来华投资的韩国企业, 应逐步由传统制造业向高新技术产业和服务业领域扩展, 由加工装配制造向研究设计制造延伸。中国也应该抓住市场机会, 向韩国进行更多的直接投资, 促进双方投资规模的扩大。

(三) 利用比较优势, 加强产业技术间的互补合作

中韩每年贸易额增加25%左右, 但主要是量的扩大, 而质量的提高不明显。 从中韩经贸合作的历史看, 韩国企业最初到中国来投资开始只是建工厂, 利用韩国技术和中国的原材料和人力资源进行加工生产。随着时间推移, 现在越来越多中间产品在中国生产, 这是一个良好的趋势。

中韩今后的经贸合作应在信息通信、 汽车等12个产业领域进一步加强, 中国愿意学习和借鉴韩国的自主研发先进经验, 特别是加强在上述领域和节能、 高科技等方面的技术合作。 韩国包括信息技术、生命科学方面已经在世界上取得领先地位, 中国在宇宙航空领域。核

物理以及基础化学等方面拥有世界先进的技术，所以把韩国应用科学和中国基础科学如果能够有机合作，在世界市场会产生很大的协同效果。促进两国的经济可持续发展。

(四) 通讯信息产业技能互补、合作空间无限

中韩两国间在信息产业方面有极大的合作空间， 比如超高速网ADSL连接、 软件设计、 移动通信、 网络游戏等方面。 中国最近独立开发的TD-SCDMA的第三代移动通信方式， 韩国实际上有很多这方面的经验， 可以互相借鉴。 韩国的网络游戏， 在中国生产和销售，这样的互补合作是可行的。 中国百度等检索网站与韩国类似的网站强强联合，共同开发网络合作的项目， 进行电子网络交易、企业和企业之间的交流是非常必要的。如果两国共同进行技术开发，双方合作的空间无限。

(五) 金融方面优势互补，合作有利双赢

在金融方面，韩国银行和中国银行交易的时候需要双重交易，韩国银行信用良好、 客户服务优异、 了解韩国企业， 这是韩国银行的优势；中国银行网络强大、 抵押权，抵押物处理能力很强，如果两国银行各自的优势进行优势互补，将在资金、 信贷、 金融衍生品、 证券市场及人才等方面都会有极好的合作空间。

(六) 加大物流方面的合作、促进双方经贸发展

东北亚地区物流市场巨大， 预计到2010年， 该地区经济比重将占全球份额的30%，随着中韩两国双边经贸合作的迅猛发展，给两国交

通领域的合作提出了新的要求。2006年, 中韩两国正式签署了 《中华人民共和国交通部与大韩民国建设交通部物流领域合作谅解备忘录》。为中韩物流合作奠定了基础, 为两国发展物流合作搭建了良好的框架。

目前, 两国在公路、水运方面都建立了定期的合作机制, 双方将在仁川市和青岛市分别设立 "中韩物流中心"。 将分别于2007年底和2008年底投入使用。 并将在天津、 大连、 广州港等地扩大建设中韩物流中心。"物流中心" 除海运物流的仓储功能外, 还有组装、展示、销售、 共同送货上门等连接内陆物流网的据点作用。 物流中心建设及运营获得成功后, 今后两国将在港口建设、 物流服务、 环境保护、信息共享等方面加强交流与合作, 做到优势互补, 实现双赢, 共同促进两国经济的蓬勃发展。

(七) 加快中韩自由贸易区建设步伐, 推动经济一体化的进程

2007年4月, 中国国务院总理温家宝应邀访问韩国, 双方就有关建立自由贸易区进行了商谈。温家宝表示, 建立中韩自贸区对两国经贸关系的长远发展具有重要意义, 希望中韩双方加紧工作, 尽早提出互利双赢的方案, 为最终建立中韩自贸区奠定基础。卢武铉则表示, 韩方期待双方早日缔结投资保护协定, 将以积极的态度和诚意对待两国自贸区研究, 致力于消除中国商品进入韩国市场的障碍。目前, 中韩自贸区民间联合研究已顺利结束, 自贸区官方产学联合研究也已启动, 并取得初步成果。中韩自由贸易的内容可能包括削减关税、减少双方企业税收等, 建立中韩自贸区对两国经贸关系的长远发展具有深远的重要意义。

总之、中韩同为亚洲重要的经济体, 在经济上互为依托, 取长补短。

在经济全球化的大潮中， 中韩两国加强经济合作的必要性日益显现，两国经济合作的互补性明显超过竞争性，两国的经济合作给双方都带来了巨大的经济利益。 中韩两国应该从投资、 能源、 环境、 金融、物流、信息等多方面进行全方位合作， 互利互惠，共谋发展，以实现"双赢"的目标。

【 摘要 】中韩两国文化背景同一，经济优势互补，合作前景广泛。本文旨在通过中韩经贸合作路径的研究，探寻中韩两国扩大经贸规模、优化经贸结构、推动投资转型升级，实现产业技术、通讯信息、金融、物流等方面的优势互补及全面合作，以促进中韩自由贸易区的建设步伐，推动中韩经济一体化的进程。

【 关键词 】共同文化背景　经贸合作　路径研究

The Study of Trade Cooperation Method between China and Korea under the Same Culture Background

Abstract: As China and Korea have the same culture background and complementary advantages, it will bring a good perspective for their cooperation. Through studying the method of business cooperation between China and Korea, this paper in order to find the way to enlarge two countries' business cooperation scale, improve trade structure, push the upgrade of investment reform, and the advantages complementary and cooperation of the areas such as industry technology, communication information, finance, logistic and so on. Furthermore, in order to enhance the step of building China and Korea free trade area and push economic integration of two countries.

Key words: Common cultural context Economics and trade cooperation Way research

---

參考文獻

---

1. 肖卓远. 关于建立中、日、韩自由贸易区的研究[J]北方经贸, 2002, (02).
2. 董蓉蓉. 韩国对外直接投资与产业结构调整的实证分析[J]商业研究, 2006, (19).
3. 魏琦,王春波. 中韩贸易差额分析及对策研究[J]价格月刊, 2006, (09).
4. 杨顺. 韩国对华投资现状浅析[J]亚太经济, 2006, (02).

人的信息化思考

韩国全民信息化举措及启示

官 建生(韶關學院圖書館　广東)

人的社会化, 是社会学中阐述人与社会之间关系的一个重要概念, 是指人们出生后, 在家庭、学校等群体中, 通过学习社会文化, 学习承担社会角色, 接受各种因素对自己的影响, 而逐渐变成"社会人"的成长过程, 是随着社会前进而不断进步的现代化过程。在信息社会中, 社会化越来越具有信息化的色彩, 有着浓厚的信息时代背景和信息文化特征, 信息化社会人的社会化就是人的信息化。

一、人的信息化

1、人的信息化意义

21世纪是信息社会, 信息流代替物流、资金流, 成为又一大产业, 社会日益形成集知识、技术、智慧、时间、空间于一体的信息化环境, 社会信息化日益成为科技、经济、社会发展竞争的制高点, 是一个国家、地区、城市现代化和国际化的最高标准。社会信息化, 不仅仅是物的信息化、管理信息化, 同时也是人的信息化, 并最终取决于人的信息化。

人的信息化是社会整体信息化的一个组成部分, 而且是极为重要的核心内容, 两者是辨证的统一的关系; 在社会信息化进程中, 两者又相互影响、互为结果。现实证明人的信息化是与社会信息化协同发展、同步前进的, 人的信息化是社会信息化的关键。

2、人的信息化内涵

人的信息化实质上是人的素质的信息化。 人类伴随着多媒体与计算机网络技术的发展和广泛应用，人类社会进入以信息和知识为主要资源的信息社会，出现了多媒体文化和网络文化，人的素养被赋予了新的含义，即在传统素养 (听、说、读、写)能力中加入了信息社会人必须具备的信息素养，信息意识、信息知识和信息技能成为衡量现代社会所需要的知识和技能最低水平的一种标准。 信息素养水平表示人的信息化程度，核心包括人们对各种形式的信息的解读能力、思辨能力、 反应能力和应用能力以及信息技术应用能力。 培养信息素养的宗旨是使大众成为能积极地利用信息技术开发信息资源，利用信息产品，对无所不在的信息有主体意识和独立思考的优秀公民，即实现国民信息化。

3、人的信息化水平测度

如何测度人的信息化水平？ 我认为1998年全美图书馆协会和美国教育传播与技术协会在 《信息能力：创建学习的伙伴》 一书中，从信息素养、 独立学习和社会责任三个方面提出的九条信息素养标准正是人的信息化水平测度：

(1) 信息素养。

标准一：有信息素养的学生能有效地和高效地获取信息；
标准二：有信息素养的学生能批判性地、胜任地评价信息；
标准三：有信息素养的学生能准确地、创造性地使用信息；

(2) 独立学习。

标准四：独立的学习者要有信息素养， 并能探求与个人兴趣有关
　　　　的信息；

标准五：独立的学习者要有信息素养， 并能评价文献和其他对信
　　　　息的创造性的表达；

标准六：独立的学习者有信息素养， 并能力争在信息查询和知识
　　　　的产生中做得最好；

(3) 社会责任。

标准七：对学习团体和社会做出积极贡献的学生具有信息素养，
　　　　并能认识信息对民主社会的重要性；

标准八：对学习团体和社会做出积极贡献的学生具有信息素养，
　　　　并能实践与信息和信息技术相关的合乎道德的行为：

标准九：对学习团体和社会做出积极贡献的学生具有信息素养，
　　　　并能积极参与小组的活动来探求和产生信息。[1]
　　　　虽然这是个针对学生， 事实上用来衡量所有社会人的信
　　　　息素养一样合适，只是侧重不同而已。

二、人的信息化策略

美国著名的社会学家英格尔斯曾说："无论一个国家引入了多么现

代的经济制度和管理方法，也无论这国家如何仿效最现代的政治和行政管理，如果执行这些制度并使之付诸实施的那些人，没有从心理、思想和行动方式上实现从传统人向现代人的转变，真正能适应和推动现代经济制度与政治管理的健全发展，那么，这个国家的现代化只是徒有虚名。"[2] 同样，信息化的实现，人的信息化是一个重要标志，离开了培育具有信息素养的公民这一实质内容，空谈纯粹的国家、社会信息化是毫无意义的。也就是说人的数字鸿沟没有解决的国家难以跨入信息化国家行列。现实中许多国家、政府、家庭购置了诸如先进的计算机、宽带网络、智能手机，其配置水平甚至远远超过美国、日本等发达国家，但他们的信息意识、信息能力和信息伦理道德水平仍停留在比较落后状态，所以这些国家仍然不是信息化国家，他们座拥信息化装备和信息资源宝库，也生产、管理效率低下，生活、学习困难，存在难以克服的矛盾。

1、人的信息化方式

人的信息化究其实质为人的文化心理结构的信息化，其信息化之内涵包括价值观念的信息化，个性与人格精神的信息化，思维方式或思维路径的信息化其信息化方式可以分为有意和无意两种。有意识的信息化是指社会中具有直接指示性的教化活动，如信息素养教育、自我信息修养活动。其中影响最大、与人的信息化过程关系最直接的是信息素养教育，即有目的地对受教育者施加影响，促其信息素养形成和水平提高的一种教育活动。这种形式以学校和信息机构(如图书馆、信息研究所、信息中心)为基地所进行的信息素养教育为核心。

学生的信息化教育是国民信息化教育最有成效的基础教育，惯穿中小学的信息技术基础知识课是学生信息素养教育的系统工程。到了大学阶段的信息化教育分为 "导向"、"文献教育" 和 "研究生" 3个低中高层次进行。 包括图书馆利用课程、 计算机技术课程和文献信息检索利用课程, 这3个层次的教育互相配合, 构成了高等教育的一个重要组成部分, 对大学生的信息化过程起到了重要的推动作用。

而对社会各阶层的信息化教育则由政府机构、 各类学校和社会培训机构举办的有关计算机技术、 网络应用和竞争情报等相关内容、不同层次的教学活动来实现。 通过各种有意识、 有系统、 有组织、有目的的教育, 提高国民的信息素养, 增强信息意识和提高信息能力,这是当今信息社会发展的需要, 也是21世纪对人的素质的基本要求。

人的信息化认识是在参与社会活动过程中产生的影响, 是工作和社会交往中通过耳濡目染、 潜移默化的方式进行的, 这对人的信息化过程的影响不可忽视。 一个没有受过科学的系统的信息素养教育, 甚至文化水平不高的人, 由于工作实践或自学, 他的行为和心理, 都可能也可以具备信息化的特征。 加上信息技术不断发展等现实, 人的信息化更重要的是大量通过人的无意识的信息活动中形成、发展和提高。

2、韩国全民信息化举措

国民信息化途径有多种。其中最重要的是政府重视、 倡导并支持。作为亚洲新兴国家的韩国是信息化的 "急先锋", 作为宽带普及最快的国家之一, 韩国采用了政府主导, "自上而下" 的信息化策略, 在卢武铉总统新组建的政府中出现了全新的官职——国家首席信息官(国家 CIO), 总统府还设立IT首席秘书。 近10年来, 韩国政府在推进国家信息化时, 配套了系统的信息化机构、 法规、 政策、 规划、 计划和实施方案, 并出台了一系列缩小数字鸿沟, 提高国民信息素养的相关法规、 政策和措施。诸如2001年制定、 2002年修订的 ≪数字鸿沟法≫，2001年9月的 "缩小数字鸿沟总计划"，2004和2005年的 "缩小数字鸿沟行动计划" 等等。这些举措为韩国缩小国民数字鸿沟，提高人的信息化水平做出了很大贡献。 其国民信息化的最大特点是把信息素养创造性地应用在生活中。

(1) 韩国政府把信息化作为国家的核心发展战略，在政府各部门设立信息化推进组织机构，同时提升整个社会的信息化水准。由于政府的这种统筹兼顾、齐头并进的措施，韩国社会的信息化建设已经达到了相当高的水平，信息化程度已居世界前列。过去的10年内，韩国政府斥资数十亿美元，使其成为全球有线及无线网络普及率最高的国家。现今韩国3/4的家庭都通过宽带接入互联网，80%的人在使用手机[3] 实际上已经形成了整个社会的良好信息化物质平台和信息化的文化氛围。

首先，完善电信服务基础设施。以有线或无线方式建立覆盖全国的宽带高速信息网络；通过开发接入指南以及召开信息技术接入标准会议提高公众的信息技术接入意识， 计划到2007年实现全国100%的宽带覆盖率。最近，网络运营商还把宽带覆盖到了地铁和高速公路运上，建成 "在路上" 的宽带。实现高速移动中收发邮件、搜索网页。

其次，全民接入电信服务，上网费用低，对学校、公益机构实行免费。 为残疾人提供技术援助；为低收入人群或者残疾人提供回收的计算机， 并为他们接入电信服务提供30%-50%的折扣， 为残疾人接入高速互联网提供最高50%的折扣。将计算机等教育信息化基础设施首先普及到农村、渔村和岛屿、偏僻地区以及城市中的低收入地区，提供必要的行政和财政支持，以提高学生接触信息技术机会的均等性。

(2) 加强政府的主导作用，构建完善的管理体制，并实施执行报告、监督管理、 专家控制制度。 指定信息通信部负责起草缩小数字鸿沟的各项政策、 法律法规和相关规划；在信息通信部内设立国家信息振兴局(Korea Agency for Digital Opportunity& Promotion, 简称KADO)， 负责制定并执行关于缩小数字鸿沟的相关政策和措施， 监督管理各级政府部门根据国家规划制定各自缩小数字鸿沟的具体规划、计划的实施和每年递交的执行报告, 在信息化促进委员会内成立缩小数字鸿沟委员会, 负责制定主要规划的目标和基本方向, 对规划以及项目的优先权进行调整等(见图1)。 该委员会由信息通信部部长直接领导, 成员由相关部门管理人员及在缩小数字鸿沟方面做出突出贡献的信息技术专家组成。

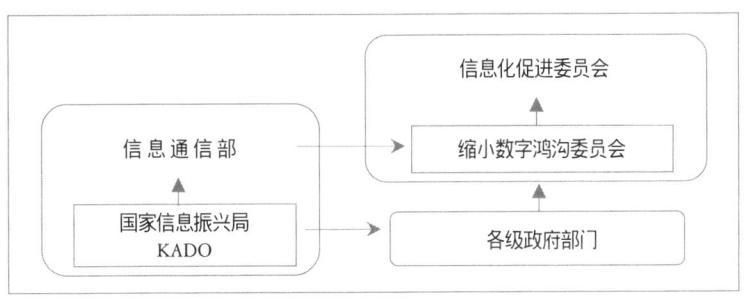

图1 韩国缩小数字鸿沟管理体系

(3) 为了使全体公民有效地面对信息化社会, 向每个公民明确提示必要的信息素养及其内容和水平, 引进必要的信息素养认证制；在第四次教育改革方案特别提出, 把学校建成体验信息化社会的场所, 在所有科目中加强信息技术的应用, 加强信息素养以及信息伦理教育。设计了包括提供信息技术教育机会、针对老年人和残疾人的在线内容和数字鸿沟评估、 实施女性信息化教育行动、 推进有价值的数字生活以及缩小全球数字鸿沟等六大要素的缩小数字鸿沟规划体系。

首先, 韩国十分重视信息化教育的普及, 为全民提供信息技术教育机会作了详细规划。如实施 "韩国1000万人信息技术教育计划"和"韩国500万人信息技术教育项目"(详见图2)。 包括教师、 学生、 居民、 农民、 家庭主妇、 残疾人、 老人等在内的1420万人接受了培训。另外, KADO为提高公众的信息技术技能、弥合数字鸿沟, 一直提供免费在线教育。

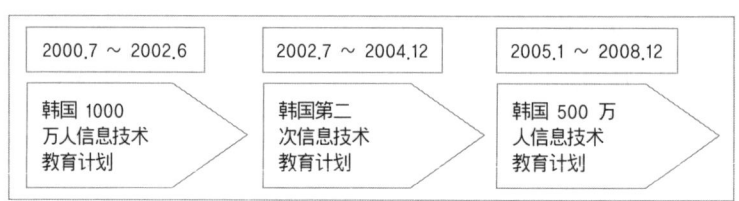

图2 韩国信息技术教育计划

20世纪90年代, 韩国先后提出的4次教育改革方案, 都不断强调信息技术教育的重要性并对教育信息化提出新的要求。 韩国 "中小学信息通讯技术教育课程开发指南" 中写道 : "应用信息技术处理资料和信息, 并以此为基础创造新知识和增强解决问题的能力, 已经成为与每一个人的生存和发展密切相关的, 也是基本的条件。这种能力必须通过学校教育去培养。 重要的不是单纯地培养学生操作信息技术的能力, 而是培养能够在各种情况下利用信息技术去解决相应问题的能力。" 韩国信息技术教育总目标 : "培养学生的信息素质, 并把它能动地、创造性地应用在自己的生活中。"[4] 从小学一年级就开始开设计算机课程, 每个学校都有计算机教室接入超高速因特网 ; 2001年起, 中学全面推行 "信息素养认证制"。

其次, 针对老年人和残疾人的在线内容和数字鸿沟评估, 在各个居民小区内设立电脑培训中心, 用以方便残疾人接受电脑教育。 在 WWW.ital1.or.kr 上建立了40项针对残疾人、 老年人、 低收入人群等特殊的在线内容(见 表 1)。

2002年开始对残疾人、老年人、 农村低收入家庭开展年度调查;2004
年开发了 "韩国数字鸿沟指数"开展年度调查；2005年韩国相关部门
与ITU共同开发了 "数字机遇指数(DOI)"。

表1 www.itall.or.kr 上的 40 项内容服务

残疾人	20 项内容服务, 包括福利设施, 教育培训等.
老人	13 项内容服务, 包括老人病学, 终生学习, 健康等.
低收入人群	3 项内容服务, 包括职业培训等.
普通人	4 项内容服务. 包括交通工具信息等.

第三, 推行女性信息化教育。 2000年之前, 韩国政府分别向 "女
性职工之家" 等20多个能够进行创业、 就业等信息化教育的女性团
体, 4个地方的女童子军联合会, 梨花女子大学等12所女子大学等提
供了100亿韩元购置信息化教育设备、 建立信息化教育场所和创业支
援中心。 向100万名家庭主妇提供网络培训, 家庭主妇到就近的电脑
学校学习只需付20％ 的培训费, 80%的费用由政府补贴。让主妇们
获得与子女教育有关的信息, 并且在游戏、动画等领域扩大女性的创
业及就业机会。 并加强对女性团体的信息化支持、 发展远程教育和
实行远程办公帮助妇女利用信息技术处理好工作、 家庭和子女教育
事务.[5] 2001年1月韩国政府为了消除信息化差距而颁布相关的法
律和制度后开始推行包括：韩国女性部、 信息通信部等各政府相关
部门实施女性IT教育、电子商务教育、信息化能力的教育等, 培养女
性专业人才, 建立女性人才开发中心综合管理系统。地立政府机构也
通过各种形式开展了有关电脑、网络等的基础教育和专门讲座。[6]

第四, 提升有价值的数字生活。政府规定从1988年起每年6月为韩

国 "信息文化月", "信息文化月" 中开展提高信息技术意识的项目, 组织各大院校大学生志愿者到农村进行计算机普及培训, 为老年人、本地居民、农村居民开展计算机培训。通过 "信息文化月"、"信息文化运动委员会" 和相关杂志等方式提升公民的信息技术意识。 通过开展信息技术教育活动、培训 "网络成瘾咨询师" 等, 抵制网络犯罪、网络垃圾等现象。

第五, 加强政府、军队信息化。 要求公务员必须学会使用计算机办公, 实现电子政府; 志愿兵每年要在部队脱产学习电脑, 每个志愿兵必须拿到电脑结业证才能转正。

第六, 缩小全球数字鸿沟。开展互联网志愿者项目, 志愿者为发展中国家建立网络 教育和培训中心, 为该国公民提供信息技术培训。2002~2005年间为柬埔寨、罗马尼亚、越南、埃及、菲律宾、保加利亚、老挝和突尼斯等8个国家和地区建立了培训中心。

第七, 韩国还在一些国际会议上提出缩小全球数字鸿沟的计划。如在2000年10月第三届亚欧高峰会议(The Asia-Europe Meeting, 简称ASEM)上, 提出建立 "泛欧亚信息网络(Trans-Eurasia Information Network, 简称TEIN)", 加强欧洲和亚洲的合作; 在2001年10月第九届亚太经济合作会议(Asia Pacific Economic Cooperation, 简称APEC)上, 提出让所有的信息技术大学都招收残疾人, 研究提高妇女信息技术能力的方法等。[7]

3、韩国全民信息化行动的启示

综上所述, 韩国全民信息化行动是一个完美的信息素养教育系统工程, 有配套的政府机构、相关的法规、实际的行动、到位的管理和保障的经费。比如韩国政府制定 "Cyber Korea21(数字韩国21世纪)"计划，在持续推进宽带信息通信网建设的同时，致力于消除不同地区之间、阶层之间信息鸿沟的信息化教育。这与政府大力支持发展信息技术和产业是分不开的，当然也与其飞速发展的信息及电子工业息息相关。

在计算机的应用上，韩国政府采用了一系列有效而具体的举措，从学龄前儿童，到白发老人都有机会接触电脑。在推广宽带网络应用方面，韩国政府在全国中小学校设立计算机教室，免费接入宽带网。并通过实施全民信息化教育，来扩大宽带网的需求，并在房地产方面也进行数字住宅认证。现在韩国59%的用户已经在使用宽带网。这使得韩国成为世界第一宽带互联网拥有国家。而每个家庭负担的宽带互联网使用费每月还不30美元。低廉的服务资费政策给通信运营商和消费者都带来了"Win—Win(双赢)"的局面。[8]

我国除了技术和设备信息化程度上的差距外，在政府的重视、政策的扶持、经费投入甚至信息化宣传应用等方面也明显不足。中小学信息技术课程仅限于信息技术知识的介绍，由于对"网络"负面影响的恐惧，未能结合教学和生活应用，比例推广新课标必备的资源素材缺失，却又不能鼓励学生上网去找的尴尬是中小学教师难言之痛；而韩国政府呼吁中小学生每天必须利用计算机或上网1小时，而我国中小学老师要去网吧抓学生，甚至出现有部分大学为防止学生玩游戏禁止新生带电脑的荒唐规定。……诸如此类的反差值得我们深思。

首先，政府在推动全民信息化方面应发挥更大的作用。从韩国缩小数字鸿沟的经验来看，政府部门在推动缩小数字鸿沟，提高国民信息素养水平方面发挥了很大的作用，主要表现在制定全民信息化的规划、计划和实施方案，利用政府各相关部门资源积极推进，全民参与，并把信息素养创造性地应用在生活中。

韩国的实践证明，政府在积极推进我国全民信息化发展过程中应在以下几个方面发挥更大的作用：

- 加快信息素养教育的法律、法规体系建设；
- 加快国民信息化进程中标准体系建设；
- 加快电子政府和信息化教育体系的建设；
- 加快信息服务业的发展，应以信息内容建设和电子商务研发及产业化为突破口。

其次，多渠道、多形式开展包括计算机应用技术和信息资源利用的普及教育是推进全民信息化的基础。采取有效措施鼓励国民积极应用信息技术和利用信息资源。韩国在互联网应用的普及程度和国民月均上网时间目前都排世界第一位，可见韩国政府在国民信息化教育上的投入是卓有成效。

第三，降低互联网应用的门槛，让更多的中国人早日进入信息社会。韩国的互联网用户占人口总数的61.7％，而我国目前仅占41％。影响中国上网人口数量的主要原因除思想认识之外，主要还是上网费用高。如果能降低上网资费，就会有更多的人进入互联网世界，这对我国全民信息化工作的促进将是巨大的。

第四，重视民族历史信息内容建设，处理好继承与发展的关系。韩国人在谈到今天的发展时，总是念念不忘本民族的历史传统，这一点是值得我们学习的。中华民族几千年的历史中创造了光辉灿烂的文化，对全人类文化做出了杰出的贡献。用现代化观点和信息化手段阐述传统文化的精华，总结民族的优秀精神，并发扬光大，把民族的历史推向更加辉煌的明天，是每一个民族子孙后代的历史责任。中文信息数字化工作力度还需进一步加强。

【 摘要 】人的信息化实质上是人的素质的信息化，主要包括人的信息意识、信息知识、信息道德、信息技术能力和信息资源利用能力水平即信息素养水平提高过程；社会信息化取决于人的信息化，在信息社会，人的数字鸿沟问题不解决，就不能实现信息公平，就难以适应数字化工作和生活，导致生产、管理效率低下，生活、学习困难，存在难以克服的矛盾；高度信息化的人在社会所占的比例越高，社会信息化的程度就越强；通过教化活动或信息活动提高人的信息化水平，是有效促进国家信息化发展的措施，韩国政府近十年来的重视、主导并大力投入缩小数字鸿沟，支持全民信息化的实践，尤其是把信息素养教育创造性地应用在生活中而成效巨大的模式值得发展中国家借鉴。

【 关键词 】信息化 信息素养 信息素质 韩国 启示

Thinking on Human Informationization
- the practice of all people informationization in Korea and enlightenment

Guan Jiansheng

Shaoguan University Library, Guangdong, China 512005

Abstract: Informationization of human essentially refers to the informationization of human quality, which includes information consciousness, information knowledge, information morality, information technology capability and information resources utilization ability. Social Informatization depends on the human informationization. In information society, information equality can not be realized without resolving the problem of digital divides, which results in low efficiency in production and management. The high proportion of information literate people will leads to high degree of social informationization. We can improve the level of human informationization through education and information activities, and these are effective measures for promotion of national informationization development. The government of Korea has been working hard in reducing the digital divides and supportingthe all people informatonization in the last decade and successfully pioneers to integrate information literacy education in people's life. The practice of Korea is worth learning by developing countries.

Key words: informationization   information literacy   Korea enlightenment

---

參考文獻

---

[1] 全美图书馆协会和美国教育传播与技术协会在 ≪信息能力：创建学习的 伙伴≫

[2] [美]英格尔斯, 殷陆君译. 人的现代化[M]. 成都：四川人民出版社。198 5. 120—121.

[3] 韩国：宽带上的国家 http://www.chinaeg.gov.cn/2007/10/2565.aspx2007-8 -7 16:04:34

[4] 刘微. ≪中国教育报≫ 2002年12月12日 第3版

[5] ≪国外社会科学≫ 2004年第4期 P116-117(吴莲姬摘自http：//women.or. kdm—body.html#CULframeO2)

[6] http://www.kwdi.re.kr

[7] 任贵生.韩国缩小数字鸿沟的举措及启示.管理世界, 2006,7P157-158

[8] 韩国政府推进信息化的四点启示.首都信息化. 2004.9P40

论跆拳道在中国的迅速传播及其历史文化动因

李明山，李 磊(韶关学院 学报编辑部；韶关学院 体育学院)

跆拳道作为人类武术的一个分支，也具有悠久的历史。在远古时代，人类为了防御自然界及人类外敌的侵害，为了捕猎动物为食，在没有发明武器之前，必须首先使用自己的手脚来进行防卫和攻击。这可能就是人类武术的起源。据有关记载，1955年4月11日，韩国各界著名人士组成了一个包括崔泓熙少将(韩国第三军管区司令员)，李享根陆军大将(国军联合参谋总长)和国会副议长、国会议员、著名企业家著名武馆馆长等组成的武术名称制定委员会，他们都提出了各自的名称。最终通过无记名投票，一致通过了崔泓熙将军提出的"跆拳"名称。由此，便产生了跆拳道。从此，在朝鲜民族中结束了唐手、空手及各种朝鲜古典武道等名称混杂的局面，朝鲜的武道进入了新的发展时期，跆拳道开始了它的历史新纪元。

跆拳道与其他民族传统武术不同之处在于，"它科学地，逻辑地将大量的攻防基本动作柔畅地组合起来，按照历史的，哲学的理念完成了24个基本特尔(PATTERN)。而且，跆拳道的名称充分体现了赤脚空拳的力量，和精神的道德修养。它是一个年轻而现代化的武道。"[1]无疑，崔泓熙将军与跆拳道具有不解之缘。因为在崔将军幼年时，曾跟随朝鲜的著名书法家在学习书法的同时，就练习掌握了朝鲜的古典武道。他青年时期又留学日本，既完成了学业，还学炼了空手道，并获得了二段。1945年8月15日，随着朝鲜的解放，崔泓熙在汉城与其他人组织和创建了韩国军队。同时他开始了新的武道研究，即今日的跆拳道。经过他的潜心研究和不断实践，跆拳道在实践中不断发展、完善，并首先在韩国军队中得以传授和普及。1959年3月，朝鲜民族的武道——跆拳道第一次走出国门，崔泓熙将军选拔率领韩国军队中最优秀的19名跆拳道成员，以国军跆拳道代表团名义访问了越南和台

---

1) 广东(广州)文贤跆拳道联会网站。跆拳道知识。跆拳道历史。www.wxtkd.cn。

湾。 1959年9月3日又成立了大韩跆拳道协会, 崔泓熙担任了会长一职。次年, 崔泓熙在美国导弹学校学习期间, 开始在美国传授跆拳道, 并劝他的弟子JHOON RHEE在美国学习并传授跆拳道。后来, JHOON RHEE成为美国大陆传播跆拳道的第一人。 1966年3月, 由韩国, 越南, 马来西亚, 新加坡, 德国, 美国, 土耳其, 意大利, 埃及的九个协会在汉城正式成立了国际跆拳道联盟。 在崔泓熙的努力下, 1969年, 在香港举办了第一届亚洲跆拳道锦标赛。这一赛事, 是为跆拳道进入中国做了准备。 1973年, "世界跆拳道协会" 成立, 世界上有二十多个国家和地区加入。中国当时虽然没有加入该协会, 但中国的香港和台湾参加了这一组织。 1980年国际奥委会正式承认世界跆联。 目前, 世界跆联已有144个会员国, 6500多万爱好者参加练习。[2] 1988年, 跆拳道在韩国汉城奥运会首次亮相。为了适应国际重大比赛, 跆拳道的技术也在不断地得到变革和发展。

中国开始改革开放以后, 1986年崔泓熙率领由30名成员组成的国际跆拳道联盟代表团访问了中国。 访问期间, 24名朝鲜跆拳道选手在几个城市进行了精彩表演, 并获得了巨大成功, 且为跆拳道在中国立足产生很大影响。1992年10月7日, 中国跆拳道协会筹备小组成立, 这是跆拳道运动在中国正式开始的标志。 1994年5月, 中国在河北正定举行了首届全国跆拳道教练员和裁判员学习班。 1994年9月, 在云南昆明举行了第一届全国跆拳道比赛, 有15个单位150多名跆拳道练习者参加了比赛。 1995年5月, 在北京体育大学举行了第一届全国跆拳道锦标赛, 共有22个单位250名跆拳道练习者参加了比赛。 从此, 跆拳道在中国迅速发展起来。 同年8月, 中国跆拳道协会正式成立, 魏纪中当选为第一任协会主席。 11月, 在菲律宾举行的第12届男子、

---

2) www.wxtkd.cn。瀏覽日期 : 2007-7-29.2.

第5届女子世界跆拳道锦标赛上, 中国派出16人参加了比赛, 获参与奖。当月, 中国跆拳道协会被世界跆拳道联盟接纳为正式会员。

1996年3月, 中国跆拳道队一行12人参加了香港第二届城市金杯国际跆拳道邀请赛, 中国队获6金、2银、3铜、女子获团体总分第一。

1998年5月17日, 在越南举办的第13届亚洲跆拳道锦标赛上, 中国北京体育大学九七级学生贺璐敏为中国赢得了金牌。 1999年6月7日, 在加拿大埃特蒙多举行的世界跆拳道锦标赛上, 中国女选手王朔战胜多名世界跆拳道高手, 获得女子55公斤级冠军。2000年9月30日, 在悉尼奥运会女子跆拳道67公斤以上级比赛中, 中国女选手陈中力克群雄, 获得冠军。

在跆拳道作为竞技项目进入国际赛事竞技比赛项目的同时, 它作为健身项目也在中国各地迅速地得到开展。 据2006年3月29日 ≪光明日报≫ 报道, 世界跆拳道联盟向全世界积极推广普及职业跆拳道, 努力将它发展成世界性的大众体育文化。 世界职业跆拳道联盟于2005年以世界职业跆拳道联盟中国事业部为中心, 巡回访问中国25个城市的跆拳道馆, 对各地约2000多名教练员进行了竞技跆拳道及职业跆拳道实战技术培训指导教育, 并拟定了其他城市跆拳道馆的培训计划。 面临2008 年年北京奥运会和2010年上海世界博览会,世界职业跆拳道联盟的目标是, 以中国体育界、文化界以及全国各地的跆拳道馆作为中心, 与中国有关方面共同合作, 积极谋求职业跆拳道的推广、 普及、 发展;组织进行职业跆拳道全国巡回比赛;筹建世界职业跆拳道联盟中国研修院和大型职业跆拳道培训教育中心。

根据互联网水木清华站(Sun发布的情况,该站记者在海南即将召开的 "2004年中国跆拳道发展论坛" 了解到:目前中国全国已有近千家规模各异旨在推广跆拳道运动的跆拳道道馆，近百万人参加跆拳道锻炼。中国跆拳道协会秘书长赵磊介绍说，全世界练习跆拳道的人数已超过6500万人，被称为 "世界第一搏击运动' 跆拳道运动目前呈方兴未艾之势，仅北京、 武汉、 上海注册的跆拳道道馆就近300家，这还不包括各业余体校、 武术学校的跆拳道班。 西安地区现在还出现了 "跆拳道酒吧"、"大学生跆拳道之家" 和 "跆拳道玩具商店" 等与跆拳道运动相关的第二产业。跆拳道不仅具有简便、易学，实行考级段位制等特点，这一运动项目的社会化、市场化、产业化的前景十分广阔。

2005年7月29日 《天府早报》 以 《300跆拳道馆袭占成都武林》 为标题，报道了跆拳道在成都的红火场面：某跆拳道馆门口有这样一条广告语："学习跆拳道，体验中国武术精神。" 当各类规模不一的跆拳道馆如雨后春笋般出现在都市各处时，中国传统武术馆正在逐渐淡出人们的视野。 这条广告语也正在传递着这样一个事实───曾经号称有亿万习武人口的中国，此时其最有创造力和潜在价值的人群却是在依靠跆拳道体验传统武术精神。最近，据省武术协会跆拳道办公室的统计表明，现在在成都的跆拳道馆有300多家， 而传授传统武术的武馆只有不到20家，而且其中有50%正把跆拳道作为主业，武术作为副业。 在练习者的人数上， 跆拳道有1万多人， 年龄多在18岁以下，甚至还有幼儿园的小朋友， 习武的人也有1万人左右， 但99%是中老年人在坝坝里练太极拳。

除了道馆和武馆的数量对比悬殊外， 从业老师的数量也同样悬殊。以成都体育学院为例。 从1992年成都体育学院成立跆拳道专业到现在， 该专业的招生人数从最初的几个已经发展到了100多名，而跆拳道专业学生在整个系中占的比列也由10%增加到了16%。 成都体育学院每年要招收100多名跆拳道专业的学生，同时还要招收100多名武术散打的学生。而这些学生在外面勤工俭学，绝大部分都在外面教跆拳道，估计有近千学生在外面靠跆拳道吃饭。据成都体育学院搏击教研室主任周直模教授披露，很多学武术套路的也在教跆拳道。估计，在外面教跆拳道的只有20%是经过正规培训的，80%是转行的，甚至还有教篮球的教师也转行来教跆拳道。

跆拳道作为一项体育运动，为何在中国能够如此迅速地得以传播，其中原因自然是多方面的。推广得力和与市场接轨的完善是主要原因之一。跆拳道运动在中国的迅速发展得益于竞技体育的举国体制；跆拳道运动的发展初期，中国获得世界跆联的支持，同时中国积极参与国际活动，逐步加大了中国跆拳道在世界跆拳道运动界的影响力，竞技运动水平的速度提高，极大地促进了跆拳道运动在中国的发展普及。此外，跆拳道具有简便、易学，实行考级段位制等特点，又有像崔泓熙这样的积极热心的推广者；还有，跆拳道作为一项体育运动，不仅具有强身健体作用，还有很强的防身自卫功能。跆拳道运动强调修身、健身、防身，要求练习者不仅学习跆拳道的技术，而且对练习者是一种教育过程，要求练习者重视对跆拳道礼仪的学习，每一次练习均要求"以礼始，以礼终"，培养人的克己、忍耐、谦逊和坚韧不拔的精神，尤其对青少年具有特殊的教育意义，越来越受到社会的认同。

跆拳道之所以能够在中国得到很快传播，除了上述诸多原因之外，还有一很重要的动因，就是跆拳道具有深刻历史文化内涵，而这种深刻的历史文化内涵，和中国的传统历史文化具有不解之缘。正是这一点，使得中国大多数跆拳道爱好者在最初接受跆拳道的时候，不仅扫清了一道障碍，而且还增加了一些亲和力。这一点，正是本文着力论述的重要之处。

有人认为， 跆拳道起源于朝鲜半岛的武道.它是将中华武术与日本空手道结合、 交融加上本民族武术,形成新的技击形式。 儒家思想在韩国的传播具有悠久的历史,进而一度成为韩国的主流文化,跆拳道作为韩国的传统项目必然受其深刻影响。3) 这应该是很有道理的。 还有学者注意到， 日本空手道的前身是唐手。 在日文中， "唐" 的发音与 "空" 相同。 "唐手传自中国古代拳法， 后传至冲绳， 然后发展成独立的徒手武道。 因该术传自中国, 故名唐手。 以后， 随着日本各代专家的研习与发展， 而成为后来所说的空手道。"4) 唐手是 "唐代时中国沿海一带的一种武术， 后来日本的使者来到中国后， 带回日本， 发长(展)为空手道， 由于出自唐代， 所以在日本那边叫唐手。" 类似的认识, 不一而足。

跆拳道的精神和中国传统文化的某些精神相吻合。 例如， 跆拳道的精神被用十二字诀来概括：礼仪廉耻， 忍耐克己， 百折不屈(有的还增加了 "勇敢拼搏， 事君以忠， 事亲以孝， 事友以信， 临阵无退, 杀身有择， 报效国家)。 而这十二字诀， 都可以在中国的古代文化经典中找到出处。 如 《孟子·告子上》 中有谓："万钟则不辨礼义而受之。" 《管子·立政》 也说："礼义廉耻不立,人君以自守也。" 关于 "忍"， 不仅 《说文》、《广雅》 分别都有记载和解释："忍,能也"；"忍,耐也"。 《孟子》 的记载更详细："所以动心忍性,曾益其所不能。" 因此， 可以说， 跆拳道的精神是和中国传统文化的某些精

---

3) 张向辉、 刘伟、 魏晓宁 《跆拳道与儒家文化》 《吉林粮食高等专科学校学报》 2005年04期。

4) 百度知道。 体育运动。 武术搏击.2007-7-26.4。

神是吻合一致的。

中国有五千年的文明史,其博大精深的传统文化培养了一代又一代中国人的礼仪、忍耐、谦虚、坚韧不拔、自强不息的精神,这种精神尤其在体育事业中发挥得淋漓尽致。在跆拳道中,中国传统文化精神也具有重要的体现, 发挥了重要作用。 中国儒家的重视礼仪的思想,是儒家思想的核心, 也是中国传统文化的核心, 并成为统治中国两千多年的封建社会的正统思想。 它主张克己复礼, 注重人的品德修养,主张 "仁、义、礼、智、信"。儒家大师孔子曰: "殷因于夏礼,所损益可知也周因于殷礼,所损益可知也其后継周者,虽百代可知也。"可见,孔子对"礼"的重视。古代 "礼" 的意义甚为广泛,可指国际交际的礼节仪式,亦可指贵族的冠、婚、丧、祭等典礼,包括政策制度、道德规范等。 尤其是孔子强调 "非礼勿视,非礼勿听,非礼勿言,非礼勿动"。跆拳道运动也要求练习者不仅要学习跆拳道的技术,更注重对跆拳道的礼仪,每一次练习都要求 "以礼始,以礼终", 训练始终要在充满 "尚礼" 和 "仁爱" 的氛围中进行,并将 "智、仁、信、勇、严" 作为人生信条,除了在道馆和训练中要讲究礼仪,在日常生活中也要求以礼待人, 这是跆拳道对儒家思想的継承和发扬。[5]

在中国传统文化中, 道家的思想也是博大精深。 道家学派的创始人老子曰: "至虚极,守静笃。 万物并作,吾以观复"。 其中的 "虚静" 人生观念对跆拳道的影响也是很大的。 "至虚极,守静笃。 万物并作,吾以观复。" 这是道家所追求的一种人生境界——"虚静"。 虚是不主观,静是不躁动。 虚静, 是一种静观默察的观照方式,也是应对现实的一种防御机制。我国学者注意到,老子生活在战乱时代, 他之所以追

求 "虚静", 是为了寻找自我保护,以柔克刚。尽管这种思想意识里有
逃避现实的消极的一面,但它在跆拳道教学与训练中有着极其重要的
现实意义。 跆拳道中的防守,是节省体力,将对手攻击时产生的危害降
低,调节自己的节奏和发挥诱攻战术威力的有效手段。 防御技巧充分
地显示了以小力胜大力以巧制拙的特点,也是为了避免对手发起进攻
的强劲锋芒,同时去闪击或格击其攻来拳脚的关节要害处。 因此,跆拳
道中的防御, 既是为了像老子那样寻找自我保护,更是为了有效地进
攻对手,争取技战术的成功,获得比赛的最后胜利。 与老子的消极应对
现实的防御机制相比,跆拳道中的防御是一种积极的心理战术,是为了
促进技术的发展和技能的发挥。 此外,道家追求的 "虚静" 还是人格
修炼的手段和目的,和儒家 "重礼" 的内在精神是一脉相承的,都能帮
助跆拳道练习者排除一切私心杂念,健全精神,完善人格。6)

跆拳道作为东亚地区、 特别是朝鲜半岛古老的民间技击术, 是一
项运用手脚技术进行搏击格斗的朝鲜民族传统的体育项目。 它是由
品势、 搏击、 功力检验三部分内容组成。 跆拳道是在引进与吸收中
国的传统武术及日本空手道的基础上, 创新与发展起来的一门独特武
术, 具有较高的防身自卫及强壮体魄的实用价值。

最近, 据互联网中广网记者陈定川在福州报道, 日本空手道研究会创
始人金城昭夫将自己写了48年最终集结成的著述 《空手道传真录》
送到了福建泉州永春县。 金城昭夫研究认定,日本空手道源自永春白鹤
拳。据史料记载, 清康熙年间,永春白鹤拳流传至福州地区,衍化成纵鹤、
飞鹤、 鸣鹤、 宿鹤、 食鹤五种风格各异,套路纷繁,拳理和技法自成体

---

6) 黄腊梅, 刘重新.中国传统文化精神与跆拳道[J].武汉体育学院学报, 2004,(1).5。

系的福州鹤拳。当时,琉球进贡船不时到福州, 带走不少福建文化,一位
名叫东恩纳宽量的日本人,首次从福州把永春白鹤拳和福州鹤拳一起介
绍到冲绳,发展成今日风靡日本及欧美的空手道刚柔流。7)

　　在东汉手博技术体系里,大部分的腿法技术是和古跆拳道的技术是
一脉相承的。 黑带十个套路里,十进,平原,等都是古汉族拳术的套路.。
北朝鲜更有用民族英雄来给套路名字来命名。比如“重跟”、“汉拿”
等。 不过汉族在历史的发展中,由于器械等军事技术的能力增强,不再
依靠简单的徒手搏击技术,所以搏击体系逐渐和古跆拳道偏离.在明时
期的武学典籍里,要么是军阵秘籍,比如三人一组,或者五人一组的长短
武器的配合,互相之间的站位.还有长兵器的实用。8)

　　虽然更多的跆拳道爱好者是对于竞技的认识和学习, 殊不知, 品势
才是跆拳道真正的灵魂和精髓。跆拳道品势是将各种攻防动作按照一
定规律组合在一起的固定套路, 它既包含了最基本的技术动作, 更蕴
涵着变化无穷的技击技巧。 品势讲究的是动作、心理、气势、精神
和对实战的一招一式更深入的踹磨和意义的升华, 它其实与中国的太
极八卦融会贯通, 最终领悟的是肉体、神经与天地万物相融的最高境
界。品势是各种攻防动作按照一定规律组合在一起的固定套路, 练习
时要求练习者假设敌意, 模拟各种实战场景, 通过不断的踹磨和练习,
使人形成条件反射, 以便能够在跆拳道的实战和比赛中具体运用。

　　有论者认为, 在跆拳道中所称的“太极”, 与中国 ≪易经≫ 中的
“太极八卦” 基本一致, 它表示了宇宙哲学的基本道理。跆拳道中的

---

7) 天下跆拳道网.传统现代http://www.51tkd.com/bbs/read.php?tid= 25493；浏览日
　 期:2007-8-2。6。

8) 昊汉论坛网, www.han5000.com。浏览日期：2007-7-29。

"型"也即"品势"，以此为根据将太极的意念形态编入每一动作中，在其进行线中也选择了意味着宇宙根本的阴阳八卦线。 套路中的攻击与防守、前进与后退、速度的缓急、刚与柔等等均灵活运用了变化丰富的宇宙太极原理。跆拳道的品势太极一至八章的内涵，便和太极密切相关：太极一章，具有八卦中的"乾"之意。乾具有宇宙万物根源之意。换言之，太极一章可视为跆拳道招式的根源。太极二章的内涵，具有八卦中的"兑"之意。兑则具有内刚外柔之意。因此，太极二章的招式虽看似柔软，却可随时发动强烈攻击。 太极三章的内涵，具有八卦中的"离"之意。离则具有热而明亮如火之意。因此，太极三章招式的动作，充满活力。 太极四章的内涵，具有八卦中的"震"之意。 震则指具有浩然正气，威风凛凛，令人望而生畏之意。太极五章的内涵，具有八卦中的"巽"之意。巽，即风之意。风又分为微风与强风。微风表示静谧，而强风则表示威猛之势。太极五章之招式即具有这种含义。太极六章的内涵，具有八卦中的"坎"之意。坎，则柔软如水。因此，太极六章是种以柔软的动作演练的招式。手刀上段接招、扭身动作以及回旋踢等的技法，在本招式中初次出现。太极七章的内涵，具有八卦中的"艮"之意。艮则山之意，而山则表示稳重。 因此，演练此招式必须保持厚实的力量，动作要恪守节度。太极八章的内涵，具有八卦中的"坤"之意。坤则大地之意，是万物成长的根源。本招式是上级者的最后一段演练过程，也是上段者的第一步招 式。9)

韩国处在东亚朝鲜半岛的南半部，与中国山水相连，文化联系源远流长。在封建时代，虽然和以汉族为主体的中华民族有过冲突，但是，

___
9) 跆拳道品势。百度百科 >浏览词条< : http://baike.baidu.com/view/142429.htm 浏览日期：2007-8-2。

和睦相处和融合交流的时期一直占据主流。因此，韩国的跆拳道借鉴吸收中华民族的太极哲学思想和武术技法，也是必然的；同样，待到两个世纪之交，由于国际文化交流领域和渠道的扩大，跆拳道从韩国传播到中国，并得到迅速流行，也是可能的。因为跆拳道里面的诸多内涵，흔透有中华民族传统历史文化精神的某些精华。这样，中国人民接受起来，也更容易一些。跆拳道之所以能够在中国迅速传播，除了上述的诸多其他原因之外，它和中华民族具有深远的历史文化渊源，使得中国人民容易接受，应该是一个重要原因。

【 摘要 】中韩两国山水相连，唇齿相依。跆拳道之所以能够在中国迅速传播，除了诸多的现实原因之外，跆拳道本身蕴含的文化精神对中华民族传统文化精神的某些重要方面的借鉴和暗合，是重要的原因之一。

【 关键词 】跆拳道；中国民族；传统武术；传播

Rapid Spread of Tae kwon do in China and Its Historical and Cultural Forces

LI Ming-shan, LI Lei

(1.Editorial Department of the Journal; 2.Faculty of Physical Education, Shaoguan University, Shaoguan 512005, Guangdong, China)

Abstract: China and Korea are intricately linked and intertwined. The reasons for the rapid spread of Tae Kwon do in China are discussed. Besides the present reasons, cultural spirits pregnant in Tae kwon do is similar and harmonious to some respects with traditional Chinese culture is an important reason.

Key words: Tae kwon do; Chinese Nation; traditional wushu; diffusion

세계 역사·철학의 교류와 수용

楚竹書의 異體字 연구

異寫字 분석을 중심으로

崔 南 圭(全北大學校 中語中文學科)

I. 들어가는 말

1. 研究方法과 범위

簡帛書의 연구는 政治・經濟・軍事・文化・文學・歷史・文字 뿐만 아니라, 인간이 살아가는 모든 영역과 관련된 종합학문이다. 무 엇보다 簡牘學(簡帛書 등을 연구하는 학문)은 역사학적으로 중요한 자료들을 제공한다. 簡牘은 지하에 고스란히 묻혀 있어 인간의 손길 이 닿지 않은 상태에서 몇 천 년 동안 보존되어 온 원시적 자료이 다. 이 자료들을 통하여 역사를 재조명함으로써, 역사적 사실을 수정 보완할 수도 있다. 그런 의미에서 簡牘學이야말로 인문학의 최첨단 학문이라 할 수 있다.

처음으로 簡帛이 세상에 모습을 드러낸 지도 이미 한 세기가 되 었다. 어떤 簡帛書든 출토되면 곧바로 각 분야의 많은 학자들이 연 구에 참여하여 많은 성과를 일구어낸다. 무엇보다 역사적 자료를 보 충하거나 逸失된 고적들을 재편성함으로써 현행본의 오류를 찾아내 는 등 史學・考古學・文字學과 文學 등 전반 분야에서 걸쳐 많은 공헌을 하게 된다.

그동안 중국에서 갑골문이나 돈황의 문서와 같은 세계를 깜짝 놀 라게 한 발굴들이 몇 차례 있었다. 20세기 중국의 문헌사상 최고의 발견은 殷商의 甲骨文, 漢晋簡牘, 敦煌莫高窟의 敦煌文獻과 故宮 紫禁城의 淸朝 檔案 등이라고들 하지만, '郭店楚墓竹簡'과 같은 간 백서의 발견 역시 이에 버금가는 중요한 가치를 지니고 있다.

≪郭店楚墓竹簡≫1)과 ≪上海博物館藏戰國楚竹書≫2)은 戰國中

---

* 이 논문은 ≪중국인문과학≫제 37집에 발표한 내용을 일부 수정한 것임.

晚期(約BC300年-BC223年)에 속하는 초나라 竹簡이다. 戰國 楚竹
書는 중국 고대 각 학술분야에 매우 큰 영향을 미치고 있다.3) 上博
楚簡≫이 세상에 공포되기 전에는 "郭店楚簡熱"이라고 하여 ≪郭
店楚簡≫이 초죽서 연구 주 대상이었으나, ≪上博楚簡≫이 발견된
후 문자의 수와 내용이 광범위하여 지금은 "上博楚簡熱"으로 변하
였다. 甲骨文의 발견과 비견할 만한 가치를 지니고 있다고 해도 과
언이 아닐 만큼 中國 경학연구 뿐만 아니라, 물론 文字 演變 연구
에 귀중한 자료가 되고 있다. 이들 두 초간은 같은 나라 같은 시기
에 속하고, 전체적으로 동일한 장르이고 일부는 동일한 篇名과 내용
도 있다.

　　1998년에 ≪郭店楚簡≫이 세상에 공포되자마자 이에 대한 수백
편의 논문이 발표되었고, 2001년부터 세상에 공포되기 시작한 ≪上
博楚簡≫은 다량의 문자와 선명한 문자 도판으로 인하여 연구가 진
행되고 있으나, 筆法結構形態와 書體風格 등과 같은 자형의 발전사

---

1) 荊門市博物館主編, ≪郭店楚墓竹簡≫, 文物出版社, 1998年 5月第一版. 이하
　　에서는 ≪郭店楚簡≫이나 ≪郭店≫으로 간칭하기로 한다. 본 논문은 ≪郭店
　　楚簡≫의 圖版·釋文과 考證은 이 책을 底本으로 한다.
2) 馬承源主編, ≪上海博物館藏戰國楚竹書(一)(二)(三)(四)(五)(六)≫, 2001·2002
　　·2003·2004·2005·2006, 上海古籍出版社. 본 논문은 ≪上博楚簡≫이나
　　≪上博≫으로 간칭함. 또한 ≪上博楚簡≫의 圖版·釋文과 考證은 이 책을 저
　　본으로 한다.
3) 馬承源主編, ≪上海博物館藏戰國楚竹書(一)≫:『戰國楚竹書的發現·保護·整
　　理和研究, 具有多學科·多領域的重大價値, 全面地反映了多重的文化學術意義.
　　戰國楚竹書的簡文字數之巨·跨越領域之廣·所涉書篇之多·提交版本之早, 都
　　已傳爲美談. 這些戰國楚竹書共有簡數一千二百餘支, 計達三萬五千字, 在已出
　　土楚簡中佔有較大比重. 楚竹書內容涉及哲學·文學·歷史·宗敎·軍事·敎育
　　·政策·音樂·文字學等, 爲楚國遷郢都以前貴族墓中的隨葬物, 産生於秦始皇
　　的焚書坑儒之前, 其中以儒家類爲主, 兼及道家·兵家·陰陽家等.』(2001, 陳
　　燮君 序文, 2쪽).

와 書法美學의 연구는 아직도 미진한 상태다.

본 논문은 ≪郭店楚簡≫과 ≪上博楚簡≫을 주 연구 대상으로 한 異體字연구다. 이체자는 크게 異寫字와 異構字로 나눌 수 있는데, 논문의 편폭을 고려하여 먼저 異寫字를 연구하기로 하며, 異構字에 대해서는 다음 기회로 미루기로 한다. 본 연구는 또한 ≪郭店楚簡≫·≪上博楚簡≫의 문자를 文字學과 서예학 두 방면에서 분석하고자 한다. "文字學"방법이란 "形體結構"를, 서예학이란 "書法體勢" 분석하는 것을 가리킨다, "形體結構"는 字形의 특징이나 合體字의 결구 등을 연구하는 文字學 범주다. "字體"는 오랜 세월 동안 역사적 발전을 통하여 형성된 공통적 특징으로, 각각의 자체는 독자적인 구조와 결구, 유형, 풍격 등을 지니게 된다. 字體로는 篆書, 隸書, 楷書, 行書, 草書 등이 있다. 반면, "書法體勢" 중의 "勢"는 서예 技巧를 통하여 형성된 風格이며, 힘의 輕重과 速度의 느림과 빠름과 같은 붓의 놀림을 통하여 형성된 筆畵의 길고 짧음, 타원형과 방각형, 부드러움과 강함, 가느다란 획과 두터운 획 등이 이에 속한다. ≪上博楚簡≫과 ≪郭店楚簡≫의 상호 비교 연구는 누락되고 파손된 문자를 보충할 수 있는 文字考釋은 물론, 原本·발전계승과 그 演變을 이해할 수 있는 귀중한 자료이다. 또한 이러한 異板本 비교연구는 전국 시대의 초나라 문자의 이체자 현상을 살펴볼 수 있을 뿐만 아니라, 이를 통하여 문자발전상 隸變現象을 살펴 볼 수 있다.

≪郭店楚簡≫과 ≪上博楚簡≫은 같은 시기, 같은 나라의 書寫體이기 때문에, 이 중 내용은 같으나 판본이 다른 異板本의 축자 비교를 통하여 이체자를 연구하다면, 당시의 실질적인 언어의 실용적 습성이나 사회적 현상을 직접 파악할 수 있다. 이러한 비교연구는 각 개인의 습성으로 인한 이체자의 발생현상을 파악할 수 있고,

풍격이 서로 다른 서법풍격 형성을 이해할 수 있을 뿐만 아니라 異體字의 이동현상을 자세하게 살펴볼 수 있다. ≪上博楚簡≫의 ≪纩衣≫와 ≪性自命出≫(≪郭店楚簡≫은 ≪性情論≫이라 칭함)은 ≪郭店楚簡≫에도 있는 동일한 내용이다4) ≪纩衣≫와 ≪性自命出≫의 상호 두 판본의 逐字 비교해 보면 통하여 이체자의 종류가 많음을 알 수 있다. 본 논문은 ≪纩衣≫ 異板本의 이체자 현상을 주 연구 대상으로 삼고자 하며, 필요에 따라서는 다른 초죽서나 금문 등의 고문자의 자료를 이용하여 이체자 중 異寫字에 대하여 살펴보고자 한다.

2. ≪郭店楚簡≫과 ≪上博楚簡≫

楚竹書의 문서들은 대부분이 현존하지 않은 佚書이다. 즉 當代인에 의해 기록된 모습 그대로이기 때문에, 문헌사료에 나타나지 않는 연대 그와 관련된 각종 상황 등의 자료를 제시하고 있다.

중국에서 西漢 武帝 말년(BC140-BC87)에 簡牘이 발견되었다는 기록이 있지만, 본격적이고 계획적으로 죽간을 발굴하기 시작한 것은 20세기에 들어와서이다. 현재까지 발견된 竹簡書 중 시기가 가장 이른 것은 ≪曾侯乙墓楚簡≫으로 약 BC433년으로 추정되며, 이

---

4) 濮茅左은 異版本의 비교의 중요성에 대하여 『用字的不同: 在文字的流變過程中, 不同的歷史時期, 都有着事用的約定俗成, 認識其中的規律, 對於我們正確地釋讀先秦文獻, 有着積極的意義. 考古文獻與今本上比較, 使我們了解兩個不同歷史時期的文字事用異同 ; 本篇(指 ≪性情論≫)與 ≪郭店楚墓竹簡·性自命出≫這兩個本子相繼問世, 則能使我們看到了戰國同時期文字事用的通用·假借·書寫·形體等狀況. 兩篇內容·用句基本相同, 我們能通過字與字的對應關係, 找到時人使用戰國楚國文字的具體狀況. 這對我們今後釋讀·理解出土戰國文獻有着不可忽視的作用.』라고 설명하고 있다.(≪上博楚簡(一)≫ ≪性情論·序≫ (本篇 濮茅左 編) 참고, 218쪽)

는 戰國初期에 해당된다. 그 외의 楚簡들은 대부분 戰國中晚期에 해당된다.5) 이들 戰國 楚竹書는 지금의 湖南•湖北과 河南 등의 지역에서 발견되었다. ≪郭店楚墓竹簡≫과 ≪上海博物館藏戰國楚竹書≫ 이외에도 비교적 주목을 받고 있는 楚簡으로는 ≪曾侯乙墓≫•≪包山≫•≪長沙仰天湖≫•≪信陽長臺關≫•≪江陵天星觀≫•≪江陵九店≫ 등이 있다.

아래에서는 본 논문의 주 연구 대상인 ≪郭店楚簡≫과 ≪上博楚簡≫에 대하여 간략하게 살펴보기로 한다.

① ≪郭店楚簡≫

'郭店楚簡竹簡'이란 1993년 10月18日부터 24日까지 荊州市博物館이 中國 湖北省 荊門市 沙洋區 四方鄕 郭店村에서 발굴한 戰國시대(약 BC 475-BC 221)의 楚나라 竹簡을 말한다. 郭店村이라는 곳은 楚나라의 故都인 紀南城에서 약 9㎞ 떨어져 있으며, 戰國시대(東周)의 楚나라 귀족들의 묘장 군락지로 알려져 있다.

'郭店楚墓'는 도굴을 당한 적이 있었지만, 발굴 당시의 보존 상태는 비교적 양호했다. 이 묘지에서는 禮器•生活用具•兵器•車馬器•喪葬器•樂器•工具•裝飾品 등과 함께 竹簡이 발견되었다. 이런 문물들도 전국시대 戰國時期의 楚나라의 文化 風格을 고스란히 간직한 중요한 자료이기는 하지만, 이 중 가장 중요한 것은 역시 당시 經書인 '郭店楚簡竹簡'이란 기록물이다. 이 묘장은 戰國 중후반기 (약 BC300 - BC221년) 것에 해당되며, 竹簡이 쓰여진 연대는 묘장했던 시기보다 앞선 것으로 추정된다.

1997年 ≪文物≫(第七期)에 湖北省荊州博物館에서 발표된 <荊

5) 馬今洪, ≪簡帛發見與硏究≫, 上海書局, 2002년, 12쪽 참고.

州郭店一号楚墓>란 글에서는 이 墓葬에서 출토된 문물들을 자세히 설명하였고, 죽간에 대해서도 대략적으로 언급하고 있다. 그 후 荊州市博物館은 1998年 5月에 편찬한 ≪郭店楚墓竹簡≫(文物出版社)이란 책에서는 이 묘지에서 발굴된 竹簡에 대하여 전문적으로 竹簡의 圖版・釋文과 考証 등을 소개하고 있다. 따라서 ≪郭店楚墓竹簡≫ 연구자들의 대부분은 이 책을 가장 중요한 기본자료로 삼고 있다.

'郭店楚墓'의 관곽(棺槨) 頭箱에서 竹簡이 804여 매가 발견되었다. 이 죽간은 도굴 때문에 약간이 파손된 것이 있기는 하지만, 모두 13,000여 자에 이른다. 竹簡의 길이는 약 15~32.4㎝이고, 너비는 약 0.45~0.65㎝이다. 죽간의 형태는 평평하게 다듬은 것과 사다리 모양으로 다듬은 것 두 종류가 있다. 죽간 중간에는 두 곳 혹은 세 곳을 묶은 編線 흔적이 남아 있다.

≪郭店楚簡≫의 내용은 道家와 儒家의 저작들이 주를 이룬다. 출토 당시 篇題가 없어 각 내용에 따라 연구자들이 적절한 篇名을 첨가하였다. 이 저작물들은 今本 古籍에 보이지 않거나, 今本에 보이는 것도 있기는 하지만 篇章의 結構・순서와 내용 등이 상당히 달라 今本의 미미함을 보충할 수 있는 귀중한 고적자료로 인정받고 있다.

이 죽간이 출토된 후 荊州博物館은 정리팀을 조직하여 ≪老子・甲乙丙≫・≪太一生水≫・≪緇衣≫・≪魯穆公問子思≫・≪窮達以時≫・≪五行≫・≪唐虞之道≫・≪忠信之道≫・≪性自命出≫・≪成之問之≫・≪尊德義≫・≪六德≫・≪語叢・一二三四≫ 등 十三편의 내용을 정리해냈다.

'郭店楚墓竹簡'은 역대 하나의 묘 관곽 내에서 발견된 죽간 중 역대 가장 많은 양이다. '郭店楚墓竹簡'은 현재 ≪上博楚簡≫과 함께 줄곧 학술계에서 최고의 주목을 받아왔다. 그래서 현재까지도 '郭店楚墓竹簡'에 관한 연구논문과 전문서적이 끊이지 않고 있다.

'郭店楚墓竹簡'에는 그 이전의 어느 죽간보다도 세인들의 주목이 집중되었다. 그 이유는 竹簡 내용의 중요성 때문이다. 이 죽간은 학문적 수양이 깊은 노교수가 귀족 자제를 가르치기 위해 엄선한 당시 최고의 경서집으로 당시 초나라의 精神적 精華인 동시에 學術사상의 主流를 이루었던 것이다. 이 죽간은 그 뒤에 발견된 ≪上博楚簡≫과 더불어 그동안 발견되었던 어느 지하 자료보다 중요한 의의를 지니고 있다.

≪郭店楚簡≫ 중 ≪老子≫와 ≪緇衣≫는 현행본이 있고; ≪치의≫와 ≪性自命出≫은 ≪上博楚簡(一)≫에도 있고, ≪五行≫이 ≪馬王堆帛書≫에 보이기는 하지만, 그 외의 것은 대부분 전해 내려오지 않는 戰國시대 中期 이전의 儒家와 道家에 속하는 이론서들이다. '郭店楚墓竹簡'은 학문이 뛰어난 학자가 당시의 가장 중요하고 반드시 읽어야 할 경서들을 엄선 편집한 竹簡書이기 때문에 '郭店楚墓竹簡'의 내용을 이해한다면, 지금 우리가 읽고 있는 ≪禮記≫나 ≪詩經≫과 같은 '十三經'의 문장을 이해하고 탐독할 수 있는 것과 똑같은 효과를 거둘 수 있다.

문자학적인 측면에서는 '郭店楚墓竹簡'의 자형을 근거로 해서 전체적인 楚簡의 서체를 연구하고, 이를 다시 漢簡이나 秦簡들과 비교 고찰한다면 각 시대의 서체가 지니고 있는 자형이나 필법의 역사적 변천과정을 밝혀낼 수 있다. 무엇보다 자형의 세세한 차이나 필법을 연구하면 예서의 초기적인 형태도 '郭店楚墓竹簡'에서 찾아낼 수 있을 것으로 본다.

'郭店楚墓竹簡'의 字體는 戰國時期의 楚國文字의 특징을 엿볼 수 있는 篆書體로 쓰여져 있으며, 그 풍격은 典雅하고 秀麗하여 서

법의 精髓를 보여주고 있다. 이 書體는 楚나라의 다른 죽간의 서체
와는 상당히 달라 전체적으로 부드럽고 완연하며 수려하면서도 어디
서 쉽게 볼 수 없는, 독특한 풍격을 지니고 있다.

② ≪上博楚簡≫

≪郭店楚墓竹簡≫이후 上海博物館이 홍콩문물시장에서 1994년
楚竹簡을 사들인 후 2001년부터 발표하기 시작한 ≪上博楚簡≫은
죽간의 枚數나 文字의 數에서 ≪郭店楚簡≫의 두 배 이상 되는 양
으로 현재 인문 학술계에서 가장 연구가 활발하게 진행되고 있으며,
그 연구결과 역시 각 분야에 중요한 영향을 미치고 있다. ≪上博楚
簡≫은 양적으로나 내용·가치 면에서 21세기 출토된 문물 중 학계
에서 가장 주목을 받고 있다.

≪上博楚簡≫은 문자의 형태·죽간의 형식과 經書의 내용 등을
참고하여 ≪郭店楚簡≫과 유사한 楚竹書라는 것을 학자들이 증명하
였다. 이 죽간은 파손된 것까지 합하여 모두 약 1300枚이며, 총 자
수는 35000여쯤 된다.

당시 상해박물관장이었던 馬承源이 주편하여 2001년부터 2006년
7월까지 모두 여섯 권의 ≪上博楚簡≫이 세상에 발표되었고, 앞으
로도 계속해서 발표된 예정이다. ≪上博楚簡≫의 발견은 갑골문과
돈황문서 발견 이후 최대의 발견이라고 할 수 있을 만큼 세상을 깜
짝 놀라게 하고 있다. 죽간의 내용은 모두 80종에 달하며, 전국시대
의 古籍으로 儒家·道家·兵家·雜家 등이 포함되어 있고, 이 중
≪緇衣≫·≪易經≫·≪孔子閑居≫ 등은 현행본(今本)도 있지만,
대부분이 이미 전해 내려오지 않는 佚書들이다. 총 여섯 권 중 ≪上
海博物館藏戰國楚竹書(一)≫만이 본 연구와 관계가 있기 때문에 第
一卷 만 간략하게 소개하기로 한다.

≪上海博物館藏戰國楚竹書(一)≫는 上海古籍出版社가 2001년 11월에 출판하였다. ≪孔子詩論≫(共 29簡; 1006字)·≪緇衣≫(共 24簡; 978字)와 ≪性情論≫(共 40簡; 共 1256字; 重文 13字; 合文 2字) 등 세 편의 칼라사진 圖版과 釋文考釋 등이 설명되어 있다.

≪孔子詩論≫은 ≪詩序≫와 내용이 유사하고, ≪緇衣≫와 ≪性情論≫은 ≪郭店楚簡≫과 비교 대조한 도판이 실려 있다. ≪孔子詩論≫은 공자가 ≪詩經≫에 대한 견해를 밝힌 내용으로 현존하는 ≪詩序≫와는 순서가 반대된다. ≪孔子詩論≫은 ≪頌≫·≪大夏(雅)≫·≪小夏≫과 ≪邦風≫으로 되어 있다. 이외에도 금본 중에 보이는 <小序>의 '刺(풍자)'와 '美(찬미)'가 보이지 않는 등 많은 부분에서 차이가 있어 <詩序> 연구에 귀중한 자료가 되고 있다.

≪纺(緇)衣≫篇 문자의 필획은 세로가 약간 긴 듯한 느낌을 주나 전체적으로 편평하며, 획은 비교적 두터워 중후한 느낌을 주고, 起筆과 收筆 모두가 露鋒을 사용하여 가늘고, 중간이 두터운 형태를 취하고 있다. ≪郭店楚簡≫의 ≪치의≫의 필획은 기필이 두텁고 수필이 가느다란 반면, ≪上博楚簡≫의 ≪치의≫는 전체적으로 중후감이 있다. ≪上博楚簡·纺衣≫와 ≪郭店楚簡·緇衣≫의 簡文內容과 章序, 인용하고 있는 ≪詩≫와 ≪書≫는 기본저으로 같다. 다만 手寫者가 다르기 때문에 서로 다른 이체자를 사용하고 있으며, 필법도 달라 두 판본과 현존하는 ≪예기≫의 ≪치의≫를 비교 연구한다면, 經書에 관한 이해는 물론 문자학과 서법학 등에서 좋은 연구 성과를 거둘 것이다. ≪郭店楚簡·緇衣≫는 모두 1156자이고 ≪上博楚簡·纺衣≫는 978자로 ≪郭店楚簡≫이 약 170여자 더 많다.

≪上博楚簡≫의 ≪性情論≫은 40簡이 있는 반면, ≪郭店楚簡≫의 ≪性自命出≫은 모두 67簡으로 되어 있다. ≪性情論≫(≪性自

命出≫)의 주 내용은 '性'과 '精'의 形成과 演化에 대한 것으로, 외
계 환경이 인간의 성정에 미치는 영향, '樂'이 禮樂敎化에 중요한
작용을 하고 있음을 밝히고 있다. ≪性自命出≫의 내용은 ≪禮記·
樂記≫와 ≪禮記·檀弓≫에도 일부가 보인다.

≪上博楚簡≫은 당시 儒學家에 엄선된 최고의 경서이다. 만약
에 ≪馬王堆帛書≫의 문헌 중에서 ≪老子≫甲乙本의 道家文獻에
관심이 집중되었다면, 상대적으로 ≪上博楚簡≫은 儒書部分에 더
많은 관심을 보였다고 할 수 있다. ≪上博楚簡≫의 거의 전부가 이
미 전해 내려오지 않는 儒學 佚書이다. 또한 70-80년대를 馬王堆帛
書 時代라고 한다면, 90년대는 荊門時代(≪郭店楚簡≫)라고 할 수
있고, 앞으로 2000년대는 상해박물관시대(≪上博楚簡≫)라고 할 수
있다.

≪上博楚簡≫과 ≪郭店楚簡≫의 儒書들을 지금 전하고 있는 文
獻들과 비교해 볼 때, 思想·內容·文字에 있어 ≪禮記≫와 가장
가깝다고 할 수 있다. 특히 ≪禮記·緇衣≫편이 楚竹書에서 발견되
었다는 점은 이 篇 자체의 연구적 가치 이외에도 ≪禮記≫의 시대
연구에 상당한 추진력을 갖게 한다. 이와 같이 ≪上博楚簡≫은 學
術硏究에 새로운 진로를 개척하게 하였을 뿐만 아니라, 앞으로 많은
학술적 문제를 해결할 수 있는 중요한 자료를 제공하고 있기 때문
에, 中國 古代思想史와 學術史 硏究에 지대한 영향을 미칠 것임을
의심할 여지가 없다.

3. 異體字와 異寫字

異體字는 '或體'·'重文'·'別字'·'別體'·'別體字'·'異文'·
'字體之異'·'訛體'·'訛字'·'謬體'·'繆體'·'俗字'·'俗體' 등으

로 불리우기도 한다. '古作某'·'今作某'·'亦作某'·'通用某'·'或作某'·'同某'·'與某同'·'本作某'·'又作某'·'某書作某'·'俗作某'·'本又作某'·'本或作某'와 혹은 '或從某'·'篆作某'·'古文某'·'古文作某'·'古文從某'·'某或從某省' 등의 용어를 사용하여 이체자 관계를 설명한다. 그러나 이러한 용어는 이체자만을 가리키는 설명이 아니라, 이 중에는 '通假字'·'同源字'·'古今字'·'俗字'에 관한 내용을 포함하기도 한다. 이는 그동안 異體字에 대한 개념과 명확한 이해가 없었기 때문이다.

段玉裁의 ≪說文解字注≫에서 ≪說文解字≫의 '脃'자와 '膬'자를 '異體'라는 용어를 사용하여 최초로 정확하게 설명하고 있다.

> "脃, 小耎易斷也. 從肉, 絕省聲."[6]
> ('脃'자는 연하고 자르기 쉬운 고기의 의미이다. 肉과 絕자 중의 일부를 생략한 부분을 음성부분으로 한 형성자이다.)
> "膬, 耎易破也. 從肉毳聲."
> ('膬'자는 연하고 자르기 쉬운 고기의 의미이다. 의미부분이 '肉'이고 음성부분이 '毳'인 형성자이다.")
> "脃·膬, 蓋本一字異體, ≪篇≫·≪韻≫皆云脃同膬."
> ('脃'자와 '膬'자는 본래 같은 자인 이체자이다. ≪玉篇≫과 ≪廣韻≫은 모두 '脃'자와 '膬'자는 같다라고 설명하고 있다.")

일반적으로 '이체자'라는 명칭을 사용하여 이체현상을 설명하고, 이를 이용하여 문자를 정리하기 시작한 것은 1954년에 ≪漢字簡化方案草案≫에 딸린 ≪擬廢去的400個異體字表草案≫와 1955년에 ≪第一批異體字整理表≫가 발표되고서부터라고 할 수 있다. 그러나 아직도 학자마다 이체자에 대한 정의가 꼭 일치하는 것만은 아니다.

---

6) 湯可敬, ≪說文解字今釋≫, 585쪽 재참고.

呂永進은 ≪異體字的槪念≫에서 1950년대 이후 발표된 문장 중 이체자에 관한 비교적 주목할 만한 정의를 종합적으로 정리하고 있다.7) 각 학자들이 설명하고 있는 異體字에 대한 정의를 통하여 異

7) ≪漢語大詞典≫: 音同義同而形體不同的字, 卽俗體古體或體之類.

周祖謨 ≪中國大百科全書·言語文字≫: 指漢字通常寫法之外的一種寫法, 也稱或體. 〔보충〕這種字跟通常寫法相比較, 或在形旁上有所不同, 或在聲旁上有所不同.

≪辭海≫: 音義相同而形體不同的字, 卽俗體·古體·或體·帖體之類.

王今錚·王綱 等 ≪簡明語言學詞典≫: 漢字中意義相同而字形不同的字. 其中包括古今字·正俗字·本字和借字等.

裘錫圭 ≪文字學槪要≫: 異體字就是彼此意義相同而外形不同的字.〔보충〕嚴格地說, 只有用法完全相同的字, 也就是一字的異體, 才能稱謂異體字.(商務印書館, 1988)

蘇培成 ≪現代漢字學綱要≫: 異體字有兩個含意. 一個是指形體不同而讀音和意義相同的字, 幾個字互爲異體. 另一個是與正體相對而言的, 異體與正體只是形體不同而讀音意義相同.〔보충〕尙未整理的異體字取前一個含義, 對已整理過的異體字取後一個含義.(北京大學出版社)

劉又辛 ≪漢語漢字問答≫: 所謂異體字, 就是記錄同一個詞的兩個以上的文字符號.

蔣善國 ≪漢字學≫: 多形字普遍叫異體字. 異體字從廣義上講, 是指今字體對古字體說的. 狹義的異體字是從漢字橫的發展說的.〔보충〕我們一般所說的異體字, 是指隷書和眞書說的.(上海敎育出版社, 1987년)

≪現代漢語詞典≫: 跟規定的正體字同音同義而寫法不同的字.〔보충〕與'攷'是'考'的異體字, '隄'是'堤'的異體字.

洪成玉 ≪古今字≫: 異體字是指字形不同而意義完全相同的字.〔보충〕異體字僅僅是書寫形式不同, 가在任何語言環境中互相替換, 而語意仍絲毫不變.

李圃 ≪異體字字典≫: 關于異體字的觀念, 學術界目前有廣義(只在某一義項上可以替換若干字)和狹義(在所有義項上都可以替換的若干字)的區別.〔보충〕這種區別也只是共時的分析認定, 廣義·狹義的判斷只屬于斷代異體字硏究的範疇.(學林出版社, 1997년)

郭錫良 等 ≪古代漢語≫: 我們說的異體字是音義完全相同, 在任何情況下都可以互相代替的.

朱振家 ≪古代漢語≫: 異體字又稱或體字, 是指共寫同一個寫的不同書寫形式.〔보충〕換言之, 就是所記的詞音義完全相同而形體不同的字.

體字의 別稱, 異體字의 중의 '體'자의 함의, 異體字에 대한 광의와
협의적 개념, 이체자의 내부적 조건 등이 서로 다름을 알 수 있다.

異體字의 별칭은 '俗體·古體·或體之類'·'也稱或體'·'包括古
今字·正俗字·本字和借字等'·'多形字' 등을 사용하고 있다. 따라
서 '俗體'·'古體'·'或體'·'帖體'·'古今字'·'正俗字'·'本字和
借字'·'多形字'와 관계를 살펴 볼 필요가 있다. '古今字'는 과거
와 현재의 형태가 다른 歷時적 관계를 표시하는 반면, 이체자는 書
寫 과정 중에 발생한 '一字多形' 현상을 말한다. 또한 古今字는 문
자의 의미도 부분적으로 같을 수 있으나, 완전히 같은 것은 아니다.
古字가 今字를 대신하여 사용할 수 있으나, 今字가 古字를 대신할
수는 경우가 없다. 예를 들어, 古字 '辟'자는 '避, 闢, 嬖, 譬' 등의
의미로 사용된다.8) 이 예문 중 '辟'자는 今字 '避, 闢, 嬖, 譬'에 대
한 고자이다. 일반적으로 今字는 古字에 偏旁을 추가하거나 일부를
바꾸어 자형상 상호 관련이 있는 반면, 이체자는 形符나 聲符를 변

吳慶峰 ≪古代漢語≫: 異體字又稱或體字, 是指記錄同一個寫·音義完全相同
形體有別的字. 〔보충〕辨識: 音義完全相同, 在任何情況下都可以互換而不産生
歧義. 古今字·通假字·二字部分義相同均不是異體字.
黃伯榮 ≪現代漢語≫: 異體字是指音同·義同而形體不同的字.
辛介夫 ≪略談漢字在書寫方面的分岐現象≫(≪銀川師專學報≫1987·1): 異體
字指的是兩個或幾個字的字音·字義完全相同, 只是字形不完全相同的書寫分岐
現象. ……簡單地說, 就是一字多形. 〔보충〕使用特點: 在任何情況下都可以互
相代替. 凡是在某種條件限制下, 才能互相代替的, 不能看作異體字.
王力 ≪古代漢語≫: 異體字跟古今字的分別是: 兩個(或兩個以上的)字的意義
完全相同, 在任何情況下都可以互相代替.(中華書局, 171쪽)

이상 각 학자가 논한 이체자에 대한 정의는 呂永進 ≪異體字的槪念≫(張書岩
主編, ≪異體字研究≫, 商務印書館, 2004년, 34-36쪽))에서 재인용함. 張書岩
이 主編한 ≪異體字研究≫는 異體字에 관한 전문 논문을 32편을 수록하고
있다.
8) 王力, ≪古代漢語≫, 168-169쪽 참고.

환하거나 편방의 위치가 바뀌거나, 혹은 예변이나 와변으로 인하여 문자의 형태가 완전히 바뀌기도 한다. '本字'와 '借字'는 '正字'와 '假借字'의 관계로, '本字'는 본래의 의미대로 사용된 것이고, '假借字'는 본 의미가 아닌 다른 의미로 사용됨을 말한다. '俗體'·'古體'·'或體' 등은 ≪說文解字≫에서는 '俗作某'·'古文'·'或作某' 등이란 용어를 사용하여 설명하고, 이를 총칭하여 '重文'이라고도 한다. 이는 이체자에 해당되는데, '俗體'·'古體'·'或體'는 이체자 중 각각의 내부적 특징을 지니고 있으나, 이들은 왕왕 歷時의 광의적 이체자자까지도 포함하기도 한다. '多形字'란 한 자가 여러 가지 형태로 표현되어 지는 것을 말한다. 그러나 이러한 개념은 共時의 협의적 개념과 歷時의 광의적 개념의 이체자를 모두 포함한다.

다음으로 '異體' 중의 '體'자는 '形體'·'寫法'·'字形'·'外形'·'文字符號'·'字'·'書寫形式'·'結構' 등의 의미를 타내기도 한다. '體'는 문자의 외부적인 형식을 나타내기 때문에 어느 용어를 사용하여 그 개념을 설명하여도 무방하다하겠으나, 동일 시기의 두 필사본의 비교를 통하여 이체자의 이동을 파악할 때, 이체자는 단지 '結構'나 '字形'만을 가리키는 것이 아니라, 필획의 방향, 수식 등 세세한 부분인 이체자의 내부규칙에 포함되기 때문에 '書寫形式'이란 개념이 적절한 표현이라 하겠다.

異體字는 狹義와 廣義적 차이, 또는 共時와 歷時적인 개념의 차이가 있다. 즉 광의는 今字體와 古字體의 관계를 가리키며, 협의는 문자 발전 중 동일 시대의 이체자를 가리킨다.

異體字의 내부적 조건은 음과 의가 완전히 같은 경우를 말한다.9)

---

9) 일반적으로 '用法完全相同'·'可在任何語言環境中互相替換, 而語意絲毫不變'·'音義完全相同'·'音義完全相同, 在任何情況下都可以互換而不産生歧義'으로 설명한다.

異體字의 종류는 발생과 그 원인에 따라 아래와 같이 몇 종류로 나눌 수 있다.

첫째, 같은 의미이면서 형태가 두개 이상의 문자가 만들어졌으나, 후에도 분화되지 않고 같은 의미로 쓰이는 경우가 있다. 예를 들어, '淚'와 '泪', '睹'와 '覩', '徧'과 '遍' 등이 있다.

둘째는 처음에는 의미가 서로 달랐으나, 사용될 때는 실질적으로 같은 경우. 예를 들어, '散'과 '㪔', '罪'와 '辠', '䑽'와 '帆' 등이 있다.

셋째는 隷變이나 隷定한 형태가 달라서 생기게 된 이체자가 있다. 예를 들어, '宜'와 '宐', '宿'과 '宿', '更'과 '㪃' 등이 있다.

넷째는 필획의 차이에 따라 발생된 이체자가 있다.

다섯째는 문자가 기록하는 과정에서 와전되는 경우가 있다.

이상의 종류는 이체자를 크게 두가지로 나눌 수 있음을 알 수 있다. 하나는 형태의 구조가 다른 '異構字'와 형태를 필사하는 과정에서 발생하게 된 '異寫字'로 나눌 수 있다. 異構字는 앞에서 분류한 첫 번째와 두 번째가 이에 속하고, 異寫字는 셋째·넷째와 다섯째가 이에 속한다.

'異構字'는 구조를 달리하거나 혹은 다른 字部들을 사용한다. 예를 들어, '羴'자는 회의자이고, '羶'은 형성자인 경우와 같이 각기 다른 六書 방식을 사용하기도 하고; '塵'과 '麈'자는 모두 회의자이나 편방이 각각 다른 경우가 있고; '胘'자와 '肢'자는 모두 형성자이나 각기 다른 聲符를 쓰고; '群'자와 '羣'자는 자부의 위치를 달리하여 쓴다.

'異寫字'는 書寫 과정에서 필획을 다르게 쓴 이체자를 말한다. '異構字'와 다른 점은 구조의 異同을 명확하게 설명할 수 없는 필사자의 개인적 습관에 의해 발생한다. 예를 들어, '亞'자는 중간 종

획을 연결하여 쓰기도 하며; 편방의 일부 필획을 중복하거나 생략하
여 '集'자 중 '隹'를 세 번 중복하여 쓰기도 하고; 隷定하는 과정에
서 '普'자를 '普'으로 쓰기도 한다.10)

본 논문은 文字形體結構와 筆畫의 變化에 초점을 맞추어 ≪郭
店楚簡≫·≪上海楚簡≫을 주 참고 자료로 하여 '異寫字'와 '異構
字'를 크게 나누어 분석하고자 한다. 그러나 앞에서도 이미 언급하
였듯이 편폭 등을 고려하여 먼저 異寫字를 연구하기로 한다.

楚系文字인 ≪郭店楚簡≫과 ≪上博楚簡≫ 중의 文字形體 演變
은 기타 다른 六國文字와 마찬가지로 殷周文字形體를 계승하여 演

---

10) 裘錫圭는 ≪古文字槪要≫에서 이체자의 정의를 "異體字就是彼此音義相同而
外形不同的字. 嚴格地說, 只有用法完全相同的字, 也就是一字的異體, 才能
稱爲異體字. 但是一般所說的異體字往往包含只有部分用法相同的字. 嚴格意
義的異體字可以稱爲狹義異體字, 部分用法相同的字可以稱爲部分異體字, 二
者合在一起就是廣義的異體字."라고 내리고, '狹義異體字之間在結構上或形
體上的差別的性質'을 근거로 하여, 여덟 종류로 나누었다. 1. 加不加偏旁的
不同, 예를 들어, '兒'과 '貌'; 2. 表意·形聲等結構性質上不同, 예를 들어,
'豔(形聲)'과 '艷(會意)'; 3. 同爲表意字而偏旁不同, 예를 들어, '逴'과 '趁';
4. 同爲形聲字而偏旁不同, 예를 들어, '嚮'과 '晌'; 5. 偏旁相同但配置方式
不同, 예를 들어, '棋'과 '棊', 이외에도 偏旁이 근사하나 완전히 같지 않는
경우도 있다, 예를 들어, '綿'와 '緜'; 6. 省略字形一部分跟不省略的不同, 예
를 들어, '法'와 '灋'; 7. 某些比較特殊的簡體跟繁體的不同, 예들 들어, '辦'
과 '辧'; 8. 寫法略有出入或因訛變而造成不同, 예를 들어, '姊'와 '姉' 등이
있다(裘錫圭 ≪古文字槪要≫, 205-208쪽 참고). 그러나 이러한 정의를 일반
적으로 서예학적 관점이 고려되지 않은, 즉 필획의 이동이 고려되지 않고
이미 예정된 자형의 형태만을 가지고 구별하기 때문에 위에서 설명한 異寫
字 이체자는 중시되지 않고 있는 실정이다. 즉 裘錫圭는 ≪文字學槪要≫에
서 篆書에서 隷書로의 변화에 문자의 자형이 변화된 주요현상을 "解散篆體,
改曲爲直 ; 省並 ; 省略 ; 偏旁變形 ; 偏旁混同"라고 설명하고 있다. 이 중에
서 "改曲爲直" 등의 현상은 서예의 필획현상과 밀접한 관계가 있으나, 총체
적으로 구석규의 분석은 形態上의 분류에 중점을 두고 있는 반면, 運筆規律
의 필획변화에 대해서는 분석이 충분치 않다.

變하고 있음을 알 수 있다. 殷周文字形體의 演變規律은 簡化·繁
化·異化 등을 들 수 있는데, 이러한 현상은 ≪郭店楚簡≫과 ≪上
博楚簡≫의 文字形體 變化 중에서도 충분히 발견할 수 있다. 단지
육국문자 중 초계문자는 그 지역의 차이로 인하여 그 變化 정도가
다른 어느 나라보다도 독특한 특징을 지니고 있다.[11]

---

11) 楚系簡帛文字의 繁化·簡化와 異化 현상에 대하여 滕壬生은 ≪楚系簡帛文
    字篇≫ 중에서 비교적 상세하게 설명하고 있다. 본 논문의 이체자 분석과
    밀접한 관계가 있기 때문에 해당되는 부분을 설명하면 아래와 같다.(滕壬生,
    ≪楚系簡帛文字篇·序言≫, 湖北教育出版社, 1995年) '簡化'는 '單筆簡化'
    ·'複筆簡化'·'有刪形符或音符'·'有刪簡同形'과 '共筆'·'合文' 등의 방법
    을 이용하여 筆劃이나 偏旁을 簡化하는 것을 말한다. 이러한 簡化현상 戰國
    文字의 異體字를 발생하게 한 중요한 원인 중에 하나이다. '繁化'는 문자의
    형체와 필획 혹은 편방을 增繁하는 현상을 말한다. 繁化 중에는 의의가 있
    는 자부의 추가와 의의가 없이 수식 필획을 추가하는 경우가 있다. 繁化 현
    상은 簡化현상과 상대적인 개념이기 때문에 본문에서는 簡化(繁化)에서 동
    시에 논하기로 한다. '異化'는 文字의 筆畵과 偏旁의 변화를 말한다. 즉 形
    體의 方向과 偏旁의 位置가 고정적이 아닌 경우가 있고; 의미가 유사한 형
    부를 서로 호환하여 사용하거나; 형태가 비슷한 偏旁을 사용하거나; 音聲이
    유사한 편방으로 호환하거나; 筆畵·形體이나 편방을 分割하거나 혹은 連接
    하여 이체자가 발생하는 것 등등을 말한다. 滕壬生의 이러한 분류는 문자학
    적 개념과 서예학적 개념을 두루 섭렵한 분류하고 있어, 비교적 전면적이라
    할 수 있다. 그러나 이러한 분류는 그 구분이 명확하지 못하고 서로 혼용되
    는 경우가 있고 일목요연하지 못하다. 따라서 본 논문은 이체자를 먼저 그
    발생 원인에 따라 異寫字와 異構字의 이체자로 크게 나누고 난 다음, 그 항
    목에 해당되는 각 필획과 자형결구의 簡化와 異化를 살펴보고자 한다.

Ⅱ. 초죽서의 異體字 중 異寫字

簡化와 繁化는 중국 문자의 자형변화 중 가장 중요한 이체자 현상 중의 하나이다. 붓을 사용하여 많은 분량의 문서를 대량으로 신속하게 기록해야 하는 과정에서 발생한 자연적인 현상이다. 이러한 簡化 현상은 ≪郭店楚簡≫과 ≪上博楚簡≫과 같은 초죽서에서 가장 많이 보이는 현상 중의 하나이다. 간화와 번화는 상대적인 개념이다. 즉 간단한 형태 면에서 복잡한 형태를 보면 번화이지만, 복잡한 형태 쪽에서 간단한 형태를 보면 간화이기 때문에, 본문에서는 簡化라는 용어로 簡繁化 현상을 모두 나타내기로 한다.

1) 筆畵簡化

① 裝飾性 筆劃의 簡化

'裝飾性 筆劃의 簡化'이란 간단한 장식성 필획을 추가한 簡繁化 현상이다. 아래의 제시된 例字 중 ≪郭店楚簡≫문자는 상하 횡획 위 아래에 필획을 더 추가하는 형태를 띠고 있다. 일반적으로 ≪郭店楚簡≫은 수식성 필획을 추가하여 번화하고 있으나, ≪上博楚簡≫은 추가하지 않은 간화현상을 나타내고 있다.

	亞	不	章	立	上	可	下	其	百	言	所	信	晢	臨
郭店楚簡														
上博楚簡														

楚簡 중 일부 편방은 장식성 필획을 추가하거나 생략하여 簡化

현상을 나타내고 있다. 예를 들어, 편방으로 쓰이는 '心'은 ''·
''·''·''·''·''이나 '' 등으로 쓴다. 이 중에
''의 형태는 아래 원 부분에 장식성 필획을 추가한 것이다.

偏旁 '心'인 字[12]

아래에서는 簡化를 필획간화와 편방간화로 나누어 살펴보고, 합
문과 중문도 이체자의 현상 중의 하나이기 때문에 살펴보기로 한다.

② 筆畫形態簡化(直線化)

'筆畫形態簡化(直線化)'란 筆畫이 '曲線에서 直線'·'長線에서
短線'·'圓線에서 方線'·'繁複한 필획에서 간략한 필획' 등과 같은
문자의 外形 변화를 말한다. 예를 들어, '天'과 '夫'字는 중간의 筆
畫이 곡선에서 직선으로 변화하여 筆畫의 모양과 筆順, 體勢 등은

---

12) 《郭店楚簡文字篇》, 140-141쪽.

후대의 필획과 거의 구별이 없다.

天·天(天)　　　　夫·夫(夫)

≪郭店·語叢1≫　　　≪郭店·語叢1≫ ≪郭店·忠信之道≫

'夫'字를 ≪包山楚簡≫은 '夫'으로 쓰고, ≪郭店楚簡≫은 '夫'(≪老子甲≫)나 '夫'(≪成之問之≫)[13])으로 쓰며, ≪上博楚簡≫은 '夫'(≪容成氏≫)·'夫'(≪子羔≫)·'夫'(≪恒先≫) 등으로 쓰기도 한다. '天'字를 ≪包山楚簡≫은 '天'(≪包山≫)으로 쓰고, ≪郭店楚簡≫은 '天'(≪老子乙≫)나 天(≪太一生水≫)으로 쓰며, 貨幣 문자는 중간 필획을 곡선에서 직선으로 변화하여 '天'·'天' 등으로 쓰기도 한다.[14])

'夫'나 '天'자의 獨體字 이외에 '木'·'宀'·'言'·'糸'·'阜(阝)' 등이 자부로 쓰일 때 보이는 직선화 현상에 대하여 살펴보면 아래와 같다.

字符 '木'은 ≪郭店楚簡≫과 ≪上博楚簡≫에서 直線化 경향을 띠고 있다. 즉 篆體에서의 곡선은 隸體에서는 직선화하여 筆畫이 비교적 간단하게 된다. 金文과 비교하면 쉽게 알 수 있다.

---

13) 例字는 ≪戰國文字篇≫ 692쪽 참고.

14) 이상 文字는 ≪戰國文字篇≫(湯餘惠主編), 2쪽 참고.

≪上博楚簡≫은 '木' 부분을 '𩚚(樂)'(≪性情論≫)·'𣏒(相)'(≪從政甲篇≫)·'𣏽(利)'(≪從政甲篇≫)·'𣓇(利)'(≪周易≫)·'𣏾(悸)≪周易≫)·'𣏟(果)'(≪亘先≫) 등과 같이 써서 그 중간 필획이 두 개의 직선을 교차한 형태로 쓰고 있다. 그러나 '𣏟(木)'(≪孔子詩論≫)·'𣒔(橾)'(≪孔子詩論≫) 등과 같이 篆體와 비슷하게 左右 두 필획이 중앙을 향하고 있는 형태도 있다. 이는 楚簡文字가 隸變 現象이 아직 완전히 형성되지 않고 변화를 시작하는 과도기이기 때문에 나타난 현상이다. 하지만 두 직선을 교차하는 필획을 사용하는 것이 보편적으로 사용되고 있다.

金文은 字符 '宀'을 네 개의 필획을 사용하여 '𠆢'로 쓰고 있으나, ≪郭店楚簡≫은 두개의 필획을 교차하는 형태를 사용하여 '宀'·'𠆢'나 '个'으로 쓰고 있다. 금문과 비교하면 필획이 간화되었음을 알 수 있다. ≪上博楚簡≫도 '𡧝(宗)'(≪孔子詩論≫)·'𡥀(富)'(≪孔子詩論≫)·'𡩋(宋)'(≪緇衣≫)·'𡨾(寇)'(≪周易≫)·'𡨸

---

15) ≪郭店楚簡文字編≫(張守中 主編), 93-94쪽.

16) ≪金文編≫卷六, 中文出版社, 309-310쪽.

(靑)'(≪亘先≫) 등과 같이 字符 '宀'를 ≪郭店楚簡≫과 유사하게 쓰고 있다.

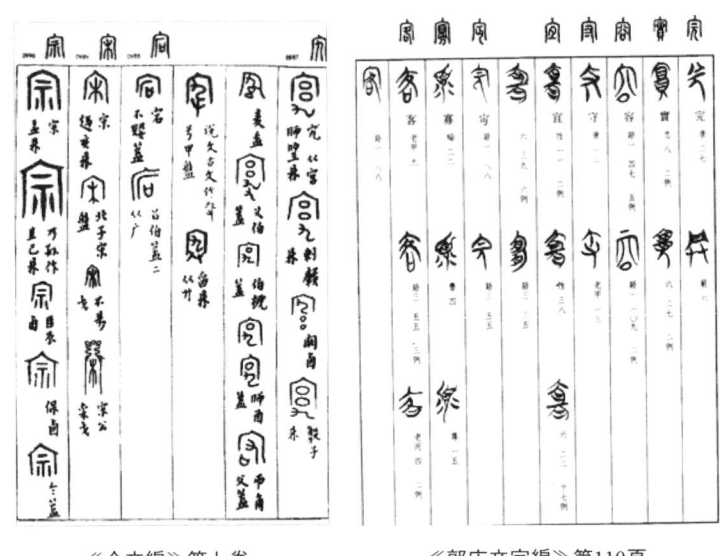

≪金文編≫第七卷   ≪郭店文字編≫第110頁

字符 '心'은 篆書體에서 네 개의 필획을 사용하여 쓰고 있으나, 초간에서는 양쪽 원형의 필획을 연결하여 하나의 직선의 획으로 쓰고 있다. ≪上博楚簡≫도 '䰧(悁)'[17](≪孔子詩論≫)·'唐(息)'(≪緇衣≫)·'𢘆(思)'(≪性情論≫)·'䰧(憲)'(≪民之父母≫)·'𢝆(悳)'·'𢝆(悳)'(≪子羔≫)·'𢝆(悁)'(≪從政甲≫)·'𢝆(惠)'(≪容成氏≫)·'𢝆(愚)'(≪周易≫)·'𢝆(慈)'(≪中弓≫)·'𢝆(悉)'(≪亘先≫)·'𢝆(昌)'(≪

---

17) 『𢝆', 從晉從心. 或省作'𢝆', 從晉從心, 見第十八簡. '𢝆'·'𢝆'同爲一字. 以月爲聲符. 有學者釋爲'怨'. 據此字形, 或可讀爲'悁', '悁'·'怨'一聲之轉, 也可讀爲'惌'. ≪廣韻≫有此字, 曰「枉也」. ≪集韻≫:「𢝆也, 恚也, 本作怨, 或作惌.」』(≪上海博物館藏戰國楚竹書一≫, 129쪽)

亘先≫)·'🦋(戀)'(≪彭祖≫)과 같이 이미 두 획을 연결하여 직선으로 쓰고 있는 더 일반적이다. 그러나 ≪郭店楚簡≫ 중의 일부는 아직도 篆體와 같이 '🦋(忠)'(≪忠信之道≫)·'🦋(慇)(愛)' ≪語叢四≫ ·'🦋(息)(仁)'(≪語叢四≫) 등으로 쓰기도 한다.

字符 '言'은 篆書體에서 중간 필획을 두개의 타원형의 필획을 사용하고 있으나, ≪郭店楚簡≫과 ≪上博楚簡≫에서는 중간의 일부 필획을 생략하고 직선적으로 연결하여 사용하고 있다. 字符 '音'도 역시 마찬가지다. 예를 들어, ≪上博楚簡≫의 '🦋(言)'(≪孔子詩論≫)·'🦋(言)'(≪孔子詩論≫)·'🦋(信)'(≪緇衣≫)·'🦋(善)'(≪子羔≫)[18]·'🦋(訟)'(≪容成氏≫)·'🦋(訏)'(≪周易≫)·'🦋(調)'(≪中弓≫) 등이 있다. 그러나 ≪上博楚簡≫ 중에는 가운데 짧은 竪畫을 省略하지 않고 '🦋'·'🦋'(≪緇衣≫) 등과 같이 쓰기도 한다.

이와 같은 현상은 앞에서도 이미 언급하였듯이 隸變의 과도기적 현상 때문이다. 그러나 생략하여 '🦋'(≪緇衣≫)와 같이 쓰는 것이 더 일반적이라고 할 수 있다.

---

18) '善'字를 金文은 '從誩從羊'하여 '🦋(≪毛公鼎≫)'으로 쓴다. ≪說文≫은 「🦋(譱), 吉也, ……篆文🦋, 從言.」라고 설명하고 있다.

≪郭店楚簡文字編≫[19]　　　　　≪金文編≫第三卷

≪金文編≫第三卷　　≪郭店楚簡≫‘言’符字　　≪郭店楚簡≫
'音'符字

字符 ‘糸’와 ‘幺’은 세 개의 피침 필획을 사용하여 ‘絡(絡)’·‘綏
(綏)’(≪江陵天星觀遣策簡≫) 등으로 쓴다. ≪郭店楚簡≫과 ≪上博

---

19) 張守中主編, 142-143쪽.

楚簡≫은 ≪江陵天星關遣策簡≫의 필획보다는 갈림체가 아니지만, 이미 상당히 이와 유사한 형태를 띠고 있다. ≪郭店楚簡≫은 '絅(絅)'(≪語叢≫)·'経(經)'(≪太一生水≫) 등으로 쓰고, ≪上博楚簡≫은 '樂(樂)'(≪性情論≫)·'樂(樂)'(≪民之父母≫)·'約(約)'(≪容成氏≫)·'藥(藥)'(≪周易≫) 등으로 쓴다. 하지만, ≪郭店楚簡≫과 ≪上博楚簡≫ 중에는 여전히 전서체와 같이 '孳(孳)'(≪彭祖≫)·'樂(樂)'(≪孔子詩論≫)·'茲(茲)'(≪緇衣≫) 等으로 쓰기도 한다. ≪郭店楚簡·唐虞之道≫ 중 '絅'字는 '⑂'·'⑂'·'⑂'·'⑂' 등과 같이 '糸'변으로 쓰거나 혹은 이를 생략하여 '幺'으로 쓴다. 이 자는 '治'와 '嗣'의 의미로 쓰인다.

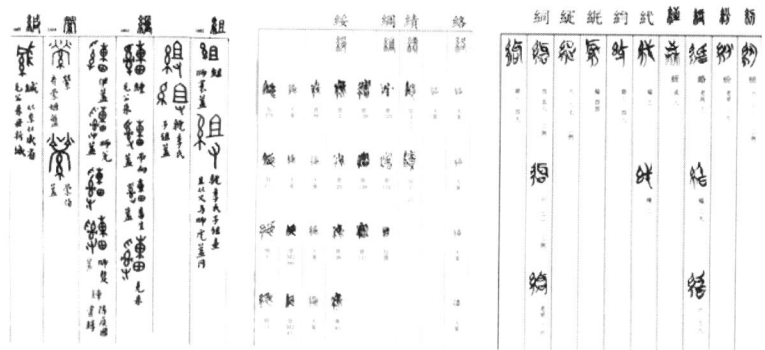

(≪金文編≫卷十三)　　(≪楚文字編≫卷十三, 739頁)　　(≪郭店楚簡文字編≫卷十三, 177頁)

이외에도 字符 '阜(阝)'는 金文에서는 'ᕈ'·'ᕈ'·'ᕈ' 등으로 써서 'ᕈ'의 형태가 주를 이루고 있지만, 楚簡은 금문의 'ᕈ'와 같이 왼쪽을 짧은 세 單畫을 사용하여 간략하게 쓰고 있다. ≪郭店楚簡≫의 字符 '阝'들을 사용한 자들의 예를 살펴보면 아래와 같다.

陸 隂 陸 陟

(≪郭店楚簡文字編≫卷十四, 193頁)

≪上博楚簡≫도 '☒·☒(陸)'(≪緇衣≫)·'☒(地)'20)(≪容成氏≫)·'☒(陞)'(≪周易≫)·'☒(陵)'(≪周易≫) 와 같이 생략된 필획을 사용하여 쓰고 있다. 하지만, '☒'형태를 사용하여 '☒(階)와 같이 쓰기도 한다.

위에서 예를 든 자부들 이외에 '辵'·'人'·'廾' 등 필획에서 이러한 생략 현상이 보이고 있다. 이러한 현상은 篆體를 빠르게 쓰는 과정에서 발생한 簡略現象으로 裘錫圭는 이러한 현상을 '筆畫化'라고 칭하고 있다.21)

③ 省減筆畫

戰國 시대는 중국 어느 시기보다도 복잡하고 다양한 한 사회였기 때문에 다양한 문서 기록이 필요하였다. 또한 갑골이나 금문에 비해

---

20) ≪說文≫은 '地'자의 籍文을 '墬'으로 쓰고 있다. ≪說文解字今釋≫(湯可敬), 1951쪽 참고

21) 『由象形變爲不象形, 是字體演變過程中最容易覺察到的變化. 在整個古文字階段裏, 漢字的象形程度在不斷降低. 古文字所使用的字符, 本來大都很象圖形. 古人爲了書寫的方便, 把它們逐漸改變成用比較平直的線條構成的·象形程度比低的符號. 這可以稱謂"線條化". 在從古文字演變爲隸書的過程裏, 字符的寫法發生了更大的變化完全喪失象形意味的, 用點·畫·徹·捺等筆畫造成的符號. 這可以稱謂"筆畫化".』(≪文字學概論≫(裘錫圭), 28쪽.)

쉽게 구할 수 있는 書寫 재료와 대량의 문서 기록, 빠른 붓 놀림은 문자의 형태를 좀더 간략하게 기록하게 필요성을 느끼게 하였다. '省減筆畫'도 그 중에 하나이다. '省減筆畫'이란 필획 중에 일부를 생략하거나 합병하는 형식을 말한다. 아래에서는 '其''·'箕'·'勿'·'而'·'易'·'豊'·'爲'·'作'·'或' 등자를 예로 들어 ≪郭店楚簡≫에서 보이는 '省減筆畫'현상을 설명하기로 한다.

'箕'자는 ≪郭店楚簡·緇衣≫ 제 35간에서 '⚱'로 쓰기도 하나 이외에는 모두 '⚱'로 쓰고 있다. 金文은 '箕'자를 다양한 형태로 쓰고 있다. 그 원인은 아마도 상당히 이른 시기에 문자가 출현하였고, 戰國 각 지역에서 상용되어진 까닭으로 보인다. 예를 들어, '⚱'(≪白者君匜≫)·'⚱'(≪商丘叔簋≫)·'⚱'(≪南姬鬲≫)·'⚱'(≪作父乙鼎≫)·'⚱'(≪襄簋≫)·'⚱'(≪王孫鐘≫)·'⚱'(≪邕子甗≫)·'⚱'(≪吳王夫差劍≫)·'⚱'(≪欒書缶≫)·'⚱'(≪昶仲鬲≫)·'⚱'(≪鄂君啓次節) 등으로 쓴다. 이외에도 '丌'字나 혹은 '丌'으로 쓰기도 한다. 이 형태는 '⚱'의 윗 부분을 생략하고 아랫 부분만 쓴 것이다. '丌'의 형태는 '丌' 위에 장식 횡획을 추가한 것이다.

'勿'자와 '易'字는 中間에 있는 왼쪽 삐침 筆畫을 하나나 혹은 둘을 생략하여 쓰기도 한다.

'而'를 金文은 '帀'·'帀'·'帀' 등으로 쓰고, 小篆은 '帀'으로 쓰는데, ≪郭店楚簡≫에서는 이를 더욱 생략하여 '禾'으로 쓰기도 한다.

'豊'字를 金文은 '豊'·'豊'·'豊'·'豊'·'豊'·'豊'·'豊'·'豊'[22] 등으로 쓰며, ≪郭店楚簡≫에서는 윗 부분의 필획을 상당부분 생략하여 '豊'의 형태로 쓰기도 한다.

---

22) ≪金文編≫卷五 참고.

'作'字를 金文은 일반적으로 '乍'(如'ﬞ'≫)으로 쓰고; '木'변을 추가하여 'ﬞ'으로 쓰기도 하고; '攴'변을 추가하여 'ﬞ'으로 쓰기도 하며; '殳'을 추가하여 'ﬞ'로 쓰기도 하고; '又'변을 추가하여 'ﬞ' ·'ﬞ'으로 쓰기도 하고; '辵'을 추가하여 'ﬞ'로 쓰기도 하고; '言' 변을 추가하여 'ﬞ'로 쓰기도 하고; '音'을 추가하여 'ﬞ'으로 쓰기도 한다. ≪郭店楚簡≫에서는 '又'변을 추가하여 'ﬞ'으로 쓰기도 한고, 이를 생략하고 'ﬞ'으로 쓰기도 한다.

'或'字를 ≪郭店楚簡≫은 'ﬞ' ·'ﬞ'으로 쓰기도 하고 , 아래 횡획을 생략하여 'ﬞ'으로 쓰기도 한다.

箕·其23) 勿24) 而25) 易26) 豊27) 作28) 或29)

---

23) ≪郭店楚簡文字篇≫, 82쪽.
24) ≪郭店楚簡文字篇≫, 132쪽.
25) ≪郭店楚簡文字篇≫, 132쪽.
26) ≪郭店楚簡文字篇≫, 133쪽.
27) ≪郭店楚簡文字篇≫, 84-85쪽.
28) ≪郭店楚簡文字篇≫, 174쪽.
29) ≪郭店楚簡文字篇≫, 171쪽.

다음은 '命'·'不'·'豐'·'亓'자 등을 예를 들어 ≪上博楚簡≫에서 보이는 '省減筆畫' 현상을 살펴보기로 한다.

'命'字는 ≪孔子詩論≫·≪子羔≫와 ≪彭祖≫에서 각각 '��'·'��'·'��'으로 쓰기도 하지만, 아래 두 횡획을 생략하여 '��'(≪孔子詩論≫)·'��'(≪周易≫) 등으로 쓰기도 한다.

'不'자는 일반적으로 상하 부분에 횡획과 점을 사용하여 '��'(≪性情論≫)·'��'(≪民之父母≫) 등으로 쓰지만, 위 횡획을 생략하여 '��'(≪緇衣≫)·'��'(≪孔子詩論≫)·'��'(≪子羔≫) 등으로 쓰기도 하며, 위아래 횡획을 모두 생략하여 '��'(≪周易≫)·'��'(≪緇衣≫)·'��'(≪彭祖≫)·'��'(≪彭祖≫) 등으로 쓰기도 한다.

'豐'字를 '��'(≪容成氏≫)으로 쓰기도 하나, 위 부분 필획을 생략하여 '��'(≪周易≫)으로 쓰기도 하고, 더욱 생략하여 '��'(≪孔子詩論≫)·'��'(≪民之父母≫)·'��'(≪緇衣≫)으로 쓰기도 한다.

'亓'字는 ≪郭店楚簡≫과 같이 '��'(≪性情論≫)·'��'(≪容成氏≫)로 쓰기도 하고, 위 횡획을 생략하여 '��'(≪周易≫)·'��'(≪子羔≫) 등으로 쓰기도 한다.

④ 借用筆畫

"借用筆畫"이란 근접해 있는 필획을 차용하여 쓴 형태를 말하는 것으로, 다른 편방의 필획을 빌려 쓴 것을 말한다. 아래에서는 '此'·'歲'·'嗌'·'名'·'忌'·'旻'·'能' 자 등을 예로 들어 "借用筆畫"현상을 설명하기로 한다.

'此'字를 金文은 '��'(≪此尊≫)·'��'(≪此盉≫)·'��'(≪居簋≫)·'��'(≪南疆鐘≫)·'��'(≪中山王響鼎≫) 등으로 쓰고 있다. ≪郭店楚簡≫중에는 '此'를 필획을 차용하지 않고 '��'(≪老子甲≫)·

'❀'(≪緇衣≫)·'❀'(≪六德≫) 등으로 쓰기도 하지만, '止'변의 아 랫 부분이 '匕'변의 아래 부분을 같이 사용하여 '❀'·'❀'(≪成之問 之≫)·'❀';(≪尊德義≫) 등으로 쓰기도 있다.

'歲'字를 金文은 '❀'(≪利簋≫)·'❀'(≪子禾子斧≫)·'❀'(≪智 鼎≫)·'❀'(≪毛公鼎≫)·'❀'(≪國差譫≫)·'❀'(≪陳猷釜≫)· '❀'(≪甫人盨≫)·'❀'(≪公孫造壺≫)·'❀'(≪楚王酓肯鼎≫)·'❀' (≪鄂君啓節≫) 등으로 쓰고, 甲骨文은 '❀'·'❀'·'❀'·'❀'· '❀'·'❀'·'❀' 으로 쓴다.[30] ≪太一生水≫는 '歲'字를 '❀'으로 쓰고 있다. 이 형태는 ≪鄂君啓節≫과 같이 '止'변과 '戈'변이 한 획을 공동으로 사용하고 있다.

'名'字는 '口'과 '夕'으로 이루어진 會意字이다. ≪郭店楚簡≫은 일반적으로 '❀'(≪老子甲≫)·'❀'(≪語叢一≫)·'❀'(≪緇衣≫) 등 으로 쓰지만, 필획을 차용하여 '❀'(≪成之問之≫)으로 쓰기도 한다.

'嗌'字를 ≪郭店楚簡≫은 '❀'(≪老子乙≫)·'❀'(≪唐虞之道≫) 등으로 쓰고, ≪上博楚簡≫은 '❀'(≪孔子詩論≫)으로 써서 '口'변 이 '益'변의 筆畫을 차용하여 쓰고 있다.

'忌'字를 ≪郭店楚簡·語叢一≫은 이 자를 '❀'으로 쓰고 있으 나, ≪太一生水≫는 '❀'으로 써서 '心'과 '己'의 筆畫을 겸용하고 있다.

'吝'字를 ≪上博楚簡≫은 '口'와 '文'변을 서로 겹쳐서 '❀'(≪孔

---

30) ≪金文常用字典≫(陳初生 編著)은 이들의 형태를 네 가지로 나누어 설명하 고 있다:『第一類上部象斧鉞之形, 第二類在斧鉞形基礎上增飾兩短畫, 第三 類在斧鉞形基礎上增冊. '❀'形, 第四類在斧鉞形基礎上增'❀'形. 金文中第一 類不見, 利簋·子禾子釜字與第二類相近. 智鼎·毛公鼎字有第三類演變而成, 卽爲 ≪說文≫所本. 而楚器上常見的'❀'字下部之月卽從第四類以'❀'形演變 而來.』(149-150쪽).

子詩論≫)으로 쓰고 있다.31) 이 자는 차용하지 않고, '⿰' (≪孔子詩論≫)으로 쓰기도 한다. 이외에도 'ㅁ'변을 차용하여 '吳'자를 '⿰' (唐虞之道≫)·⿰(≪子羔≫) 등으로 쓰기도 한다.

2) 偏旁簡化

'省減筆劃'이란 字符 필획의 일부를 생략한 형태를 말하고, '偏旁簡化'은 필획보다 큰 문자단위인 '편방'을 생략하여 간략하게 쓴 형태를 말한다. '偏旁簡化'는 다시 '偏旁省略'·'省減同形'·'濃縮簡化' 등으로 나눌 수 있다.

① 偏旁省略

楚簡문자는 전체적으로는 의미에 영향을 미치지 않는 범위 내에서 편방의 일부를 생략하여 쓰는 경우가 많다. 예를 들어, '遠'字를 ≪郭店楚簡≫은 일반적으로 '⿰'(≪老子甲≫)·'⿰'(≪魯穆公問子思≫)·⿰(≪從政甲≫)으로 쓰나, 'ㅁ'部分을 생략하여 '⿰'·'⿰' (≪尊德義≫)으로 쓰기도 한다.

'賞'字는 '貝'와 '尙'聲으로 이루어진 形聲字이다.32) ≪郭店楚簡≫은 'ㅁ'변을 생략하지 않고, '⿰'(≪性自命出≫)·'⿰'(≪容成氏≫) 등으로 쓰기도 하지만, 생략하고 '⿰'(≪尊德義≫)·'⿰'(≪六德≫)

---

31) 馬承源은 『從口從文, 在簡文中, '旻'或'文'不完全相同. 如文王之'文'不從口, 文章之'文'從口, 字的形體有點象戰國文字'吳'字的寫法, '⿰'與'⿰', 僅有細小的差別. '吳'字從口置矢字側端的寫法與'旻'字從口從文置側端的寫法相似, 但'文'字在簡文中, 也有寫成'吝'的, 與'吝嗇'之'吝'一樣. 到了小篆時代, '旻' 廢而統一成爲'文'字了. '文'在這裏是指文采』라고 설명하고 있다.(馬承源主編, ≪上海博物館藏戰國楚竹書(一)≫, 126쪽).

32) 徐鍇는 ≪繫傳≫에서 『賞之言尙也, 尙(崇尙)其功也. 賞以償(回報)之也』라고 설명하고 있다(≪說文解字今釋≫(湯可敬), 854쪽 재인용).

등으로 쓰기도 한다.

　‘與’자를 金文은 ‘𤳊’(≪齊鎛≫)・‘𦥑’(≪無者俞鉦≫)・‘𦥑’(≪中山王鼎≫)・‘𦥑’(≪中山王壺≫) 등으로 쓰고, ≪說文≫은 ‘與’자를 『黨與也, 從舁從与. 𦥑, 古文與』라고 설명하고 있다. ≪郭店楚簡≫은 ‘與’자를 일반적으로 ‘𤳊’(≪尊德義≫)・‘𦥑’(≪緇衣≫)・‘𦥑’(≪孔子詩論≫) 등으로 쓰는데, 그 중에 ‘臼’를 생략하여 ‘𦥑’(≪唐虞之道≫)・‘𦥑’(≪老子甲≫)・‘𦥑’(≪語叢三≫) 등으로 쓰기도 하고, ‘与’ 部分 중 가운데 부분을 ‘𦥑’(≪子羔≫)으로 쓰기도 한다.

　‘時’字를 甲骨文은 ‘𣅱’으로 쓰고, 金文은 ‘𣅱’으로 쓰고 있다. 갑골문과 금문은 ≪說文≫ 중의 古文 ‘𣅱’와 같다.[33] ≪郭店楚簡≫ 중에는 ‘寺’・‘日’을 모두 사용하여 ‘𣈆’(≪性自命出≫)[34]・‘𣈆’(≪五行≫)으로 쓰기도 하고, ‘寸’을 생략하여 ‘𣈆’(≪窮達以時≫)・‘𣈆’(≪尊德義≫) 등으로 쓰고 있다. 金文은 ‘寺’字를 ‘從寸之聲’으로 쓰고 있다.[35]

---

33) ≪金文常用字典≫(陳初生), 675쪽.

34) ≪性自命出≫은 ‘時’字를 ‘詩’의 의미로 쓰이고 있다.

35) ≪金文常用字典≫은 『寺字金文從又之聲, 又象手形, 手有所持也. 當爲持之初文, 形符或從寸, 意與又同, 或更增飾口旁.』라고 설명하고 있다.(≪金文常用字典≫(陳初生), 355쪽 참고).

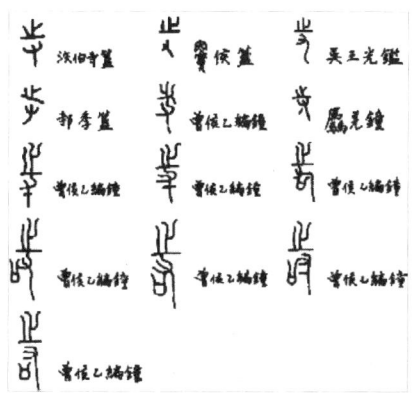

② 省減同形

'省減同形'이란 중복되는 형태 중 일부를 생략하는 것을 말한다.

'絶'字를 金文은 '◆'(≪中山王◆壺≫)으로 쓰고 있다36). 楚簡에서 '絲'을 써서 '◆'(≪老子乙≫)·'◆'(≪緇衣≫)로 쓰거나 혹은이 중에 '糸'의 하나를 생략 '◆'(≪老子甲≫)으로 쓰기도 한다. 또는 '刀' 중의 가운데 한 획을 생략하여 '◆'(≪孔子詩論≫)37)으로쓰기도 한다.

'藥'는 '艸'와 '樂'聲으로 이루어진 형성자이다. ≪上博楚簡≫의 ≪周易≫은 '◆'으로 쓰지만, '艸' 중의 하나를 생략하고 '屮'를 써서 '◆'(≪五行≫)·'◆'(≪從政乙≫)으로 쓰기도 한다.

③ 濃縮簡化

'濃縮簡化'는 文字 중의 일부분을 극도로 생략하여 원래는 물체

---

36) ≪說文≫은 『◆, 斷絲也. 從絲從刀從卩. ◆, 古文絶象不連體絶二絲.』라고설명하고 있다.

37) ≪上海博物館藏戰國楚竹書(一)≫(158쪽):『不◆, 讀爲「不絶」, 古文「絶」作「◆」, 簡文爲其半, 爲「絶」之別體.』

를 상형한 부분이었으나 생략하여 한 두 획으로 처리하여 抽象적
符號로 변화한 것을 말한다. 濃縮된 부분은 원래의 자와 비교하지
않으면 쉽게 이해가 쉽지 않은 경우도 있다.

　'爲'字는 '爪'와 '象'으로 이루어진 會意字이다. 金文은 일반적으
로 '爪'와 '象'을 모두 상형적으로 표현하고 있지만, 이를 혹은 簡化
하여 '𤓰'・'𤓫'・'𤓬' 등으로, '象'의 부분을 '𠂤'・'𠂢'・'𠂣' 등으
로 쓰기도 한다.

(≪金文常用字典≫, 303-304頁)

爲(≪郭店文字篇≫47頁)

　　≪郭店楚簡≫중의 '爲'자는 매우 다양한 형태로 쓰인다. '𤓰'으
로 쓰거나, 혹은 아래 횡획 중 한 획을 생략하여 '𤓫'으로 쓰거나,
두 획을 모두 생략하여 '𤓬'으로 쓰기도 한다. 이외에도 '象'部分을
매우 다양하게 써서 '𤓰'(≪語叢四≫)・'𤓫'(≪老子丙≫)・'𤓬'(≪

忠信之道≫)·''(≪語叢四≫)·''(≪老子甲≫)·''(≪老子乙≫)·''(≪彭祖≫) 등으로 쓰기도 한다. ''(≪彭祖≫)자는 다른 형태와 사뭇 다르다. 오른 쪽 획을 아래로 극단적으로 끌어 내려 매우 약동적인 필세를 나타내고 있다.

'則'字를 金文은 '鼎'과 '刀'써서 ''(≪散盤≫)·(格伯簋≫)·(≪段簋≫) 등으로 쓴다. 이 중에 '鼎'부분을 극히 생략하여 ≪上博楚簡≫은 ''(≪孔子詩論≫)·''(≪子羔≫) 등으로 쓰거나, 혹은 더욱 생략하여 ''(≪緇衣≫)·''(≪緇衣≫)·''(≪子羔≫)·''(≪五行≫)·''(≪從政乙≫)·''·''(≪尊德義≫)쓰기도 하며; 또는 '刀'部分을 생략하거나 혹은 비교적 많은 변화를 주어 ''(≪孔子詩論≫)·''(≪緇衣≫)으로 쓰기도 한다.

≪說文≫은 '烏(於)'字의 古文을 ''·''으로 쓰고 있다. 金文은 아래와 같이 매우 다양한 형태로 쓰고 있다.[38]

(烏 ; ≪金文常用字典≫457頁)　　　(於 ; ≪郭店楚簡文字編≫, 71頁)

---

38) 陳初生은 ≪金文常用字典≫에서 '烏(於)'자에 대하여 『烏字本爲鳥之象形, 後來頭部筆畵分離(如禹鼎烏字), 漸漸訛變爲𪅀, 省變爲於, 烏於遂分化爲二, 然其源則一. ≪穆天子傳≫三: "比徂西土, 爰居其野, 虎豹爲群, 於鵲與處." 郭璞注: "於讀曰烏." 라고 설명하고 있다.(≪金文常用字典≫, 437쪽 참고).

≪郭店楚簡≫은 '鳥'부분을 극히 생략하여 'ᄇᄀ'(≪孔子詩論≫) ·
'ᄇᄀ'(≪魯邦大旱≫) 으로 쓰고 있다. 만약에 고문자부터 역추행하지
않으면, 원래의 상형된 형태를 알 수 없을 정도이다.

3) 合文과 重文

合文과 重文 역시 이체자의 일종이다. 合文과 重文도 문자의 일
부를 간략하게 쓰기 위한 일종의 필획 생략 현상이기 때문에 異寫字
의 일부에 포함시킬 수 있다. 合文과 重文은 數量詞·地名·官名과
複姓의 용법으로 주로 쓰인다. 合文은 甲骨文과 商周金文 등에도
자주 쓰이는 용법이다. 戰國 문자 중의 合文은 商周古文에 비하여
훨씬 다양한 용법으로 쓰이고 있다. ≪甲骨文編≫·≪金文編≫·
≪戰國文字篇≫과 ≪古文字類編≫ 등의 합문 자료를 비교해 보면,
甲骨文과 戰國文字의 合文 형식이 비교적 다양한 형태로 나타나지
만, 金文은 32의 예가 보인다.39).

李守奎 ≪楚文字編≫ 중에 수록하고 있는 合文는 모두 92 개가
있다. 이들 합문은 ≪郭店楚簡≫만을 포함하고 ≪上海楚簡≫의 합
문은 수록하고 있지 않다. ≪郭店楚簡文字編≫에는 모두 22 개의
合文을 수록하고 있다.40) 이들 합문을 '一般合文'·'筆畵借用合文'
·'偏旁借用合文'·'形體借用合文' 등으로 나누어 분석할 수 있다.

① '一般合文'

'一般合文'은 가장 일반적으로 형태의 合文을 말한다. 그 형식은
비교적 보편적이기 때문에 쉽게 인식할 수 있다. 이러한 合文은 주

---

39) ≪金文編≫(中文出版社), 165-166쪽 참고.
40) ≪郭店楚簡文字編≫, 201-203쪽.

로 合文符號 '✦'•'➤' 등을 사용한다. ≪郭店楚簡≫ 合文 중 '小
人'•'五十'•'志心'•'兄弟' 등이 이에 속한다.

② 筆畵借用合文

'筆畵借用合文'은 필획 중의 일부를 차용하여 두 자가 共用하는
筆畵을 포함하고 있는 경우를 말한다. ≪郭店楚簡≫ 중에 '七十'•
'之所' 등이 있다.

③ 偏旁借用合文

'偏旁借用合文'은 두 자가 같거나 근사한 부분이 있으나, 이를
하나의 편방으로 대신하는 합문을 가리킨다. 예를 들어, '君子'•'之
志'•'先之'•'志心' 등의 합문이 있다.

④ 借用形體合文

'形體借用合文'은 비교적 특수한 합문의 하나로, 單字의 形式이
나 두 자의 나타내는 합문이다. 예를 들어, '子孫'•'大夫'•'土地'
•'淸靑'•'並立'•'身窮'•'艸茅'•'聖人'•'沴澤'•'敎學'와 '蠹
蟲' 등이 있다.

⑤ 重文

'重文'은 한 자를 써서 두 자를 표시하는 경우를 말한다. 일반적
으로 중문부호를 사용한다. 예를 들어, '惡惡'을 ≪郭店楚簡≫은
'𢙣'(≪緇衣≫으로 쓰고, ≪上博楚簡≫은 '𢙣'(≪緇衣≫)으로 쓴다.
'惡惡' 중 앞 '惡'은 動詞의 用法으로 쓰고, 뒤 자는 名詞의 용법
으로 쓰이고 있기 때문에 음이 서로 다르다. 중문으로 쓰는 경우가
있는 중문의 형태로 쓰지 않는 경우가 있기 때문에, 광의적인 개념
에서 보면, 중문 역시 이체자 중의 한 현상이다.

Ⅲ. 나오는 말

古隷의 탄생은 篆書를 일시에 완전히 파괴한 것에서 탄생한 것
이 아니다. 문자를 쉽고, 간편하고, 빠르게 쓰고자 하는 사회의 변화
욕구에서 자연스럽게 발생한 일련의 규칙적인 현상이다. 隷變은 변
화욕구과정 중의 현상이다. ≪郭店楚簡≫과 ≪上博楚簡≫의 書寫
體는 이러한 욕구의 조짐에 해당된다. 이러한 조짐은 문자 연변과
서체연변에 있어 중요한 의의를 지니고 있다. 이체자는 隷變 중 중
요한 현상중의 하나이다. 따라서 초죽간의 문자는 다양한 관점에서
폭넓은 연구가 필요하다. 이체자 연구는 현재 문자를 어떻게 하면
사회적으로 실용적으로 사용할 것인가에 초점을 맞추고 있기 때문에,
상대적으로 고문자의 이체자 연구는 소홀한 감이 없지 않다. 이외에
도 고문자의 이체자 연구는 異構字 연구에만 치중되고 있어, 필획의

異寫字연구는 상대적 미약한 실정이다. 異寫字 연구 역시 고문자
연구에 빠져서는 안 될 중요한 현상이기 때문에 주목하여 연구하여
야 하겠다.

참고문헌

≪異體字硏究≫, 張書岩 主編, 商務印書館, 2004년 9월((李國英의 논문 ≪
　　異體字的定義與類型≫ 등 30여편의 이체자에 관한 논문을 수록.)
何琳儀 著, ≪戰國古文字典≫上下冊, 中華書局, 1998年9月.
何琳儀 著, ≪戰國文字通論≫上下冊, 江蘇敎育出版社, 2003年1月.
荊門市博物館 編者, ≪郭店楚墓竹簡≫, 文物出版社, 1998年.
馬承源 主編, ≪上海博物館藏戰國楚竹書(一)~(六)≫, 上海古籍出版社, 2001
　　年~2006년.
淸華大學思想文化硏究所 編, ≪上博館藏戰國楚竹書硏究≫, 上海書籍出版
　　社, 2002年3月.
商承祚 編著, ≪戰國楚竹書匯編≫, 齊魯書社, 1995年11月.
饒宗頤 等人, ≪楚帛書硏究≫, 中華書局, 1985年 9月.
李零 著, ≪郭店楚簡校讀記≫, 北京大學出版社, 2002年3月.
湖北省荊沙鐵路考古隊, ≪包山楚簡≫, 文物出版社, 1991年10月.
李守奎 編著, ≪楚文字編≫, 華東師範大學出版社, 2003年12月.
張守中 選集, ≪郭店楚簡文字篇≫, 文物出版社, 2000年5月.
張守中 選集, ≪睡虎地秦簡文字篇≫, 文物出版社, 1994年2月.
張守中 選集, ≪包山楚簡文字篇≫, 文物出版社, 1996年8月.
陸錫興 編著, ≪漢代簡牘草字編≫, 上海書畵出版社, 1989年12月.
滕壬生 者, ≪楚系簡帛文字篇≫, 湖北敎育出版社, 1995年 7月.
駢宇騫 編著, ≪銀雀山漢簡文字篇≫, 文物出版社, 2001年7月.
陳松長 編著, ≪馬王堆簡帛文字篇≫, 文物出版社, 2001年6月.

湯餘惠 主編, ≪戰國文字編≫, 福建人民出版社, 2001年12月.

陳建貢 等編著, ≪簡牘帛書字典≫, 上海書畵出版社, 1991年12月.

李正光 等編著, ≪楚漢簡帛書典≫, 湖南美術出版社, 1998年1月.

中國哲學編輯部, ≪郭店楚簡與儒學研究≫(≪中國哲學≫第二十一輯), 遼寧
　　敎育出版社, 2001年1月.

中國哲學編輯部, ≪郭店楚簡研究≫(≪中國哲學≫第二十輯), 遼寧敎育出版
　　社, 2000년1月.

李天虹 著, ≪郭店竹簡<性自命出>研究, 湖北敎育出版社, 2003年1月.

陳偉 著, ≪郭店竹書別釋≫, 湖北敎育出版社, 2003年1月.

崔永東 著, ≪簡帛文獻與古代法文化≫, 湖北敎育出版社, 2003年1月.

馬今洪 著, ≪簡帛發現與研究≫, 上海書店出版社, 2002年12月.

李學勤 著, ≪簡帛佚籍與學術史≫, 江西敎育出版社, 2001년9月.

騈宇騫·段書安 ≪本世紀以來出土簡帛槪述≫(資料篇·論著目錄篇), 臺灣萬
　　卷樓圖書有限公司, 1999年.

朱淵淸主編, ≪上海博物館藏楚竹書研究≫, 上海書店出版社, 2002年3月.

朱淵淸主編, ≪上海博物館藏楚竹書研究續編≫, 上海書店出版社, 2004年7月.

劉釗 著, ≪郭店楚簡校釋≫, 福建人民出版社, 2003年12月.

李零 著, ≪郭店楚簡校讀記≫, 北京大學出版社, 2002年3月.

丁四新　主編, ≪楚地出土簡帛文獻思想研究(一)·前言≫(湖北敎育出版社,
　　2002年12月.

丁四新 著, ≪郭店楚墓竹簡思想研究≫, 東方出版社, 2000年10月.

吳辛丑 著, ≪簡帛異文的類型及其價値≫, 華南師范大學學報, 第3期.

吳白匋 著, ≪從出土簡帛書看秦漢早期隸書≫, ≪文物≫, 1978年2期.

張飛鶯 著, ≪論錯金鄂君啓節的文物內涵及書法意義≫, ≪書法叢刊≫, 2003
　　年3期.

鍾鳴天、左德承 著, ≪從雲夢秦簡看秦隸≫, ≪書法≫, 1983年第3期.

高明 著, ≪中國古文字學通論≫, 北京大學出版社, 1996年.

崔南圭 等人, ≪郭店楚墓竹簡-임서와 고석≫, 신성출판사, 2005년 8월.

崔南圭 著, ≪郭店楚墓竹簡≫ ≪上海博物館藏戰國楚竹書≫的書體風格特徵
　　及隸變現象研究≫, 남경예술대학박사학위논문, 2005년 5월.

簡帛研究中心網站(http\\www.jianbo.org)에서　簡帛書專題研究論文　300여篇
참고

中文提要

异体字为音同意同而形体不同的字，即俗体・古体・或体之类. 异体字有两个
主要的来源、一类来源于构形，一类来源于书写. 根据异体字形成的方式，可
以把异体字分为异构字和异写字两种类型. 本文主要讨论分析了楚竹书中的异
写字. 异写字即由于书写变异形成的异体字. 异写字主要来源有由于书写变异
造成笔划微异的，或有由于偏旁简省造成的异写字. 异写字与隶化有密切的关
系. 早期隶书具有不成熟性和不稳定性. 古隶的产生并不是彻底打乱篆书整体
结构而另立新的结构，隶书与原有正体保持着紧密联系，通过隶书的演变轨迹
而能追溯到母体的面貌. 古隶的产生通过求易・求速・求简的需要，使文字记
录语言功能得到进一步发挥. 在渐变过程中，逐渐消磨了原有的象形性，经过
用笔和字形的隶化，按着一定的隶化规律和原则，从而形成了古隶的字形结构
和书写方式.早期隶书的隶变轨迹，在战国楚简中得到了充分的体现. 楚简文字
中的隶化现象，具有不成熟性・不稳定性和过渡性的特点，有些字还存在着浓
厚的篆意，但有的已初具隶书的模样. ≪郭店楚简≫和 ≪上博楚简≫中，同一
个字就存在着不同的写法，虽然如此，从战国楚简中，如战国秦简一样，依然
可以看出隶变的程度已十分明显，　即从我们分析的'用笔的隶化'・'字形的隶
化'中可以知道已发生了明显的变化.

주제어: 郭店楚墓竹简, 上海博物馆藏战国楚竹书, 郭店楚简, 上博楚简, 隶变,
　　　　异体字, 异写字, 异构字, 楚竹书, 楚简.

后期墨家自然观述评

李傳忠，王宝蓮(韶關學院; 韶關學院)

墨子是墨家学派的创始人, 战国初期伟大的思想家、政治家, 也是一位有卓越贡献的自然科学家。 墨家是墨子创建的先秦时期的一个重要学派, 在政治、哲学、军事、逻辑学、经济学等许多方面的研究均颇有成就, 在对自然界的看法方面有许多独特的见解, 自然观是他们研究成果的重要方面。《墨子》原本一共七十一但留传至今的只有五十三篇, 今存《墨子》书中的《经上》、《经下》、《经说上》、《经说下》、以及《大取》、《小取》六篇著作, 从形式到内容, 均与《墨子》书中其他各篇有显著不同, 据今人研究, 认为他们是后期墨家的著作(也有人持不同看法, 如詹剑峰等；这里从任继愈等人的观点)。 因此, 当我们研究后期墨家的自然观时, 就不能不以这些著作为依据。就是说, 通过这些著作, 来看后期墨家的自然观。

一、唯物的物质观

物质概念是唯物主义自然观的一个最基本的概念, 对它的理解如何, 直接影响到对然界的本质及其属性以至整个自然界本质的理解。墨家对物质的理解, 经过了一个唯物主义深化的过程。墨子虽然没有直接明确提出物质的概念, 但却包含着对物质的唯物主义理解。如："我所以知命之有与亡者, 以众人耳目之情, 知有与亡。有闻之, 有见之, 谓之有；莫之闻, 莫之见, 谓之亡。"(《墨子.非命中》, 标点从李渔叔《墨子今注今译》) 在这里, 墨子对于相信"命"存在的观点给予否定的同时，提出了"有"的概念。"有"可以"闻之"、可以"见之"，一句话，就是可以感知它，因而"有"是客观存在的；反之，"莫之闻，莫之见"的东西，则是不存在的，不具有客观性的本质，故称之谓"亡"。"命"由于不可"闻之"、不可"见之"，所以墨子认为它不属于"有"的范畴，而是属于"亡"的范畴。可见，在墨子对于"有"与"亡"这对范畴的论述中，包含了物质客观性的唯物主义基本思想。列宁说："物质是标志客观实在的哲学范畴，这种客观实在是人通过感觉感知的，它不依赖于我们的感觉而存在，为我们的感觉所夏写、摄影、反映。"(《列宁选集》第二卷第128页) 列宁的论述十分清楚地指明，物质的"唯一"特性是客观实在性，其次是为人所能认识的可认识性，而客观实在性与可认识性相联系，可认识性以客观实在性为前提，客观实在性是可认识的。墨子已经认识到了物质的客观实在性与可认识性的联系，企图用可认识性来说明客观实在性，用"有"的可"闻之"、可"见之"说明"有"的客观实在性。如果仅从物质的可知性来说明其客观实在性是不科学的，因为物质的可知性并非是与精神相区别的"唯一"特性，精神现象也是可知的。正是由于这个原因，墨子没有能够使其唯物主义的原则贯彻到底，他认为鬼神也能"闻之"、"见之"，也属于"有"的范围，使其唯物主义的物质观陷入唯心主义迷途。后期墨家冲破了唯心主义鬼神观的迷雾，对墨家唯物主义物质观做了进一步探讨，使其上升到唯物主义的新高度。"可无也，有之而不可去，说在尝然。"(《经下》)《经说下》又释："可无也，已然，则尝然，不可无也。"(从孙诒让校) 意思是说，凡物之可无者，现在虽然无，但过去曾有过，不能因为现在的无而抹去过去的有，这是因为过去确实曾真实的存在过。"有"的这种真实存在过的性质，并不为可"闻之"、可"见之"而存在。可见，在这里，后期墨家已冲破了用可知性来说明客观性的局限，而是用物质的客观性自身来说明客观性了。可见, 后期墨家在对 "有" 的理解中已净化了墨子的唯心主义糟粕, 使唯物主义的水平大大提高一步。

墨经中 "有" 的唯物主义物质观, 在关于 "端" 的理解中, 又有了更进一步的深化。后期墨家认为, "端" 是没有体积、不占有空间的物质端点, 是构成 "有" 的始基。"端" 的属性, 在后期墨家看来, 大致上有以下三点: 一, "端" 是构成物质的基本单位。"端, 体之无序而最前列者也。"(≪经上≫) "序当作厚, 形近而误。"(高享: ≪墨经校诠≫ 第67页)因此, 端是体之无厚而最前列者。"厚" 是什么呢? "厚, 有所大也。"(≪经上≫) 有厚就是占有一定体积、一定空间。"无厚" 呢? ≪经上说≫ 释: "厚: 惟无所大。" 而 "'惟无所大' 疑当作 '惟无厚无所大', 转写误脱。"(高享: ≪墨经校诠≫ 第64页)因而 "无厚" 就是没有体积、不占有空间。那么, "端" 就是构成 "体" 的、 没有体积、不占有空间的微小的物质实体。学术界有的观点认为, 后期墨家 "端" 的范畴是几何学范畴, 是几何学上的点, 而不是构成物质的始基。我们认为, 这种理解不完全符合墨经原意。墨经中在说明 "端" 的不可分性时说: "'非半', 弗著斤(同砍)不动, 说在端。"(≪经下≫) 意思是说, "非半" 之木不能再砍了, 因为它是 "端", 而 "端" 是不能再分了。由此可见, 在后期墨家看来, "端" 是最木的最小构成部分, 是构成"有"的始基。显然 "端" 也是哲学范畴, 而并非是纯粹的几何学的概念。二, "端" 是不可再分的。后期墨家的"端" 的不可再分性思想, 是针对名家说辩者的无限可分的思想提出来的。"辩者二十一事" 说: "一尺之捶, 日取其半, 万世不竭。"(≪庄子·天下≫) 该命题虽然正确地揭示了物质结构的不同层次之间相互联系的无限性, 但没有看到, 不同层次之间同时又具有不同质的规定性。任何物质现象, 都是可分与不可分的辩证的统一。任何物质形态分割到一定程度, 达到了关节点, 再分下去就会发生质变,分割后的东西就不是原来形态的物质了。 后期墨家的贡献就在于认识到了不同物质层次之间质的区别性, 提出了 "端" 不可再分的思想。如本文前面所引 ≪经下≫ 说 : "'非半', 弗著斤不动, 说在端。" "非半" 之木已经是 "端", 不可再分, 再分就成成其为 "非半" 之木, 而成为别的什么东西了。有的观点认同为, 后期墨家 "端" 的不可再分的思想是形而上学。显然, 这种看法理由是不充分的。因为, 首先, 后期墨家关于 "端" 的范畴, 补充了名家辩者的无限可分的命题, 使之更加完整; 其次, 后期墨家在墨经中, 在不少地方较系统地阐述了有限与无限的辩证关系(此问题, 本文第三部分有专门论述, 此处从略), 可见, 后期墨家并不反对无限可分的思想。显然, 由此认为 "端" 的学说是形而上学, 是难以成立的。三, 构成各种 "有" 的 "端" 都是相同的。"端是无同也。"(≪经说上≫) 据高享校 : "同上当有不字, 转写误脱。"(≪墨经校诠≫ 第67页)因此, "端" 应该是 "无不同", 即 "端" 与 "端" 没有不相同。后期墨家对于 "端" 的分析认识, 在一定程度上揭示了世界上不同形态的物质现象具有统一性的本质。在先秦自然观史上, 说明自然界本质的唯物主义自然观, 有五行多元说, 精气一元说等。这些学说都是用自然界中一种或数种具体物质形态来说明自然界的客观本质的, 即用个别来说明一般。而后期墨家关于 "端" 的学说却与此不同, 它是用部分来说明整体的, 这在先秦自然观史上是独树一帜的。

有人认为, 中国的传统科学文化, 在政治、伦理、文学、艺术等方面都有很大贡献, 在哲学的唯物论、辩证法、认识论等方面也有很大成就, 但是在自然科学、自然观方面是薄弱点, 甚至是空白, 缺乏如古希腊原子论那样深刻的自然观思想, 因此不能对后来的自然科学与自然观产生广泛的影响, 其实, 这个结论是值得研究的, 在进一步深入分析之后发现, 后期墨家关于 "端" 的思想和其基本同时代的古希腊哲学家德谟克利特的原子论有许多相似之处。 德谟克利特认为，万物由原子组成，而原子是最小的、不可见的、不能再分的微粒，这与后期墨家 "端" 的学说基本上是一致的。诚然，古希腊的原子论的内容比后期墨家 "端" 的学说深刻、丰富，同时对近代自然科学的原子结构学说及形而上学唯物主义自然观的形成与发展曾产生重要影响；而后期墨家 "端" 的学说，其内容比较空洞贫乏，由于各种历史原因，未能在后来的中国哲学与自然科学中得到进一步发展，但是就那个时代而言，其物质观的理论高度，并不低于古希腊人。

墨子的唯物主义物质观，夹杂了一定的唯心主义糟粕，这主要表现在天志观与鬼神思想方面。墨子相信天志的存在，并认为天志可以充当人事的公正法官，对人事施行奖惩。但其天志观并不等于儒家的天命观，他并不承认天是最高主宰。 因此，墨子不要求人们去认识天，只要人们相信天志，以天志为行动准绳就可以了。墨子的天志观主要表现在政治思想方面，他认为，有权有势富贵之人，任意欺压平民，应该受到惩罚，但事实上在当时是做不到的，因而企图借助于天志来约束他们的行为。"我有天志，譬若轮人之有规，匠人之有矩。"(≪墨子·天志≫上) 天志是墨子为实现其政治主张而运用的一种工具，在这里讲得再明白不过了。墨子的 "明鬼" 思想与 "天志" 思想十分相似。他采取了一些民间传说来说明神鬼的存在，告诫人们，神鬼和天志一样能对人施以赏罚，人必须约束自己的行为。可见，墨子的天志观与神鬼思想，都是反映庶民百姓的政治主张。当然，这也说明了墨子在世界观方面未能彻底摆脱宗教迷信的影响，于唯物义主之中夹杂着一些唯心主义糟粕。 后期墨家则抛弃了墨子的这种唯心主义糟粕，并且综合了当时自然科学的成果，提出了唯物主义生命本质的见解。 自商周以来，对生命本质的认识充满了神秘主义。 唯心主义认为，生命的本质是灵魂。灵魂进入躯体为生，灵魂脱离躯体为亡。而灵魂又为神鬼所操纵。后期墨家不赞同这种看法。《经上》说：
"生，刑(形)与知处也。"《经说上》释："生盈之生，商不可必也。
"(从高亨校)生命就是内体与知识(即精神)密不可分地结合在一起。
"知"是否就是由神鬼操纵的灵魂呢？也不是。《经上》说："知：
闻、说、亲。"《经说上》释："知，传授之，闻也。方不㾕，说也。
身观焉，亲也。"(从高亨校)后期墨家认为，知识分为"闻、说、亲"
三种，闻是从传授得来的知识；说是由逻辑推论得来的知识；亲是由
亲身观察得来的知识。显然，不论哪一种知识，都是通过后天学习而
获得的。这与唯心主义所说的由神鬼所操纵的灵魂有本质的不同。
因此，后期墨家的生命观是唯物主义的。当然，后期墨家还没有自觉
地从生命的物质客观性去认识生命现象，他们的认识还是笼统、肤浅
的，这是必须指出的。

二、辩证的运动观

什么是运动？这是运动观应该首先解决的问题。恩格斯说："运
动，就最一般的意义来说，就它被理解为存在的方式，被理解为物质
的固有属性来说，它包括宇宙中发生的一切变化和过程，从单纯的位
置移动起直到思维。"(恩格斯：《自然辩证法》第53页) 也就是说，
运动就是一切事物产生、发展、灭亡过程中的任何变化。后期墨家
虽然没有从下面直接提出关于运动的概念，但是在对具体运动现象的
分析中却包含了对运动本质的认识。如："动，或徙也。"(《经上》。

"徙", 原作 "从", 从高享校。"或" 即 "域")运动, 就是处所的迁移
变化。又如："化, 徵易也。"(≪经上≫) ≪经说上≫ 又释："化：若
鼃(古 "蛙" 字)为鹑。" "化" 是一事物变为另一事物, 是事物属性的
变化, 即质变, 如虾蟆变为鹌鹑。 再如："库, 易也。"(≪经上≫)
"库：区穴若斯貌常。"(≪经说上≫) 库是藏东西的处所, 库虽然依然
故旧, 但它所储藏的东西却是经常变化的。例不赘举, 仅上几例就足
可看出后期墨家是从变化的角度来说明运动本质的。

　墨经中的运动观包含有丰富的辩证法思想, 对于运动与静止的论述
就是其重要表现之一。 在后期墨家之前的中国哲学家中, 也有人研究
过运动与静止的辩证关系, 并提出了有价值的见解, 但没有达到墨经
这样高的水平。 如 "辩者二十一事" 指出："飞鸟之景, 未尝动也。"
(≪庄子·天下≫) 鸟在飞行中, 它的影子未曾运动。辩者已经认识到,
运动与静止的区别并非是绝对的。 从鸟自身对地面的运动来看, 飞鸟
是运动的；但由于影随飞鸟而动, 从飞鸟看鸟影, 影子则未必动。这
就初步揭示了运动与静止统一的关系。但是, 为什么飞鸟的影子却不
动呢? 辩者没有回答。墨经则不仅充分肯定了辩者的观点, 而且进一
步对这个问题作了说明："景不徙, 说在改为。"(≪墨子·经下≫) 影子
不动, 是因为影子不断地在改变。 也就是说, 在鸟的飞行中, 旧影不
断消逝, 同时新影又不断产出来。又如, "辩者二十一事" 还提出：
"镞矢之疾, 而有不行不止之时。"(≪庄子·天下≫) 箭矢的急行, 既是
静的又是动的。辩者正确地提出了运动中包含着静止的命题, 但是并
没有进一步说明。 墨经则在此基础上提出了"若矢过楹"与 "若人过
梁" 两个命题, 对运动与静止的对立统一做了进一步阐述。 "止, 以
久也。"(≪经上≫) "止：无久之不止, 当牛非马, 若矢过楹。有久之
不止, 当马非马, 若人过梁。"(≪经说上≫) 在一定距离之内, 运动占
有时间久了, 就可以转化为静止；而占有时间 "无久", 那就是 "不

止", 即运动了。 好比矢在榗中以很短的时间高速飞行, 因此箭是运动的, 若不承认这一点就如说牛不是马那样。从另一方面看, 如果通过一定距离占有时间久了, 就是静止。如人过桥梁, 小心谨慎, 速度很慢, 每前进一步都在桥上略为停留, 这就是静止。同时, 每一步又必须向前继续迈进, 因此又是运动的, 若认识不到这一点, 就等是说马不是马那样荒谬。显然, 后期墨家在这里, 一方面把运动与静止区别开, 另一方面又把运动与静止统一起来, 从而较完整地揭示了运动与静止的对立统一关系。在古希腊哲学中, 也有人用飞矢为命题来说明运动与静止关系的, 如芝诺的 "飞矢不动。" 但芝诺的认识高度却不及名家辩者, 更不及后期墨家。 芝诺把静止与运动的联系分割开, 只承认静止而否认运动。他认为, 当人们看到一定时空内飞行中的一支箭, 由甲地飞到乙地时, 是人的错觉, 实际上飞行中的箭是不动的。这是因为, 当箭在A点时就静止在A点, 当箭在B点时又静止在B点……也就是说在整个飞行路线的任何一点上, 箭到达该点, 它就停留在该点, 因此飞行中的箭是不动的。芝诺一方面看到了静止与运动的矛盾, 另一方面又把它们的联系分割开, 绝对地对立起来, 得到了只存在静止而不存在运动的错误结论, 由此便陷入了形而上学。

墨经中, 阐述了大量的力学知识。在这些力学知识中, 还包含着平衡与不平衡的辩证法。 如: "均之绝; 不。 说在所均。"(《经下》) "均: 发。均县。轻而重发。绝不平均也。均, 其绝也; 莫绝。"(《经说下》) 平衡的存在与不存在, 为具体条件所决定, 条件不同, 其平衡或不平衡的状态也不同。比如 "发" 的粗细坚柔是无均匀的, 则不会断绝, 不会失去平衡。不仅如此, 后期墨家对于运动中的平衡与不平衡, 也有深刻的研究。在杠杆、滑轮、斜面等诸原理的叙述中, 就包含着这方面的探讨。如: "㒳"("衡" 古字)而必南(即 "正" 字)。说在得。"(《墨子·经下》)。从谭戒甫: 《墨经分类译注》 "衡: 加重于其一旁必捶。权、重，相若也相衡，则本短标长。两加焉，重相若，则标必下。标得权也。"(≪墨子·经说下≫) 秤杠必须平衡，条件是秤锤必须适当。若一端加重，则该端下垂，秤就失去了平衡，由平衡状态改变为不平衡。秤锤与秤盘端的重物相当时，就得到平衡，这时平衡的条件是秤头短，秤尾长。两端都加重到相当时，又可得到新的平衡。秤杆在衡量(运动)的过程中，就是这样由于条件的不断变化，而使自己的平衡状态与不平衡状态相互转化。

为什么会发生运动呢？ 后期墨家从力学的角度作了正面的解答："力，形之所以奋也。"(≪经上≫) 力是运动的原因，而形的变化原因则是受到力的作用的结果。显然，这还仅仅从力学角度给机械运动的原因作了说明，它还不能揭示一切运动产生的普遍本质。因而在一段关于五行相互转化的说明中，象是又对这个问题作了进一步的补充："五行毋常胜，说在多。"(≪墨子·经下≫，从高亨校) "五：金木水火土。离然火铄金，火多也。金靡炭，金多也。金之府水，火离木识，若扁麋与鱼之数惟所利。"(≪墨子.·经说下≫，从高亨校) 后期墨家在说明运动变化的原因时，采用了传统的五行说，但对五行说提出了自己的见解。五行说把五行这宰的相克关系理解为按一个永久不变的模式进行的，如火克金、金克木、木克土、土克水、水克火……不管具体条件如何，相克的次序永远如此不变。这无疑存在机械循环论的缺陷。而后期墨家认为，五行相克，并非常胜，不是永远按照一个固定的模式进行的，只有具备了适当的条件时，才能相克，并且，由于条件的不同，相克的情况也不同。当火的力量大于金时，火才能销金，这就是火克金；而当金的力量大于火时，则金压火，出现反克的情况。金能附于水，水能依附于木，也是由于具备了适当的条件。这正如麋利于居山，鱼利于居水那样，都各具有自己的规律性。从而说明，任何运动变化，都是相互作用的结果，而相互作用能否发生，其具体条件又各不相同。由此可见，后期墨家克服了五行说中的机械循环论的缺陷，深化了五行说中的辩证法。但是后期墨家并没自觉地认识到，运动的原因是矛盾诸方面相互作用的结果。所以它对运动原因的说明仍是含糊的，粗疏的。

那么，自然界又按照什么规律运动的呢？墨经虽未明确指出对立统一规律是自然界运动的根本规律，却包含了深刻的对立统一的基本思想。被列宁称为辩证法的奠基者之一的古希腊哲学家赫拉克利特，从事物的相互联系中猜测到对立统一的存在。他认为事物总是与其相统一的对立面，对立面之间可以相互转化，并强调斗争性在事物发展中的作用。而后期墨家对于对立统一的认识，其深刻性和系统性，都可以同赫拉克利特相媲美，并且在某些方面，比赫拉克利特更深刻。后期墨家已经认识到对立统一现象是普遍存在的，在《墨经》中列举了大量的对立统一的现象。如："为：存、亡；易、荡；治、化。"（《墨子·经上》）"为：早台，存也；治病，亡也，买鬻，易也霄尽，荡也。顺长，治也；鼌鼀(音猛)，化也。"（《墨子·经说上》。从谭戒甫《墨经分类译注》）"存"与"亡"，"易"与"荡"，"治"与"化"，都包含着对立统一。对立统一的现象之间，又是可以相互变化的。如造台由无变为存，治病由有病变为无病。又如买卖交易中有出与入的相互变化，在竹简上刻书("霄"即削，此处可作"刻"讲，从高亨校诠)有盈与虚的相互变化，即从简来看由盈变虚，从刻简得到的字来看则由虚变盈。再如顺从长养能达到治，陆鼌水鼀也可以相互转化等。后期墨家不仅指出对立双方可以转化，而且还很注意转化的条件性。如前引"五行毋常胜，说在宜。"就是说五行相克并非固定不变，关键在于适当的条件。后期墨家还提出了"两异交得"的命题，更为完善地表述了其对立统一的思想。他们认为，"异：二必异，二也。"（《墨子·经说上》）就是说，既然是两个事物，那么这两个事物之间，就必定存在着差异。而有差异的东西，又并非只存在差异，在存在差异的同时，又可统一于一体。即: "同，异而俱于之一也。"(≪墨子. ·经上≫) 两个有差异的东西在某种条件下又统一于一体，这是 "两异交得" 的基本思想。总之，后期墨家已比较自觉地从矛盾的差异性中认识同一性，从同一性中认识斗争性，赫拉克利特则非常强调斗争性的作用，但并没有自觉地从同一性中去把握斗争性。在这一点上，后期墨家的认识水平显然超过了赫拉克利特。

三、辩证的时空观

时间、空间，是个古老的科学与哲学问题。由于这个问题与人的生活密切相关，因此历史上许多学者都希望能认识它。但遗憾的是，至今它仍可算是一个必然王国。在先秦时期，因为生产技术和科学水平都很低，自然不可能把它认识清楚，只是由于后期墨家比较注意生产技术的研究，同时比较注意总结他人的先进的思想成果，才在时间与空间的研究方面，坚持了唯物主义的正确方向，并提出一些价值较大的辩证法思想。这些思想，无疑应看成是后期墨家自然观方面的一个很重要的组成部分。

在墨经中可以看到，后期墨家虽然由于时代所限，没有能够提出时空的一般性定义，但是他们对于具体的空间、时间形式，做了较深入的探讨，企图用具体的时空形式去规定抽象本质，从而不使一般脱离个别，其认识水平仍然是较高的。他们说: "宇，弥异所也。"(≪墨子.

·经上≫) "宇：东西家南北。"(≪墨子. ·经说上≫。 "家"，有的书作
"冢"，今通用 "蒙"，此处从高亨校) "宇"，就是后人所说的空间位置，
它是指所有的处所，具体说来，它包括当人处居于室时，室及室周围
的东西南北都在其内。当然，这还仅仅是从两维性的意义上来说明空
间本质的。不过，后期墨家对空间本质的认识并没有停留在这里，他
们已进一步认识到了空间的第三维。 如："取下以求上也，说在山泽。"
(≪墨子. ·经下≫，从高亨校诠) 上与下两种空间形式相对而生，好比
说山的的 "上" 与泽的 "下" 是相对而生的。因此，在后期墨家的认
识里，空间形式的本质不仅仅是两维的平面空间，更重要的是三维的
立体空间。在对空间的具体形式的概括上，后期墨家的贡献也是杰出
的。如从几何学的角度所作的以下概括："平，同高也。"(≪墨子. ·经
上≫) 平就是物的高度相等。"中，同长也。"(≪墨子. ·经上≫) 中心
是到圆周围的距离相等的位置。"圜，一中同长也。"(≪经上≫) 从一
个中心点到周围的距离都相等的空间形式是圜，无疑，后期墨家对于
这些具体形式的概括是正确的。这些认识成果，在时间上，几乎与欧
几里得是同时代。但由于它们是用纯粹文字的形式来表述的，没有把
它们符号化，加之只注重定性的概念分析，缺乏定量的具体分析等，
致使未能发展为中国式的几何体系。然而其思想的深刻性，却并不亚
于欧几里得。

　　此外，后期墨家对时间形式的本质的论述也是深刻的。 如："久，
弥异时也。"(≪墨子. ·经上≫) "久，古今旦暮。"(≪经说上≫) "久"，就
是宇宙的 "宙"，即时间。它包括一切不同的任何时候，如 "古今"、
"旦暮"，都是时间的具体表现。 同时，他们还论述了时间的一维性。
如："行修以久，说在先后。"(≪墨子. ·经下≫) "行：者行者必先近而
后远。远近，修也。先后，久也。民行修必以久也。"(≪经说下≫) 行
路的必须由近而后远。 从时间上来看就是由先及后，也就是行 "近"

所占有的时间在先，及 "远" 所占有的时间在后。一句话，时间是由先及后的，因而表现出如流水一去不返一样的一维性。在时间的长短之分上，后期墨家则研究了时刻与瞬时的区别。如："始，当时也。"(≪墨子. ·经上≫) "始：时，或有久；或无久。始，当无久。"(≪墨子. ·经说上≫) "始" 是开始计量的那一时刻，而 "时" 可以有 "久"，也可以 "无久"。也就是说，"时" 应该包含 "有久" 与 "无久" 两种情况，而 "有久" 可以相当于后人所说的时刻，"无久"可以相当后人所说的瞬时，"有久" 比 "无久" 占有的时间会更长一些。

通过对后期墨家在时空性质上的认识的分析，可以看到后期墨家始终是把时空作为客观存在的东西来研究的。这就承认了时空的客观性，将其时空观建立在唯物主义的基础之上。

还应该提到，后期墨家对时空的探讨研究，是与运动联系在一起来进行考察的。他们已经认识到了时空与物质的运动是不可分割的。如："宇或徙，说在长宇久。"(墨子. ≪经下≫) "长：宇徙而有处，宇南宇北，在旦有(读为又)在暮，宇徙久。"(≪经下≫。从高亨校诠) 所谓 "宇或徙"，就是宇宙间的运动。物体的运动，必须通过一定长度的空间，并且还必须经过一定的时间。由此明确地提出 "宇或徙，说在长宇久" 的命题。说明了后期墨家已经非常清楚地认识到了物体的运动必须在一定的时空中进行，物质的运动与时空是不能分割的。同时，后期墨家还认识到，时间与空间也是密切联系的。物质的运动既不能在脱离开时间的纯粹空间中进行，也不能脱离了空间的纯粹时间中发生，因为不仅运动与时空是不可分割的，而且时间与空间也是不能分割的。

后期墨家的辩证的时空观，在其关于有限与无限的论述中表现更为突出。先秦时期，在后期墨家之前，不少学派已开始注意研究有限与无限的命题。如 ≪管子·心术≫ 中说："道在天地之间也，其大无外，其小无内。" "道" 的空间性是在天地之间，提出了空间的有限性思想。而 ≪庄子·秋水≫ 中则对有限性提出疑问说："又何以知毫末之足以定至细之倪？又何以知天地之足以穷至大之域？" 提出宇宙空间 "至大" 与 "至细" 的思想，即宏观与微观中的无限性问题，但并没作出回答。而惠施则把以上两个思想结合了起来，从正面解答了庄周的问题："至大无外，谓之大一；至小无内，谓之小一。"(≪庄子·天下≫) "至大" 就是 "大一"，亦即宇宙宏观方面的无限性；"至小" 就是 "小一"，亦即宇宙微观方面的无限性。而在本文前面曾引用的 "一尺之捶，日取其半，万世不竭" 的命题中，名家辩者又提出了宏观方面有限的一尺之捶却包含了微观方面的无限，从而提出了有限中包含无限的思想。后期墨家关于有限与无限辩证关系的论述，较之上面所提到的先秦诸子则更加具体、更加深刻、更加系统了。如："久：有穷无穷。"(≪墨子.·经说下≫) 时间，既是有限的又是无限的。什么是有限与无限呢？"穷，或有前不容尺也。"(≪墨子·经上≫。"或" 即 "域") "穷：或不容尺，有穷，莫不容尺，无穷也。"(≪墨子·经说上≫) 域的前面不能再超越一线，则域就是有限的，因此有限就是可以穷尽。如果域的前面不是不能超越，并且可以无穷尽地连续超越，那就是无限了。既然无穷尽地超越有限即可得到无限，这也就是说，无限是通过有限而存在的，有限中包含了无限，总起来看，后期墨家在这几段话中，不仅解答了什么是有限，什么是无限，更主要的是阐明了无限存在于有限之中的辩证思想。由此可见，后期墨家一方面把有限与无限区别开；另一方面又把有限与无限统一起来。这种思想，确实是十分可贵。有些西方人轻视中国人在科学与哲学等方面的伟大成就，实在是偏见。后期墨家对于有限与无限辩证思想的贡献就是一个很好的说明。黑格尔说过："有许多事物，当欧洲人还没有发现的时候，中国人早已知道了。"(≪黑格尔：≪历史哲学≫ 第一节 ≪中国

≫）黑格尔是正确的。后期墨家关于有限与无限关系的认识水平，就超过了一千多年之后的德国人康德。恩格斯说："无限性是一个矛盾，而且充满种种矛盾，无限纯粹是由有限组成的，这已经是矛盾，可是事情就是这样。"(恩格斯：≪反杜林论≫第48页）"正因为无限性是矛盾，所以它是无限的、在时间上和空间上无止境地展开的过程。"(同上，第48-49页) 康德在四个"二律背反"中，虽然看到了有限性与无限性的对立性质，实际上猜到了有限与无限的矛盾，但他却把它们绝对地对立起来，把有限性与无限性分割开来考察，结果便陷入了形而上学，最后导致了不可知论。而后期墨家则相反，他们把有限与无限联系起来考察，因而能够理解有限与无限对立统一的性质，但是后期墨家的认识还是直观的、猜测的，缺乏科学论证。正是由于这个原因，我们也必须在这里指出，其认识并没有超出自发辩证法的水平。

以上，我们主要从墨经中所披示的物质观、运动观、时空观三个方面，进行了粗浅的论析。从中不难看出，这三个方面，构成了一个有机的理论整体——后期墨家的自然观。这个自然观，由于抛弃了墨子的天志、鬼神观念和宗教意识，坚持了朴素唯物主义的正确方向，并把丰富的自发辩证法结合于其中，而使它在中国科技史、哲学史和思想史上，均占有十分重要的地位。因此，系统地、深刻地研究后期墨家的自然观，对于丰富和发展我们辩证唯物主义的自然观，将起到一定的启发作用，而本文所做的工作，则仅仅是勾画出一个大致的轮廓而已。

【摘要】后期墨家是春秋战国时期的重要学派，在物质范畴、运动、时间、空间等方向提出许多重要见解，其朴素唯物主义与自发辩证法的自然观，在中国思想史、哲学史、科技史上均占有重要地位。

【 关键词 】墨子、后期墨家、物质观、运动观、时空观

Comment on the Natural View
of the Later Period Mohist School

Abstract: The Mohist school of the later period is one of the important schools of thought of the Spring and Autumn Warring States Period in Chinese history. It advanced a lot of important opinions in material domain, movement, time and space, ect.. Its naive materialism and the natural view of its spontaneous dialectics holds an important status in the Chinese thought history, the philosophy history, and the technical history.

Key word: Mozi, later period Mohist school, material view, movement view, space and time view

----

참考文獻

高 亨: ≪墨经校诠≫
谭戒甫: ≪墨经分类译注≫
詹剑峰: ≪墨子的哲学与科学≫
李渔叔: ≪墨子今注今译≫

철학의 상대성과 보편성

박준호(全北大學校 哲學科)

Ⅰ. 머리말

상대주의는 대개의 철학자들이 피하고자 하는 입장이며, 또한 일부 철학자는 적극적으로 수용하고 하는 입장이다. 후자의 진영은 상대주의가 절대주의의 대척점이라고 본다. 절대주의의 난점을 피하기 위한 유일한 입장이 상대주의라고 말한다. 이런 방식의 상대주의 옹호 전략은 쉽게 무너질 수 있다. 객관주의를 대안으로 삼을 경우 절대주의의 난점을 피하면서 또한 상대주의의 결점을 갖지 않을 수 있다고 본다. 이런 전략은 나름의 가치를 갖고 있으며 또한 잘 알려져 있다.

그럼에도 상대주의는 불사조 같은 생명력을 갖고 있다. 부활을 거듭한다. 여전히 한편으로 틀린 듯하다가도 또 한편으로 맞는 듯하기 때문이다. 이런 상대주의의 매력의 원천은 무엇인가? 논자는 여기서 기존의 전략과 달리, 특수주의와 보편주의라는 개념으로 상대주의의 매력과 난점의 근원을 해명할 수 있다고 논하고자 한다.

워프(Benjamin Lee Whorf)의 언어 상대주의나 문화 상대주의는 특별히 철학의 상대성에 함의하는 바가 크다. 이들을 통해서 철학의 상내성 주장이 성립하는시 살필 것이며, 러셀(Bertrand Russell)의 기술이론(theory of description)을 논의의 사례로서 사용하고자 한다.

Ⅱ. 워프의 상대주의

상대주의는 해당 주제가 무엇인가 다른 것에 상대적임을 주장한다. 대개는 경험, 사고, 평가, 실재 등이 무엇인가 다른 것과 상대적임을 주장한다.[1] 워프는 각자의 세계관이 각자의 언어에 상대적임을 주장한다.[2]

    a. 모든 생각은 "하나의 특수한 언어 즉 영어, 산스크리트어, 중국어로 이루어진다."
    b. 언어는 우리의 관념의 형성자이며, 개인의 정신 활동의 기획자이며 안내자이다.
    c. 각 언어는 실재관을 틀을 형성한다.
    d. 각 언어(또는 적어도 각 어족)에 의해 형성된 실재관은 서로 다르다.
    e. 언어의 차이는 "같은 기준으로 잴 수 없는" 세계관의 차이를 낳는다.[3]

언어가 다르다면 우리는 서로 다른 세계관을 가질 수밖에 없으며, 내가 가진 세계관과 다른 세계관을 가질 수 없다는 의미에서 언어는 일종의 전제 군주제와 같은 것이다. 눈과 관련된 에스키모의 언어나

---

1) Swoyer(2003a).
2) Devitt, Michael and Sterelny, Kim(1999), pp. 217-218; 이를 워프 가설 또는 그의 스승인 사피어(Edward Sapir)의 이름을 병기하여 워프-사피어 가설이라고 한다. Swoyer(2003b).
3) Whorf(1956), pp. 246-269.

쌀과 관련된 우리의 언어는 영어와 현저히 달라서 우리는 서로 다른 세계관을 갖게 되었다. 그래서 서로의 세계관을 이해할 수 있는 공통의 지반을 갖지 못한다.

여기서 "세계관"은 모든 것에 관한 일반적이며 근본적인 신념을 나타내는 느슨한 개념이다. 그래서 이런 세계관 안에 보다 특별한 성격을 갖는, 즉 가장 일반적이고 가장 근본적인 철학적 신념이 있을 것이다. 그래서 우리는 워프의 상대주의를 철학에 관한 상대주의로 해석 가능하다. 이렇게 해석했을 때, 워프의 상대주의는 언어가 달라지면서 우리는 다른 철학을 가질 수밖에 없다는 주장일 것이다. 철학에 관한 상대주의는 나라마다, 또는 문화권마다 다른 철학이 존재하며, 따라서 모든 나라나 문화권에 보편적인 철학이란 존재하지 않는다는 주장으로 정리할 수 있겠다.

만일 이런 생각이 성립한다면, 러셀이 제시한 기술 이론은 우리에게 아무 것도 아니다. 영어의 "한정 기술"이란 "the + 명사 복합체", 다시 말해서 "the so-and-so" 형태의 구이다. 그리고 이와 똑같은 역할을 하는 "소유격 + 명사 복합체"를 말한다. "기술"이라 하는 이유는 한정 기술을 이루는 명사 복합체가 보통은 기술하고 서술하는 데 사용되는 일반 명사이기 때문이다. 워프 따를 경우, 영어의 "the"가 우리에게는 없고, 따라서 우리는 이를 아예 이해할 수 없으며, 그에 관한 이론 역시 마찬가지로 우리에게 불가해할 것이다.

하지만 워프가 제시한 상대주의의 기본 가정은 그르다. 그는 언어가 사고를 결정한다고 말하고 있지만, 실은 사고가 언어를 결정한다고 보는 것이 더 타당하다. 사고는 우리의 주변 환경과 우리가 상호 작용을 한 결과로 나타나는 것이다. 인간이 언어를 발명하고 생각하기 시작한 것이 아니라, 생각하고 개념을 형성할 수 있었기 때문에 언어를 발명할 수 있었다. 전혀 새로운 임의의 낱말 "꾸꺼끼"를 발명한다고 해서, 우리가 어떤 개념을 형성할 수 있는 것은 아니며, 오히려 어떤 개념이 형성되고 이를 표현하기 위해서 새로운 낱말이 필요하게 된다. 언어라는 것은 우리의 개념과 사고에서 비롯되는 것이며, 언어에 의해서 개념과 사고가 규제되거나 강제되는 것은 아니다. 언어는 우리의 사고와 개념에 전제 군주일 수 없다.[4] 그래서 "the"라는 말은 없지만 이것이 나타내려는 개념이 존재하면, 우리는 "the"를 이해할 수 있고, 이에 관한 이론도 이해할 수 있다. 따라서 워프의 상대주의에 의존해서 철학의 상대성 주장을 펴기 어려운 일이다.

Ⅲ. 특수주의와 보편주의

1. 특수주의

워프 식의 논증에 실패했다고 해도 문화 상대주의의 입장에 서서 철학의 상대성을 주장할 수도 있을 것이다. 예를 들어 "철학적 탐구는 진공에서가 아니라 역사적이고 문화적인 특정한 맥락 안에서만 가능하며, 이 맥락이 필연적으로 철학적 탐구를 형성하며 한계지운다고 말한다."는 주장이 가능할 것이다. 하지만 이런 말은 모든 과학적, 문화적, 예술적 노력에 대해서 똑같이 말할 수 있으며, 따라서 철학의 보편성 결여에 증거 역할을 하기는 부족하다.[5]

---

4) Devitt, Michael and Sterelny, Kim(1999), pp. 219-221.
5) 김재권(1986), p. 93.

앞에서 지적했듯이 상대주의는 해당 주제가 그와 다른 어떤 것에 상대적임을 주장한다. 문화 상대주의는 문화가 그 나라나 문화권에 상대적임을 주장한다. 그런데 이런 상대주의는 특수주의를 통해 더 잘 이해될 수 있다. 본고는 이 개념을 통해 상대주의의 한계와 장점이 동시에 드러난다고 주장하고 있다.

특수주의는 기술적(discriptional) 특수주의와 규범적(normative) 특수주의로 나뉠 수 있다. 기술적 특수주의는 있는 사실을 서술한다. 이는 각자의 특수성이 존재한다는 주장이다. 각 문화는 나름의 독자성을 갖고 있다는 주장이다. 규범적 특수주의는 각자의 특수성이 가치롭다는 주장이다. 각 문화의 독자성이 가치롭다는 주장이다.

또한 특수주의가 배타적 형태를 가질 수 있음에 주의해야한다. 배타적 형태를 띠지 않을 경우 특수주의는 각자의 특수성이 있으면서 동시에 보편성이나 공통성이 존재할 가능성에 대해서는 열어두고 있다. 하지만 배타적 특수주의는 이런 가능성을 닫는다. 존재하는 것은 오로지 특성성과 독자성뿐이다[배타적인 기술적 특수주의]. 더 나아가 각 문화의 독자성만, 각자의 특수성만이 가치로우며, 그래서 우리가 상찬하고 추구하고 발전시켜야할 것은 바로 각자의 특수성이라는 주장이 가능하다[배타적인 규범적 특수주의].

특수주의는 더 강한 주장으로 제시될 수 있다. 내 나라, 내 문화의 독자성만이 존재한다는 주장[극단의 배타적인 기술적 특수주의]이 가능하다. 이는 나 또는 내 문화의 독자성만이 존재한다고 주장한다. 유아주의(solipsism)와 닮았기 때문에, 이런 형태의 극단적인 특수주의를 유아주의적 쇼비니즘이라고 하자. 또한 이런 극단적 형태의 특수주의는 규범적 형태도 가능하다. 규범적 쇼비니즘은 나 또는 내 문화의 독자성만이 가치롭다고 주장한다. 이는 규범적 유아주의로서, 윤리학에서 독자적 윤리학적 이기주의(individual ethical egoism)를

닮았다. 독자적 윤리학적 이기주의에 따르면, 모든 인간이 나의 이익
을 위해서 행위해야 한다. 그런데 실제로 이렇게 행위하는 것을 일
상적으로 "이기적"(selfish)이라 하기 때문에, 이에 착안해서 규범적
쇼비니즘을 이기주의적(egoistic) 쇼비니즘이라고 해보자.

	특수주의	
	기술적	규범적
	각자의 특수성·독자성이 존재한다.	각자의 특수성·독자성이 가치롭다.
배타적	각자의 특수성·독자성만이 존재한다. 따라서 보편성은 존재하지 않는다.	각자의 특수성·독자성만이 가치롭다. 따라서 보편성은 가치가 없다.
쇼비니즘	나의 독자성만이 존재한다. [=유아주의적 쇼비니즘]	나의 독자성만이 가치롭다. [이기주의적 쇼비니즘]

　　문화 상대주의는 기술적 특수주의를 바탕으로 규범적 특수주의,
그리고 나아가 배타적 규범적 특수주의를 주장한다. 서로 다른 문화
가 있으므로, 서로 다른 문화가 좋은 것이며[즉 규범적 특수주의가
옳으며], 또한 서로 다른 문화만을 각자 추구해야만 한다[즉 규범적
배타적 특수주의가 옳다]는 주장인 것이다. 이런 주장은 흔히 사실
진술에서 가치 진술을 도출하려는 오류를 범하고 있다고 비판할 수
있을 것이다.
　　그리고 또한 상대주의 논증의 결론을 이루는 배타적 규범적 특수
주의는 그 자체로도 성립되기 어렵다. 우리의 일상적 경험에 따르면,
다른 문화 가운데 어떤 것은 좋고 어떤 것은 나쁘다. 따라서 단지
다르다는 이유로 그것을 좋다고 하기 어렵다.
　　이 대목에서 다른 종류의 특수주의에 대해서도 살펴보자. 먼저,
기술적 특수주의는 명백하게 옳은 것 같다. 우리가 상대주의를 접할
때 뭔가 진리가 있는 것 같은 인상을 받는 것은 바로 이 특수주

때문이다. 그러나 배타적인 기술적 특수주의는 옳은가? 각자의 특수
성만이 존재하는가? 모든 것은 어떤 면에서인가는 공통점이 있기 때
문에 이는 성립하지 않는다. 유아주의적 쇼비니즘은 유아주의가 성
립되기 어려운만큼이나 성립되기 어려울 것이다.

　규범적 특수주의는 각자의 특수성이 가치롭다는 주장이다. 이것은
보편성이 가치롭다는 주장과 상충하지 않는다. 이에 비해, 앞에서 보
았듯이, 배타적인 규범적 특수주의는 명백히 그르다고 할 수 있다.
이 주장은 특수성만이 가치롭다고 주장하며 따라서 보편성은 무가치
하다고 주장한다. 이런 것은 우리가 경험적 증거를 가지고 얼마든지
반박가능한 주장이다. 그리고 이기주의적 쇼비니즘은 나의 독자성만
이 가치롭다고 주장하는데, 이는 독자적 윤리학적 이기주의가 가질
수 있는 비슷한 난점을 갖게 될 것이다.

　문화상대주의를 비판하는 많은 사람들이 문화 상대주의가 가질
수 있는 쇼비니즘을 우려한다. 상대주의는 바로 쇼비니즘으로 연결
되기 때문에 그르다는 요지의 비판이 그것이다.[6] 하지만 상대주의자
의 주장이 그 자체로 쇼비니즘인 것은 아니다. 대개의 상대주의는
배타적 규범적 특수주의를 주장한다. 이에 따르면, 각 문화의 특수성
이나 독자성만이 가치롭다. 이 주장은 보편적 윤리학적 이기주의
(universal ethical egoism)를 닮았다. 보편적 윤리학적 이기주의자는
각자가 자신의 이익을 추구하는 것이 올바른 행위라고 주장한다. 이
는 일상의 개인주의에 해당되는 것이다. 거기에 비해 규범적 쇼비니
즘은 앞에서 말한대로 독자적 윤리학적 이기주의를 닮았다. 나의 독
자성이나 특수성만이 가치롭다고 주장하기 때문이다. 하지만 대부분
의 상대주의자는 이런 주장을 꺼릴 것이다. 나는 나의 문화를, 너는

6) 김재권, 같은 글, p. 94.

너의 문화를 좋다고 생각할 것이므로, 서로 존중하자는 것이 상대주의가 꿈꾸는 이상적 상황이기 때문이다.

2. 보편주의

방금 보았듯이, 상대주의는 성립되기 어렵지만 상대주의 안에 숨어있던 여러 특수주의의 일부는 옳거나 옳을 수 있다. 그리고 또한 앞에서 밝혔듯이, 특수주의의 일부가 성립한다는 사실이 보편주의를 그르게 만들지 못한다. 이를 보기 위해서 보편주의에 대해서도 비슷한 구분을 도입하면 편리할 것이다.

우선 기술적 보편주의와 규범적 보편주의를 나눌 수 있으며, 각자의 주장에서 배타적인 형태의 주장을 구분할 수 있다. 기술적 보편주의에 따르면 보편성 즉 공통점이 존재한다. 이는 명백하게 옳은 주장이다. 모든 것은 어떤 점에서인가는 닮았기 때문이다. 배타적인 기술적 보편주의는 보편성만이 존재한다고 주장하며 따라서 특수성은 존재하지 않는다고 주장한다. 이는 기술적 특수주의가 옳기 때문에 성립되지 않는 주장이다.

규범적 보편주의는 보편성이 가치롭다고 주장한다. 이 역시 규범적 특수주의가 그르다는 것을 함축하지 않는다. 하지만 배타적인 규범적 보편주의는 명백히 배타적인 규범적 특수주의와 상충한다. 그런데 만일 특수성을 띤 것 가운데 가치있는 것이 하나만 확인되면 이는 그르다고 반박될 것이다. (마찬가지로 배타적인 규범적 특수주의도 보편성을 띤 것 가운데 하나만 가치있는 것이 확인되면 그르다고 밝혀질 것이다.) 쇼비니즘은 애초에 보편주의와는 어울릴 수 없다. 서로 모순되는 조합이기 때문이다. 이 구분을 표로 정리하면 다음과 같다.

보편주의		
기술적		**규범적**
보편성 · 공통성이 존재한다.		보편성 · 공통성이 가치롭다.
배타적	보편성 · 공통성만이 존재한다. 따라서 특수성은 존재하지 않는다.	보편성 · 공통성만이 가치롭다. 따라서 특수성은 가치가 없다.
쇼비니즘		

　논자가 보기에 많은 상대주의자들은 배타적 규범적 보편주의를 보편주의의 전부라고 여기기 때문에 보편주의를 반대한다. 이는 정치 형태에서 마치 제국주의와 같은 식으로 보편성의 이름 아래 다른 모든 특수한 것을 무가치하다고 폄하하고 지배하려 할 것이다. 배타적 규범적 보편주의는 우리는 서로 유사한 문화를 가지며, 그래서 다른 문화를 갖는 것은 일종의 미개인의 표시이라고 생각한다. 우리는 지방적 성격을 모조리 버리고 오로지 세계인으로서 살아가야 한다는 주장을 한다.

　그러나 앞에서 우리가 상대주의를 쇼비니즘으로 보는 것이 잘못되었듯이, 그리고 모든 특수주의를 쇼비니즘과 동일시하는 것이 잘못되었듯이, 모든 보편주의를 배타적 보편주의와 동일시하는 것은 오류이다. 상대주의에서 배울 점을 놓치지 않아야 하듯이 보편주의에서도 배울 점을 놓치지 말아야 한다. 또한 상대주의 논증에서 기술적 특수주의에서 규범적 특수주의를 도출하는 것이 오류였듯이, 배타적인 규범적 보편주의를 문화 현상에 보편적인 것이 있다는 기술적 보편주의에서 도출하는 것도 오류이다. 기술적 보편주의는 규범적 보편주의를 보증하지 못한다. 도둑질은 모든 문화권에서 나타나는 현상이지만 그것은 좋은 것이 아닐 수 있으며, 따라서 해야만 하는 일도 아니다. 앞에서 제시한 특수주의와 보편주의를 하나의 표로 정리해보면 다음과 같다.

	특수주의	보편주의
기술적	각자의 특수성·독자성이 존재한다.	보편성·공통성이 존재한다.
배타적인 기술적	각자의 특수성·독자성만이 존재한다. 따라서 보편성은 존재하지 않는다.	보편성·공통성만이 존재한다. 따라서 특수성은 존재하지 않는다.
(유아주의적 쇼비니즘)	나의 독자성만이 존재한다.	
규범적	각자의 특수성·독자성이 가치롭다.	보편성·공통성이 가치롭다.
배타적인 규범적	각자의 특수성·독자성만이 가치롭다. 따라서 보편성은 가치가 없다.	보편성·공통성이 가치롭다. 따라서 특수성은 가치가 없다.
(이기주의적 쇼비니즘)	나의 특수성·독자성만이 가치롭다.	

우리가 지향해야 할 것은 국수주의, 상대주의, 제국주의적 보편주의가 아니다. 우리는 기술적 특수주의 즉 모든 문화가 어떤 점에서인가는 다르다는 주장과 기술적 보편주의 즉 모든 문화가 어떤 점에서인가는 닮았다는 주장이 옳다는 것을 안다. 또한 이 둘은 상충하는 주장도 아니다. 또한 규범적 특수주의와 규범적 보편주의도 상충하는 주장이 아니다. 규범적 특수주의를 인정하면서 규범적 보편주의를 인정할 수 있기 때문이다. 다만 상충하는 것이 있다면 배타적 특수주의와 배타적 보편주의이다.

배타적 특수주의와 배타적 보편주의 이외의 특수주의와 보편주의가 상충하지 않는다는 주장은 우리가 특수성과 보편성을 함께 향유할 수 있다는 것을 의미한다. 우리는 특수한 것에서 출발하여 보편적인 것을 만들어낼 수 있다. 그리고 보편적인 것으로부터 특수한 것을 창조할 수 있다. 이는 새삼스러운 일이 아니라 문화의 변용을 통해서 우리가 늘 확인하는 일이다.

우리는 특수주의와 보편주의 가운데 어떤 것 하나만을 선택할 필요가 없다. 문화는 특수성과 보편성을 갖게 마련이며, 나아가 어떤 특수성은 가치있고 어떤 것은 가치가 없으며, 어떤 보편성은 가치가 있고 어떤 보편성은 가치가 없기 때문이다. 우리에게 필요한 것은 어떤 특수성이 가치 있다고 주장하려면 어떤 근거에서 가치있는지, 어떤 보편성이 가치 있다면 어떤 근거에서 가치있는가를 논증하는 것이다.

Ⅳ. 사례: 러셀의 기술이론

영어에는 "the"가 존재한다. 앞에서 말했듯이, "the so and so"형태의 구를 한정기술이라 한다. 원래 러셀의 기술 이론에 "기술"은 두 가지 의미로 사용되었다. 한 경우는 한정 기술(definite description)을 의미하고, 다른 경우는 한정 기술과 더불어 부정 기술(indefinite description)을 포함하는 경우이다.[7] 여기서는 논의를 단순화하기 위해서 한정 기술만 예로 들겠다.[8] 그런데 우리말에는 이런 구가 존재하지 않는다. 분명 이는 언어의 특수성의 사례이다. 영어의 특수성과 한국어의 특수성이다.[9]

---

7) Moore, G. E.(1944), p.177-178.
8) 한정 기술에 대한 분석이 철학사적으로도 큰 영향을 미쳤기 때문에 이런 선택은 무리가 없을 것이라고 생각된다.
9) 물론 이 대목에서 한국어에도 "the"에 상당하는 어구, 예를 들면, "바로 그…"

344 ■ 世界文化의 交流와 受容

기술 이론의 가장 핵심적인 내용은 영어 정관사 "the"로 이루어
진 한정 기술구가 겉보기와 달리 그 자체로 의미를 갖지 않는다는
것이다. 이 때문에 기술은 "불완전" 기호이다. 오로지 그것이 사용되
는 맥락에 의해서 의미가 밝혀진다. 다시 말해서, 맥락적 의미만을
갖는다. 그래서 러셀은 "the"의 맥락적 정의를 시도한다. 어떤 표현
을 맥락적으로 정의하는 일은 그 표현이 출현하는 문장을 그 표현이
출현하지 않는 동치 문장으로 바꾸는 절차를 제시하는 일이다.[10) 러
셀이 들고 있는 예를 들어보자.

(가) 'x is the father of Charles Ⅱ'는 다음과 같은 의미이다: 'x
begat Charles Ⅱ and "if y begat Charles Ⅱ, y is identical
with x" is always true of y'.[11)

(나) 'the author of Waverley was Scotch.'은 다음과 같은 의미
이다.

(1) "x wrote Waverley" is not always false.

(2) "if x and y wrote Waverley, x and y are identical" is
always true.

(3) "if x wrote Waverley, x was Scotch" is always tru
e.[12)

와 같은 어구가 있으며, 따라서 영어나 한국어의 특수성의 사례가 아니라고
말할 수 있을 것이다. 하지만

10) Neale, Stephen(1998), p.21.

11) Russell, B.(1905), p. 163. 현재 논의의 대상이 영어의 정관사 "the"이므로,
이를 우리말로 옮기지 않았으며, 이를 포함하는 영어 문장도 필요한 경우를
제외하고는 우리말로 옮기지 않았다. 이 예문에서도 영어 문장에서 "the"가
사라진 것을 보기 위해서 영어 문장을 그대로 두었다.

12) Russell, B.(1918), p. 218.

위에서 보듯이 정의항에 해당되는 문장에서는 "the"가 사라졌다. (1)은 적어도 한 사람이 그 책을 썼다는 말이고, (2)는 잘해야 한 사람이 그 책을 썼다는 말이며, (3)은 그 책을 쓴 사람은 누구든 스콧이라는 주장이다.[13] 이를 기호로 표현하면 다음과 같다.

(1') $(\exists x)Wx$

(2') $(x)[Wx \supset (y)(Wy \supset y=x)]$

(3') $(x)(Wx \supset Sx)$

이를 하나로 묶으면

(4) $(\exists x)[Wx \cdot (y)(Wy \supset y=x) \cdot Sx]$

러셀이 이 이론을 고안했던 이론적 동기는 논란거리였다. 우선 그의 목적 가운데 하나는 논리주의자 구상(logicist enterprise)을 구체화하는 데 있었다.[14] 논리주의에 의하면, 수학의 지식은 논리에 관한 지식으로 환원된다. 이는 칸트와 같은 심리주의자에 맞서기 위한 이론이었다. 하지만 논리주의는 실패했다. 논리의 원리와 정의만으로 수학의 지식을 설명하는 것이 부족했다. 예를 들어, 자연수에 관한 이런 저런 정리들이 성립하기 위해서는 두 개의 다른 수가 동일한

---

13) 같은 곳.

14) Makin, Gideon(1996), pp. 158-159, pp.166-167. 매킨은 마이농(Alexius Meinong) 식의 존재론을 피하기 위해서 러셀이 기술 이론을 전개했다는 생각은 잘못된 생각 즉 일종의 "신화"라고 말한다. 그리고 오스터태그에 따르면, 이런 생각을 러셀 자신이 조장하였지만 이는 사실과 다르다. 오히려 마이농의 생각에서 벗어난 것이 기술 이론의 착상에 선행한다. Ostertag, Gary(1998), pp.5-6. 마이농의 이론에 대해서는 이어서 살펴보겠다.

후자(sucessor)를 가질 수 없다는 공리가 필요하다. 그러나 이 공리를 성립시키기 위해서는 이 우주에 무한히 많은 것이 있다는 가정이 필요하다. 이 가정을 흔히 무한 공리(axiom of infinity)라고 한다. 그런데 이 무한 공리는 논리의 원리가 아니다.

또한 기술이론은 존재론적 동기도 갖고 있었다.[15] 이를 보이기 위해서, 실존하지 않는 것에 관한 언급을 담고 있는 문장으로 인한 난제를 예로 살펴보자. 지시 대상이 없는 "The present king of France"와 같은 정관사구를 주어로 가진 다음 문장을 보자.

(다) The present king of France is wise.

이 문장은 주어-술어 형식을 가지고 있는 것처럼 보인다. 그런데 만일 그렇다면 이 문장은 무의미한 문장이다. 왜냐하면, 이 문장이 주어-술어 문장이라면, 주어가 언급하는 어떤 것에 관해 서술하는 문장인데도, "the present king of France"가 언급하는 것이 없기 때문이다. 그렇지만, 이 영어 문장은 분명히 의미가 있다. 한정 기술이 무언가를 언급한다고 보면, 이런 어려움에 빠지게 된다.

그래서 이를 해결하기 위해서 오스트리아의 철학자 마이농은 가능한 것의 세계가 존재하며, 이 문장의 주어에 해당되는 것은 실존하지 않을 뿐 가능한 것의 세계에 거주하고 있다고 주장한다. 이런 주장이 옳을 경우에 이 문장은 유의미하다. 왜냐하면, 한정 기술구가 언급하는 대상이 가능한 것들의 세계에 존재할 것이기 때문이다. 마

---

15) Rosenkrantz(2005)를 보라. 하지만 앞에서도 지적했듯이 기술이론의 진정한 목표가 무엇이었는지에 관한 논란이 러셀 연구가들 사이에 존재하는 것이 사실이다. 여기서는 이 논란을 통해 우리는 기술이론의 광범한 함축을 확인하는 것으로 족하다.

이농의 의미론은 아주 간결하다. 이런 점에서 이론적 강점을 갖는다. 하지만, 이런 해결책은 상황을 악화시킬 뿐이다. 그는 다음 문장도 유의미하다고 말해야 하기 때문이다.

(라) The round square is round.

이 문장은 자체 모순을 포함하고 있기 때문에 의미를 형성할 수 없다. 그런데도 마이농은 주어가 언급하는 대상이 가능한 것의 세계에 거주한다고 인정해야 한다. 그는 불가능한 대상이 존재하는 가능한 것의 세계를 인정해야 한다. 러셀은 이런 귀결이 실재에 관한 건전한 감각을 해친다는 이유로 마이농의 이론을 거부한다.

러셀은 자신의 기술 이론에 따를 때 이런 문제에서 벗어날 수 있다고 보았다. 프랑스의 왕을 'K'로, '현명하다'를 'W'로 놓을 때, (다)는 다음과 같은 의미이다.

(다') (∃x)[Kx · (y)(Ky ⊃ y=x) · Wx]

이는 프랑스의 유일한 왕이면서 현명한 것이 적어도 하나 있다는 뜻이다. 물론 이 문장은 그르다. 이 문장은 그르기 때문에 유의미하다. 따라서 이 문장은 마이농 식의 가능한 것들에 의존하지 않고도 러셀이 문장이 의미가 있다고 말하도록 해준다. 러셀은 마이농 식의 의미론을 가질 필요가 없었다. 그뿐 아니라, 이 의미론에 의해서 마이농 식의 존재론을 가질 필요도 없게 되었다.[16] 이를 통해 우리는

---

16) 러셀의 존재론은 대충 요약하자면 다음과 같다. 우선 감각 자료(sense data)만이 주어져서 실존하는 것이며, 나머지 것들은 논리적 구성체(logical construct)이다. 예를 들어, 현재의 프랑스 왕, 점, 물리적 대상 등은 구성체이다.

러셀의 기술이론이 갖는 또 다른 철학적 의의를 확인하게 된다. 방금 보았듯이 존재 개념을 해명하는 데 이 이론은 사용될 수 있다. 실제로 존재론적 언질은 겉보기 언급 표현에 의해서 이루어지지 않고 양화사에 의해서 이루어진다는 콰인의 존재론적 주장의 선조가 바로 러셀의 기술이론이다. 또한 앞의 설명을 통해서 이 이론은 어떤 언어 표현의 유의미성을 설명하는 능력을 갖고 있음을 알 수 있다.[17]

하지만 러셀의 이론은 정답은 아니었다. 그럼에도 원래의 이론적 목적을 달성하지 못했지만 기술 이론은 눈부신 성공을 거두었다. 이 이론은 철학의 모범예(paradigm of philosophy)로 대접받았다.[18] 러셀의 얘기대로 어떤 이론은 어려운 문제를 해결하는 능력에 따라서 평가받아야 할텐데,[19] 러셀의 기술 이론은 철학의 난제들을 해결하는 방법과 답을 주었다. 누가 보더라도 적어도 "철학적 분석의 모범예"로 말할 수 있을 것이다.[20]

이런 구성체를 구성하는 원리의 역할을 하는 것이 바로 기술 이론이다. Corrado, Michael(1975), 곽강제 역, pp. 66-70.

17) Reimer(2003). 물론 한정기술에 관한 이론과 언급에 관한 기술이론은 서로 주제가 다르다고 할 수도 있다. 하지만 후자는 전자를 언급, 나아가 의미 문제에 적용하려는 시도이다. 박준호(2001), p. 430n.

18) Ramsey, F. P.(1931), p. 263n.

19) Russell, B.(1905), p. 166.

20) Ostertag, Gary,(1998), "Introduction", p.1. 그리고 Jager, R(1972), p. 226. 더구나 이 이론은 철학적 분석의 방법과 방향을 제시하는 데 그치지 않고, 문제에 대한 정답으로 대접받았다. 이런 상황은 거의 50년이 이어졌다. 스트로슨(P. F. Strawson)이 그의 이론을 비판하는 글, 즉 「언급에 대하여」("On Referring")을 쓴 것이 1956년이었다. 아리스토텔레스의 논리학이 누린 영화가 2000년 이상인 것에 비하면 아무 것도 아니지만, 현대에서 50년이 넘도록 비판받는 일에서 벗어나 있던 이론의 존재는 놀라운 일이다. Linsky, Leonard, (1967), Referring, ix.

　"the"가 영어에는 존재하지만 한국어에는 존재하지 않는다. 하지만 이것이 없는 한국어에서도 "의미"나 "존재" 등이 관념은 존재한다. 따라서 "the"에 관한 이론은 불필요하지만, "의미"나 "존재"에 관한 이론은 필요한 것이다. 의미나 존재에 관한 이론이 필요하기 때문에 우리는 "the"에 관한 이론에 관심을 기울인다. 그래서 "의미"나 "존재"를 이해하는 일은 미국 사람이나 영국 사람에게만 중요한 일이 아니다. 어느 나라에나 "의미" 개념은 존재하며, 그것을 이해하려는 노력은 중요하다. "the" 통해서 이해하려는 것이 바로 "의미", "존재" 등이었기 때문에, 러셀의 기술 이론을 둘러싼 철학적 논의는 우리에게도 중요한 일이다.

　논자는 "the"를 둘러싸고 벌어지는 논쟁에서도 상대주의의 함정에 빠지지 않아야 한다는 것을 강조하고자 한다. 우리에게는 존재하지도 않는 "the"에 관한 이론조차도 우리의 보편적 관심의 대상이 될 자격이 있기 때문이다. "철학은 우리가 살고 있는 문화적 맥락에 의해서 필연적으로 제한되고 영향을 받을 수 있다. 그러나 이는 우리가 극복해야 할 것이지, 그 속에서 평안히 안주할 것이 아니"며, 그래서 "the"를 통해 보다 보편적인 "의미"개념이나 "존재"개념을 해명하려는 노력으로 이어졌기 때문이다.[21]

---

21) 김재권(1987), p. 96.

V. 맺음말

철학은 여러 종류의 책무를 갖는다. 그 가운데 하나는 분명히 개념적 혼란의 제거이다. 논자는 여기서 상대주의의 매력과 난점을 특수주의와 보편주의 개념으로 밝힐 수 있다고 주장하였다. 이를 통해 상대주의를 둘러싼 개념적 혼란 및 이로 인한 논란을 종식시킬 수 있다고 보았다.

이 대목에서 우리에게 필요한 것은 보편성과 특수성의 사다리를 확인하는 일이다. 보편성과 특수성은 하나의 사다리에서 높이의 차이를 나타내는 것일 뿐이다. 보다 낮은 일반성의 높이를 가진 것은 특수성을 띤다고 하고, 보다 높은 위치에서 일반성을 보이는 것은 보편성을 보인다고 할 수 있다. 그래서 철학의 특수성과 보편성은 서로 상충되는 것이 아니라는 점을 확인하였다. 이 둘은 하나의 연속된 사다리의 상대적인 위치를 가리키는 것이다. 문화의 보편성과 특수성은 일반성의 상대적 위치에 부여되는 이름이다.

일반성이 낮은 특수한 문화가 보편성을 결여하고 있지만, 그 문화가 속한 보다 일반적인 문화 양식은 보편성을 띠는 경우가 허다하다. 어떤 나라에서는 화장이 죽은 사람에 대한 예의라고 생각하지만, 다른 나라에서는 매장이 예의 바른 일이라고 생각한다. 이 두 가지는 서로 다르지만, 죽은 자에게 예를 취해야 한다는 문화는 서로 공통된 것이다.

우리는 상대주의를 버린다고 해서 특수성을 버릴 필요는 없다고 본다. 문화의 특수성이란 그 문화 나름의 고유성, 독자성 등으로 나타낼 수 있을 것이다. 이것은 그 특수성이 가장 중요하다는 배타적 주장과는 다른 것이다. 특수성이 중요하다는 말은 영어의 한정 기술 "the"를 이해하려고 노력했던 영어권 철학자들의 노력이 중요했다는 말이다. 이런 특수성에 관심을 기울이지 않았다면, "의미"에 관한 보편적 함의를 갖는 그들의 이론이 탄생하지 않았을 것이기 때문이다. 우리의 철학을 하는 방향도 마찬가지일 것이다. 만일 이런 특수성이나 독자성을 무시한다면, 우리의 철학을 출발시킬 수 없을 것이다. 우리는 보편성을 지향해야 하지만 우리 삶의 당연한 제약은 우리의 지금·이곳이며, 이런 제약을 벗어난 진공에서 철학을 시작할 수 없기 때문이다.

이런 특수주의 주장은 편협한 국수주의와 구별되어야 한다. 국수주의는 차이와 특수성을 강조할 뿐이며 그것도 나의 특수성만을 강조할 뿐이다. 특수성에서 출발하여 보편성을 지향하는 것은 국수주의와 거리가 멀다. 특수성에서 출발하는 것은 우리의 현실을 자각하고 고민하고 이용하는 일이다.[22] "the"가 우리말에 존재하지 않는다고 자각하는 일, 그리고 그것이 "the"를 둘러싼 논의에 어떤 영향을 줄 수 있는지 고민하는 일, 그렇다면 이런 한국적 현상을 이용하여 "the"에 관한 설명이나 "의미"에 관한 설명을 평가해보는 일이 우리에게는 철학하는 하나의 과정일 수 있다는 말이다.

이렇게 시작된 일이 결국 "의미"나 "존재"에 관한 일반 이론에 관한 관심 즉 보편적 주제에 관한 관심으로 이어지는 것이다. 사실 이런 노력이야말로, "의미"나 "존재"를 둘러싼 논의에 우리가 기여할 수 있는 방식 가운데 하나다. 어쩌면 "the"라는 구를 갖지 않는 우리

---

22) 이명현(1999)의 "다름이 서로 보태줌을 통한 서로 살려줌의 고리일 수 있다."는 주장은 현재의 논의 보다 아주 일반적인 주장이다. 이명현(1999), pp. 249-250. 다시 말해서, 삶의 양식 전반에 관한 주장이다. 이에 비해 논자는 이런 일반 원리를 철학의 구체적인 실행 즉 "the" 분석에 적용해보아 확인하려는 시도이다.

문화권만이 기여할 수 있는 방식일지도 모른다. 독자성을 모두 버릴 때 우리는 아무런 역할을 할 수 없다. 보편성에 눈감을 때 우리는 역시 아무런 역할을 할 수 없을 것이다. 이 둘을 유연하게 오고갈 수 있을 때 우리는 새로운 철학의 창조자나 생산자가 될 것이다.

참고문헌

김재권(1987), 「한국철학이란 가능한가?」, 『한국에서 철학하는 자세들: 철학연구 방법론의 한국적 모색』, 심재룡 외 지음, 집문당.

박준호(2001), 「기술론과 직접언급론」, 『범한철학』 제 23집.

이명현(1999), 「철학은 문법이다」, 『한민족 철학자 대회 1999 대회보1: 한민족과 2000년대의 철학』.

이정미(1998), 『영어 한정기술의 의미 분석』, 서울: 연세대학교(박사학위 논문).

Corrado, Michael(1975), *The Analytic Tradition in Philosophy: Background and Issues*, Chicago: American Library Association, 곽강제(1986) 역, 서광사.

Devitt, Michael and Sterelny, Kim(1999), *Language and Reality: An Introduction to the Philosophy of Language* 2nd., The MIT Press.

Donnellan, K.(1966), *Reference and Definite Description, in Basic Topics in the Philosophy of Language*, Harnish, Robert M.(1994), ed. Prentice Hall.

Jager, R.(1972), *The Development of Bertrand Russell's Philosophy*, Lodon: Allen & Unwin LTD.

Neal, Stephen(1998), "Descriptions", *Routledge Encyclopedia of Philosophy* Vol. 3, Routleldge.

Linsky, Leonard(1967), *Referring*, London: Routledge & Kegan Paul.

Makin, Gideon(1996), "Why The Theory of Descriptions?", *The Philosophical Quarterly*, 46: 158-167.

Moore, G. E(1944), "Russell's 'Theory of Descriptions'", *The Philosophy of Bertrand Russell*, Paul Arthur Schilipp, ed., La Salle, Illinois: Open Court.

Ostertag, Gary(1998), "Introduction", in Ostertag, Gary, ed., *Definite Descriptions: A Reader*, A Bradford Book: The MIT Press

Ramsey, F. P.(1931), *The Foundations of Mathematics and other Logical Essays*, Kegan Paul.

Reimer, Marga(2003), "Reference", *Stanford Encyclopedia of Philosophy*, http://plato.stanford.edu/entries/reference

Rosenkrantz, Max(2005), "The Ontological Motivations for the Theory of Descriptions", *Pacific Philosophical Quarterly* 86, pp. 114-134.

Russell, Bertrand(1905), "On Denoting", in *Basic Topics in the Philosophy of Language*, Harnish, Robert M.(1994), ed. Prentice Hall.

Russell, Bertrand(1918), "Descriptions", in *The Philosophy of Language*, Martinich, A. P.(1985), ed., Oxford University Press.

Sharvy, Richard(1980), "A More General Theory of Definite Descriptions", *The Philosophical Review*, LXXXIX, No.4, pp. 607-624.

Shwoyer, Chris(2003a), "Relativism", *Stanford Encyclopedia of Philosophy*, http://plato.stanford.edu/entries/relativism.

Shwoyer, Chris(2003b), "The Linguistic Relativity Hypothesis", *Stanford Encylopedia of Philosophy*, http://plato.stanford.edu/entriesrealtivism/suppliment2.html

Whorf, Benjamin Lee(1956), *Language, Thought and Reality*, John B. Carroll, ed. and intro. Cambridge, Mass: MIT Press.

旅唐新罗僧人慧超西域巡礼述略

丁篤本(韶關學院 思政部)

生活在公元八世纪的新罗僧人慧超，少年时就来到了中国唐朝，接受中国文化的教育，并且在中国出家做了和尚。后来，慧超步武法显、玄奘及义净等中国高僧，远赴印度巡礼求法，先后游历了印度与中亚地区的许多邦国。根据这次旅行的见闻，慧超撰写了一部有名的游记——《往五天竺国传》。回到中国中原以后，慧超在唐朝继续习佛，并且从事翻译佛经的工作，直至在中国病逝。

慧超是中韩文化交流的先驱人物之一，但是在漫长的历史时期里，慧超的事迹一直鲜为人知。因为在浩如烟海的中国古籍当中，只有唐朝僧人慧琳所著的《一切经音义》卷一百简单摘录了他的著作《往五天竺国传》。1905年，《往五天竺国传》的写本残卷在尘封千年的敦煌藏经洞被法国汉学家伯希和发现掳走，残卷没有题名，伯希和根据慧琳的记载，准确指出这就是慧超所撰的《往五天竺国传》抄本，只是首尾残缺。自那以来，对慧超及其著作的研究在中国、日本和韩国等国陆续开展起来了。

一百年来，我国研究慧超的主要著述有：罗振玉的《慧超往五天竺国传校录札记》，王重民的《敦煌古籍叙录》中对《往五天竺国传》的介绍，张毅的《往五天竺国传笺释》（中华书局1994年版），张涌泉对张毅笺释的评述(《书品》1996年第一期)，黄时鉴的《慧超〈往五天竺国传〉识读余论》（载《东西交流论谭》，上海文艺出版社1998年版)等。

国外学界研究慧超的主要成果有：日本滕田丰八所作的《慧超往五天竺国传笺释》(1911年)，羽田亨影印出版的《往五天竺国传》残卷(1926年)，高楠顺次郎为《往五天竺国传》作的笺注，韩国高炳翊的《慧超往五天竺国传研究史略》(1959年)等。此外，《往五天竺国传》先后被译为德文、英文和现代朝鲜文出版。

可见, 迄今为止国内外对慧超及其著作的研究还不是很充分的, 本文拟就慧超的生平特别是他在印度与中亚旅行的相关问题以及 ≪往五天竺国传≫ 的学术价值做一些探讨。 由于资料的相对缺乏和作者的研究基础有限, 因此文章不够深入甚至错误的地方, 请批评指正。

一。

慧超是新罗人。 新罗是公元四世纪出现在朝鲜半岛东南部的一个封建王国, 它与半岛西南部的百济和半岛北部的高句丽形成鼎足之势。 到公元七世纪中叶, 新罗先后兼并百济和高句丽, 统一了朝鲜半岛大部分地区。 统一后的新罗与中国唐朝的关系非常友好密切, 双方的经济文化交流十分频繁。 当时, 前往唐朝通使、 旅行、 求学、 经商的新罗人如过江之鲫, 前往唐朝求法的新罗佛教僧人也是络绎不绝。 慧超就是在这中韩交流的高潮时期来到大唐帝国的。

说慧超是新罗人, 历来没有什么疑问, 但是他到底是否就出生在新罗, 却有不同看法。 一般都认为慧超确实是在新罗出生的, 不过也有人提出慧超其实生于中国。 因为有关慧超幼年的资料实在太少(其实关于慧超整个生平的资料也是很缺乏的), 所以我们难以确切地知道慧超的出生地。 不过, 依笔者的推测, 慧超出生在新罗的可能性明显要大些。

假如说慧超生在唐朝, 那么只有两种情况才有可能。 一是慧超的父母当时双双来华, 二是慧超的父亲在唐朝娶了中国女子为妻, 生下慧超。但是仔细推敲，这两种可能性都不大。首先，按照当时的习俗，一个生活在封建社会的新罗女子不可能跟随丈夫远赴异国，无论她的丈夫是使节、学生或者商人都是如此。即使在中国国内，唐代的官员去外地任职，一般都不携带家眷，何况慧超的父亲是一个外邦人呢。其次，整个有唐一代来华的外国人虽然众多，但是迎娶中国女子的实属凤毛麟角。这恐怕与中国传统的华夷有别的观念有关，在当时的中国人眼里，所有外国包括新罗均属欠开化的国家，谁也不会轻易将自己的女儿许配给异邦之人。即使慧超的父亲有机会娶了中国女子，生下他这个混血儿，那中国古籍的记载不太可能径直称他为新罗人而不加任何说明。综上所述，慧超生于新罗应该没有多大疑问。

　慧超在新罗出生，那么是在哪里出家做和尚的呢？现有的史料也没有给出明确答案。这个问题牵涉到慧超的生年。有说他生于武则天圣历三年即公元700年的，也有说他生于长安四年即公元704年的，不过证据都不很充分。有一条史料比较可靠，唐玄宗开元七年即公元719年，印度佛教的密教宗师金刚智抵达广州，慧超当时也在广州，于是拜他为师。金刚智在广州没有呆多久就北上了，而慧超没有离开广州，因此他拜见金刚智就在719年。那时慧超还不到二十岁，看来出家不会有很久。这样分析起来，慧超在中国出家的可能性要大一些。

一。

　在慧超的一生中，后世知之最详也是最重要的不是他在故国新罗或长期居留的唐帝国的活动， 而是他赴西域(包括印度和中亚)的一次著名旅行。印度是佛教的发祥地, 作为一个佛教出家人, 慧超此次长途旅行的目的当然是求法巡礼。 在他之前, 中国就有法显、 玄奘、义净等众多高僧去过印度, 其中唐代从中国出发去印度旅行的还有不少新罗僧人。 另外, 由于印度佛教是经由中亚传入中国中原地区的, 因此迄至唐朝初年, 中国僧人一般取道中亚, 亦即沿举世闻名的丝绸之路前往印度。法显是经中亚陆路去印度的, 玄奘往返印度都是走的中亚古道。 不过自汉魏以后, 从中国沿海通往印度洋的 "西洋航道" 已经完全开通, 所以不少僧人选择海路前往印度或从那里返回, 如法显就是循海上通道回到中国的。 到唐朝时, 海上丝绸之路畅通无阻, 从公元七世纪中叶起, 赴印度的中国僧人多走海路, 如义净往返印度都是取道海上。

行文至此, 我们自然会想到, 慧超是经由怎样的路线往返印度的呢? 尽管还没有见到能说明慧超全部旅行线路的直接材料, 然而根据慧琳所著的 《一切经音义》 和慧超自己的 《往五天竺国传》 的有关记载, 我们还是可以确定其具体的行程。《一切经音义》 卷一百介绍 《往五天竺国传》 时提到, 该书有上中下三卷, 其中上卷有阁蔑、 昆仑、裸行国等数条, 中卷有波罗疟斯等三条, 娑簸慈以下十余条则归在下卷。现存的 《往五天竺国传》 是残卷, 对照 《一切经音义》 的记载可知, 上卷已经缺失, 但中卷和下卷提到的国名以及排序两者是一致的。这为人们确定慧超的具体行程提供了证据。

按照两书中地名排列顺序来确定慧超行程的先后次序是可靠的, 法显的 《佛国记》、玄奘的 《大唐西域记》 以及义净 《大唐求法高僧传》 的 "义净自述" 条都是这样叙述他们的行程的, 慧超当然也不会违背这种通行体例。《往五天竺国传》 上卷中的阁蔑、 昆仑、裸行国均位于东南亚沿海, 阁蔑系高棉的异译, 即柬埔寨, 昆仑指南中国海中某岛国，裸行国是印度洋东北部海中的的尼科巴群岛或安达曼群岛。中卷中的波罗疟斯等在今天的印度东部，《往五天竺国传》 残卷则从波罗疟斯北面的拘尸那国开始， 陆续介绍了中天竺、南天竺、 西天竺和北天竺诸国， 娑簸慈(残卷作 "娑播慈")以下属于尼泊尔、 克什米尔和中亚。 所有几十个邦国总体上是自东向西排列的。

由此可见，慧超是从海路去印度的，他乘坐的海船一路穿过南中国海、 马六甲海峡、 孟加拉湾登上印度东海岸。 接着慧超自东向西横贯整个次大陆，然后经过今天的克什米尔、巴基斯坦、阿富汗抵达唐朝直接管辖的新疆。慧超的出发地极有可能是广州，启程时间是开元十一年即公元723年。 不过，慧超在南印度旅行途中作了一首五言律诗， 其中有 "我国天岸北，他邦地角西。日南无有雁，谁为向林飞"的句子，据此可知他自己说是在日南(今越南中部)登船西航的。 其实这与说他从广州出发并不矛盾，因为日南是唐朝的附庸，当时很多唐人在这里休整或换船，然后直下西洋。

如果我们把慧超往返印度的旅行路线跟法显、 玄奘、 义净的旅行路线做一番比较，结果很有意思。法显是陆路去海路回，玄奘是陆路去陆路回，义净是海路去海路回，而慧超是海路去陆路回，四大名僧印度之行的线路没有雷同，而且恰好穷尽了全部四种可能性，真是人类探险史上的一桩美谈。

慧超到底在东印度海岸何处登陆，现在已无从查考，而且登陆后最初几站也不清楚，因为 《往五天竺国传》 前面部分已经阙如。此书残卷起首一条也是不全的，记述国名的部分也缺失了。根据剩余的几行文字，张毅先生考证为玄奘 《大唐西域记》 里面的吠舍厘国,[1]地址在今天印度比哈尔邦西北部。从这往后，《往五天竺国传》 的记述便相当清楚了。

慧超于开元十二年(公元724年)一月进入同属东印度范围的拘尸那国(≪大唐西域记≫ 作拘尸那揭罗国), 它位于今印度北方邦东北部。随后慧超南行到波罗疮斯国, 这是古印度一个大邦, 其王都在今印度北方邦的瓦拉那西。离开此地, 慧超朝东进发, 不久便到了印度古代大国摩揭陁国(≪大唐西域记≫ 作摩揭陀国)。 玄奘用了整整两卷的篇幅介绍这个最负盛名的印度古国, 该国王城就是难陀王朝和孔雀王朝的故都华氏城, 法显 ≪佛国记≫ 中作巴连弗邑, 玄奘按梵语读音译作波吒厘子城, 遗址在今印度比哈尔邦首府巴特那西北。慧超在摩揭陁国参礼了许多佛教胜迹。以上几国属于慧超所说的东天竺, 其实它们应该列入中印度范围, ≪大唐西域记≫ 的玄奘自注就明确指出上述三国均属"中印度境"。[2]

从摩揭陁出发, 慧超转向西行, 经过波罗疮斯抵达 "中天竺国" 王城葛那及, 即今天北方邦的根瑙杰。玄奘叫此城作曲女城, 在这里他受到了戒日王的极度礼遇。这是印度又一个大邦国, 其领土包括北方邦的大部分以及尼泊尔南境。

慧超在葛那及游历之时, 中天竺国国力相当强盛, 所以他对中天竺的介绍要比东天竺诸国详细得多。他不仅列举了这里的四座名塔等佛教遗迹, 而且强调中天竺疆域广大, 气候暖热, 物产丰饶, 同时还备述了该国的法律、赋税、民风等情况, 总之让人留下国力较强的印象。

嗣后, 慧超旅行到了 "南天竺国"。其实当时印度南部有许多大小邦国, 根据 ≪往五天竺国传≫ 的记载来看, 慧超很可能只到过南印度北部的一两个邦国。据张毅先生的考证, 比较可靠的是慧超游历了玄奘记述过的憍萨罗国(今印度马哈拉施特拉邦东北部) 与摩诃刺侘国 (马哈拉施特拉邦中西部)[3] 不过玄奘把前者列入 "中印度境", 后者才地处 "南印度境"。[4]

对于南天竺的介绍, ≪往五天竺国传≫ 虽然相当简略, 但是慧超描述印度半岛的地理位置却相当准确 : "南至南海, 东至东海, 西至西海, 北至中天西天东天等国接界。"

从南天竺国动身, 慧超自述西北行两月余, 进入 "西天竺国"。这里是今天巴基斯坦境内印度河中游地区, 即 ≪大唐西域记≫ 所说的信度等国。≪往五天竺国传≫ 中, 记述西天竺的文字比其余四天竺都少, 不过它介绍了一个重要的史实, 即阿拉伯人已经侵入印度西陲。慧超说当时的西天竺国 "见今被大食来侵, 半国已损"。

慧超离开战乱的西天竺以后, 北行三个月时间于是来到了北天竺的阇兰达罗国, 其王都位于今印度旁遮普邦阿姆利则市东南。慧超叙述北天竺的时候有些混乱, 开始他似乎把阇兰达罗国等同于北天竺国 : "至北天竺也, 名阇兰达罗国。" 同时, 随后他介绍苏跋那具怛罗国、吒社国、新头故罗国、迦叶弥罗国等邦国的风情时, 一再说与 "北天(竺)相似"。据此我们完全可以理解为慧超没有把这些国家列入北天竺范围。 但是, 慧超又明确说阇兰达罗的西邻迦叶弥罗(克什米尔的异译) "亦是北天数"。而且, 在具体介绍完迦叶弥罗的情况以后, 慧超写了一段关于 "五天竺" 的总结性文字。这样看来, 他又把迦叶弥罗等国算在了北天竺范围之内。

慧超前往印度巡礼旅行的年代, 佛教在它的发祥地已经走向衰落, 由古老的婆罗门教脱胎而成的印度教正在取而代之, 这种变化在东天竺和中天竺尤为突出, 慧超的记载也反映这一点。 不过, 在南天竺、西天竺特别是北天竺, 佛教似乎仍然相当繁盛, 慧超不厌其烦地赞扬那些地方的官民 "敬信三宝", 各国都是 "大小乘俱行", 而且 "足寺足僧"。

三。

　在慧超看来，离开迦叶弥罗继续西行就超出了五天竺的范围，因为接下来的行程是在吐蕃、突厥和阿拉伯人统治的区域里进行的。这与玄奘的看法明显不同，≪大唐西域记≫ 把兴都库什山东南麓以及整个克什米尔地区都纳入了五印度的范围，根据当时这些地方的居民种族、语言、宗教来看，玄奘的观点根据要更充分一些。此外，法显也把整个克什米尔地区和喀布尔河流域归入 "北天竺"。

　由迦叶弥罗往西北行一个月，慧超来到了有名的古国建驮罗(今巴基斯坦白沙瓦一带)。建驮罗地处印度通向中亚、西亚及中国的大道要津，曾经也是佛教外传的基地，所以留下的佛迹众多。中国历代西行求法的高僧包括法显、玄奘都曾在这里逗留过较长时间，遍访佛家胜迹。慧超到达的时候，建驮罗已经被突厥占领。当时的突厥人并非普遍信佛，但是南部突厥人(阿姆河以南包括建驮罗的突厥人)已经改宗佛教。诚如慧超所言 : "此王虽是突厥，甚敬信三宝。" 慧超在这里参礼了多处佛教寺塔。

　告别建驮罗国以后，慧超继续朝西北方向行进，途经览波国即玄奘书中的滥波国(今阿富汗东境喀布尔河北岸)抵达罽宾国即玄奘记载的迦毕试国(王城在今阿富汗首都喀布尔以北巴格拉姆)，玄奘正是把这两国作为 "胡国"(中亚) 和印度的地理分界。

　从罽宾启程，慧超没有沿传统大道直接北上翻越兴都库什山，而是转向西南去了谢　国(今阿富汗加兹尼一带)。在他之前，中国古人对这里已经相当熟悉，典籍里称为漕国或漕矩咤，公元七世纪归唐朝管辖。武则天执政时改名为谢，武则天喜欢造字，这 "　" 字也是当时新造的。

离开谢, 慧超翻过北面的兴都库什山, 到达高山北坡的犯引国(≪大唐西域记≫ 作梵衍那, 今阿富汗巴米扬)。这里佛教颇为兴盛, 慧超所见的又是"足寺足僧"。不过, 慧超没有提到著名的巴米扬大佛, 而玄奘对这里的两尊巨石立佛作了详细的描述, 可见慧超行色匆匆, 忙于赶路。

慧超从犯引出发 "北行廿日", 进入位于阿姆河以南的吐火罗国, 这里是有名的古大夏国地, 其王都缚底耶(今阿富汗巴尔赫)就在阿姆河南岸, 它和迦毕试同是阿富汗境内的千年古城。 当年玄奘经过时, 此地是西突厥的重镇。几十年过去后, 公元726年冬季慧超到来之际, 这里的统治者已经换成了阿拉伯人, 当地的突厥头领被迫退到东方的蒲特山(今巴达赫尚山)里去了。

开春以后, 慧超出吐火罗国, "东行七日, 至胡蜜王住城"。胡蜜国在中国古籍里屡屡有记载, 或作护密、休密、钵和等名称, 地方在阿富汗东北角的瓦罕地区。不过, 从巴尔赫到瓦罕有五百公里路程, 而且多是险峻难行的山路, 慧超七天就赶到了, 骑马尚且困难, 何况据≪往五天竺国传≫ 所载, 慧超总是步行。相比之下, 上一段从巴米扬的巴尔赫的行程只有两百多公里, 慧超却走了整整二十天。 看来≪往五天竺国传≫ 此处 "东行七日" 的 "七" 字前面极有可能脱漏了 "卅" 或者 "廿" 字。因为胡蜜在瓦罕, 经过多位方家考定, 应该说没有什么疑问。而且, 慧超自己记载的胡蜜下一站就是瓦罕以东的葱岭镇, 这也反证出胡蜜确实地处瓦罕无疑。

在胡蜜国, 慧超遇见唐朝前往吐蕃的使者, 他大发感慨, 写了一手五言律诗, 流露出归心似箭的迫切心情, 好在东行不远就可进入唐帝国的版图了。 经过半个月跋涉, 慧超终于抵达了唐王朝的边陲要塞葱岭镇(今新疆塔什库尔干附近), 开元年间朝廷在这里设置了葱岭守捉。

自葱岭镇朝东步行一个月， 慧超来到丝绸之路的要津疏勒国(今新疆喀什一带)。 接着， 慧超继续东行， 终于在开元十五年(公元727年)十一月上旬抵达唐朝安西大督护府所在地， 即今天新疆的库车。 这里是古龟兹国都邑， 系丝绸之路天山南道上的一座重镇。 离开安西镇，慧超经由焉耆入玉门关， 沿河西大道回到中国中原。

回到唐朝以后， 慧超曾在长安继续受业于金刚智， 并且兼作其助手，金刚智圆寂后，慧超师从金刚智的大弟子密教大师不空。 在他们的指导下， 慧超一直在研习和翻译 ≪大乘瑜珈金刚性海曼殊室利千臂千钵大教王经≫ 这部密教重要经典。 直到不空去世以后的唐德宗建中元年(公元780年)， 慧超才在五台山将此经全部录出。 这些都是根据这部译经的序言而得知的情况。 再往后就找不到有关慧超活动的任何记载，估计不久他就辞世了。

四。

以上我们按照 ≪一切经音义≫ 的有关内容和 ≪往五天竺国传≫ 残卷所述各国排列的顺序， 对慧超印度、中亚之行的全程作了一番简单的介绍。 但是， 光 ≪往五天竺国传≫ 残卷记述的国家就有44个，而前文提到慧超所经之国只有一半， 因为在笔者看来， 其余二十来个国家慧超并没有去过。 对于这44个大小邦国， 慧超是否都曾游历过呢？ 以前的研究者多半没有明确提出或解答这个问题，如为 ≪往五天竺国传≫ 做了详细笺释的张毅先生也是如此。 笔者之所以提出慧

超并没有去过 《往五天竺国传》 所介绍的全部国家，一来是依据他本人的记述，二来是根据他旅行期间的客观条件与主观考虑所作的推断。

慧超此番长途旅行，是一个虔诚的佛教僧徒的求法巡礼。因此首先，凡是有重要佛教胜迹的地方，他会尽可能争取亲临其地；相反，如果没有重要佛教胜迹的地方，除了必须路过，一般不会专程前往。其次，慧超此次旅行路程极其漫长，按上文介绍的路线，从南海入印度洋，周游五天竺，取道阿富汗回到唐朝安西镇，行程有数万公里，总共只花了四年多时间，因此比较紧张。他不可能过多地绕道往返，只能选择比较便利的路途。再次，慧超只身在异域作长期旅行，必定要十分注意自身安全。不只是要防止匪盗(法显和玄奘都曾路遇强盗，险遭不测)，更要避免受到宗教迫害。当时，阿拉伯人已经征服中亚大片地方，而且侵入了印度西陲。阿拉伯征服者在其所到之处强制推行伊斯兰教，甚至为此成批地屠杀佛教信徒。这种境况肯定使得慧超倍加小心，不敢贸然深入伊斯兰教流行的区域。此外，《往五天竺国传》 文本透露的一些信息也有助于我们进行辨析。慧超在叙述各国情况时，起头的用语很能说明问题。如果行文说从某国某地朝哪个方向行走多久至某国某地，那他多半去过；如果只是说某国某地位于上一站哪个方位，相距几天的路程，那他基本上没有亲往。

综合上述考虑，可以推断出有不少国家慧超肯定没有去过，还有些国家他很可能没有去拜访过。笔者分析认为，《往五天竺国传》 有记述而慧超不曾亲往的国家主要分布在两个区域，一是北天竺附近，二是波斯以西以及阿姆河以北的中西亚广大地区。

属于头一个地区的国家有苏跋那具怛罗国、大勃律国、杨同国、娑播慈国、吐蕃国、小勃律国。先看这其中的大国吐蕃，它地处高寒，又不当道，而且 "国王百姓等，总不识佛法，无有寺舍"，想必慧超不会绕道千里去那个地方。何况当时吐蕃跟唐朝敌对厮杀，更没有必要冒险。其余各国，也都不在前述从迦叶弥罗到建驮罗的大道上。而且除小勃律国控制在唐朝手里之外，别的国家都是"属吐蕃所管"。例如苏跋那具怛罗国，慧超称这个小国在北天竺国以东一个月路程的地方，途中还要翻越雪山，也没有提到该国有寺有僧，而且它也是"属吐蕃国所管"。慧超有什么理由花两个月时间往返造访那里呢？

另外，在《往五天竺国传》书中，吐火罗国以后陆续介绍了波斯(伊朗)、大食(阿拉伯)、大拂临(东罗马)、安国、曹国、史国、石骡国、米国、康国(上述六国位于阿姆河与锡尔河之间的所谓"河中地区")、跋贺那(费尔干那盆地)、骨咄国(今塔吉克斯坦西南部)、突厥等12国，然后再转到记述胡蜜国。不过慧超明确说他是从吐火罗国启程前往胡蜜的，那就只能是一离开吐火罗就去了胡蜜。如果以为慧超从吐火罗国出发，游历了波斯等12国最后又回到吐火罗国，那真是不可理喻。理由如次，第一，沿这些国家走一遭是绕了一个非常大的圆圈，少说也超过一万公里，慧超根本没有时间，因为他的整个行程才四年多。第二，上述十几国当时除大拂临、突厥两个最远的国家外，都已经被阿拉伯人所征服，而且基本上伊斯兰化了。阿拉伯征服者在这些地方强制推行伊斯兰教，把原先流行的佛教等宗教消灭殆尽，甚至众多的佛教僧徒惨遭杀害。所以慧超肯定会把那一大片地区视作畏途，不愿涉足其中。

另外，不顺路的识匿国与于阗国，根据慧超记述的口吻来判断，他也没有去过。

既然有这么多国家没有亲自去游历，那么慧超为什么还要把它们写入自己的著作呢？而且所记之事大多符合当地当时的实际呢？关于第一个问题，答案比较简单。把自己虽然没有亲身经过的地方但是与所经之地有或近或远的联系的地方写进游记，是中外古代探险旅行家的普遍做法，已经形成了一种传统。在西方，有"史学之父"之称的古希腊学者希罗多德就是如此。在中国，法显与玄奘都在自己的著作里介绍了一些他们并没有亲自到过的地方的情况，只不过比重较慧超要小得多。而且，这样做也没有什么不妥。相反，把尽可能多的异国情况介绍给国人，他们觉得是一种责任，实际上也很有意义。

至于第二个问题，也好回答。慧超之所以能够真实地反映他并未亲往的不少国家的一些情况，是因为他充分地掌握了前人以及他人的见闻资料。远的不说，自从张骞出使西域全面开通丝绸之路以来，到慧超生活的时代已经有800多年了。在这么长的时期内，中西双方的经济文化交流从未间断，到唐朝更是达到了一个前所未有的新高潮。这期间去中亚、印度直至西亚旅行探险的人数众多，他们当中不少人写出了详细可靠的游记，还有更多的人口头讲述了他们旅行途中的所见所闻。因此从《史记·大宛列传》、《汉书·西域传》开始，历代正史都辟有关于介绍印度、中亚乃至西亚的专传，还有不少笔记野史也述及了这类情况。这些记载至今还是我们已经前述国家地方的宝贵资料。

慧超作为一个立志西行的佛门子弟，肯定阅读过很多这类资料，尤其是历代高僧的旅行游记。例如同为僧人的玄奘撰写的《大唐西域记》，不仅记述详尽，而且可信度极高。这部鸿篇巨制在慧超出生前50多年就编写完成了，而且由朝廷刊布发行，慧超很可能仔细拜读过。就是后出的义净著作，由于专述僧人印度求法旅行，慧超也有可能读过。因此，慧超虽然没有亲自游历那些国家，但是他完成可以根据阅读(以及旅行途中耳闻)来了解它们的基本情况。

五。

　　最后，我们应该对 ≪往五天竺国传≫ 作一些简单的评论。笔者以为，慧超的这本书可以说是是中国古代的印度游记殿军之作，虽然在 ≪往五天竺国传≫ 以后，还有 ≪悟空入竺记≫、≪西天路竟≫ 等由唐宋僧人撰写的印度游记，但是都过于简略，无法与慧超及其前辈法显、玄奘、义净的著作比肩。同时，由于 ≪往五天竺国传≫ 长时间完全失传，因此对它的价值需要重新认识和发掘。

　　首先，≪往五天竺国传≫ 反映了当时印度及中亚社会生活的不少真实情况。例如，概述全印度的 "五天竺风俗" 一条写道："衣著言音，人风法用，五天相似。唯南天村草百姓，语有差别；仕(宦)之类，中天不殊。" 寥寥数语，基本上说清了印度纷繁夏杂的语言状况。当时全印度居民主要使用雅利安语系的梵语，但是南部普通百姓讲的是达罗毗茶语系的语言，而上层社会流行梵语。另外，对于当时印度的宗教信仰，≪往五天竺国传≫ 描述的大体趋势也是符合实际情况的。慧超虽然难以接受佛教逐渐衰落，而印度教日益兴盛的局面，却也如实反映了两教的兴替的某些情况。譬如，在记述佛教最衰的东印度和中印度时，他着重介绍那里众多的佛教胜迹，而不太涉及居民信仰佛教的情况。即使提到，也是用"有寺有僧"轻轻带过。相反，在介绍佛教残余较多的印度其他地区时，慧超用 "敬信三宝"、"足寺足僧" 之类的词语加以渲染。

　　其次，≪往五天竺国传≫ 记载了阿拉伯人侵入中亚和印度的重要史实。公元711年，阿拉伯军队开始进犯印度河下游，然后逐步推进，直至占领了整个印度河中下游地区。关于这一事件，尽管有穆斯林作家的记述，然而慧超的见闻可以起重要的补充作用。他于公元725—726年间游历了阿拉伯人占领的区域。先是在西天竺，慧超看到，"见今被大食来侵，半国已损"，半壁江山即印度河中下游流域已经沦入阿拉伯征服者之手。甚至其东北的新头故罗国(今印度西南部巴尔梅尔一带)，也是"见今大食侵半国损也"。邻近的建驮罗、罽宾诸国当时仍控制在突厥人手里，慧超走后不久，同样被阿拉伯人侵占了。当公元726年冬季慧超越过兴都库什山来到吐火罗时，那里的国土已经易主，阿拉伯征服者把原先的统治者突厥首领赶到东边的深山里去了。

《往五天竺国传》也有一些不足之处，主要是有意无意美化了当时的印度社会。例如慧超在书中赞赏印度治安状况有过誉之词，即使强盗也不杀人："道路虽有足(盗)贼，取物即放，亦不殇(伤)煞。如若吝物，即有损也。"可是在慧超之前不久，玄奘、义净这样清贫的出家人在印度路遇劫匪，差点送了性命。由于社会秩序良好，所以在慧超笔下，印度的刑罚宽轻："五天国法，无有枷棒牢狱。有罪之者，据轻重罚钱。亦无刑戮。"此外，印度社会的俭朴风气也是身为和尚的慧超所激赏的："不见游猎放鹰走犬之事。""遍历五天，不见有醉人相打之者。纵有饮者，得色(气)得力而已。不见有歌舞作剧饮宴之者。"另外，他还说："为五天不卖人，无有奴婢。"无须多加辨析，这些明显都是溢美的言辞。

亲身游历过五天竺的慧超为什么会有如此失真的描述呢？原因可能有两点：一是慧超的行程相当紧张，总是行色匆匆，所以观察不太细致。二是作为一个虔诚的佛教僧徒，慧超把佛教发祥地印度理想化了，结果把愿望当作事实。这也是他与法显、玄奘、义净等赴印度巡礼求法的中国高僧相比明显欠缺的地方。《往五天竺国传》之所以流传不开乃至差点完全湮灭，其根源固然如张毅先生所指出的："文辞不工，可能是慧超书流传不广的原因。"[5] 除此之外，书中这些失实的介绍恐怕也是人们没有对它予以足够重视的原因之一。

　　前面通过对慧超的事迹及著述的介绍, 可以肯定, 慧超不仅是中韩文化交流史上的一个重要代表, 而且是中国古代西行巡礼求法不可忽视的高僧之一, 就是在世界古代探险旅行史上也占有一席之地, 因此进一步开展对慧超这个人物以及 《往五天竺国传》 这部著作的深入研究很有必要。本文只是进行了一些初步的探讨, 期望能起到抛砖引玉的作用, 从而使中韩交流的这一重要领域的研究取得新的进展和成就。

【 摘要 】本文比较系统地介绍了公元八世纪新罗僧人慧超在唐朝的活动,特别是他远赴印度和中亚旅行的事迹,文章也对他撰写的著名游记进行了较为深入的评述,因而有助于对这位中韩文化交流史上的先驱人物开展进一步的研究

【 关键词 】新罗　慧超　巡礼　往五天竺国传

The Xin Luo Buddhist Priest What One Saw and Heard When He Went to the Kingdom of Tang Brightly Surpasses in the Western Region

Abstract: This paper discribea buddhist Monk called HuiChao's activities, especically the travel in india and Middle Asia, in the

Xinluo Dynasty in the A.D.800. He engaged in the Tang Dynasty was systemtically narrated. This article aslo had comments on his famous travel notes. So it was benefit to further research on the forerunner of the culture exchange between China and Korea.

Key words: Xin luo   Huichao   See and heard   Kingdom of Tang Brightly Surpasses in the Western Region

---

參考文獻

[1] 张毅: ≪往五天竺国传笺释≫, 第1页, 中华书局1994年版。

[2] 季羡林等: ≪大唐西域记校注≫, 第556、586、618页, 中华书局1985年版。

[3] 张毅: ≪往五天竺国传笺释≫, 第43页, 中华书局1994年版。

[4] 季羡林等: ≪大唐西域记校注≫, 第891、823页, 中华书局1985年版。

[5] 张毅: ≪往五天竺国传笺释·前言≫, 第3页, 中华书局1994年版。

淸代中期의 詩歌와
소설 및 희곡의 발전양상

陳明鎬(全北大學校 哲學科)

Ⅰ. 前言

淸代의 중기라 함은 乾隆에서 道光의 前期(즉 阿片전쟁이전)시
대를 칭한다. 이 시기는 淸王朝가 전성기에서 점차 쇠퇴의 길로 접
어들어 가는 시기이다. 학술사상에서 實事求是의 기치를 내걸고 考
據로써 학문의 방법을 삼은 "乾嘉學派"(또는 청대 考據學派)가 약
백년에 걸쳐 흥행을 하였다[1].

문학에 있어서 詩壇은 개성해방의 사상과 고거학파의 학문적 영
향 속에서 그 예술적 창작방법과 가치를 모색하였고 총체적인 역대
경험을 바탕으로 한 집대성을 꾀하였다. 그러한 이유는 盛唐이래로
시가의 예술적 추구를 재평가하면서 자기 나름의 특색 있는 시대적
이고 개성적인 창작을 하기위해 노력하였다는 것이다. 이는 정치상
으로 文字獄을 회피하기 위하여 詩文과 저술에 몰입하였다는 종래
의 주장뿐만 아니라 경제、 사회문화、 학문、 문학발전의 변화추이
등등이 다양화된 변화발전의 양상을 드러내었다[2].

---

1) 乾嘉學派의 명칭은 시대적으로 乾隆과 嘉慶황제 시대에 가장 두드러진 활동
을 보여준 학문이기에 붙여진 이름이다. 그 학술적 연구 성향은 같지만 연구
의 주안점 혹은 연구의 특징에 따라 명칭들이 여러 가지이다. 즉 考據學、考
證學、實學、考核學、朴學、漢學、名物典制之學、制數學 등이다. 또 "淸代
考據學"이라 함은 흔히 乾嘉年間의 考證學을 말한다. 그러나 이는 청대에 단
지 건가년간에만 고증학이 있었다는 걸 의미하지는 않는다. 즉 청초부터 명왕
조가 멸망한 원인은 학문이 현실을 떠나서 존재하였기에 국운이 쇠퇴하였다고
주장하는 顧炎武 등 학자들이 학문의 경세치용을 주장하며 고증학의 기치를
내세웠다. 그로 말미암아 청대중기에 이르러 고증학이 가장 흥성하였으며 흔
히 "淸代考據學"이라 하여 지칭한다. 또 "考據"의 명칭은 청대 孫星衍 및 江
藩 등이 사용하였고, 그 후로 현재의 학술계에서는 이 명칭을 그대로 사용한
다. 그밖에도 考正、考訂、考證、考核、考信、考鑒 등의 명칭이 있다.

청대는 詩學이론을 집대성하였고 또 이론에 합치하는 창작활동을
보였다. 이는 결국 자기개성을 중시하는 詩學的 특징을 보였다. 이
런 현상은 마치 "衆星爭輝, 百花齊放" 같은 고전시가의 집대성을
건가년간에 집중해 보여준다3). 당시 神韻說·格調說·性靈說·肌理
說 등은 자신의 시학이론을 직접 창작으로써 표현하였다. 특히 성령
설은 자신을 솔직히 드러내는 시를 주장하면서 시적개성은 자아의
표출로서 시인의 진실한 감정과 인품을 드러낸다 하여 답습을 반대
하였다. 그러므로 건가년간의 시단에서 자신의 시학적 관점을 창작
에 실천하려는 움직임은 다른 시대와는 확연히 구별되는 개성을 가
졌다. 그러므로 "乾嘉年間에 시인들이 서로를 간망하면서, 그들은
자신의 宗旨를 표명하며 시파를 수립하고 한 시대의 패권을 다투었
는데 沈德潛、袁枚、翁方綱 등 세 파가 있었다"4). 이와 같은 설명
이 당시 상황을 잘 말해준다.

위에서 살펴보았듯 청대중기의 시단은 창작면에서나 시가비평면에
서 모두 전시대와 다른 독특한 영향 아래에서 발전하여 흥성할 수 있
었다. 그러나 당시 민간에 유행한 소설이나 희곡에 대한 국가의 정책
이나 학술계의 학자들은 오히려 그 유행을 억제하였다. 따라서 민간문
학에 대한 당시 상황을 같이 검토함으로써 민간문학의 독자적 발전면
모의 이면에 어떠한 지배층의 문학사상이 있었는지 살펴보고자 한다.

---

2) 근현대 학자들이 乾嘉考據學의 성립계기를 분석하며 당시 역사사실들을 근거
로 여러 가지 설을 주장하였다. 즉 청왕조 文化高壓說、宋代근원설、서방학
문방법의 영향설 등등이다. 근래에 趙永春은 <近十年來乾嘉學派討論綜述>(≪
中國史硏究動態≫, 1989年第8期)에서 근래 10년 사이의 주장들을 분석 종합
한 결과 康乾盛世說、時代改革說、歷史原因說、封建學術內部矛盾說、淸初
批判理學思想先導說 등등이 있음을 밝혔다.
3) 錢仲聯<淸詩精華錄前言>.
4) "乾嘉之際、海內詩人相望、其標宗旨、樹壇坫、爭雄於一時者、有沈德潛、袁枚、
翁方綱三家", 徐珂≪淸稗類鈔·文學類≫第八冊, 中華書局, 1996.

Ⅱ. 청대중기 시가의 발전양상

청대의 황제들은 漢族의 학자들을 통한 대형국가사업으로 ≪明史≫、≪佩文韻府≫、≪古今圖書集成≫、≪康熙字典≫、≪四庫全書≫、≪大淸會典≫、≪大淸一統志≫ 등을 편찬하며 "문인들이 학문에 전념함으로써 현실을 도피하고 정신적인 충실을 꾀하게 하는 방도로 삼았다"[5]고 하는 분석이 어느 정도는 설득력이 있다고 본다. 따라서 비록 문자옥이 있었다고 하지만 문인들의 문학창작활동과 그 창작성과는 어느 시대도 비교할 바가 못 될 정도로 방대하였다. 또 청대 초기부터 일어나기 시작한 고증학의 열풍은 중기에 이르러 가장 성행하여 근 백여 년간 학술계를 풍미하였기에 고대 지식인들인 문인들이 그 영향 아래에서 문학 활동을 하였음은 다른 시대와 완연히 다른 특색을 갖추고 있음을 말한다. 그러므로 아래에서 그 청대중기에 시가의 발전요인을 살펴 당시 詩가 개성화로 치닫는 원인을 알 수 있다.

첫째로 詩學思想의 내재적 발전이 있었다. 즉 이는 중국 고대 詩는 詩經시대의 四言에서 魏晉南北朝의 5言의 발달과 7언의 창작시도, 唐代의 近體詩와 盛唐의 詩的美學의 최고조, 송대의 이지적인 시풍 등은 후대의 元、明代를 거치면서 다양한 시풍의 창작시도를 가능케 하는 모범이 되었다. 특히 청대에 이르러 王維와 韋應物의 시풍을 追崇하던 神韻派와 雅正을 주장하며 전후칠자의 형식적인 면을 수용한 格調派、公安派의 性靈을 계승한 性靈派、宋詩를 추

---

5) "文人以潛心學問作爲逃避現實、充實精神的一條途徑", 鄔國平 王鎭遠≪淸代文學批評史≫, 上海古籍出版社, 1995年.

구하며 學問詩의 풍격을 가진 肌理派 등은 청대 중기의 대표적인
詩派의 詩風을 보인다. 그 밖의 厲鶚이 맹주인 浙派6)、 姚鼐에 와
서 완전하게 시파로서 자리 잡은 桐城詩派 등이 모두 자신의 풍격
을 선명하게 하여 모방이 아닌 자신만의 개성적인 시가창작을 보여
주며 다양한 풍격에 대한 창작시도를 하였다.

둘째로 시인 자신만의 진실한 감정의 창작을 주장하였다. 이는 明
代 前後七子의 실패를 거울삼아 모방답습을 회피하는 결과를 가져
왔다. 성령파의 맹주인 袁枚는 詩論에서 眞詩를 표방하여 당송시풍
을 배우는 시인들을 비판하고 자신만의 진실한 감정을 창작에 직접
사용할 것을 주장하였다. 그래서 그가 嘉慶元年(1796년)에 지은
<再示兒>에서는 "(나의)詩가 다른 사람을 좇아서 남의 보잘 것 없
는 말을 줍는 걸 두려워한다".라고 하였다7), 이처럼 원매는 당시 시
인들이 唐宋詩를 모범으로 삼아 학습한 결과 청대 중기의 시작들이
시대적 특징이 없고 작가의 개성이 반영되지 않은 점을 비판하며 작
가 스스로 자신의 개성을 분명하게 드러내고 창작에서도 그와 같은
개성을 나타내어야만 자신의 진정한 성정이 담긴 작품이라 보았다.

셋째로 財力 있는 官僚들의 편찬발간의 영향이 있었다. 乾嘉년
간에 고증학파의 학자들은 문학창작에도 열중하였다. 따라서 대신관
료의 막부는 교류의 장이 됨과 동시에 전국의 재주 있는 문인의 회
집장소로 발돋움할 수 있었다. 그 결과 다양한 시문집이 편찬되었다.
여기에서 국가에서 편찬한 叢書類의 ≪四庫全書≫、 ≪武英殿聚珍
版書≫를 먼저 들 수 있다. 그 밖의 비교적 권수가 큰 總集類로 任

---

6) 厲鶚이 왕사진과 주이존의 "孤淡"한 시풍을 교정 하기위하면서 浙派가 형성
   되었다고 杭世駿이 ≪詞科掌錄≫에서 말하였다. 그러나 시파의 시풍이 새로움
   을 추구하여 詩語가 生硬하여 姚鼐로부터 "險怪"(≪惜抱軒詩集≫卷四<與張
   荷塘論詩>)하다는 비평을 들었다.
7) "詩怕隨人拾唾餘", ≪小倉山房詩文集≫, 上海古籍出版社, 1988년.

兆麟輯≪三代兩漢遺書≫、 孔繼涵輯≪微波榭叢書≫、 鮑廷博輯≪知不足齋叢書≫、 吳騫輯≪拜經樓叢書≫、 李調元輯≪函海≫、 畢沅輯≪經訓堂叢書≫、 盧文弨輯≪抱經堂叢書≫、 馬俊良輯≪龍威秘書≫、 孫星衍輯≪平津館叢書≫ 등등이 이 시기에 나왔다. 또한 當時 詩集類의 편찬 상황은, 예로 沈德潛의 ≪七子詩選≫十四卷, 盧見曾의 ≪國朝山左詩鈔≫60권, 王鳴盛의 ≪江左十子詩鈔≫二十卷, 畢沅의 ≪吳會英才集≫二十四卷 등등이 있었다. 그 중 王昶의 ≪湖海詩傳≫46卷은 당시 왕창이 교류하였던 600여명의 시인들의 시를 선집한 것으로 최대의 시인수를 가진다. 즉 康熙五十一年(1712)에서 嘉慶八年(1803)까지 "시문으로써 서로 화답한다(以詩文相質証)"는 스승인 심덕잠과 그 문하생 및 붕우들의 시를 수록하였다[8]. 또 그 밖의 ≪青蒲詩傳≫32卷, 曾燠의 ≪邗上題襟集≫은 건륭59년에, ≪江西詩征≫95卷은 嘉慶9년(1804)에 輯刊하였고, 阮沅의 ≪兩浙輶軒錄≫40卷은 嘉慶六년(1801)에, ≪淮海英靈集≫ 22卷을 輯刊한 것이었다. 또한 王豫≪群雅集≫三十九권과 그 ≪群雅集≫二集의 二十二권、 ≪江蘇詩征≫一百八十三卷、 嘉慶9年(1804) 鐵保와 法式善≪熙朝雅頌集≫134卷 등등이 대형 詩選集으로 "以詩存人"의 主旨에 따라 당시 시단의 유명관료부터 布衣까지 두루 輯錄을 하였다. 위의 제목에서 보듯 이러한 선집들은 대부분 지역적인 특색을 띠어 어느 특정 지방의 유명시인들의 시를 수록하

---

8) 그는 <湖海詩傳序>에서 "대략 이로써 천하의 시를 모두 섭렵하려는 것은 아니지만 백여 년 중에서 사대부의 풍류스러우며 전아함과 한 나라의 시교가 흥성함을 대략 보고 싶었을 뿐이다(盖非欲以此盡海內之詩也, 然百余年中, 士大夫之風流儒雅, 與一國詩教之盛, 亦可以想見其崖略)"하였다. ≪湖海詩傳≫, 萬有文庫第二輯本.

는 계기가 되었다. 이것은 바로 비록 편벽한 지방에 관료가 되지 못
한 유생들일지라도 詩才가 뛰어난 작품이 있으면 출간을 하였기에
광범한 교류를 하게 만든 계기가 되었고, 또 개성이 있는 작품을 발
굴하여 후세에 자료로 남기게 되었다. 특히 ≪熙朝雅頌集≫은 당시
八旗詩人과 그들의 시를 다량으로 수록하였기 때문에 滿、蒙八旗詩
人을 이해하고 그들의 교류를 밝히는데 아주 귀중한 사료가 된다.

넷째로 시민의식의 발전이 있었다. 당시는 명대부터 유행하기 시
작한 희곡이나 소설이 매우 흥행하여 일반 백성들도 쉽게 공연장에
서 극을 볼 수 있었다. 이는 고거학자들이 사회의 풍기를 염려하는
문장에서 알 수 있다9). 당시 조정에서도 사회풍기를 바로잡는다는
이유로 문화적 통제정책을 가하였고 단지 雅正한 풍격만을 허락하고
淫詞나 荒誕鬼怪한 작품의 유통을 금하였다. 錢大昕의 예를 본다면
곧 알 수 있다. 그는 <正俗>편에서 말하길 "소설은…… 살인을 호
걸이라고 여기고, 여색(女色)을 탐하는 걸 풍류라 하며, 이성을 잃고
광분하여 거리낌이 없다. 젊은이들이 안일하게 지내며 가르침이 없
는 자가 많은데 또 이러한 소설로써 유혹한다면 어찌 금수와 가깝다
고 나무라지 않겠는가!"하였다10). 錢大昕은 소설의 내용들이 인심과

---

9) 명말청조에 물론 金聖嘆과 李漁 등은 문학이론비평 방면에서 소설이나 희곡
   의 가치를 높게 평가하였다. 즉 소설에서는 金聖嘆이 評點한 ≪水滸傳≫、
   毛綸과 毛宗崗父子가 評點한 ≪三國演義≫와 張道深의 ≪金甁梅≫、脂硯
   齋≪紅樓夢≫이 있었고, 희곡에서는 李漁의 ≪閑情偶記≫에 이어 金聖嘆의
   ≪西廂記≫와 馮鎮巒이 評點한 ≪聊齋志異≫、黃周星의 ≪制曲枝語≫ 등
   이 있었다. 또한 뒤에 戱曲批評으로서 毛綸、洪升、孔尙任、李調元、焦循
   등이 작품을 남겼다. 그밖에 文言소설로 蒲松齡≪聊齋志異≫와 吳敬梓≪儒
   林外史≫、曹雪芹≪紅樓夢≫、李汝珍≪鏡花緣≫ 등이 유명하였다. 이처럼
   당시의 문인들조차도 소설이안 희곡의 창작과 비평에 가담하여 실로 그 흥
   성 정도를 가늠할 수 있다.
10) "奸邪淫盜之事, 儒、釋、道書所不忍斥言者, 彼必盡相窮形, 津津樂道, 以殺

풍속을 퇴폐적으로 만든다고 여겨 소설유포를 嚴禁하도록 주장한다. 이런 교화적인 창작취지는 紀昀의 ≪閱微草堂筆記≫에서도 드러나고 ≪四庫全書總目≫에서도 그러한 관념을 볼 수 있다[11]. 그러나 여기서 알 수 있듯이 지배층의 문학적 주장이 어떻든 일반사회에서는 이미 소설이 만연하였고 폭넓은 층의 지지를 얻었음을 알 수 있다. 그러므로 兪正燮은 ≪癸巳存稿·演義小說≫에서 말하길 "乾隆元年에 음난한 소설이 서가와 상자에 가득하고 책방에서 임대까지 한다"[12] 하였다. 또 희곡에서도 雅部와 花部(亂彈)로 나누어 雅部만을 허용하기에 이르렀다. 이와 같은 소설과 희곡의 통제는 통치자와 전통문학의 관념을 옹호하는 문인들이 퇴폐적 풍속을 엄금하는 정책으로 나타났고, 이러한 관념은 결국 문예가 사회교화를 목적으로 하는 濟世作用의 효용성을 위한 것이었기 때문이다.

다섯째로 시인들의 교류중심지가 있었다. 특히 乾嘉年間에 이르러 시인의 집회가 다른 때보다 많아지면서 집회장소를 중심으로 창작활동이 활발하였다. 예로 朱筠의 "椒花吟舫"、翁方綱의 "蘇米齋"와 "小石帆亭"、王昶의 "蒲褐山房"과 "春融堂"·"蘭泉書屋"、法式善의 "詩龕"과 "梧門書屋"、曾燠의 "邗上題襟館"、阮元의 "孼經室"과 "定香亭"·"琅嬛仙館" 등등이 있다.

여섯째, 대신관료의 학술집단이 있었다. 청대중기 대신관료들의 막부에 考據學者들이 몰려 文事에 관한 일을 하였다. 이들은 經史

人爲好漢, 以漁色爲風流, 喪心病狂, 無所忌憚。子弟之逸居無敎者多矣, 又有此等書以誘之, 曷怪其近于禽獸乎!", ≪錢大昕全集·正俗≫第九冊, 江蘇古籍出版社, 1997年.

11) ≪四庫全書總目·小說家類序≫說 "今甄錄其近雅馴者, 以廣見聞, 惟猥鄙荒誕, 徒亂耳目者, 則黜不載焉".

12) 兪正燮 ≪癸巳存稿·演義小說≫說 "乾隆元年覆准, 淫詞穢說, 迭架盈箱, 列肆租賃, ……".

典籍을 연구하고 校勘、註釋、編纂、地方志 등을 編修하며 여가가 있을 때마다 모여 상호간에 화답하며 시문창작활동을 하였다. 예로 乾嘉年間의 대신관료의 비교적 큰 막부로는 盧見曾、朱筠、畢沅、謝啓昆、曾燠、阮元幕府 등이 있었다. 막부생활을 하던 학자들은 평소에 著書、校文、修書 등의 일을 하였지만, 그 밖의 문학창작활동도 빈번하였다. 예로 건륭50년 畢沅의 막부에서 蘇東坡의 생일에 祝宴을 열어 蘇軾 탄생의 기념으로 酬唱활동을 하였다. 畢沅은 자신이 본래 시문을 애호하였던 사람으로 항시 주위 사람과 창작활동을 빈번히 가졌던 사람이다.

일곱째, 布衣와 女詩人의 활동이 두드러졌다. 葉燮의 제자로서 袁枚와 교분이 두터웠던 薛雪(1681-1770)은 ≪一瓢齋詩存≫과 ≪一瓢詩話≫가 전하고 있고, 평생 布衣로서 자족하며 당시 유명시인들과 왕래하였다. 屈夏(1668-1744年左右)은 布衣로 管世銘이 자신의 ≪讀雪山房雜著≫에서 말하길, "오늘날 북방의 시인들은 대부분 蒲城의 屈夏을 尊崇하고, 남방의 시인들은 대부분 長洲의 沈德潛을 尊崇한다"13) 하였다. 蘇州의 汪縄도 布衣로서 홍량길、江藩과 당시 揚州.太守인 尹秉綬 등과도 왕래를 하며 재능을 인정받았다14). 이로써 보면 당시의 사회현상의 단면을 볼 수가 있는데, 당시 布衣 시인들은 관직의 직함이 없었지만 다양한 시인들과 서로 교류하였고, 또 그럼으로써 유명시인들은 창작활동과 함께 布衣시인의 자료를 남길 수 있었다.

또한 청대중기에 여성시인이 많았다. 이는 바로 당시 사회가 얼마

---

13) "今日北方詩人多宗蒲城屈征君悔翁, 南方詩人多宗長洲沈宗伯硕士".

14) 洪亮吉 ≪北江詩話≫ 卷三"吳門汪布衣縄, 字墨莊, 少工詩, 所遇輒不偶……寄食于江上舍藩家, 江亦赤貧之士也。 聞余至揚, 偕江來訪……明日, 因携之謁揚州太守尹君秉綬……", ≪北江詩話≫, 人民文學出版社, 1998年.

나 다양화 되고 개성화된 사회인가를 말해준다. 여성시인이 역대로 漢代에 대표적으로 班婕妤와 徐淑이 있다15). 그 후로도 적지 않은 여류시인이 등장하였다. 그런데 청대중기에 와서 袁枚의 女弟子가 오륙십 명 정도에 달하였고 이는 전에 볼 수 없었던 현상으로 시단에 여성이 대량으로 등장하는 상황이었다. 청대 여시인의 수량의 예로 道光11년(1831)에 惲珠가 輯刊한 ≪閨秀正始集≫은 청대여시인의 작품을 선집하였고, 총 933명의 여시인의 작품 1,700여 수가 실려 있다. 물론 이렇게 女詩人이 활동할 수 있었던 것은 경제와 사회문화가 발전하였음을 보여주는 것이다.

그 밖의 청대중기의 시가흥성의 양상으로 황제의 애호이다. 청대 중기의 高宗 弘歷은 한편으로는 엄혹한 文字獄으로 왕조에 反하는 詩文을 제약하였지만, 또 한편으로는 황제 자신이 친히 시문을 애호하면서 다량의 창작활동을 하였다. 건륭황제가 역대로 최다의 5만 수 이상의 詩歌작품을 남겼는데, ≪御制詩≫가 434권의 41,800餘 首이고, 그 밖의 ≪御制詩餘集≫과 ≪樂善堂全詩≫을 합하면 5만 수가 넘는다16). 이것으로 보면 평소 그가 얼마나 자주 창작에 몰두하였나를 알 수 있다. 건륭황제가 이처럼 시를 자주 창작하는 데는 화답을 할 수 있는 "詩臣"이 있었다. 그들은 격리설의 맹주인 沈德潛과 錢大昕、王昶、紀昀 등의 대신들로 주로 溫柔敦厚한 시풍들을 가졌기에 황제의 총애를 받을 수 있었다.

---

15) 종영이 말한 漢代에 두 명의 여류시인이 있었다고 한 것에 대해 許印芳은 ≪詩法萃編≫에서 종영의 오류를 지적하며 그 밖의 여류시인들을 열거하였다. 즉 唐山文君, 羅敷, 文姬, 蘇伯玉妻, 竇玄妻 등등.

16) 周遠廉≪乾隆皇帝大傳≫, 鄭州:河南人民出版社, 1995年, 頁724 참고. 徐珂 ≪淸稗類鈔·文學類≫에서는 건륭의 시가 십만 여수라고 말한다("高宗御制 詩五集, 至十萬餘首").

위에서 청대중기의 주요한 시가흥성의 양상과 그 요인을 살펴봤
다. 통치자의 정치적 목적이나 사회경제적인 요인을 제외하고 시학
이론과 비평에서 단순히 시가창작 풍격과 시학사상을 보면 앞 시대
와는 확연히 다르게 시인 자신의 창작경향을 주장하면서 기타 詩學
들의 미비점을 보완수정하려 하였다. 이러한 결과는 물론 시인 자신
에게 사상적 요소를 제공하게 되었고, 시인마다 자신의 시학사상을
옹립하는 계기가 되었다. 그래서 비록 청대에 4대 시학이론이 창립
되었다 할지라도 추종자와 반대자, 또는 절충자들이 각기 자신의 개
성에 따라 시가창작을 하였다. 王士禎이 神韻說을 주장하며 기치를
높이 쳐들 때 그에 반대하는 孔尙任、陳廷敬、趙執信、崔邁 등이
있었다. 청대 중기에 와서는 格調說은 沈德潛의 제자인 王昶과 錢
大昕 등이 시단에서 계승하고 황실의 통치정책에 부합하였으나 袁
枚나 洪亮吉、張問陶 등에 의하여 비판의 대상이 되었다. 翁方綱의
肌理說도 신운설과 격조설을 보완한다고 하였으나 漢學의 영향으로
學人의 詩로 빠지는 폐단이 있어 자신의 감정을 중시하는 性靈派의
시인들에게 비판의 대상이 되었다.

Ⅲ. 소설과 희곡의 양상

청대 중기의 소설과 희곡은 그 발전사적으로 보면 소설의 백화체
와 희곡의 노래、동작、대화 등이 있어 쉽게 오락적 성격으로써 민
중의 마음을 사로잡게 되었다. 물론 저자거리에서 공공연히 이야기

꾼들에 의하여 묘사되고, 공연장에서 연출되면서 민중들의 호응도에 따라 자연적 오락성이 짙은 작품들이 나오게 되었고, 그러한 내용이 결국 통치자 또는 지배계층에서는 민중과 다른 관점을 가지게 되었다. 특히 당시 고증학자들은 經學을 연구하는 학술사상가들로 그러한 사회현상에 대하여 詩文에 대한 견해와 상이한 주장을 가하였다. 하지만 이러한 민중들의 애호는 통치자의 통제와 지배계층의 반대에 의해 막히지 않았다. 일찍이 강희황제 때 민간문학의 외설스러움과 민중교화 차원에서 통제를 가한 적이 있다. 강희가 諭旨를 내려 말하길 "음란한 문장의 소설은 사람들이 즐겁게 보는 바인데 실제로 풍속을 해치고 사람의 마음을 현혹케 할 수 있다.……모두 마땅히 엄하게 금지를 시켜야한다"하였다[17].

　　그 후 건륭원년에 이르러 또 다시 소설의 피해를 지적하여 유통을 막는 금지령을 내리게 되었고, 嘉慶七년(1802)、15년、18년에 각각 다시 금지령을 내렸다. 그런데 이러한 금지령을 받게 된 소설은 자세히 보면 모든 종류의 소설이 아니었고 음란소설류를 지칭하는 것이었다. 이런 종류는 명대에 이미 유행하기 시작한 ≪金甁梅≫、≪玉嬌梨≫、≪平山冷燕≫、≪好逑傳≫、≪肉蒲團≫ 등과 같은 것이었다. ≪金甁梅≫는 이전의 역사소설 혹은 영웅소설 또는 志怪소설 등의 소재나 주제를 떠나 일반백성의 현실생활과 내면적인 욕망을 다루었다. 이 때문에 뒤이어서 많은 동종류의 소설이 줄을 이었다. 그 예로 ≪續金甁梅≫、≪三續金甁梅≫、≪隔窓花影≫、≪金玉夢≫ 및 위에 있는 ≪玉嬌梨≫ 등이 모두 그 영향을 받아 창작된 것이다. 청대에도 이러한 음란소설이 유행하였고 대체로 ≪燈

---

17) "淫詞小說人所樂觀，實能敗坏風俗，蛊惑人心。朕見樂觀小說者，多不成材，是不惟无益，而且有害。至于僧道邪敎，素悖禮法，其惑世誣民尤甚。…… 俱宜嚴行禁止"，≪康熙起居注≫第二冊，中華書局，1984年.

草和尙≫、≪如意君傳≫、≪濃情快史≫、≪株林野史≫、≪肉蒲
團≫ 등이었다. 그런데 여기서 주목해야 할 것은 청조 당시의 문인
들의 눈에 비춰진 남녀 사이의 애정을 보는 시각은 아주 엄정하였다
는 것이다. 이는 물론 유교예법이 엄정한 고대 봉건사상에 기인함은
쉽게 알 수 있다. 예로 魯迅이 ≪中國小說史略≫에서 ≪玉嬌梨≫、
≪平山冷燕≫ 등을 艶情小說이 아닌 才子佳人小說로 보아 지식분
자의 심리상태를 묘사한 작품으로 보는 것이다. 嘉慶15년 6월 어사
伯依保가 상소하여 금지시켜달라는 소설이 바로 ≪燈草和尙≫、
≪如意君傳≫、≪濃情快史≫、≪株林野史≫、≪肉蒲團≫ 등이다.
이를 보면 그 시각 차이를 분명히 알 수 있다. 이와 같은 소설로
≪金雲翹傳≫、≪飛花艶想≫、≪定情人≫、≪醒紅流≫、≪玉支
磯≫、≪麟兒抱≫、≪浪史奇觀≫ 등등이 있다. 그러므로 금지령이
내려졌던 소설은 염정소설로써 지금 우리가 일컫는 음란소설 혹은
그러한 요소를 가지고 있는 애정소설을 가리킨다.

소설과 희곡에 대한 고증학자의 관념도 대체로 통치자의 정치이
념과 같은 맥락이다. 여기에서 청대 중기의 錢大昕의 예를 간단히
들어 본다. 그가 소설에 대해 일컫기를;

> "불가와 도가는 사람이 선량하길 권하지만 소설은 오로지 사람을 악
> 하게 이끈다. 간악하고 음란하며 도벽에 관한 일은 유가, 불가, 도가
> 의 책은 참지 못하고 책망하지만, 소설은 반드시 온갖 형상을 다하여
> 보이고, 흥미진진하여 즐겁게 여기며 말하고, 살인으로써 好漢이라 여
> 기고, 주색으로써 풍류라 여기며, 마음을 해치게 날뛰며 거리낌이 없
> 다. 子弟가 편안히 기거하며 가르침이 없는 바가 많은데 또 이러한
> 책으로써 그들을 현혹시키면 어찌 禽獸에 가깝다고 나무라지 않겠는
> 가! 世人이 배우며 살피지 않으면서 곧 형사사건이 날로 빈번해지고,
> 도적이 날로 많아짐을 나무라는데, 이 어찌 소설에서 사람의 마음과

풍속에 관련되어 있음이 일조일석에 이뤄지지 않은 까닭을 알겠는가!
세상을 깨우치고 백성을 교화하는 책임이 있는 사람은 급히 소설들을
불태워 버려서 유포되지 되지 않게 해야 한다. 안으로는 수도로부터
밖으로는 각 省에 이르기까지 책방이나 시장에서 판각이나 파는 것을
엄히 수색하여 위반죄를 부과함을 수십 년 동안 실행한다면 반드시
도적을 없애고 형벌을 줄이는 효과가 있을 것이다"18).

錢大昕은 경학을 연구하는 학자로서, 또는 중앙관료로서 세상을
다스리는 학문을 연구하고, 지배계층으로서의 교화의 목적이 강하였
다. 따라서 사회현상을 직시하면서 음란소설류뿐만 아니라 ≪三國演
義≫나 ≪水滸傳≫과 같은 살상장면이 있는 소설류도 유통을 반대
하였다. 이는 바로 인간 심성의 함양이라는 전제아래 통치자의 정치
사상과도 맥락을 함께 한다. 그럼으로 청대중기 사회에서 소설이 널
리 유행하여 사농공상뿐만 아니라 아동과 부녀자 및 글을 모르는 사
람까지도 이미 익히 들어 알고 있어 유불선보다 훨씬 널리 유행한다
고 ≪正俗≫에서 비평한다. 그러므로 청대 사회에서 얼마나 소설이
널리 유행하고 있었는지를 알 수 있다. 이러한 유행에 대하여 袁枚
의 ≪子不語≫나 紀昀의 ≪閱微草堂筆記≫ 등의 창작의도를 보면
당시 문인들의 소설에 대한 관념을 읽을 수 있는데, 이는 즉 소설창
작의 의도가 인과응보에 의한 권선징악을 주제로 한 교화 목적의 소
설을 창작하였던 것이다. 이는 기이한 얘기나 흥미로운 일화 등이지

---

18) "釋、道猶勸人以善, 小說專導人以惡。奸邪淫盜之事, 儒、釋、道書所不忍斥
言者, 彼盡象窮形, 津津樂道, 以殺人爲好漢, 以魚色爲風流, 喪心病狂, 无所
忌憚。子弟之逸居无敎者多矣, 又有此等書以誘之, 曷怪其近于親手乎! 世人
習而不察, 輒怪刑獄之日繁, 盜賊之日熾, 豈知小說中于人心風俗者, 已非一
朝一夕之故也。有覺世牗民之責者, 亟宣焚而弃之, 勿使流播。內自京邑, 外
達直省, 嚴察坊市有刷印鬻售者, 科以違制之罪, 行之數十年, 必有弭盜省刑
之效", ≪嘉定錢大昕全集·正俗≫第九冊, 江蘇古籍出版社, 1997年.

만 결론은 항상 事必歸正임을 강조한다. 그러므로 일반 염정소설 혹은 흥미로운 영웅소설과는 상당한 차이가 있다.

위에서 보는 청대중기의 통치자와 문인들의 민간문학에 대한 견해는 물론 지배계층의 일반작인 정치사상으로써 일반 민중계층과의 상호 부합되지 않는 면을 엿볼 수 있다. 이는 앞에서도 언급하였듯이 명대의 개성해방사조의 영향을 받은 것을 볼 수 있다. 顔元이 ≪存人編≫卷一에서 말한 "男女 사이라는 것은 사람의 크나큰 욕망이 있는 것으로 이 역시 사람의 진정한 감정과 지극한 人性이다"라는 논지는 그걸 잘 설명해준다[19]. 이처럼 이미 계몽되기 시작하였던 인간 본연에 대한 탐구는 문인들의 연구에만 국한된 게 아니고, 오히려 민중의 현실생활에서 두드러지게 사회현상으로 나타나게 되었다.

IV. 結語

청대 중기의 고증학이 흥행하던 시대에도 문인들의 시가에 대한 학습과 창작활동은 매우 활발하였다. 그들은 학술활동에 의하여 잦은 집회로 상호 교류할 수 있는 계기가 되었고, 布衣나 여류시인들은 문인들과 왕래하면서 개성적인 창의성을 발휘하여 자신만의 독특한 시세계를 세우려고 노력하였다. 또 창작개성이 상통하는 문인들

---

19) "男女者, 人之大欲也, 亦人之眞情至性也". 또한 唐甄도 ≪潛書‧性動篇≫에서 "나를 낳아 준 것이 욕망이요, 나를 길러준 것이 욕망이다.……욕망을 버리고 道를 구한다면 반드시 그렇게 할 수 없을 것이다"(生我者欲也, 長我者欲也……舍欲求道, 勢必不能).

이 모여 하나의 詩派를 형성 발전시키기 위해 시학주장을 하였고, 그러면서 기타 시파의 약점을 수정보완하려고 힘썼다. 그러므로 청대중기의 시가흥성의 요인으로 여러 현상 중에서 詩의 내부 발달적인 문제와 고증학의 영향이 크게 작용을 하였다. 또 그 배경으로는 개성해방에 의한 일반인의 사회진출이 큰 특색으로 보였다. 그런데 당시 고증학의 성행으로 인하여 문인들은 오히려 민중이 애호하였던 小說과 戱曲에 대한 관념이 상이하였다. 그 결과 소설의 판각과 판매 및 희곡의 상연 등을 금지시키는 주장이 나왔고, 그에 대한 금지령까지 내려지게 되었다. 하지만 이미 민중들의 삶에 깊숙이 침투하여 유행하였던 소설과 희곡은 더욱 그 명맥을 이어서 성행하게 되었다. 이러한 현상은 청대 중기사회가 문인들의 시가에 대한 열정이 수량과 이론으로 보아 역대로 가장 활발한 성과를 거두게 되었지만, 반면에 그들의 민간문학에 대한 이해결핍은 결국 지배층의 백성에 대한 교화라는 통치이념에 기인한 것으로 이해 될 수 있다. 그러므로 문인들의 문학사상과 그에 반하는 민간문학의 발전양상은 상호병존하면서 청대중기의 문화의 다양성을 나타낸다.

참고문헌

徐珂, ≪淸稗類鈔≫, 北京: 中華書局, 1996.

鄔國平·王鎭遠, ≪淸代文學批評史≫, 上海: 上海古籍出版社, 1995.

紀筠 등, ≪文淵閣四庫全書≫本≪陵陽集≫.

袁枚, ≪小倉山房詩文集≫, 上海古籍出版社, 1988.

袁枚, ≪隨園詩話≫, 臺北: 漢京文化專業有限公司, 1984.

劉熙載, ≪劉熙載文集・詩槪≫, 南京: 江蘇古籍出版社, 2000.

王昶, ≪湖海詩傳≫, 萬有文庫第二輯本.

江藩, ≪國朝漢學師承記≫, 北京: 中華書局, 1998.

沈德潛, ≪淸詩別裁集≫, 上海: 上海古籍出版社, 1984.

戴震, ≪戴震全書≫, 合肥: 黃山書社, 1995.

錢大昕, ≪錢大昕全集≫,南京: 江蘇古籍出版社, 1997.

洪亮吉, ≪洪亮吉集≫, 北京: 中華書局, 2001.

洪亮吉, ≪北江詩話≫, 北京: 人民文學出版社, 1998.

章學誠著, 葉瑛校注, ≪文史通義校注≫, 北京: 中華書局, 2000.

趙翼, ≪簷曝雜記≫, 北京: 中華書局, 1997.

俞丁燮, ≪癸巳存稿≫, 上海: 上海印書館, 1957.

錢仲聯主編, ≪淸詩記事≫, 南京: 江蘇古籍出版社, 1989.

李慈銘, ≪越縵堂讀書記≫, 上海: 上海書店, 2000.

蘇桂宁, ≪宗法倫理精神與中國詩學≫, 上海: 上海三聯書店, 2002.

曹旭, ≪詩品集注≫,上海: 上海古籍出版社, 1996.

丁福保編輯, ≪淸詩話≫, 上海: 上海古籍出版社, 1999.

郭紹虞編輯, ≪淸詩話續編≫, 上海: 上海古籍出版社, 1999.

吳宏一, ≪淸代詩學初探≫, 台灣: 學生書局, 1986.

嚴迪昌, ≪淸詩史≫, 杭州: 浙江古籍出版社, 2002.

尙小明, ≪淸代士人遊幕表≫, 北京: 中華書局, 2005.

艾永明, ≪淸朝文官制度≫, 北京: 商務印書館, 2003.

漆永祥, ≪淸代考據學研究≫, 北京: 中國社會科學, 1998.

袁行雲, ≪淸人詩集敍錄≫, 北京: 文化藝術出版社, 1994.

上海圖書館編, ≪中國叢書綜錄≫, 上海: 上海古籍出版社, 1993.

趙永春, <近十年來乾嘉學派討論綜述>, ≪中國史研究動態≫, 1989年 第8期.

广东瑶族长鼓舞的历史与现状分析

王桂忠(韶关学院体育学院)

广东瑶族人口约有近30万，人口总数列广东少数民族人口首位，广东瑶族同胞主要居住在粤北的乳源瑶族自治县、 连南瑶族自治县、连山壮族瑶族自治县， 另有少量的瑶族同胞散居在以上3个县周边的连州市、英德市、阳山县、乐昌市等地的瑶族乡镇。广东瑶族人民能歌善舞，凡瑶家男性无不擅长长鼓舞，每到重大喜庆节日和举行宗教活动，男女老少载歌载舞，随处可见，是广东瑶族最具代表性的一种体育文化方式。令瑶族同胞引以为豪的是在1965年和1980年，由广东连南瑶族自治县民族歌舞团整理创作的 ≪长鼓舞≫ 先后到北京参加全国少数民族文艺汇演。 长鼓舞作为广东瑶族民族文化的一支奇葩，在民族文化的历史演进中闪烁着耀眼的光芒。作为民族节日、传统集会中的重要活动内容，长鼓舞具有浓郁的民族性和广泛的群众参与性，是中华民族传统体育和民族舞蹈的重要组成部分。

1. 研究目的与方法

重视和发展少数民族传统体育是新时期我国体育工作的一项重要内容。≪全民健身计划纲要≫ 明确规定要 "挖掘和整理我国传统体育医疗、保健、康复等方面的宝贵遗产，发展民族、民间体育"，并强调 "在民族地区开展以少数民族传统体育项目为主的体育健身活动。" 2001至2010年中国体育改革与发展纲要提出 "进一步发挥少数民族地区的优势，开发民族体育资源，做好民族传统项目的挖掘、整理和推广工作"。长鼓舞是广东省瑶族同胞最具有民族特色、文化特色和体育特色的一项活动， 本研究旨在挖掘、 整理民族传统体育资源，推动广东瑶族同胞的全民健身活动开展，为民族地区的两个文明建设服务。

研究方法：(1)文献资料法， 了解广东瑶族同胞长鼓舞发展状况概况, 为研究提供理论支撑；(2)田野实证法, 考证其现状及特点。

2. 结果与分析

2.1 广东瑶族长鼓舞的产生

长鼓, 又名横鼓。广东瑶语叫 "汪嘟", 是长鼓舞的主要道具。据 ≪过山瑶≫ 记载, 公元前11世纪, 瑶族祖先盘瓠, 力肋高辛帝征伐 有功, 得娶其三公主, 并封为和盘护(瓠王)。一天护王入山打猎, 不 幸被山羊撞下悬崖, 死在一棵 "德芎"(瑶语, 即泡桐)树旁, 公主悲痛 万分, 令其子女砍下 "德芎" 树, 做了1 个八抓长的大鼓, 6个十三 抓长的小鼓, 猎取山羊皮蒙在鼓头上。公主背起大鼓, 儿子位拿起长 鼓, 打鼓歌唱, 祭祀盘王[1]。

千百年来, 瑶族人民繼承和发展了长鼓舞这一古老的民族艺术, 作 为抒发欢快情感的独特表现形式, 打长鼓庆丰年, 已成为瑶族人民的 传统习俗。在连南瑶族自治县, 有专门跳长鼓舞的 "歌堂节", 瑶族 人民每逢过年过节或是喝喜酒、 造新房等喜庆的日子, 都要打起长 鼓, 相向而舞, 相传成俗。

2.2 广东瑶族长鼓舞的特点

广东瑶族长鼓舞的道具长鼓有大长鼓和小长鼓两种。 大长鼓流行 于连南瑶族自治县, 长约110cm。小长鼓则流行于乳源瑶族自治县和 连山瑶族壮族自治县的瑶民中, 长约80cm。长鼓通常用沙桐木、 黄 猄皮、麻绳制作而成。中间小两头大, 其中一头又略大三分之一[2]。 跳舞时, 舞者用一条彩带绑着两头 "鼓颈", 挂在肩上, 长鼓横于腰 间, 右手用掌, 左手持竹片分别击鼓, 发出 "嗵咖嗵梆" 的铿锵之声。

广东省瑶民的长鼓舞是一种大场面自娱性舞蹈, 鼓手们身穿漂亮

3장 _ 세계 역사•철학의 교류와 수용 ■ 397

的新衣，随着鼓点从寨子一直跳到歌堂坪，一个个就像出山的猛虎，勇猛矫健。长长的鼓队行列如戏海的蛟龙，盘山过岭腾路而行，尤为壮观。

广东瑶民的长鼓舞共有8个表演程序：(1)些培(开场结拜之意)："耍歌堂"活动是分排(寨)举行的，这一天有很多其他排的同胞前来庆贺，鼓手们先跳"些培"来行礼，表示对客人的欢迎；(2)起堂(歌堂会正式开始)：全场锣鼓声大作，枪炮齐鸣，为长鼓手助威；(3)担洪(转大圈)：鼓手们围成大圆圈起舞，邀请众人和老鼓手加入舞蹈行列；(4)监娟(意为跟随老鼓手起舞)：在老鼓手的带领下，年轻鼓手神气地向姑娘们显示自己矫健的舞姿和漂亮的服饰；(5)恩候(即仰翻)：鼓手相背，交换位置。(6)伸枋(即穿插)；(7)队列变化：向东南西北四个方向表演斗鸡、摇鼓等技巧动作；(8)转蹲：鼓手们向长辈表示敬重，向全体参加歌堂会的群众表示谢意。

若从参与人数上看，长鼓舞有双人舞、四人舞、集体舞等几种形式。长鼓舞舞蹈动作有24套、36套、72套三种。内容反映劳动生产与日常生活，例如造房子、做长鼓、开山挖地、舂米等，边舞边唱，活像一幅浓重的民族风俗画卷，具有多种民族传统文化特质，具有造型美、体态美、节奏美、和谐美、意境美以及服饰美，实为我国少数民族传统体育和民族舞蹈艺术之精华。

2.3 广东瑶族长鼓舞的健身娱乐价值

广东瑶族长鼓舞的基本动作由走、跑、跳跃、蹲、挫、旋、转、俯冲，以及顶、斗、周旋、厮杀、斗鸡、大嘣子等动作组合而成，动作多为模仿上山越岭、过溪穿谷、伐木运木、斗龙伏虎等劳动或斗争场面，其动作古朴独特，粗犷豪放，节奏强烈[3]。跳至高潮时常结合有跳跃、旋转、及大幅度摆动。跳至低潮时，稳健轻巧，韵律和谐, 呈现柔婉舒展, 表现动静相融的艺术特色。

长鼓舞是全身性运动, 肌肉、关节、韧带都得到良好的锻炼. 可提高舞者的速度、力量、耐力、柔韧性及协调性, 适宜的运动负荷和时间能达到理想的有氧锻炼效果, 能够促进人的体能发展和体质增强, 富有很强的健身价值。

广东的瑶族同胞主要居处在崇山峻岭当中, 生活在相对封闭的自然环境和社会环境, 他们需要丰富的社会文化生活和情感的调节。长鼓舞的参与者在富有节奏的鼓点的伴奏下, 通过自我运动来实现宣泄情感、欢娱身心, 这是生命的律动, 激情的宣泄。因此, 在瑶乡跳长鼓舞时, 村中男女老少蜂拥而至, 围坐一圈, 情投长鼓舞, 不仅促进了表演者的个体发展, 也使观众感受了美的愉悦。同时, 长鼓舞始终充满了积极向上的活力和厚重的民族艺术风格, 可以引导人们参与民族优秀文化活动, 自觉接受精神文明教育, 从而提高整个社会的文明程度, 是一种健康的娱乐方式。

2.4 广东瑶族长鼓舞的文化特征

2.4.1 传统性

长鼓舞源于盘瓠(盘古)的传说和对先祖的崇拜, 广东瑶民的长鼓舞活动大多在农历三月初三、六月初六、八月十五、十月十六举行。尤其是十月十六的"盘王节"最为盛行。"还盘王愿" 三年一小愿, 十二年一大愿。小愿打长鼓三天三夜, 大愿则打七天七夜[4]。随着时代的发展, 现在广东瑶民在国庆节、春节或其它庆典活动的时候同样会打起长鼓, 以示庆贺。

广东瑶民的长鼓舞自产生以来, 始终与本民族的政治、经济、文化、习俗、信仰相联系, 世代相传, 具有明显的传承民族文化和传承民族宗教信仰功能。在长期的历史发展过程中, 相对封闭而稳定的条件下, 容易形成统一连贯的文化模式, 经过优化、升华、继承、发展, 形成特具内容、形式、时间、地点相对稳定的传统体育项目。其内容带有强烈的民俗生活和民族宗教气息, 隐存大量瑶族同胞的精神情趣, 长鼓舞已成为瑶族乡风习俗中最具传统性和稳定性的活动内容之一。

2.4.2 地域性

广东瑶民主要居处在粤北的南岭山地, 境内崇山峻岭, 重峦叠嶂, 地形复杂。交通不便, 信息量少, 文化氛围狭窄, 受经济自给性和环境封闭的影响, 孕育的民俗、文化、体育必然带有很强的地域性, 其表现在既有明显的传承性, 也有因地制宜的区域性。如在使用的道具上, 连南瑶族自治县的瑶民使用的长鼓多为大长鼓, 大长鼓有两种鼓名, 一种叫 "尼网雍", 瑶语即黄泥鼓, 因敲打时要用黄泥糊鼓面而得名。另一种叫 "担轰嘟", 瑶语即圆圈鼓, 是依舞蹈队形起名, 大长鼓长约110cm。 而连山瑶族壮族自治县、乳源瑶族自治县瑶民则多使用小长鼓, 长约82cm。 小长鼓因鼓上雕有精致的花纹, 所以在当地也有人称小长鼓为"花鼓"[5]。

而在跳长鼓舞的场地上, 广东瑶民的长鼓舞多在平地上进行, 而连州市的瑶民除在平地上进行外, 还站在高台上跳长鼓舞(即将两张八仙桌并在一起, 两个鼓手相对站在桌子上对打)。 显示出不同的地域风格。

2.4.3 交融性

在民族的繁荣与进步过程中, 既要继承和发扬本民族的优秀传统, 又要根植赖以生存的社会土壤当中, 传统文化的交流与升华是民族繁

荣与进步的重要推动力。广东瑶民的长鼓舞具有悠久的历史，深受群
众的喜爱。她源于民族崇拜先祖的传统文化，又在生产劳动中发展，
是民族文化的一个缩影，长鼓舞广泛的交融性是她生生不息，不断发
展的生存动力。

交融性首先体现在本民族传统文化的外部，长鼓舞融民俗、体育、
舞蹈、音乐为一体，民俗、体育、艺术和谐统一，多种民族传统文化
方式交融、흩透，相互溶汇，承载着大量的民族传统精神。既是民族
文化相互溶汇，形成双向结合，又是多种民族文化形式借助体育运动
作为外在的表现形式，形成一种新型的综合性民族文化，极大地丰富
了民族传统文化的内涵。其次在民族传统文化的内部，长鼓舞直接或
间接反映一定历史时期民族政治、经济、民众生活、人际关系、地
理环境、道德伦理、民间文化、社会风尚、生产劳动和民族心理等
多方情况，涉及到民族学、历史学、社会学、文化学、体育学、人
类学、伦理学、心理学、方志学、美学等多学科、多领域内容。从
多方面反映民族文化的内涵，是民族发展的活化石。

2.4.4 社会性

由于广东省的瑶族同胞居住在粤北山区，环境相对封闭，各种节庆
活动就成了他们进行交往的主要机会，这种交往的需要，使节日中的
各项活动不仅仅是单纯的娱乐活动，而成为人们参加活动的驱动力，
长鼓舞活动聚集的人数多，为人们提供了情感交流的社会环境。

在社会多元发展的进程中，长鼓舞所表现出的魅力同样也能被邻
近的壮族、汉族所接受和参与。它可以消除各民族之间因地理环境、
生活方式、习俗、文化传统带来的隔阂，为各族人民提供文化交流的
平台，成为民族文化交流的桥梁，有力地促进个人与个人，个人与群
体，群体与社会乃至整个社会和谐交往和健康发展，有助于民族地区

经济、文化、社会的发展。在增进民族团结和民族凝聚力，促进民族地区两个文明建设的社会功能日益显著。

3. 结束语

研究、继承和发展少数民族传统体育项目是我国体育工作的一项重要内容。广东省瑶族长鼓舞活动源远流长，是广东瑶民传统的娱乐方式，具有较强的传统性、地域性、交融性和社会性的特点。它不仅具有良好的健身价值，而且具有丰富的审美文化内涵。积极地挖掘、整理、推广长鼓舞项目，可以增进其科学化、规范化和社会化程度，为民族地区的两个文明建设服务。

【摘要】概述了广东瑶族长鼓舞的起源及特点，归纳总结了长鼓舞的健身娱乐价值，分析探讨了广东瑶族长鼓舞具有传统性、地域性、交融性和社会性等文化特征。旨在挖掘、整理广东瑶族传统体育资源，为继承和发展少数民族体育传统，推动少数民族地区全民健身活动的开展。

【关键词】广东瑶族；长鼓舞；健身娱乐价值；文化特征

The Study on the History and the Status Quo for the Yao Nationality's Tambourin Dance of Guangdong

Wang guizhong

(.Department of physical education, shaoguan College,
Shaoguan Guangdong, 512005, China)

Abstract: This eassy has summarized the origin , characteristics and value of health and entertainment of the Yao nationality's tambourin dance of Guangdong province, and furthermore discussed its allround features of tradition, section, blending, and sociality. The aim of this article was to excavate and coordinate the tradonal sport resource, inherit and develop the tradonal sport of ethnic minoritiy, and then promoting the whole-people's healthy physical activity.

Key words: the Yao nationality of Guangdong, tambourin, the value of health and entertainment, cultrure characteristic.

參考文獻

[1,2,5] 王東甫,黃志輝.粵北少數民族發展簡史[M].廣州: 廣東高等教育出版社, 1998:93

[3] 王桂忠.關于广東省瑤族傳統体育資源及發展狀況研究[J].北京:中國体育科技,2002(8):56

[4] 瑤族民間活動之三-長鼓舞.[EB]. http://www.chinasfa.net/qtfz/ssmzty/yz3.htm,/2002-08-08

≪坚硬如水≫：一部反思"文革"的男权文本

張曉平 (韶關學院中文系)

从20世纪70年代末开始, 反思 "文革" 一直成为当代作家创作的一个精神热点。从早年的伤痕小说、反思小说到知青小说, 从巴金的 《随想录》 到韦 君宜的 《思痛录》 等诸多作品体现了作家从不同角度和不同的生命经验出发表现了自己对文革的体验和认识。 其中, 阎连科小说 《坚硬如水》 是值得关注的一部。 作品将个人的革命狂热与时代的 "疯狂" 通过 "文革" 的背景和谐地表达出来, 刻画了男女主人公高爱军、夏红梅这对 "革命者" 形象。作家试图通过人物形象的刻画来展现 "文革" 浩劫与个人之间、 历史与文化之间的内在关系, 试图揭示人性中的善恶相依, 并在一定的环境的催发下而表现出来的 "恶魔性" 因素。[1)]

夏红梅是 《坚硬如水》 中的女主角, 在全书中, 夏红梅自始至终都是作为高爱军的映衬而存在的, 并没有鲜明的性格特点, 仅有性格的单纯和思想的冲动, 是个 "符号" 性存在。 而阎连科作为男性作家, 依旧是从男权视角对夏红梅进行刻画, 使其成为了阎连科笔下的一个傀儡人物, 直接导致了女性主体的缺失。

不能否认, 高爱军这个男性形象塑造还是鲜明突出的。 《坚硬如水》 不是一部写实小说, 而是一部戏仿的、寓言性的小说, 因为作者阎连科在人物的塑造上, 至少在女性形象的塑造中采取了类型化、简单化、 夸张化等艺术手法。 有时作者会刻意树立一些截然对立的人物, 使他们形成对比。夏红梅被塑造成了一个不可多得的尤物, 除了会配合高爱军一次次疯狂的性爱之外, 还会摇旗呐喊与高爱军一起闹革命, 是个集美貌、勇气、智慧于一身的 "完美" 人物。而与之对比的高爱军的妻子程桂枝, 则是个 "有一张女人脸, 身上脸上黑里透

---

1) 陈思和在 《试论阎连科 〈坚硬如水〉 中的恶魔性因素》 中认为："这种恶魔性包含着某种神的意志, 大破坏中包含了大创造的意图。" 见 《当代作家评论》 2002年第四期。

红，和用旧的毛主席语录的书皮一个色；中等个，胖身子，走路时候
屁股一跳一跃，似乎那儿的臀肉每天都要求翻身得解放" 的丑陋女
人；她视性为传宗接代的工具，毫无情趣；对待革命，更是采取了逃
避、惧怕、甚至以死抗争的态度。不可否认的是，阎连科这样的对
比达到了漫画般的效果，但同时，也降低人物的真实性和可信度。这
种失真体现在夏红梅身上尤为明显。 在那个特定的社会文化背景下，
夏红梅这类女人毕竟是少数，甚至于根本不可能存在这种对性爱无所
顾忌的、革命起来如男性般强硬的 "完美" 的女性。她是被当作英
雄般的 "斗士" 和悲壮的 "烈士" 来刻画的。她可以随时随地在高
爱军面前裸露自己的身体、奉献自己的身体。例如：在铁轨边两人
的那次偶遇中，刚说几句话，夏红梅就把鞋子脱掉，裸脚让高爱军
看；高是一看二摸三亲，激动得不行。当广播喇叭突然响起革命歌曲
声时，夏红梅便情不自禁地解开自己的上衣纽扣，"应该说，她的两粒
纽扣是被她听到的革命歌曲解开的"，"手还停在第三颗纽扣上"……
英俊的革命军人使夏红梅心生爱慕，激昂的革命歌曲撩拨着夏红梅的
革命激情。"革命情结" 一下被击中，夏红梅意乱情迷。若非歌曲声
嘎然而止，两人几乎都要失控。夏红梅给人的感觉是，只要高爱军想
要，她可以随时随地的配合；只要一有机会，她就可以立即投入到疯
狂的性爱中去。更让人吃惊的是，她在实施"惊天地、泣鬼神的革命
计划"时，可以当着自己的公公程天民的面与高爱军做爱，从而让被
革命者感受到他们是如何革命得 "完全" 和 "彻底"！在夏红梅身上，
中国女性应该有的廉耻与矜持荡然无存。这实在令人难以置信。

　　阎连科在书中对夏红梅的塑造采取了类型化、简单化、夸张化的
方法，也许是因为：寓言的人物(形象)拥有一种鲜明而又稳定的 "类
型化" 性格对于更有效地演绎观念的前提来说是必需的。因此，夏红
梅的形象是作为一种观念、一种符码或某类代名词而出现的。她身

上发生的一切，都显得荒诞、不真实。这是寓言化的代价。读者从夏红梅身上，看不到更多现实的影子，难以产生警醒作用，引发阅读共鸣。人们看到的，只是经过作者刻意夸张后的夏红梅在独舞，这使得《坚硬如水》的"寓言"的效果减少了几分。

我们知道，在叙事时，只有注重人物的人格、心灵、道德、情操，写出其人生追求和人生况味，使之成为具有鲜明个性、栩栩如生的艺术形象，才能使观众从中领悟到人生的意蕴，获得有益的启迪，这样的文学作品才能算成功之作。刘再复也曾在《性格组合论》里提出："所谓表现灵魂的深邃，就是应当透过人物性格表层的东西而完成一种艺术发现，即发现用单一的、机械的审美眼光无法发现的、更为深刻的东西，这种东西，就是蕴藏在人的性格深层结构中的丰富复杂的辩正内容，即人的性格的矛盾内容。"[2] 也就是说，要强化人物的个性，使之鲜明突出，很重要的一点就在于作者既要深入了解人物性格的丰富性和复杂性，又要真切把握其性格的主导性，并调动各种艺术手段来凸现这种主导性格，使之呈现出多样中的统一。而阎连科显然忽视了这一点。在《坚硬如水》中，作为女主角的夏红梅个性不突出，性格单一化，给人的感觉只有"疯"和"狂"。在西方的文学理论概念中，把性格单一化的人物称为"扁平人物"，现在有时被称作为类型人物或漫画人物。夏红梅这个人物，就是阎连科按照这一简单的意念或特性而创造出来的"扁平人物"。她的性格只是一种静态封闭的单一结构。阎连科对人物的观照是一种远距离的观照，而不曾入乎其内，因此很难发掘出人性的深度。

阎连科没有深入夏红梅的内心世界，写出其喜怒哀乐之情，这与《坚硬如水》中"我"的这种第一人称叙事有关。"我"是一个讲述

---

2) 刘再复《性格组合论》上海文艺出版社1986年第161页。

者，一个表演者。当"我"在作品中不断地"我说"、"我说"时，直接限制了夏红梅进行内心真实的独白，使得"我"的地位是优越的、高高在上的。而夏红梅，仅仅是从高爱军的触角里得以表现；高爱军式的口吻使夏红梅这一形象及其性格的夏杂性减少了几分，也使得其性格特征模糊起来。当然更说不上"典型"。书中对她的性格描写着墨很少，更多的是对其美丽肉体的露骨刻画。即便有容易凸现个性的对话描写，也是脱离不开高红军的革命方针这一主题。她成天只会对着高爱军呐喊："天才的军事家，敬爱的政治家，空前绝后的革命家，年轻有为的镇长，才华横溢的县长，一心为公的专员，又红又专，富于组织才能和领导艺术的省长，我最最热爱、最最忠于、最最信赖的皇上!"，"我要说的爱军全说了，他的话就是我的话，他所思就是我所想"。仿佛夏红梅从来都不是为了自己而活的。她仅仅是一个爱情奴仆、革命跟随者形象。甚至在他们被"以革命的名义"枪毙时，临刑前一刻，革命歌曲再次使瘫坐下去的夏红梅恢夏精神，她和夏红军"突然越过各自面前的士兵，冲到一块，身子贴着身子疯狂地吻起来，疯狂地亲起来"。她最终是"雄赳赳，赴刑场，迎着枪弹去；气昂昂，笑生死，跨过阴阳桥"。"抛头颅，东征西战筋骨断；洒热血，粉身碎骨也心甘"。这种极富革命化的描写让人不思议，让人对"文革"的疯狂进行反思，但其中也少了这一份"人之常情"的怨与恨，使得人物性格少了一层内部对照，一味的"痴狂"反而显得不可信不真实了。这也是阎连科 《坚硬如水》 中颇具匠心的第一人称叙述模式带来的一个负面效果了。

《坚硬如水》 呈现在读者眼中的夏红梅，在书中每一个章节出现时，都是一副为爱、为革命痴狂的形象，她跟在高红军身后闹革命，她跟着高红军疯狂偷情，革命——偷情，偷情——革命，不断循环往夏，她口中的话，也永远是："天才的革命家、政治家……"，每次和高爱军偷情的时候，也总是先给爱军欣赏其肉体的美，然后以革命歌曲为刺激物，实现爆发。她的行为所呈现给读者的，仅仅是一次又一次的放纵狂欢，一场又一场没完没了的革命与性爱游戏，前后没有任何逻辑联系，看上去很象一块随意拼凑的七巧板，任何一个情节居于首尾或中间都无关紧要。她的夸张与类型化，让人们少了几分笑中有泪的艺术体验。

再者，对于人性双重欲求的矛盾，《坚硬如水》中的处理也是让人颇为尴尬的。人性的双重欲求，就是"肉"的欲求与"灵"的欲求。这两种欲求形成人内心的两种内驱力，它们撞击着、拼搏着，这样的双向逆反运动使人物更真实、更丰满。在《坚硬如水》中，革命和爱情是承载高爱军和夏红梅命运发展的两只缺一不可的车轮，就是灵与肉。如果没有革命，高爱军和夏红梅之间不太可能产生爱情，即使有，也会比革命时期的爱情逊色许多；如果没有爱情，高爱军和夏红梅的革命活动不可能如此积极、主动、大胆甚至疯狂。可以很肯定的是，高、夏两个人对革命和爱情都极度投入，但是实际上，革命与爱情很难协调一致地向前发展。爱是自私的，隐秘的。高和夏的关系，尤其不敢让外人知晓；而革命是公开的，要靠大家参与。夏红梅在对待爱与革命的关系时，她的态度和高红军也并非完全一致，甚至可以说，是互补的。高爱军主要是爱情的施与者和革命的决策者，夏红梅是爱情的承受者和命令的执行者、革命的助手，两个人对爱情和革命的态度有着耐人寻味的差别。高爱军是大男子主义的典型，他可以不要爱情，但他不能不闹革命，这一点在高爱军的自白中说得很明白："一切都是为了革命。一切都必须服从革命的需要。……革命是基础，爱是基础上一间房；革命是根本，爱是根本上一枝花。没有她我也要干革命，没有她我也要把革命在程岗如火如荼地点燃和发动'。但在夏红梅的意识里，爱情重于革命，或者说她把统一干革命看成是爱的最高体现。她的爱情就是高爱军(他的所思就是我的所想)，就是自己为之作出牺牲，革命稍有成功(准备进县委)，便情不自禁地说"我们值得了，革命一场值得了，生生死死值得了"。虽然一直充当了革命的好帮手，但也时常流露出小女人的见识和理想。如：她质问高爱军"你当了县长、专员不会不喜欢我红梅吧？"，"今夜我俩死了也得住一块!"……文中有几处完全可以描写出这种人性深度，却因作者的处理而使人物又一次简单化、理想化了。夏红梅在文中，更多的是顺从，无论是对待自身的肉体还是对待革命的态度，都是顺从顺从再顺从。这让读者对这夏红梅这个扁平人物大失所望。不可否认，扁平人物易被作者把握、控制，作者不会顾此失彼，首尾也不会脱节，不会偏离作者的航向。它自成气候，宛似早已安排在太空或繁星之间的光环那样，不管放到什么地方都会令人满意。但值得注意的是，扁平人物的刻画手法用在主角的刻画上，就会使主角的个性特征显得单薄了许多，显示不出人物的深刻性，不能很好地塑造出鲜明的形象。这不能不说是阎连科在夏红梅形象塑造上的一个缺失。

纵观全书，这是典型的一部男性文本。他对女性持有的一种忽视或者歧视的态度，而这种忽视也许是在作家毫无觉察的情况下天然地发生并进行着的，抑或阎连科自己在意识深处就是一个未曾脱离传统思想的男性。他的思想观念里，还存在着重男轻女的价值判断和作为男性的优越感。作家笔下的革命、生活的中心和重心都是男性。夏红梅是因为有了高爱军的存在而获得存在的资格，并始终保持着环绕和眺望高爱军的姿态，她在小说中以男人附庸的面貌呈现出来，缺少了女性的自我意识。夏红梅形象塑造分明笼罩着来自作者创作主体的男权意识。由于这种潜在的男权意识的渗透，阎连科对夏红梅形象的描写表现出多方面的失控。

从历史到现在，在男性的眼光中，女性的美貌一直是衡量女性自身价值的一个重要砝码，流行至今的所谓"郎才女貌"，正是表现了这一封建传统观念的最典型的男权话语。在女性的容貌上，年轻与肤色的白嫩是女性美最重要的两个因素。阎连科在《坚硬如水》中对夏红梅的容貌就花了非常重的笔墨进行描绘，作品写到："我看见前面的铁轨上坐着一个人，脸色红润如同霞光照码头发黑黑如同瀑布流浸在她粉红色的衣裳上……"，"天啊天，地呀地，那十个脚趾甲竟然都是光彩夺目的鲜红色，如十颗缩小的日头盘卧在她的十个趾骨头儿上，且那些脚趾甲都是经了精心修剪的，半圆如月，温顺柔美如她那个年龄丰满血红的手肚儿。"，"穿透她的两粒抠儿为我敞开的那呈三角形状的一小片白嫩……而那开启的粉幕间，则顶天立地的高耸着她的一双大乳房，像昂扬在日光下，山顶上的两个雪白、巨大、灵动、活泼的绵羊头儿样招引着我。"……文中多达数十处的对与夏红梅美貌的描写，非常鲜明的流露出阎连科作为一位男性作家在文化心理结构中所沉淀着的男权价值观念。

其次，在男权文化中，把女人看作男性的"工具"——"相夫教子"、"生儿育女"，也是万恶之源——"红颜祸水"。在《坚硬如水》中，阎连科也受到了这种男权文化思想的影响。每次当高爱军革命遇到难题或处在尴尬的局面时，夏红梅总是挺身而出，第一个响应号召，进一步促成了高爱军的革命，也为了他的仕途做了不可泯灭的贡献。高爱军在美人的激励下，更加斗志昂扬，呈现出一派革命英雄的作风。然而，夏红梅毕竟是高爱军的依附和点缀，好象美人天生就是用来配英雄的。她使高爱军在"革命"无望的困窘中找到了希望之光，并且一路沉浸在"革命"和爱情的疯狂中，直到生命的终结。她在书中成了色、欲、权三欲的化身，是男权视镜下的变形人，是"女人祸水"这一贯穿了几千年道德传统的变态观念的具象化。

阎连科笔下的夏红梅，是性欲——"爱情"的符号，也是革命的符号。在高爱军回程岗镇之前，她已得过一次革命的 "疯魔症"。她 "只身进北京，……毛主席和别人握手时碰到了她的手"，"为了把毛主席的恩情带给程岗，带给程岗的群众，夏红梅三天舍不得用那只手拿筷子，舍不得用那只手沾水洗脸。" 高爱军召开第一次动员会通知她时，"她兴奋得脸上有了一层充血的光，说她就是死了也要参加这个会。" 而到了该闹革命的时候，夏红梅一样可以和男性一样冲锋陷阵，甚至于带头揭发自己的公公程天民，还喊出："我们一定要把革命进行到底。" "高爱军，只要你把程岗的运动搞起来，把革命闹起来，我夏红梅为你死了，为革命死了我都不后悔"等豪言壮语。她仅仅成了高爱军闹革命的附属和衍生物。 她的女性形象已经被抽象化概念化，甚至被虚化了，渐渐地变成一种符号和象征了。从某种角度上来看，这种忽略是对女性真实自我形象的扭曲，它显示了阎连科这一男性代言人对女性的隔膜，暴露了其性别背后的隐性文化情结。

在现代社会中，男性已不再赤裸裸地压迫女性、歧视女性，不再把"女子无才便是德" 当作对女性的要求，这无疑是一个进步。可是在作品中，仍然存在着对女性人格与尊严的漠视，否定女性存在的自我价值。阎连科笔下的的夏红梅，不仅要能 "红袖添香"、善解人意，而且还要在各方面辅助高爱军，对男性的依附到同步状态。夏红梅虽然不是 "生育" 的工具，却充当了 "革命" 和 "爱情" 的工具。她的命运、情感、心理得不到作家更多的关注，就连她的 "巾帼不让须眉"，也是为了凸现高爱军而预设的。夏红梅更象是个百宝箱，当高红军处于困境、有性欲需求时，百宝箱自动打开，送上所需物品。文中写到："我望了望那些搁笔说话的人把目光落在了红梅的脸上，红梅立刻心领神会。她从人群边走向了人群前，说：'我揭发我公公程天民和程天青，他们时常在程庙的第二节院里坐着议论国家大事，对革命形式长吁短叹……'"。甚至于，为证明革命的彻底，为了支持 "我"

的革命，夏红梅还和 "我" 当着自己公公的面做 "那事"，这实在是这种天理难容的行为。如此看来，"我" 的主导作用，红梅的响应角色显而易见。此外，文中用了大量的篇幅描写夏红梅的美貌以及与高爱军两人的性爱场面，一有两人独处的机会，便是一阵翻云覆雨。夏红梅对于高爱军的吸引，很大程度上依附于性。她是为男人而美的，吸引、取悦男人，给他新鲜感，永远被他看重，从而实现自己存在的价值，这个价值主要是让男人得到性快乐。也就是说，夏红梅变成了以 "性" 特征作为证明其存在的工具，这便是作者男权视角下的女性形象。

夏红梅还有一个特点，就是常常在性爱中大声的冠予高爱军 "天才的革命家"、"伟大的政治家"、"镇长"、"书记"、"专员"、"省长" 等称号。尤其在第一次两人在高爱军挖的地道中苟合的时候，高红梅那层层递进式话语更让人瞠目结舌：她先说："你把那土粒给我弄掉嘛"(乳头上一颗黄豆似的土粒儿)，接着又说："天才的革命家，你是中国大地上冉冉升起的灿烂之星，你舌尖上的泉水滋润着干渴的人民和大地，请用你的泉水把我乳头上的那粒黄土冲掉吧"，然后継续裸露着胴体求到："敬爱的革命家、政治家高爱军同志，请你用舌头把我乳头上的黄土舔掉吧。"，甚至于最后，她跪在高爱军面前："天才的军事家，敬爱的政治家，空前绝后的革命家，年轻有为的镇长，才华横溢的县长，一心为公的专员，又红又专，富于组织才能和领导艺术的省长，我最最热爱、最最忠于、最最信赖的皇上——高爱军同志，现在你的臣民、你的百姓、你的仆人，你的革命情侣和人生伴侣，你未来的爱人、夫人和皇后就跪在你的面前，她的乳头上沾了一粒不洁的黄土，她恳求你以革命爱情为基础的舌尖和甘露，去把她乳头上的土粒舔下去——"，这种种话语，充分体现了作家注重对男性那种征服欲，英雄感的满足。他非常享受于女性的呐喊与崇拜，不能自拔。也是对女性地位的一种贬低。

很明显,阎连科塑造的夏红梅是男权的认同者, 她承认世界是男人的、 女人是依附于男人的, 她甚至完全站在男性立场上,自觉使用男权话语,说着 "我是你的人了"、"我同意, 爱军比我们站得高, 看得远, 想得深, 不愧是我们班子的领导中心!"、 "没有你高爱军的青云直上, 飞黄腾达, 我夏红梅也就别想那县级、 地级和省级。" 这样的话。 每次高爱军宣布完一个革命决定后, 都是夏红梅第一个主动站出来附和、 呐喊的, 她从来没有自己的意见。 夏红梅把高爱军看成是她永远的中心, 爱情自然离不开他, 而 "革命事业" 更是为了他。 可见作家笔下的 "无拘无束" 的夏红梅也逃不出心甘情愿为男人献身的传统女性形象, 她成了阎连科笔下随意控制的傀儡, 完全失去了自我主动性, 看似主动的选择, 其实质只是男性的优越, 女性被牢牢固定在男权的精神领域中。 从上述分析来看, 阎连科 ≪坚硬如水≫ 中,并不存在真正意义上的女性。

福斯特将这种 "按照一个简单的意念或特性而创造出来" 的人物称为 "扁平人物"。 尽管扁平人物有着容易辨认、 容易回忆的长处,但揭示的不是人生的真相。[3] 夏红梅表现出简单性性格 —— "痴"与 "狂", 显然是 "意念化" 的结果。 活生生的多样化的有机体丧失了丰富的内容和生动的个性, 变成了概念的产物, 片面的抽象, 文学形象所具有的审美价值也是浅层次的, 因而读者难以从人物的内心拼搏中发现自己而产生心理对位效应。夏红梅仅仅是一个符号, 一个男权视角下的傀儡。 尽管作者把这个符号用妙彩华章修饰包装得光彩照人, 但是也丧失了人物个性的波澜与趣味了, 这在文学创作中是一个大忌。 作者虽然赋予了夏红梅这个女性奋飞的能力, 却折断了她腾

---

3) [英国]福斯特 ≪小说面面观≫ 苏炳文译 广州：花城出版社1985年 第59-62页。

飞起来的翅膀，蒙上了她向往蓝天的眼睛。我们知道，作家很难超越他所处的时代和整个民族心理去创作。几千年的男权历史文化意识与制度交互作用成为人们尤其是男性的文化心理积淀，无声却权威地操纵着作者，使得阎连科还是在不自觉的运用男性的眼光观察与评判社会，这种对夏红梅这个女性形象进行浸透男性意识的塑造，应当算是一种相当普遍的创作现象。对此，我们当有所警惕。

【 摘要 】阎连科的小说 ≪坚硬如水≫ 从人性的角度对文革进行了深刻反思。因为过多地关注政治与性爱的关系，使得文本带有寓言性，同时因为对女性形象的单面化塑造，使得文本成为一个标准的男权文本。

【 关键词 】小说；阎连科； ≪坚硬如水≫ ；文革；男权

Hard Like Water is a Man's Right Text of Rethoughting to "Culture Revolution"

Zhang Xiao-ping

Abstract: Yan Lian-ke's novel hard like water rethoughts deeply "Cultural Revolution" from the view of the human. Since it pays attention to the relation of politic and sex, the text has parable. As well as it has created the boss eyed women, so as to the novel becomes a normative man's right text.

Key Words: novel; Yan Lian-ke; Hard like water Cultural Revolution man's right